中国现代文学的多维阐释

ZHONGGUO XIANDAI WENXUE DE DUOWEI CHANSHI

刘勇 著

图书在版编目(CIP)数据

中国现代文学的多维阐释 / 刘勇著. —合肥:安徽大学出版社,2013.10
(大学名师精品课程共享丛书)
ISBN 978-7-5664-0487-9

Ⅰ.①中… Ⅱ.①刘… Ⅲ.①中国文学－现代文学－文学研究 Ⅳ.①I206.6

中国版本图书馆 CIP 数据核字(2013)第 203842 号

中国现代文学的多维阐释　　　刘　勇　著

出版发行:北京师范大学出版集团
　　　　　安 徽 大 学 出 版 社
　　　　　(安徽省合肥市肥西路 3 号 邮编 230039)
　　　　　www.bnupg.com.cn
　　　　　www.ahupress.com.cn
印　　刷:合肥远东印务有限责任公司
经　　销:全国新华书店
开　　本:170mm×240mm
印　　张:25.5
字　　数:343 千字
版　　次:2013 年 10 月第 1 版
印　　次:2013 年 10 月第 1 次印刷
定　　价:39.00 元
ISBN 978-7-5664-0487-9

策划统筹:朱丽琴　　　　　装帧设计:李　军
责任编辑:卢　坡　　　　　美术编辑:李　军
责任校对:程中业　　　　　责任印制:陈　如

版权所有　　侵权必究
反盗版、侵权举报电话:0551—65106311
外埠邮购电话:0551—65107716
本书如有印装质量问题,请与印制管理部联系调换。
印制管理部电话:0551—65106311

目 录

前言:开启心灵之门——刘勇教授访谈录(张　弛　韩冬梅) …… 1

第一章:不读而还是经典的 …………………………………… 1
　一、经典与"他人"无关 ……………………………………… 1
　二、经典又靠"他人"存活 …………………………………… 3
　三、经典是活生生的 ………………………………………… 4

第二章:鲁迅对死亡意识的思考 ……………………………… 6
　一、鲁迅研究的新问题 ……………………………………… 6
　二、死亡:鲜明沉重的主题 …………………………………… 7
　三、生存:深层本质的观念 …………………………………… 9

第三章:胡适"五四"时期的矛盾心理 ………………………… 11
　一、文化批判与继承传统 …………………………………… 11
　二、激愤锐意与宽容务实 …………………………………… 15
　三、社会解剖与个人重塑 …………………………………… 18

第四章:郭沫若文学创作的创造性思维 ……………………… 20
　一、"一个伟大的未成品" …………………………………… 22
　二、"一个伟大的解释者" …………………………………… 28
　三、一个锐意的尝试者 ……………………………………… 32

第五章:郁达夫与巴金的忏悔意识 …………………………… 37
　一、中国现代文学的忏悔意识 ……………………………… 37

二、郁达夫:赤裸的心灵自白 ………………………………… 39
三、巴金:为心中的上帝而忏悔 ……………………………… 44

第六章:"不写而还是诗的"——废名创作的顿悟与禅味 ……… 54
一、"唐人绝句"之韵 …………………………………………… 55
二、乡土田园之美 ……………………………………………… 60
三、佛教禅宗之趣 ……………………………………………… 70

第七章:石评梅散文创作的情感特质——兼与萧红等人的比较 …
……………………………………………………………………… 77
一、遍尝人生苦难的苍凉 ……………………………………… 79
二、直达人生的根本体悟 ……………………………………… 83
三、抒情方式的独异风采 ……………………………………… 86

第八章:曹禺剧作"对宇宙间神秘事物不可言喻的憧憬" ……… 90
一、《雷雨》:对人类根本命运的探究 ………………………… 90
二、《日出》:对人生终极价值的寻求 ………………………… 96
三、《原野》:对宇宙神秘事物的沉思 ………………………… 100

第九章:李劼人长篇三部曲的"历史"结构艺术 ………………… 103
一、把握历史进程的巧妙连环 ………………………………… 103
二、展现"千奇百怪世相"的全景图 …………………………… 108
三、侧视生活内涵的独特角度 ………………………………… 112

第十章:戴望舒诗歌——在现代与传统之间的穿越 …………… 117
一、现代派诗歌的"举旗人" …………………………………… 117
二、对古典美的深情依恋 ……………………………………… 122
三、穿越"雨巷"的求索者 ……………………………………… 125

第十一章：现实与魔幻的交融——从莫言到鲁迅的文学史回望 … 130
一、魔幻与现实的文学史追溯 … 131
二、莫言对魔幻与现实的经典性呈现 … 134
三、鲁迅对魔幻与现实的历史性建构 … 139

第十二章：对现实人生与终极人生的双重关注 … 145
一、苏曼殊：从宗教文化反观现代社会 … 147
二、许地山：以现世态度探究终极意义 … 151
三、冰心：用爱的哲学消解苦难绝望 … 156

第十三章：信仰缺失的批判——鲁迅对于传统文化的反省 … 160
一、对中国原始宗教人文精神的体悟与评判 … 161
二、中国原始宗教人文精神的历史文化渊源 … 167
三、权势崇拜与无所不在的"瞒和骗" … 175

第十四章：鲁迅创作的心理文化解读 … 184
一、心理批评和反批评：关于小说《明天》的论争 … 184
二、人的意识和无意识：弗洛伊德的精神分析学说 … 188
三、爱情题材和反封建：鲁迅创作的潜在心理透析 … 191

第十五章：林语堂《京华烟云》的宗教文化意蕴 … 195
一、亦孔亦耶的"信仰之旅" … 195
二、"道家女儿"的命运沉浮 … 200
三、"现代庄子"的"一捆矛盾" … 205

第十六章：《空山灵雨》——融合多重宗教蕴味的人生寓言 … 209
一、三种不同的人格类型和审美表现方式 … 209
二、一部融合多重宗教玄想的人生寓言 … 211
三、认同苦难又寻求解脱与超越的主题 … 216

第十七章:"京味"与老舍创作的文化品格 221
- 一、北京:从记忆到梦想 222
- 二、平民精神:北京文化的底蕴 225
- 三、"京味":小说中的文化与文化中的小说 230

第十八章:京派作家的文化观 236
- 一、"京派"与"外乡人" 237
- 二、京派作家的自然人性观 240
- 三、京派作家的古典审美情结 244

第十九章:京派及地域文学的文化意义 253
- 一、京派作家的文化姿态 254
- 二、京派文学的文化资源 257
- 三、地域文学研究的文化空间 262

第二十章:20世纪中国文学进程中的"北京" 268
- 一、新的研究热点:城市与文学 268
- 二、北京与20世纪中国文学的节点 272
- 三、北京对于20世纪中国文学的意义 279

第二十一章:建构现代文学研究的新坐标 284
- 一、直面文学史真实的一次"对话" 284
- 二、共时视角下的"先锋"与"常态" 286
- 三、认知本体中的"精英"与"大众" 287

第二十二章:"新国学"讨论及其向度之观察 290
- 一、逆潮而动——"新国学"提出的背景及目的 291
- 二、以今化古——"新国学"的学科设想 298
- 三、求知何为?——"新国学"的价值预设 304
- 四、延伸讨论——"新国学"与"全球学术" 309

第二十三章:"底层写作"与"左翼"文学传统 …………… 315
  一、"底层写作"的兴起及其时代背景 ………………… 315
  二、"左翼"文学对"底层写作"的借鉴意义 …………… 317
  三、"写底层"和"底层写"的表达困境 ………………… 321

第二十四章:"20世纪中国文学"整体观的理论困境与实践难题 ……
…………………………………………………………………… 324
  一、"中国新文学整体观"的提出 ……………………… 324
  二、"跨代作家"时间体例上的整合难题 ……………… 329
  三、"跨代作家"创作风格的一致性问题 ……………… 335
  四、通史编撰的观念统摄问题 ………………………… 339

第二十五章:关于中国现代文学学术史研究的几点思考 …… 343
  一、学术研究的姿态问题 ……………………………… 344
  二、如何评判文学本身的学术价值 …………………… 345
  三、如何真正回到文学自身 …………………………… 346
  四、对"现代性"的提法保持清醒 ……………………… 348

第二十六章:关于中国现代文学史"重构"的几个问题 …… 349
  一、关于纵向时间贯穿的问题 ………………………… 351
  二、关于横向空间拓展的问题 ………………………… 356
  三、关于文学史向学术史提升的问题 ………………… 362

第二十七章:关于中国现代文学谱系研究的几层探索 …… 367
  一、文学谱系研究的必要性与重要性 ………………… 367
  二、《中国新文学大系(1917～1927)》的启示 ………… 373
  三、中国现代文学谱系研究的价值取向 ……………… 380

后 记 ……………………………………………………… 385

前言

开启心灵之门——刘勇教授访谈录

张　弛　韩冬梅

采访人：北京师范大学文学院中国现当代文学专业博士生　张弛
　　　　北京师范大学文学院中国现当代文学专业硕士研究生　韩冬梅
访谈对象：北京师范大学文学院教授、博士生导师、北京文化发展研究院执行院长、中国现代文学研究会副会长、《中国现代文学研究丛刊》副主编　刘勇博士
访谈地点：北京师范大学文学院、北京文化发展研究院
访谈时间：2012年12月22日

　　韩、张：刘勇老师，您好！很高兴能够就您的学术自选集《中国现代文学的多维阐释》对您进行访谈。

　　我们跟随您学习，最深切的体会就是，您平时在学术研究与课堂教学中特别关注作家精神层面的问题，注重文学作品对于人的心灵的启迪作用，您曾经在课上对于"五四"那代人的精神特质有着非常精彩的阐释和概括，您将中国现代文学与文化的精神特质命名为"开启心灵之门"。而改革开放30周年的时候，您在北师大敬文讲堂的讲座也让我们印象深刻、记忆犹新，那一次讲座的名字叫作"心灵的穿越"，在那次讲座中，我们知道您不仅仅是对于"五四"那一代文人心灵世界、精神追求有着深刻的认识，并且知道您对于当下时代发展中的文学精神层面也有着强烈的关注。您能谈谈对这一点

的深入体会吗？

刘　勇：好的。在我看来,文学是人学,文学的根本精神是人文精神、人文关怀,文学的精神实质是人、是民族,是人类、人性与民族性。尤其是我们研究现代文学,时常会思考,"五四"留下来给我们的是什么呢？我认为是一种精神,是对人本主义的弘扬、对人性解放的吁求。这种精神既有作家所处时代的精神追求,又有作家个人自我的精神解剖。其中有四个方面是至关重要的：首先,"五四"那代人既注重创新,又懂得继承。他们的宝贵和价值不仅在于他们开创了新文学与新文化的全新格局,还体现在他们更懂得创新必须以继承为基础,不割断与历史的联系与历史的发展。其次,"五四"那代人最渴求开放,又最注重立本。他们对中国和世界的关系有着准确的理解和把握。新文学作家,几乎个个都精通国学,同时又是外国文学的翻译家。看看闻一多的全集、了解一下钱钟书"钱学"的内容,即可明白这一事实。既读过经、又留过洋,古今中外贯通一气,就是鲁迅、周作人、胡适那群"五四"人！第三,"五四"那代人最希望自由,又最懂得责任。中国现代作家始终肩负着的那种社会责任感和历史使命感是由"五四"的特质所决定的。郭沫若那样浪漫多情,却始终不忘文学的社会职能,某些方面,他比文学研究会、人生派还现实、还人生。鲁迅杂文的"寸铁杀人",也是他的责任感使然。胡适声称"二十年不谈政治",最后"实在忍不住了",创办《努力周报》,这也是一种责任。最后,"五四"那代人最犀利无情地解剖社会,最无情地揭露人性的弱点,却又最深情地关怀整个人类。鲁迅与周作人等人的思想和作品,都有一种对整个人类的大关怀。这是一个文化伟人的标志。鲁迅自不必说,周作人《故乡的野菜》中蕴涵的怀乡之情就是人类所共有的。可以说,"五四"的价值就体现在承担它使命的那一批文化巨人所特有的精神价值上。

"五四"是这样,其他时代的作家和作品也是这样。我始终坚信,任何一部优秀的文学作品,不仅只是在审美层面上有很高的价值,而且一定能给人以思想上的启发,必然对于人的精神世界有着深切的关怀。在我看来,完全脱离了对于人类精神层面和心灵世界的观照的文学艺术,是不存在的。举个例子说:我们都知道郭沫若的诗歌创作掀开了中国现代诗歌发展的崭新的一页,其实我认为郭沫若的新诗并不好,至少不是最好的,但是与冰心等作家诗人撩拨心灵的小诗相比,郭沫若诗歌狂飙突进的风格形成了对于人心灵的强大的冲击力,这是郭沫若诗歌吸引人的所在,更为重要的,是它掀开了我们整个民族现代意识和创造精神的崭新一页,这才是《女神》时代精神的最高体现。同样的,废名的创作在技巧上具有鲜明的特征,我们在文学史上认识的废名就是他小说创作的散文化,他的小说可以当作小品散文来读,这是所有人都注意到的。但这并不是根本所在,我所关注的是他对现实人生的沉重的清醒和对命运的深切感悟,我认为这才是他创作的本质蕴涵。周作人很早就说过:"废名君是诗人,虽然是做着小说。"的确,废名小说刻意追求一种安于自然、闲适、宁静淡远的乡土田园之美,他非常善于巧用语句的"跳跃"和"断绝"来构成大片想象的空间并且营造唐人绝句的意境,但我觉得,在废名小说的这些特征背后,还有着更为重要的内涵:这就是废名对现实人生认真而执着的体悟。无论废名小说表现出何等的安适恬静,或是表现出何等浓郁的禅宗意味,其作品真正的底蕴都带有一种人世沧桑的苦涩和沉重意味。还有很多其他的例子都能够证明,文学不只是技巧层面的,更是对于人的心灵世界、精神层面的关注。这便是我将中国现代文学与文化的精神特质命名为"开启心灵之门"的具体含义。

韩冬梅:刘勇老师,我们在帮您整理这本自选集的资料时注意到,您在多篇文章里都提到"现代文学作家的精神追求"的这个问题,您是如何看待这一问题的?

刘　勇:应该说,"精神追求"是文学作品和文学研究作用于人心灵层面的最根本的东西,每部作品之所以感人,最重要的是能够深入到人的情感之中,给予读者精神上的震撼、思想上的共鸣、心灵上的启迪。换句话说,感人的作品必然首先具有丰富深刻的思想、高尚的精神追求,否则不可能实现对人精神和心灵层面的引导。我不认为有任何特别的艺术手法能够超越作品中蕴涵的精神元素来感染人、打动人。对于现代文学来说,现代作家最根本的价值就是他们整整一代人都在探寻我们民族的精神特质,这实际上也是我在从事中国现代文学研究中最根本的体会。

张　弛:您谈到了文学作品打动人、感染人的问题,在上现代文学史课的时候,您也经常通过具体的一部文学作品来分析文学对于人心灵的、精神上的震撼和启迪。但是对我个人、对于很多同学而言,都存在这样的疑惑:我们阅读许多现代文学作品的时候,都觉得这些作品并没有那么好,特别是感觉没有您课上讲得那么好。这是为什么?

刘　勇:这个问题比较具有代表性,涉及我们应该如何阅读、如何欣赏一部好的文学作品。"好看"不是一个固定的概念,是随着人的阅历增长而不断变化的。我刚才讲过,一部好的文学作品,绝不仅仅是好在字里行间,而且在于蕴藏在其中的情感特质和精神追求。而这种情感和追求并不一定在一开始就能够为人所领悟,因而在读者眼中,没有一部作品是大家公认的好看的作品。只不过随着人的自然年龄和精神年龄的不断增长,会不断加深对作品的理解和认识。清代左宗棠有一句话,叫作"读书万卷,神交古人",很形象地表现了一种读书状态,就是如何透过一部作品的文字表面,进入到作者的内心世界,这也切合了今天我们谈论的题目:开启心灵之门。举个例子,周作人的散文,大家有一个共识,就是文章的"涩"味很重,散谈式的文章似乎过于冲淡,很多同学都和我说,觉得周作人的文字过于平静、没有什么感情色彩,难以卒读。其实读这样的散文,需要静下心来去读、去慢慢体悟的,周作人的散文如果你仔细用心去感受了,你就会发现,周作人是有感情的,这感情不是直露在字里行间,而是隐藏在平静的文字背后。比如很有名的《故乡的野菜》,似乎只是介绍几种家乡的野菜,实际上在平和质朴的文字背后,是一种淡淡的乡愁,一种含蓄蕴藉的美,这种含蓄的表达比直抒胸臆的哭喊更能打动人,特别是有生活经验的读者,在这里更容易与作家的心灵契合、相遇。

张　弛:这本自选集有许多您对于文化研究的文章,我平时读您的文章,发现您对于现代文学的研究,常常拓展到文化层面,例如您经常关注现代文学与宗教文化、心理文化、传播文化的关系,特别是最近几年您对于文学与地域文化的关系有比较深入的研究,这是否说明您在作家、作品之外,对于文学研究的文化空间也格外看重?

刘　勇: 的确是这样的。文学和文化有着密不可分的联系,两者往往是相辅相成、互相促进的。比如宗教文化,现代文学许多有特色、有影响的作家都与宗教文化有着某种关联,鲁迅、周作人、巴金、老舍、曹禺、冰心、许地山、丰子恺、郭沫若……可以看到,这个作家群体在相当程度上代表了中国现代文学的创作实绩;再如心理文化与文学的关系,文学作为反映和表现人类社会生活的精神活动,它的发展变化,它的开拓创新,毫无疑问地与心理学研究有着密切的关系。新文学之所以能够与世人见面,形成今天的格局,与中国现代出版与传播业的发生发展都是密不可分的。有的学者甚至把中国现代出版与传播业诞生的时间看成是现代文学发生的时间,这恰恰说明传播文化对于新文学的形态产生了不可忽视的影响。你刚才特别提到地域文化,我是这么看,以往现代文学研究注重从历史宏观角度探讨文学发展的总体特征,这种研究思路是必要的,但是这也导致对于文学个性和地域性的忽视。其实,一方水土养一方人,应该说,地域文化大于文学,地域文化也决定了作家的创作,地域文化与文学既有重合,又有差异,它们之间的关系微妙而复杂。鉴于此,近年来,在继续从事中国现代文学研究之外,我对文学与文化的研究也投入了相当大的精力,从文学到文化,从学科内部到学科外围,这有助于拓展我们学术研究的空间与视野,也有助于我们从全新的角度重新审视文学中的问题。

韩冬梅: 从您的研究中可以看出,您对"现代文学的文体意义"、"现代文学学术史建构"等学术热点问题也有较多关注。您对现代文学的四种文体的整体意义有什么特别的看法?另外,关于中国现代文学学术史的建构问题,近年来学术界开始出现一些相关的研究,我注意到您对这个问题也有文章进行过论述,能否谈谈您对这个问题的看法?

刘　勇：对"现代文学的文体意义"和"现代文学学术史建构"这两个问题我有一些特别的思考。现代文学三十年的历程中，小说、散文、诗歌、戏剧等四种文体都有着不同程度的发展，每个十年的发展阶段中都有不同的特色。从现代文学整体发展状况来看，各种文体的演进脉络是清晰的，应该说，"五四"之后，小说、散文、诗歌、戏剧四种文体进入了一个平稳而清晰的发展阶段，这本身也是新文学成长的重要标志。虽然现在很多作家的写作方式越来越丰富多彩，但是这四种基本文体还是相对固定的、有着自己的特色。文体的意义不仅仅在于它区分开小说、散文、诗歌、戏剧，更重要的是，它展示了几种各不相同而又内在联系的写作平台，尤其是不同文体能够最大限度地展示作家的个性风格。如果我们缺乏对这四种文体本身的关注，从某种意义上也就不能实现对文学的透彻把握。这是文学研究中具体的微观层面。以中国现代小说为例，在中国古代，诗与散文是文学的正宗，小说被视为不入流的旁门左道，但是从晚清的"小说界革命"开始，小说的地位却不断上升，尤其是鲁迅的小说出现之后，现代小说的势头一发不可收拾，最终成为中国人用艺术的构思和语言发掘生活、展示生活、升华生活的最重要文体。中国现代小说三十年发展历程，也可以说是中国社会巨大变革、中华民族艰苦奋斗的写真，是现代作家苦苦思考民族及人类命运的心路历程。这就吸引着我对中国现代小说作为一种文体的兴起、发展、深化进行思考和研究。

而中国现代文学学术史的思考与建构，已经成为现代文学研究走向纵深的一个标志。作为一个成熟的学科，几代学者对其已经做了非常系统、深入的探讨，有关现代文学的各类成果极为丰硕，而从现代文学史的研究到现代文学学术史的研究，体现了现代文学研究的成熟与发展。这一发展和跨越，是带有根本性和全局性的，这是从学科的宏观层面看，同样值得我们研究和重视，我在自选集中的几篇文章里对学术史建构的相关问题都有具体论述。在这里，我想特别强调的一点是，学术史研究是什么？为什么要从文学史上升到学术史的研究？我认为，学术史研究与建构实际是对文学史研究更高层次的理论观照,我们过去的一些文学史往往对作家罗列得很细致,然而却显得琐碎,很多并不重要的作家都榜上有名,这就使得文学史著作"史"的含量越来越厚重,学术性的东西却越来越淡薄。这样一来,文学史就变成了一般意义上的文坛编年史,注重的是史而不是文学,其学术价值也就无法确认。根本原因在于,没有统一的标准,文学史的学术标准无法确立。我想,通过学术史的建构,实质上是要确立一种比较高的同时也是比较一致的学术评判准则,使我们能够正确地把那些真正有价值的作家、作品遴选出来。这尤其需要正确的学术姿态和独特的眼光。这是我们在不断兴起的现代文学学术史研究热潮中,不能忽视而且值得格外注意的,这构成我们从事学术史研究的出发点和最终旨归。

张　弛:您的谈话让我很受启发,无论是学术史的建构、文体意义的研究,还是对于文学与文化关系的探讨,您始终是以文学本身为中心展开的,特别是您刚才讲到现代文学学术史建构所有要注意的问题,您强调的依然是通过学术史的眼光去发掘文学真正的价值。我觉得这本书的设计可以说是对于文学从内在追求到外在表现、从宏观概览到微观探寻的过程,这部自选集也可以说是集结您三十年来教学与科研思想的精华之作。我想问您一个题外话,您曾向我们介绍过,您在北师大学习工作已经有三十三年的时间了,您觉得从一名学生转换到一位教师、从一位聆听者转变成一位研究者,北师大的学术环境对您走上学术道路有什么样的影响呢?

刘　勇:我从1979年进入北京师范大学中文系读书,1986年起研究生毕业留校,在北师大已经度过了三十三年的时光、二十六年的教学生涯。我现在依然清楚地记得自己在北师大教二楼201教室上第一堂现代文学课的情景,记得先后为我讲过现当代文学课的杨占升、张恩和、郭志刚、蔡清富、王德宽、朱金顺、黄会林、刘锡庆、蓝棣之、王富仁、李岫、蔡渝嘉、杨聚臣、黄辉映等先生,记得为我们讲过其他课程的名师钟敬文、陆宗达、黄药眠、肖璋、启功、郭预衡、曹述敬、聂石樵、邓魁英、李修生、杨敏如、韩兆琦、张俊、张之强、王宁、许嘉璐、史锡尧、匡兴、陈敦、张紫晨、陶德臻、浦漫汀、童庆炳等,记得在北师大举办的现代文学讲习班为我们做过讲演的前辈学者李何林、王瑶、唐弢、樊骏、严家炎、孙玉石、林非、乐黛云、朱德发、黄修己……记住那么多老师的名字,拥有这么多名师教诲的记忆,是一种幸福和财富。他们当中的一些人已经作古了,但他们当年讲课的神情、声音和他们留下的文字,是我们后辈发奋前行的不竭动力。对我而言,由这些恩师的精神品格所构成的北师大持重、稳妥、笃实、质朴的学术传统,是此生受用不尽的。有一句话,叫作"板凳宁坐十年冷,文章不写一字空",我认为用这句话来形容北师大的学术品格是最恰当不过的,甘于坐冷板凳,不急于盲目创新或追求轰动效应,这是从师大老一辈学人传承下来的优秀传统。北师大过去曾经有四字校训:"诚"、"敬"、"勤"、"朴",所以北师大人更注重勤勉朴实,把基础打牢,讲究脚踏实地。这样的学术环境对于我的影响是巨大而深刻的。在北师大长期的学习、工作过程中,我感受到的是这样一种学术氛围和传统,这对于自己为学、为师习惯的养成是非常有益的,沉浸在这样的学术氛围中是快乐的。通过自己的耕耘和努力,逐渐挖掘和积累了属于自己的精神财富;也希望通过教学,也将这种学术传统、精神财富传递给像你们这样的年轻人。

韩冬梅:无论是在课堂上还是在私下与我们交流的过程中,您总是通过言传身教让我们去感触这样的一种学术态度、治学的精神,让师大的学术传统在潜移默化中真正影响我们,这也是我在几年来跟随您学习的过程中的一个很强烈的感受。但我还有一个疑惑,这是在我自己从本科阶段迈入研究生阶段之后产生的,在本科阶段我更多的是根据老师们的课程要求去阅读,而在研究生阶段,发现需要自己去主动地查找书籍、资料,去开展研究。我想请问您是如何适应从读书到研究的过程的呢?或者说,您认为我们研究生应该如何培养自己的研究意识,将自己作为研究的主体,而不是一个被动的接收者呢?

刘　勇:你这个问题非常好,从本科到研究生的转变过程中的确存在这样一个问题。我认为从读书到研究是人的学习过程中一次重要的角色转换。研究的主体意识十分重要,从被动接受知识获取广泛的学术资源,到主动地开始对感兴趣的话题进行研究,研究始终与兴趣有关。研究当然离不开兴趣,然而研究又不能完全被兴趣左右,一旦选定研究方向、目标、对象,就不能再随意听凭个人喜好。在某种意义上讲,研究就意味着失去兴趣和兴致,研究首先是兴趣与意志的结合,其次需要好奇与多思外加勤于实践。多思即是敏锐地感受和关注各种复杂情形的同时,善于深入思考、仔细辨析,得出自己的看法。我在给研究生的第一堂课上都会讲,研究有三要素:一是别人已经说过哪些?也就是前人研究过的内容。二是别人怎么说的?这是指前人研究的方法。三是别人说得怎样?包括前人研究的好坏、深浅、宽窄。了解、分析、判断、总结前人的成果,是自己研究的必经之路,也是最好的途径。在听课过程中,你们应该也注意到,我始终注意采用"言传身教"的方法,就是随时随地举出我自己的一些生活经验,比如讲地域文化与现代文学的关系时列举的北京司机和上海司机的不同,谈文化的地域属性时提到的我对俄罗斯和日本文化的不同感受,我希望能够用这种鲜活的例子让你们体会到要在生活经验中学习,随时发现生活中的文学、生活中的学术,注重文学和学术问题在生活中的应用和理解。

张　弛: 我们在您的《现代文学讲演录》中看到您对治学的几点概括,谈到您治学的几点心得:首先,您认为文学研究是一种个性化很强的事情;其次,您觉得阅读非常重要,要让阅读成为生活的一部分;最后,您提到治学一定要顾及他人的成果,温故而知新。您刚才也谈到从读书到研究的角色转换,作为研究生,我的一个感觉就是读书的时候我更加从容淡定,有一种轻松的愉快,但是真正到自己要开始从事学术研究了,从论文的开题到写作都比较忙乱、辛苦,甚至可以说是一件苦差事。能否谈谈您对于治学的理解,您认为治学哪一点更重要?此外我也很想知道您是如何从治学中获得喜悦并乐在其中的?

刘　勇: 的确,治学的过程很辛苦,有时候需要投入大量的时间和精力。其实,我觉得不只是做学问,做任何事情都是一样的,不仅仅要动手去查找,还要多动脑思考,手脑并用。我一直认为:治学与打仗相同,知己知彼,同样非常重要。做任何事情首先要知己:自己喜欢做什么?能做什么?怎么样做才能更好?同时要知彼:要做的事多难?多大?多复杂?但治学又与打仗不同,治学不只是一场战斗,更不只是一项工程,而是一生一世的事情。你刚才谈到治学研究是一种苦差事,这是不少人的观点,以为治学是一种苦行僧生涯、与世俗生活隔绝,这其实是一种误解。在我看来,最重要的是只有把治学视为生活的一部分,融入自己的一生,才会真正有自己的体会。文学研究不能无中生有,它是与人相关的一种知识,只有在生活中体味人、琢磨人,我们才能对文学有所感悟。古人云:"世事洞明皆学问,人情练达即文章。"这是相当有道理的。

另外你问如何从治学中获得快乐,你们都是中国现代文学的研究生,对于晚清、"五四"两代学人都很了解,我就举两个在学界学者们经常提到的例子。第一个例子就是很有名的王国维的三种境界说,王国维在《人间词话》中谈到古今之成大事业、大学问者,必经过三种之境界:"昨夜西风凋碧树。独上高楼,望尽天涯路",这是第一境界;"衣带渐宽终不悔,为伊消得人憔悴",这是第二个境界;"众里寻他千百度,蓦然回首,那人却在灯火阑珊处",这是第三个境界。周作人也有过相似的概括,在《风雨谈·小引》中,他用了《诗经·郑风》中《风雨》的典故,首先是"故人未必冒雨来","寒雨荒鸡,无聊甚矣";然后"暴雨如注,群鸡乱鸣",则"积忧成病";最后"雨甚而晦,鸡鸣而长,苦寂甚矣",这时风雨故人来,则"喜当何如"。我想说的是无论是王国维谈到的众里寻他的追寻,还是周作人所描述的鸡鸣风雨中的等待,实际上都是一种在艰辛、困惑中不断探索、发现的过程,但是在这种探索、研究的过程中,那种如发现故人一般、终于有所获得的那份喜悦和快乐,才是真正的快乐。

韩冬梅:从您在北师大学习读书以来,一直是中国现代文学专业,从事现代文学教学与研究这么多年,您对于这门学科有怎样的理解?您怎样认识自己从事多年的这门学科的意义与价值?

刘 勇:现代文学是一门非常特殊也非常有意思的学科:它的时间不长,但话题特别多;它的空间也不大,但内容极其丰富。可以说古今中外文学发展的态势、焦点以及文学的创作、理论、翻译、社团、流派等,都能在这里找到话题,而且这些话题往往是经典性的。但是,现代文学也有其自身的特殊性,1986年,我刚开始从事现代文学专业的教学与研究的时候,这个学科就已经被人们反复宣布为"拥挤的学科"。这是实情。记得当时一位老师为我作过一个形象的比喻:如果说现代文学是一座小山,那么这座小山上已经没有一寸土地、一块石头没有被人摸过了。如今二十多年过去了,现代文学这座小山依然成果不断,这说明此山虽小,却蕴藏丰富,是一个富矿。所以,我认为,一个时段的文学,其价值大小,不是由它的时间的长短和空间的大小决定的,而是由它的历史意蕴和文学成就来决定的。现代文学三十年只是中国文学历史长河中的短暂一瞬,但又是极其宝贵的一瞬。这段时期恰是中国社会历史变革最为密集的时期,也是传统与现代、东方与西方对撞冲突最剧烈的时期,而恰恰在这短短三十年里,一大批优秀的经典作家作品涌现出来,使现代文学成为经典而变得永恒,这是我们民族文学发展历程中的经典,是后世取之不尽、用之不竭的宝藏。研究现代文学,就是让它们不断启发我们的思维,净化我们的心灵,丰富我们的生活,不让历史离我们远去。

韩冬梅: 刚才您谈到了很多,但是落脚点始终在于文学、文学研究对于人的精神、心灵的启迪作用。您一直强调精神追求,但是我在跟随您学习的过程中还有一个很深的感受,无论是课堂教学、论文写作,还是毕业论文开题、答辩,您都十分注重训练学生对一些基本问题的把握,比如注释、参考文献、引文这些细小之处的准确性,而这些似乎又不只是些技术问题,我在读您的论文的时候也有这种感觉。比如我看您关于曹禺话剧创作的研究,与其他学者研究、解读曹禺话剧的角度就不一样。您格外注意到曹禺对于场景的交代和描写,比如《雷雨》的"序幕"和"尾声"中一些细节的设置。这说明您同样重视文学创作、文学研究中的许多小的细节,能谈谈这是为什么吗?

刘 勇: 你能够注意到这一点非常好,这一点无论是在我自己进行学术研究,还是培养学生进行学术规范的训练过程中都是十分重要的一个步骤。我并不相信细节决定一切,但是不注重细节注定一切事情都不能成功,一切事情都是从小的细节开始的。引文、注释、文献综述、参考书目这些都是研究和写作中小的细节,这也是最起码的学术规范。如果连这些最基本的学术规范都不遵守,那自己学术研究的开展也就无从谈起。你提到了曹禺戏剧创作的问题,的确,较之其他剧作家,曹禺更醉心于场景的交代和描写,有时这些显然超出了舞台演出所需要的而成为具有独立意义的东西。这些小的细节就吸引我,因为这些场景的描述实际上对于舞台演出的需要并不重要,而对于剧本的内涵则有着某种不可分割的关联。你看《雷雨》里面作为远景的教堂医院的设置,屋内格局和陈设的特写,那种"衰败的景象",壁炉上方钉在十字架上的耶稣,两个不知谁家的孩童在教堂医院里嬉闹,还有画外音是教堂的钟声和"教堂内合唱颂主歌同大风琴声"等等,这首尾两幕相贯的场景和气氛,都在暗示人们《雷雨》不是一般的"社会问题剧",曹禺在《雷雨·序》中讲到过"《雷雨》是一种情感的憧憬,一种无名的恐惧表征",可见《雷雨》更是一部充满着惊恐和诱惑、蕴藏着深不可测的命运之谜的作品,而这些小的地方、细节部分都是构成曹禺创作灵魂的东西。我们今天一直在谈论如何通过阅读、通过文学研究进入到作家的心灵、精神世界,《雷雨》的"序幕"和"尾声"的设置实际上提醒我们,如果忽视这些细节问题,我们往往也会忽视一部作品真正的意蕴、内涵和价值。

韩、张：好的,谢谢您内容丰富的谈话,今天对您的访谈真是受益匪浅。

刘　勇：也谢谢你们,你们今天的提问对我来说也有许多新的触动和启发。

第一章

不读而还是经典的

这篇文章的题目是套用了以下这样一句话,当年废名在他的《谈新诗》中,表达了他对诗歌一些最高境界的看法,其中有这样一句话令人难忘,许多人都认为好诗并不是写出来的,诸如是情感的自然流露,是刹那间的顿悟,而废名的看法更为独特,在他看来,一首绝好的诗,不但不是写出来的,甚至是可以不用写出来的,用他的话就是:"不写而还是诗的。"不写而还是诗的,这是一种什么样的境界呢?似乎很玄,似乎又是可以有一些理解的,至少可以这样理解:一首诗,一首来自诗人心底的来自诗人独特思考的诗,即使不写出来,也存在。它存在于诗人对生活、对人、对社会、对宇宙的一切理解和认识当中。

一、经典与"他人"无关

为什么不读而还是经典呢?其一,经典与"他人"无关。时下我们过度强调读者如何去阐释和解读经典,罗兰巴尔特说"作者死了",接受美学似乎取代了之前的"本质主义",成为新的时髦理论,于是甚至导致了许多质疑经典地位和价值的声音。而过于强调读者和接受过程的重要,很有可能忽视作为本体的经典本身,其实一部经典的价值和意义,实质是在经典诞生的时候就已决定。我们应该清楚地认识到,在人类历史当中,真正能够成为经典的作品是极少的,大部分随着岁月长河的流转而消逝,只有那些经过了时光的陈酿和考验,依然闪耀不朽光辉的才能成为真正的经典。经典首先是作者自身思想的结晶,其中包含了作者自身的体验、思想的深度、表达的艺术,在这种意义上说,经典是高度个性化的,很少有伟大的作家是想着要教育和启发他人而写出伟大作品的,这应该是经典的首要价值和特点,因此,经典不在乎印行了多少次,出版了多少本;不在乎有没有人读,有多少人读;也不在乎别人把经典放在床头还是厕所,经典的意义归根到底在经典本身。

古语有云:"《诗》三百篇,大抵圣贤发愤之所为作也","诗穷而后工",无数的文学经典的生成过程,实际上是许多作者的辛酸血泪、坎坷人生所铸就,是对于人生、世界的最深层次的思考和体悟。作为中国古典文学不可逾越的高峰,《红楼梦》就是最好的例证:"字字读来皆是血,十年辛苦不寻常",然而"都云作者痴,谁解其中味",不是所有人都能真正感悟到曹雪芹笔下"一年三百六十日,风刀霜剑严相逼"、"好一似食尽鸟投林,落了片白茫茫大地真干净"所浸透着的苍茫和悲凉,没有这种人生体验,是很难理解作品所欲表达的人生感悟和艺术境界,甚至可能产生误读。鲁迅先生就曾经说过:"经学家看见《易》,道学家看见淫,才子看见缠绵,革命家看见排满,流言家看见宫闱秘事。"一部《红楼梦》,绝对不仅仅是才子佳人、宫闱秘事所能够涵括的,而鲁迅先生的解读或许更加接近曹雪芹的思想境界:"在我的眼下的宝玉,却看见他看见许多死亡;证成多所爱者,当大苦恼,因为世上,不幸人多。"鲁迅先生的小说中多处写到人的死亡,冷峻的笔锋后面实际上是他对于世间苦难的洞悉和对于人世的悲悯,这一点上,从小康之家堕入困顿的鲁迅和曹雪芹是很相近的,所以鲁迅评价《红楼梦》的这些话时常被作为这部作品的解读者所引用。人常言,人生不同阶段读《红楼梦》会有不同的感触,初涉世事、单纯天真的少男少女会为里面缠绵悱恻的故事落泪却未必能体味太深,锦衣玉食、生活无忧的人们更是很难进入和理解那样的境界的。至于道学家们、卫道士们看到"淫",这样的误读、歪读在许多文学经典阅读中时常见到,如此所谓"读"经典,不读也罢。

如果不能进入经典深处了解经典铸造者的内心世界,那么经典甚至不存在于精英成功人士作为摆设的书房,不存在于奔波于考级考证的忙碌人群手中的应试书本。经典是应该追寻的而不是利用的,人应该向经典靠近,而不是让经典向人趋同,人们歪读、误读甚至不读,都丝毫无影响经典的地位和价值。

二、经典又靠"他人"存活

其二,经典又存活于"他人"心中。这与第一个问题并不矛盾,因为经典不是束之高阁供人仰望、膜拜的神龛,它必然是存在于普通人的生活当中,为人们所接受和喜爱,否则经典无法留存,也就失去了经典的意义,人们喜欢用这样戏谑的语言来概括经典:"经典是那些谁都认为伟大、崇高,而谁都不愿去读的东西。"其实这句话很清楚地表明:糟糕的是那些如此看待经典的人,而不是经典本身。其实许多经典的作家真不在意别人怎么说自己的作品,而是异常珍爱自己的精神成果。"九叶"诗人辛笛曾说过:"宁愿自己的诗只有一个人读一千遍,也不愿一千个人只读一遍。"这句话是耐人寻味的。意识流小说大师乔伊斯甚至提出自己的作品仅仅是写给能够毕生研究他小说的人看的。不管怎么样,他们表达了相近的意思,就是不希望自己的作品成为时下文化快餐,被人消费了一遍就随手可以丢掉忘却的东西,他们希望自己的作品能够成为跨越时空、让别人能与自己交流、沟通的渠道和媒介。

历史是不能假设的,但人们有时会猜想,倘若卡夫卡的朋友马克斯·勃罗德遵守他的遗嘱烧掉了卡夫卡的书稿,那么人类历史上将损失怎样一个伟大作家,后世永远无法对他的作品津津乐道,这些作品更不会成为经典之作。倘若上帝再吝啬一些,不赐予凡·高生命最后的六年时光,我们失去的不仅仅是《向日葵》,人类的色彩也将因此暗淡些许。经典是需要存在于他人心中的,一个人播撒种子,总是希望种子能在荒芜的大地上发芽。凡·高在他的一幅《盛开的桃花》画中,题写了这样的诗句:"只要活人还活着,死去的人总还是活着。"从这样的诗句中我们可以看出,凡·高是多么渴望自己和自己的作品得到人们的了解。中国古代曹丕在著名的《典论论文》中就提出过:"盖文章,经国之大业,不朽之盛事。年寿有时而尽,荣乐止乎其身,二者必至之常期,未若文章之无穷。"自己的个体生命能够随着艺术作品在历史长河的传承中得到延续,透过经典我们可以神交古人,超越时间空间的局限,我们常常谈论卡夫卡的小说、凡·高的绘画,仿佛他们并未离去,如在目前,我们分享他们的喜怒哀乐、悲欢离合,如同亲临其境,感同身受。经典就是在千千万万个这样的阅读、体悟、感动的过程中被世人传诵,锻造成为今天我们所熟知的经典。

三、经典是活生生的

其三,经典是活生生的。我们阅读经典,不是为了炫耀于人,成为自己的资本。我们掌握了关于经典的知识,把经典挂在嘴边,却还并不足以引以为傲。经典固然伟大,但创造经典的过程更加耐人寻味。阅读经典的目的,一是获得知识,二是学习那些大师特有的品质。后一点比前一点更重要。因为比知识更重要的,是如何获得知识并让知识能为我所用,不能从经典当中吸取营养,真正让经典打动自己、启发自己、丰富和提升自己,就不免让人有买椟还珠的慨叹了。

此外还值得探讨的是,我们常说一千个读者心目中,有一千个哈姆雷特,但是不是每个人心目中的哈姆雷特都接近莎翁向我们展示的那个经典形象,或者说,虽然我们都知道《王子复仇记》,我们都知道哈姆雷特,但是如果同样的故事模式让一千个读者来重新描述,那么这一千个读者笔下所呈现的哈姆雷特形象不是所有的都能成为永远鲜活的经典。读者也许能清楚地转述故事情节,能够写出漂亮的文字,但是经典不只是文笔、语言的问题,更不只是故事情节和叙事,哈姆雷特不仅仅是莎翁用优美的文字和动人的情节塑造的,更是莎翁用心灵塑造的。经典显然不只存在于绚美华丽的词语和严丝合缝的行文架构之中,和废名谈论诗一样,所有的文学艺术经典都是存在于符号之先,是经典创造者们的人生体验和生命感触,然后通过符号,比如文字、音律、线条表现出来。现在科技发达,出现了所谓"电脑作的诗歌",机械代替手工绘画等技术,但是无论电脑写出来的诗歌格律如何完美无缺、对仗工整;无论机械描绘出来的图画如何准确、精致,都不会成为人们心目中的经典。为何?电子计算机编程和科学机械技术再精确和发达,却怎么也代替不了一个人生命的深度和广度。一个庸俗唯物论者永远不会明白曹雪芹为何字中能透出血。一个人的一生好比盖楼,经典阅读不是装潢在外作为装饰的金碧辉煌,那毕竟只是表面,经不起岁月的风化。把经典作为消费时代的快餐,希望得到视觉感官上的快感,或者当作市场经济浪潮下的商品,以期获得实用的价值,这种想法只会徒劳无功、南辕北辙。寄望经典能够给自己的考级或者升迁带来某些实际利益的人,必将迁怒于经典,因为他们注定一无所获。当下消解、解构经典的呼声甚嚣尘上,原因大抵在于此吧。经典不是死的器械或工具,经典阅读是一个人一生牢固的地基,也是一种习惯,吟游大地养成的生活态度和生活方式,于潜移默化中影响人的学习、生活、工作,并且为之提供坚实的基础。

第二章

鲁迅对死亡意识的思考

一、鲁迅研究的新问题

近年来,人们越来越注意到鲁迅及其作品对死亡意识的严峻思考,这的确触及了鲁迅对宗教文化思考的深层问题。其实早在六十年前,李长之在其著名的《鲁迅批判》一书中就特别着重地指出了这个问题,在总结鲁迅的创作也是总结自己的观点时,李长之写道:

> 我本来已经说过鲁迅在作品中常常关心到生命的死亡了,例证却是在鲁迅创作中表现之人生观里举得尤其完全:
>
> 鲁迅的小说的结局差不多有个共同点,这个共同点就是往往关于死。阿Q不用说了,是在"耳朵里嗡的一声"里,"团圆"了;《孔乙己》是"我到现在终于没有见——大约孔乙己的确死了";《药》里瑜儿死了,虽然坟上凭空有了花圈;小栓吃了人血馒头,也终于死;《明天》里单四嫂子的宝儿"也的确不能再见了",结局竟是那末寂静而且凄厉,"只有那暗夜为想变成明天,却仍在这静寂里奔波";另有几条狗,也躲在暗地里呜呜地叫;《白光》里县考失败的陈士成,金子似乎没掘到,也终于在万流湖里成了浮尸,"十个指甲里都满嵌着河底泥",因为他曾在水

底里挣命;《祝福》里祥林嫂先是阿毛被狼吃掉了,结局她在全鲁镇祝福的空气中,却也在奚落和辱笑里死掉了;《示众》当是一个囚徒的被杀;《孤独者》里的魏连殳,也是"以送殓始,以送殓终";《伤逝》里子君,不用说,又是"你那,于什么呢,你的朋友罢,子君,你可知道,她死了";就是在两篇只是散文的东西里,也依然是弱小生命的夭亡,《兔和猫》,死的是小兔;《鸭的喜剧》,死的是小蝌蚪;所有这一切不是偶然的,乃是代表着鲁迅一个思想的中心,在他几经转变中一个不变的所在,或者更可以说,是他自我发展中的背后的惟一推动力,这是什么呢?以我看就是他的生物学的人生观:人得要生存。

我所以如此之长地引用李长之先生的话,不仅考虑到其论述的完整,更考虑到其观点的完整,在这里,李长之把鲁迅对于死亡的种种描写一下子联系到对生存的思考,把这种思考上升到鲁迅思想的核心位置,这无论在当时还是在现在,都不能不说是一个极其重要的发现!

二、死亡:鲜明沉重的主题

从鲁迅的思想到创作,从小说、散文到杂文,死亡的确是一个相当普遍的题材,也是一个鲜明而沉重的主题。这个主题不是单一的而是双重的,是死亡与生存的组合。我觉得在鲁迅笔下大量的死亡描写和多方面对死亡意识的思考,实际上已经使死亡意识成为一种特殊的精神象征,并蕴涵着一种深刻的哲学意念:认同苦难,正视死亡以至于超越苦难和死亡。值得注意的是,现代科学的死亡意识本身就包容着摆脱旧体、创造新生、积极生存的含义。鲁迅不仅清醒地看到了这一点,而且在思考着超越死亡的途径:"我只很确切地知道一个终点,就是:坟。然而这是大家都知道的,无须谁指引。问题是在从此到那的道路。"①尽管鲁迅让"过客"越过安逸怜悯,越过自身的迷茫,义无反顾地向"坟"走去,向不停地呼唤着向前走的声音走去,但如何超越死亡,特别是如何去建构新的生命价值,去探讨新的生存意义,在鲁迅那儿并没有更多、更具体的信息,只是有一点是明确而肯定的,这就是无畏地直面死亡的严酷现实,无情地剖析死亡的种种根源,从死亡的血腥和悲苦之中去领悟生存的艰难和宝贵。鲁迅尤其懂得,新的美好的生存需要付出巨大的乃至是死的代价。所以面对死亡他纵情高歌:"过去的生命已经死亡,我对于这死亡有大欢喜,因为我借此知道它曾经存活死亡的生命已经朽腐。我对这朽腐有大欢喜,因为我借此知道它还非空虚。""地火在地下运行,奔突;熔岩一旦喷出,将烧尽一切野草,以及乔木,于是并且无可朽腐。"②在这里,死亡与存活、腐朽与新生已经完全融为一个互通的有机体,而生存则是这个有机体的根本活力。其实,"野草"本身就是生存与生命的顽强象征。因此李长之又反复强调:"鲁迅的中心思想是生存,所以他为大多数的就死而焦灼。他的心太切了,他又很锐敏的看到和事实相去之远,他能不感到寂寞吗?在寂寞里一种不忘求生的呼求和叹息,这就是他的文艺制作户。"③李长之在此又提出一个重要观点,即寂寞并非鲁迅对死亡的悲观,相反,寂寞是由鲁迅对生存的渴求而产生并成为其文艺创作的根本驱动力的。其实,岂止是寂寞,鲁迅所特有的孤独情结、枯燥情绪以及怀疑精神,又何尝不都是由此而生!有焦灼才会有寂寞,有奋进才会有孤独,有纯粹的理念才会有枯燥的心态,有创造的欲求才会有怀疑的精神,这一切都源于一个根本的信念:渴求真正的生存,才会无畏地超越死亡,正如彻底体悟了死,才懂得何为真正的生。畏惧死亡、回避

---

① 鲁迅:《写在〈坟〉后面》,见《鲁迅全集》第1卷,北京:人民文学出版社,2005年,第300页。
② 鲁迅:《野草·题辞》,见《鲁迅全集》第2卷,北京:人民文学出版社,2005年,第163页。
③ 李长之:《鲁迅批判》,北京:北京出版社,2009年,第182页。

死亡的关键在于生存意识的模糊和生命价值的缺乏，由生命的毁灭来催发人们对生存意义和生命价值的领悟和反省，这既是鲁迅创作的一个本质方面，也是鲁迅对宗教文化本质体认的深刻性所在。

三、生存：深层本质的观念

此外，还有一个相关的问题需要再次提及李长之先生，他在《鲁迅批判》中强调科学进化论对鲁迅的作用时说："人得要生存，这是他的基本观念。因为这，他才不能忘怀于人们的死。他见到的，感到的，甚或受到的，关于生命的压迫和伤害是太多了，他在血痕的悲伤之中，有时竟不能不装作麻痹起来，然而这仍是为生存所采取的一种适应的方策，也就是为生存。生存这观念，使他的精神永远反抗着，使他对青年永远同情着，又过分的原宥着，这也就是他换得青年的爱戴的根由。"我们姑且不论这段话里所谈及进化论与鲁迅的关系是否恰切，也不论鲁迅受青年爱戴的根由是否如此，倒是其中关于鲁迅的生存意识（亦即死亡意识）与其所见所感、所受生命的压迫和伤害太多相关的说法，使我联想到近年来不少学者也都很注重鲁迅在死亡意识和宗教意念方面的亲身体验和实际感受，有学者历数鲁迅从亲眼目睹父亲弥留之际种种状态的清晰印象，到"三·一八"惨案两位女子死亡时的惨状，到瞿秋白、殷夫、柔石等挚友或热血青年的惨死，最后到鲁迅自己临终之前对死的论述等等，以此证实"深刻的死亡意识都是建立在深刻的死亡体验的基础之上的，鲁迅的这些死亡体验，是他的死亡意识产生的渊源和潜在因素"①。应该说这个论断本身并不错，但它只论述了问题的一个方面，我觉得问题的另一方面还在于：深刻的死亡意识同样也是建立在深刻的生

---

① 毕绪龙：《死亡光环中的严峻思考——鲁迅死亡意识浅探》，载《鲁迅研究月刊》，1994年第7期。

存体验基础之上的。这或许更为重要。我认为鲁迅不仅"深深地感觉到,惟有死才是对人生苦痛的最快意的复仇方式"①,而且他还深深地感觉到,生命的许多美好的价值,是唯有死的代价才能换取的。这种对死亡的超越不是单向地对生命苦难的复仇,而是同时包含着对生命价值的索取。所以鲁迅一生至死,该不宽恕的一个也不宽恕,需要扶持的则呕心沥血、不遗余力,把整个生命由虚空化为实有。面对苦难重重的现实人生,鲁迅不像丰子恺常常以宁静旷达的心态转向生活的细微小事中去获得"趣味",也不像许地山往往以苦转乐甚至以主动选择死亡来抗争死亡,鲁迅则是背负着人生最大的悲哀,艰难无悔地走向人生最大的超越之路。鲁迅蔑视死,但从不轻视生;他有过悲观、彷徨、失望甚至绝望,但从未因此而沉沦、虚无或颓废。因此李长之说:"我从来想不到颓废和鲁迅有什么关连。"由此可见,过于落实鲁迅在死亡意识方面对死亡本身的体验,反而会限制我们对鲁迅死亡意识深刻性的认识,相反,从鲁迅一生的生存之路去认识他对死亡的超越,会有助于我们更全面地把握鲁迅思想及创作中的这个本质问题。

总之,由生存来超越死亡,由死亡来反衬生存,不是按照宗教理论来阐释人生,而更多地是以自己对人生的体认去阐释宗教,这就是鲁迅对宗教文化本质精义的理解及其理解方式,这里再次显示了鲁迅的独到与深邃。毫无疑问,鲁迅对宗教文化本质内涵的深层次切入和体悟,代表了中国现代作家对宗教文化理性思考的最高水平。

---

① 谭桂林:《鲁迅与佛学问题之我见》,载《鲁迅研究月刊》,1992年第10期。

第三章

胡适"五四"时期的矛盾心理

"五四"为我们民族文化的发展带来了改天换地的"新":新的思想意识、新的人伦道德、新哲学、新的语言形式、各种新的文学样式等。当回顾整个20世纪中国文学与文化发展的辉煌进程的时候,我们深感,这不仅得力于"五四"所开创的新精神以及其所引入的世界文化的广阔潮流,同时这还深深得益于我们民族几千年深厚的文化和文学传统。毫无疑问,新诗、新小说、散文、戏剧,是鲁迅、胡适、周作人等"五四"那一代大师对我们民族新文化与新文学的贡献,而在创新的同时如何面对传统,则是他们为我们留下的更为重要的遗产。这一点往往易于被人们所忽视。

比较几位新文化运动主将的文化品格,我们看到,每个人都有其自身特点。鲁迅更深刻、深沉,周作人更细腻敏锐,陈独秀、李大钊更激愤锐利。胡适似乎更多地表现出一种中间性、过渡性的特征,也就是人们喜欢说的那种"不温不火"的文化品格——这或许有着更加重要与复杂的时代蕴涵,因而也更具有代表性。

一、文化批判与继承传统

对待"五四"新文化的态度或投身新文化运动的目的,是当时思想先驱必须首先认真对待的问题。胡适认为,中国新文化运动的目的在于:"研究问题"、"输入学理"、"整理国故"、"再造文明"。虽然新文化运动最终并没有按照这一设想前进,但胡适的一生都在为实现这一目标而不懈工作。高扬新文化大旗,批判地继承传统,用西方学理解决当时中国的社会问题,无论做哪一项工作,胡适都十分讲究分寸。在相当长的一段时间里,人们将胡适的《文学改良刍议》与陈独秀的《文学革命论》两篇文章比较讨论,认为前者只是文学革命"发难"的一个信号,提出文学"改良",且还是"刍议";后者则第一次公开亮出了文学"革命"的旗号,将"十八妖魔"树为革命对象,掀起了新文化运动的新势头。我认为,相隔一个月问世的两篇文章没有本质上的差别,胡适所说的"文学改良"就是"文学革命"的意思。在美国与朋友们谈论中国文学改革问题时,胡适已经多次使用过"文学革命"这一词语。《文学改良刍议》中,胡适由历史进化论的观点出发,指出整个中国文学史即"活文学代替死文学的历史,文学的生命全靠能用一个时代的活工具来表现一个时代的情感与思想"。"今日之文学应以白话文为正宗"。这些离经叛道、惊世骇俗的言论,其革命性的内容比单纯的标题更能说明问题。胡适用"文学改良"和"刍议"命名自己的文章,一方面表明了一种温和而谦敬的态度,另一方面更重要的是,表明胡适对改革中国的文学总是仍处于不断深入的思考之中。作为一位融合东西文化的学者,胡适将历史上的任何一个制度都看作是一个中段,它一头连接着它之所以发生的原因,另一头则是它产生的结果,认为应分析其背景、原因,并用结果评判它本身的价值。因此对待文学革命这样一个干系重大的问题,他不能武断地"不容反对者有讲座的余地"(陈独秀语),更不能主张与传统文化、历史彻底决裂。陈独秀的文学革命理论口号响亮、旗帜鲜明、激进彻底,但失之模糊甚至空泛,显然缺乏操作性。特别是在《文学改良刍议》后,胡适紧接着又发表了《历史的文学观念论》和《建设的文学革命论》,更详细深入地阐述观点,同时着手以"国语的文学"为基础,创造"文学的国语"。一方面破坏,另一方面积极建设。当陈独秀提倡思想革新时,胡适又指出:"我们认定文学革命须有先后的程序,先要做到文学体裁的大解放,方可以用来做新思想、新精神的运输品。"[①]对文学革命及新文化运动,胡适已经形成了一套比较全面而系统的观念及方法。

　　身体力行,以自己的创作实践积极配合文学革命的理论主张,是"五四"思想先驱的一个重要特点。白话诗是新文化的急先锋,胡适策动文学革命之初,首先便着眼于诗体解放,主张"作诗如作文"。这是他研究中国诗歌发展趋势,认为诗歌创作越来越近于"作文"和"说话"后得出的结论。1917年,他率先在《新青年》上发表白话诗八首,首开新诗创作之风。后来,在为青年诗人汪静之的诗集《蕙的风》所写的序言里,胡适说:"我们初做新诗的时候,我们对社会只要求一个自由尝试的权利;现在这些少年新诗人对社会要求的也只是一个自由尝试的权利。为社会的多方面的发达起见,我们对于一切文学的尝试者,美术的尝试者,生活的尝试者,都应该承认他们尝试的自由。这个态度,叫作容忍的态度。容忍加上研究的态度,便可得到了解与赏识。社会进步的大阻力是冷酷的不容忍。"显然,这里表达的已不只是对文学青年的鞭策和鼓励,而是一种整体的文化观念和人生态度。胡适称自己的诗集为"尝试集",也正是这种自由与容忍精神的具体体现。《尝试集》第一编中的《赠朱经农》、《中秋》等诗,其风格还很接近晚清的旧诗,到第二编中的《威权》、《乐观》、《上山》、《一颗遭劫的星》等便稍显自由活泼之色,取得很大进步。但总体说来,胡适的白话诗仍"未能脱尽文言的窠臼"(钱玄同语)。胡适对此也有清醒的认识,他评价自己的文字:"那就像裹了四十年或者就是二十年小脚的女人,她纵使要把小脚放大,她还是不能恢复天足的。像我们这样作古文作旧诗起家的人,不能完全运用白话文,正和小脚放大的女人不能恢复天足一样。"形象的比喻揭示出"五四"一大批文人的共同特征:他们站在传统与现代的交汇点上。

---

① 曹聚仁:《文坛五十年》,上海:东方出版中心,1997年,第129页。

《新青年》阵营分化后,胡适致力于学术领域,在研究白话文学史、整理国故、对旧小说进行考证方面,均取得突出成就,为中国故有的学术思想开辟了一条新路。胡适既响亮地提出了白话文应取代文言文的口号,同时又多方面寻证现代白话文诞生与发展的历史。在《白话文学史》中,他特别指出了传统佛教文体在语言形式上通俗化和口语化对现代白话文的重要影响。他认为中国三千年文学史虽然支离破碎,但对这些文化遗产,后来学者有责任注入现代的科学精神,取精华、去糟粕,引导人们批判地对待中国传统文明。此外,胡适对《红楼梦》进行考证,使曹雪芹的真面目从旧红学的迷雾中显露出来,打破了以往穿凿附会的"红学"窠臼。胡适指出,他对考证的贡献,不仅在于对一部《红楼梦》的研究,或者是对《水浒传》故事、包公传说、狸猫换太子故事、井田制度等研究所取得的某项成果,他更注重的是所引入的全新的观察视角(历史进化观),科学的、实验的新方法,以及用现代标准检验过的传统文化中的精华。

在"五四"文化运动中,与其说胡适是在热情建树新文学、新文化,不如说他是更为热情地在新文化与传统文化、新文学与旧文学之间努力寻找一种必然的联系,为传统文化迈向现代、面向世界清理道路。

"五四"高潮之后,对新文化运动的反思,也成为"五四"先驱者们所表现出的一种责任。"五四"前,文化、思想界在"尊孔"和"反孔"方面进行过激烈的斗争,至"五四"时已经演化成"打倒孔家店"的巨大时代潮流。人们从胡适对儒教的严厉批判,推断他是反孔非儒的。但胡适自己认为,他对孔子和早期的"仲尼之徒"如孟子,以及12世纪"理学"宗师朱熹都是十分崇敬的。1934年,他还专门撰文《说儒》,通过对儒家本身经典的研究,提出了新的观念。胡适认为,孔子的儒学重在对"仁"的强调,孔子所说的"无求生以害仁,有杀身以成仁"中的"仁",只能理解为"人的尊严",个人通过教育和仁政对社会产生的重大影响得以凸现,人作为个体,有了人格,要求受到尊敬。由此可见,胡适所理解的"儒",不是后来对"儒术"或"儒家"的专指,而是一种新人文主义思想在中国古代的同形体。他尊儒,尊孔子,与其人文主义人生观相一致。胡适本质上是不反儒的,他反对的是经过长期发展后转变成封建统治阶级教化顺民的工具的陈腐儒教。"打倒孔家店"的提法放在胡适身上并不恰当。

新文化思想启蒙运动中,启蒙思想家借助资产阶级民主派自由、民主、平等、博爱的理论主张,敲开了古老中国的大门。1919年,陈独秀用"赛先生"和"德先生"分别指代科学和民主,高扬西方科学民主精神,大力鼓吹人道主义与个性解放,对旧礼教、旧传统、旧习俗等封建思想意识进行猛烈攻击。但陈独秀没有明确阐明科学与民主的要领及含义。当时胡适曾为这两个主张下了注脚,认为新思想的根本意义是一种新的态度,并称之为"评的态度"。有了这种态度,胡适主张不盲从、不调和并"重新估定一切价值"(即"把千百年来一向为人轻视的东西,在学术研究上恢复它们应有的正统地位,使传统学术方法和考据原则等等也可用之于对小说的研究")①之后,他又认为,除了用作号召革命的口号,"民主"更应该是一种生活方式,一种习惯性行为;"科学"则是一种思想和知识的法则。

二、激愤锐意与宽容务实

不温不火的文化品格浸润在胡适文化工作的各个方面。虽然他不像林语堂等人那样张扬"两脚踏东西文化",但同样实实在在地为沟通东西文化做出大量努力。

纵观中国文化、文学的发展历程,"五四"构成了一个根本性的转折。但现代文学与传统文学并非截然断开,"五四"以后新文化的发展也不是单向的。新文化、新文学固然开拓了崭新的思路,但它同时也背负、承担、阐扬着传统文明,为我们民族文化近百年间逐步

---

① 参见《胡适自传》,南京:江苏文艺出版社,1995年,第317页。

走向兴旺发达找到了合理的依托。不断加深对传统的认识,也就是在更加深入地理解世界。"五四"对现代与传统的双重观照,对现代与传统的对接,为我们民族文化、文学迈向新世纪打下了坚实的基础,同时它启示我们将如何更好地完成这一跨世纪的文化承传工作。

人们注意到,"五四"新文化运动之后不久,高扬反封建新文化大旗的胡适博士与封建末代皇帝溥仪曾有过一次特殊的面晤。虽然这次二十分钟的会见主要谈及的是有关文学方面的事情,但胡适毕竟是冒着被世人再三指责"背叛共和"的罪名去参见宣统皇帝的,而溥仪在这次会见前后所表现出的种种"革新"意念也颇受世人瞩目。这段史实的新闻价值至今仍为人们所乐道,其主要原因不外乎新旧两个极端的代表人物竟然那样平静和谐地走到了一起。然而这件事其实更能反映出胡适自身的一些本质特点:他虽然是认真弄清了皇帝不一定非要他下跪不可才决心赴约的,但却又为这次面晤"深受感动":"当时坐在我国末代皇帝——历代伟大君主的最后一位代表面前的竟然是我!"胡适为自己能把一些新的思想带到皇帝的生活中去感到兴奋不已。胡适是这样的人:无论是作为倡扬科学与民主的思想先驱,还是融贯东西的新派学者,他更多地表现出的是热忱、宽容、务实与理性的文化品格,也就是人们喜欢说的"不温不火"的文化态度,而那种激愤、锐意和彻底无情的批判精神并不切近胡适的本质,尽管振臂高呼文学改新的第一声出自胡适之口。

站在 21 世纪,回顾 20 世纪初那场影响和改变了中国社会历史进程的新文化运动,人们不能不想到(甚至是首先想到)胡适。那不仅因为胡适最早为文学革命摇旗呐喊,最早在现代白话文的建设以及现代新诗、话剧等多种新文学的尝试中做出了举世公认的实绩,更重要的是胡适在致力于中国新文化建设方面的全身心投入以及在此过程中所形成的其自身的文化品格。

胡适在初试白话文学时写过一篇不太引人注意的小说《一个问题》,这篇很短的小说精练地概括了一个先前被人称为"哲学家"后来又被人叫作"疯子"的人生故事,作品留下了一个"没有答案"的问题:"人生在世,究竟是为什么的?"胡适在这篇小说中透过生活现象,直指现实生存的根本价值,在无望之中又满含着理想与期待,对社会现实的清醒批判与人生哲学思考的迷茫,构成了一种难以解开的情结。他在谈到自己那部著名话剧《终身大事》时也说过:"我们常说要提倡写实主义,如今我这出戏竟没人敢演。"(因剧中女主人公为反抗包办婚姻跟人跑了,所以很想演这出戏的几位女学生竟没人敢扮演女主角。)提倡现实与面对现实、表现现实往往是一对深刻的矛盾。胡适对此有着冷静的认识。因此,用一种包容现实与理想、情感的、宽泛的人生态度来对待人生,成为胡适新文学创作中的重要特征。后来胡适在为他的"少年朋友汪静之"的诗集《蕙的风》所写的序言里,更加明确地表达了他这种情绪和看法:"我们初做新诗的时候,我们对社会只要求一个自由尝试的权利;现在这些少年新诗人对社会要求的也只是一个自由尝试的权利。为社会的多方面的发达起见,我们对于一切文学的尝试者,美术的尝试者,生活的尝试者,都应该承认他们尝试的自由。这个态度,叫作容忍的态度。容忍加上研究的态度,便可得到了解与赏识。社会进步的大阻力是冷酷的不容忍。"显然,这里表达的已不只是一般的文学见解,而是一种整体的文化观念与人生态度。自由与容忍是这个态度的核心。

的确,这种自由与宽容的态度一直贯穿在胡适的文化品格之中。他一方面热情倡导新文化,另一方面又十分冷静地关注着对传统文化的继承与发展,尤其是思考着新旧文化之间的朴素承传与关联。他既响亮地提出白话文应取代文言文的口号,同时又多方寻证现代白话文诞生与发展的历史。在《白话文学史》中,他特别指出了传统佛教文体在语言形式上通俗化和口语化对现代白话文的重要影响:"宗教经典的尊严,究竟抬高了白话文体的地位,留下无数文学种子在唐以后生根发芽,开花结果。佛寺禅门遂成为白话文与白话诗的重要发源地,这是一大贡献。"在"五四"新文化运动中,与其说胡适是在热情建设新文学新文化,不如说他是更为热情地在传统文化与新文化、旧文学与新文学之间努力寻找一种必然的联系。这种不温不火的品格浸润在胡适文化工作的各个方面,正如他虽然不像林语堂等人那样张扬"两脚踏东西文化",但他同样实实在在地为沟通东西文化做了大量的事情;他坚决反对传统旧诗的僵死格式,但又在新诗的尝试上十分讲究分寸,绝不走得太远等。

三、社会解剖与个人重塑

在中国现代文化的建设中,胡适的许多思考触及一些深层次的本质性问题。比如对待宗教文化的态度。长期以来宗教文化在中国往往被视为虚无的"形"而非实在的"体",包括一些外国学者也坚持认为中国的宗教文化是非理性的,是超越人类知性的东西(日本著名学者铃木大拙是一个突出的代表)。因此,当中国现代作家、学者在"五四"特定历史环境下重新面对宗教文化特殊作用的时候,就不能不对这个问题表明自己的态度。胡适在这个问题上关注的最早,投入的也较多。从文学革命之初至自己的晚年,他始终不渝地参与到人们对宗教文化的长期论争中,胡适坚持认为,铃木大拙所代表的那种只凭宗教的虔诚而舍弃理智的、现实的甚至是历史的观点去苦求所谓"禅是非逻辑的、非理性的,因此也是非吾人知性所能理解"的观点表示了"最大的失望"和"绝对的不能同意"。胡适反复求证,在中国,禅的本质不仅仅在于一个"悟"字,更重要的是"悟"以致"用"。"悟"与"用"在中国禅里不仅不矛盾,而且本源上就是互通的。禅不仅有逻辑,有理性,可以用知性理解,而且是于现实人生有着实际用途的思想和方法。胡适对宗教文化的理解是相当宽泛、自由和务实的,他这种竭力主张宗教文化现实化和实用化的态度,既是对中国传统宗教文化实用理性精神的继承,又是与中国社会变革的基本要求和中国现代文化的发展进程相契合的,是与"为人生"的现代文化主潮相一致的。

然而，在胡适对宗教文化的思考中却缺乏一种真正切入宗教文化本质内涵的深度和力度。鲁迅同样是以一种大文化的观念来思考宗教文化现象的，但他更注重宗教文化作为一种精神现象对整个社会发展及国民性格生成的本质影响，进而探寻宗教文化与中国现实社会现实人生的根本关联。他不是认同一般的人生苦难，而是正视和穿透现实人生的最大苦难、终极苦难；不是按照宗教理论来阐释人生与社会，而是以自身对人生与社会的体认去阐释宗教，这是鲁迅对宗教文化本质内涵的理解及其理解方式。在鲁迅那里，对宗教文化的态度已升腾为一种最彻底的社会批判和最无情的自我解剖。也正是在这一点上，胡适与鲁迅之间显出了某种深刻性的差距。在胡适更注重社会文化建设和个人文化品格修养时，鲁迅已更加无私无畏地投身到对时代社会及自我的批判剖析之中。

　　敏锐与分寸、宽容与自由，构成了胡适独特的文化品格，这种品格对中国现代文化的建设做出了贡献，但这种文化品格的局限也是十分明显的，特别是当它与鲁迅的文化品格相比较的时候。

　　无论如何，"五四"那一代人是最懂得创新、最勇于进取的一代人，然而，他们又是最懂得珍惜传统、继承传统的一代人。他们既读过经，又留过洋，融会古今，贯通中外。他们是时代历史所铸就的一代人，是无可替代、难于逾越的一代人。

第四章

郭沫若文学创作的创造性思维

天才就像每个人一样,但又没有一个人和他是一样的。

——巴尔扎克

我们所要论述的无疑是一位天才的诗人,但他绝不只是诗人;他也毫无疑问是一位杰出的剧作家,但他又绝不只是剧作家,他甚至不愿意承认自己是"诗人"和"剧作家";但实际上不仅是诗歌和戏剧,他的小说、散文、文艺批评乃至译作也都闪烁着奇异的光彩;他还远远越出艺术的领域,在历史学、考古学、古文字学等多方面同样取得了令人瞩目的硕果。对他来说开垦的结果似已并不重要,重要的是开垦本身,因此,确切地说他是一个创造者。没有比这个最朴实的称呼更能确切地概括这样一个伟大的全才了。

他就是郭沫若。他就是与中国现代文学史上那些伟人巨子同样开创了新文学的天地,但却没有一个人像他那样于创造本身显示出更加特殊意义的郭沫若。

1919年,当年轻的郭沫若初试新诗的时候,他面对狂暴的大海写下了这样的诗句:

无数的白云正在空中怒涌,

啊啊!好幅壮丽的北冰洋的晴景哟!

无限的太平洋提起他全身的力量来要把地球推倒。

第四章　郭沫若文学创作的创造性思维

　　啊啊！我眼前来了滚滚的洪涛哟！
　　啊啊！不断的毁坏，不断的创造，不断的努力哟！
　　啊啊！力哟！力哟！
　　力的绘画，力的舞蹈，力的音乐，力的诗歌，力的 Rhythm 哟！

这首叫作《立在地球边上放号》的短诗似乎更像是一个宣言，它宣告了一个创造者的追求：创造的力和力的创造；也表明了一个创造者的思维特质：在毁坏中创造，在创造中努力——这就是郭沫若创作魅力的核心情结。面对郭沫若，我们实际上所面对的绝不仅仅是他那辉煌的历程和成就，而是面对一种活生生的创造精神，一股生机勃发、不可抑制的力的冲动。

　　郭沫若在从事文学活动之初，就把文学的原动力与人的生命运动、人的反抗意识和人的创造精神紧密联系在一起，认定"文学是反抗精神的象征，是生命穷促时叫出来的一种革命"（《文艺论集·〈西厢记〉艺术上的批判与其作者的性格》），主张"诗是人格创造的表现，是人格创造冲动的表现"（《文艺论集·论诗三札》）。他最崇敬的歌德《浮士德》中的一句诗便是："人生之力，全由我们诗人启示！"尽管此时郭沫若对文学本质的看法和理解还不尽准确和具体，但文学的根本生命力是人的创造和创造人自身这个基本观点已经牢固确立了，毁坏的怀疑精神和创造的乐观精神构成了他对文学本质的最初见解。这一见解对其后来半个多世纪的文学事业都有着深刻的潜在的影响。我们看到，在郭沫若"泛神论"哲学思想的核心深处，不仅突出了"自然即神"、"自我即神"的意识，而且更体现出一种彻底怀疑神、不断创造神的主观能动性；在他崇尚自然的艺术追求中，突破自然、创造自然、超越自然才是真正的创作动因。针对达·芬奇所说"艺术家应该做自然的儿子，不应该做自然的孙子"，他豪情地放言："艺术家不应该做自然的孙子，也不应该做自然的儿子，是应该做自然的老子！"（《自然与艺术》）在他高昂的浪漫主义旗帜上，同样闪现着现实主义的光辉，在精神气质上我们完全可以说郭沫若是一个典型的浪漫主义抒情诗人，但在创作方法上却是难以用浪漫主义来概括他的。他的创作方法是多维的、互通的、开放性的,我们只能说郭沫若创造了最善于表达他自己思想特质和艺术个性的方法和风格,而这种方法和风格是无法完全用理论进行概括并传于后世人的。这是创作者的谜。正如闻一多在论述郭沫若时所说:"我不知道他到底是什么主张。但我只觉得他喊着创造、破坏、反抗、奋斗的声音。"①总之,郭沫若是以一种创造的心态、一种开放的理论思维跨入了文坛,跨入了创造新世纪的行列。

一、"一个伟大的未成品"

这是郭沫若对他所崇敬的诗人雪莱的评价,其实也正是郭沫若自身艺术品格和艺术价值的生动体现。在郭沫若那里,艺术创造是永无止境的,"宇宙也只是一个永远伟大的未成品"(《雪莱诗选·小序》,1922年12月)。

1921年8月郭沫若第一部诗集《女神》的出版,使人们在中国诗歌、中国诗人身上首次真正看到了一种崭新的时代意识,"一种伟大的反抗的力",一种"二十世纪的力的表现,震动的表现,奔驰的表现,纷乱的表现,速度的表现,立方的表现……"(钱杏邨《诗人郭沫若》)。《女神》那遒劲壮丽的诗风、宏大浓深的意境、不受技巧约束的一腔纯情,强烈地感染了当时的读者。《女神》出版后的第二天,郑伯奇就发表文章较为全面地论述了《女神》的鲜明个性、泛神论色彩、作者的思想矛盾以及艺术上的创新。人们普遍称赞郭沫若是"现代新诗第一人",把《女神》看作是"新诗坛上的一颗炸弹"、"真不愧为时代底一个肖子",充分肯定了"完全脱离旧诗的羁绊自《女神》始"的历史功绩。总之,《女神》的出版结束了旧诗歌的时代,同时也开辟了新诗歌的时代。《女神》出版的实际意义要远远超出诗本身

---

① 闻一多:《〈女神〉之地方色彩》,载《创造周报》,1923年6月10日。

的范围,它在更深的意义上体现了一种民族更生意识的自觉追求,它是民族创造精神复苏的一个象征,是人格独立、人格创造的深刻表现。《女神》掀开的绝不仅仅是中国现代诗歌发展的崭新的一页,更重要的是它掀开了我们整个民族现代意识和创造精神的崭新一页。这才是《女神》时代精神的最高体现。对郭沫若来说,《女神》当然不是终结,它是郭沫若艺术创造的腾飞点,《女神》的气质一直伴随着郭沫若的创作生涯。自《女神》之后,郭沫若已经飞速地超越了《女神》,超越了他所崇尚的泛神论,超越了他自己。他曾坦诚地自白:"自从《女神》以后,我已经不再是'诗人'了。"(《序我的诗》)他已经全身心地投入到了新的追求和创造中去了。郭沫若对现代新诗的最重要贡献并不在于他创造了《女神》,而在于他创造了"女神"的精神:"不断的毁坏,不断的创造,不断的努力。"纵观郭沫若整个一生的艺术创作,其最重要的意义并不在于成功,而在于创造本身。在他从事文学活动之初就比较明确地反对艺术的功利性,他并不注重作品的成效和影响,而是专注于不断地创新和探索,执着于不断地寻求和突破。不能不说在中国现代文学史上郭沫若是最张扬个性、崇尚个性,而且自身也最富有个性的作家,郭沫若最大的个性是什么呢?恰恰就是他勇于不断地抛弃和消灭自我的个性!艺术上真正要创造、要超越的是自己,而不是别人。郭沫若艺术创造的特性就是不断创造自我,不断超越自我的过程。他早在1920年创作伊始就说过:"我所著的一些东西,只不过尽我一时冲动,随便在乱跳乱舞罢了。所以当其才成的时候,总觉得满腔高兴,及到过了两日,自家反复读读看时,又不禁夹背汗流了。"(《文艺论集·论诗三札》)他在古稀之年又说:"直到现在我还没有写出一篇自己满意的作品,初写出来时也许感到满意,有一点自我陶醉,但过几天自己又不满意了。"(《实践·理论·实践》)这两段话之间的时间距离近半个世纪之遥,但郭沫若那种不断探索求新的创造心态丝毫未变。从郭沫若的创作实际来看,这也绝非自谦之辞,而是坦诚的自剖。正是这种永不满足的心态孕育出了永远锐意创新的郭沫若。由这里我们自然联想到为什么郭沫若在新中国成立后创作的一些作品如《蔡文姬》、《东风集》、《长春集》等，明显失去了《女神》时期的神韵和艺术感染力？我想，这些作品艺术感染力的衰退除了受当时作者不正常的文化心态和不正常的社会感应情绪的支配之外，作者创造力的衰退也是重要因素之一。以新诗而论，且不说新中国成立后，即便早在《女神》之后，虽然后来还有过《恢复》、《战声》等诗集，但郭沫若诗歌创作的力度已经明显减弱，创造的兴趣也已经不断转移，其实这种不断创新、不断转移、不断表现新的个性，又不断否定和超越个性，正是创造性思维的一个突出特征。要求一个人在某一方面始终保持旺盛不衰的创造力，实际上是不大可能的，对郭沫若这样一个求新求异的"创造癖"来说，更是困难的。

而不断创造、不断超越是需要智慧和胆魄的。一个人对世界本质的认识和理解以及对自己内心情感的展现程度都会集中体现在他的思维方式上。一个艺术家，一个富于创造性的艺术家，尤其会在他的思维方式上显示出其独特的创造性。从智慧方面说，创造性思维的本质特征就是以不同于他人的方式去看待同样的事情；从胆魄方面说，就是要勇于创造属于自己的规则，使自己从成规中彻底解脱出来，就像亚历山大断然用剑将谁也解不开的死结劈为两半从而成为亚洲王一样。郭沫若的文学创作从过程到结果，都淋漓尽致地显现了创造性思维的智慧和胆魄。

从郭沫若的创作过程来看，冲动具有特别重要的意义。他多次表述自己"是一个冲动性的人"，自己的"半生行路""都是一任我自己的冲动在那里奔驰"。"作起诗来，也任我一己的冲动在那里跳跃。我在一有冲动的时候，就好像一匹奔马，我在冲动窒息的时候，又好像一只死了的河豚"（《文艺论集·论国内评坛及我对于创作上的态度》）。他在总结自己诗歌创作经验时也特别强调过情兴涌动的重要，认为"立即挥成的东西是比较动人的，而后来方始写成的偏于技巧"（《郭沫若诗作谈·关于写作》）。众所周知，郭沫若的很多诗篇都是在极短的时间内一触即发、一挥而就的。不仅作诗，他的

"几个多幕的史剧,也都是即兴式地写成的。趁兴之所至,几天工夫就写成它一部"(《〈郭沫若选集〉自序》)。甚至连他的一些重要的科学论文也都是神速完成的。有人作过统计,郭沫若许多材料翔实、论证深入的长篇论文都是数天乃至一两天内完成的。本来,创作都是需要冲动的,当作家的生活感受、情感认知积累到一定程度,并受到外在事物的诱发,总是会激起风发泉涌的创作冲动的。郭沫若也不例外。但不同的是,郭沫若的创作冲动往往决定了其创作的形式和结果,冲动本身就显示出独特的创造性价值和意义。新诗是郭沫若最先尝试的文学样式,但他对新诗创作的冲动,并不表明他真正醉心于现代新诗本身的建设,更不是醉心于确立一种什么新诗的形式。郭沫若对自己《女神》所开创的自由体新诗形式的意义并没有看得多么重要,相反,他认为"新诗没有建立出一种形式来,倒正是新诗的一个很大的成就"。"不定型正是诗歌的一种新型"(《开拓新诗歌的路》)。可见郭沫若最感兴趣的是不断有所突破,有所创新,追求一种冲动的快感,一种创造的快感,他是要"打破一切诗的形式来写我自己能够够味的东西",他认为"假如诗没有真诚的力感来突破一切的藩篱",那么"旧诗是镣铐,新诗也是镣铐"(《序我的诗》)。因此他称自己是"最厌恶形式的人,素来也不十分讲究它"(《文艺论集·论诗三札》)。一个真正创造并确立整整一代自由体新诗形式的人竟是"最厌恶形式的人"! 矛盾吗? 不。冲动不仅是作为动因,而且是作为一个有机体贯通在郭沫若整个创作的各个环节之中的,对于郭沫若甚至可以说冲动就是形式,冲动就是结果,冲动就是一切! 创作冲动在郭沫若身上化作了一种全方位的创造欲望。与其说他是致力于新诗创作,还不如说他是借助于新诗的形式来创造一种"真诚的力感",在创作冲动中获取一种创作快感的满足。就《女神》而言,其创作冲动的意义与其开创一代诗风,确立现代自由体新诗形式的意义是不分高低的。郭沫若是站在时代创造精神的高度而不只是诗歌形式变革的高度来创造《女神》的,如同荣格所说"不是歌德创造了《浮士德》,而是《浮士德》创造了歌德"①,我们也完全可以说,不是郭沫若创造了《女神》,而是《女神》的创造精神创造了郭沫若。

《女神》所独有的价值与特色正是在这样的基础上形成的。

首先是诗人直觉思维所产生的那股灵气和雄风。在艺术创造思维中,直觉思维(即灵感思维)占有重要位置,直觉思维特指"对情况的一种突如其来的颖悟或理解,也是人们在不自觉地想着某一问题时,虽不一定却常常跃入意识的一种使问题得到澄清的思想"②。它经常与机灵的推测和丰富的假设结合在一起大胆迅速地做出试验性的结论。直觉思维最大的特点是充满灵感,冲破常规,具有非自觉、非逻辑的突发性和创造性,用郭沫若的话来解释:"我想诗人的心境譬如一湾澄清的海水……一有风的时候,便要翻波涌浪起来,宇宙万类的印象都活动在里面。这风便是所谓直觉,灵感。"(《文艺论集·论诗三札》)郭沫若一直都很注重艺术直觉的作用,在他最初的诗歌理论中就突出强调了"诗人的利器是纯粹的直观","诗人是感性的宠儿"。"诗的原始细胞只是些单纯的直觉,浑然的情绪"(《文艺论集·论诗三札》)。可以说郭沫若的大部分诗作,特别是以《女神》为代表的早期诗作,都是其直觉思维的直接结果。郭沫若对《凤凰涅槃》创作过程的自述生动地说明了这个问题。正是这种在全身乍热乍冷、牙关打战的情况下神速写下的诗行,那种神经性发作的癫狂和倾泻,才能形成《女神》奇妙的神悟和狂飙突进般的气势。

的确,气势也构成了《女神》的一种独有风格。平心而论,在"五四"开山的新诗人群中,论才学、论技巧、论风格的细腻,郭沫若都不是最突出的一个,《女神》等作品中的有些诗甚至是没有技巧可言

---

① [瑞士]荣格:《心理学与文学》,南京:译林出版社,2011年,第105页。
② [澳大利亚]贝弗里奇:《科学研究的艺术》,北京:科学出版社,1979年,第79页。

的,像《晨安》那种整首诗排比到底的结构,像《天狗》那种狂乱奔跑的不合逻辑的思路,明显是诗人在直觉思维作用下满腔热忱、一泻千里、喷发而出的。与周作人的《小河》、康白情的《草儿》、沈尹默的《三弦》、俞平伯的《冬夜》等相比,《晨安》的艺术手法或许过于单调甚至有些粗糙了,但它有自己的气势,它的气势是当时任何一位新诗人及其诗作都无法相比、望尘莫及的。的确,二十七个"晨安"简单地排列开来,是没有人写过的——确切地说是没有人想到诗能这样写的,但唯有郭沫若这样想了,也这样写了。那一气贯下、摇撼山岳的二十七个"晨安",喊出了诗人的情感,喊出了读者的心声,喊出了时代的回音——更重要的是喊出了一个创造者的果敢和气派!至于那条敢于吞下宇宙、吞下一切的"天狗",人们通常最称道的是诗人非凡的想象和夸张,其实很显然,在这里更重要的并不是想象和夸张本身,而是诗人敢于这样想象和夸张的胆魄。这种胆魄使郭沫若的创作总是能够站在时代历史的高处,从大处着眼,直接与时代历史对话,与人类社会对话,与大自然对话,与整个宇宙对话。因此郭沫若的作品有一种统摄一切的力量,有一种主宰一切至高无上的威力。

想象力是任何一个诗人所必须具备的基本素质,这原本是很寻常的。但不寻常的是,想象力在郭沫若身上也显示出了一种神奇的创造力。在郭沫若看来,不仅客观世界需要想象力来开发创造,就连神话也是诗人想象力的创造,"一切神话世界中的诸神是从诗人产生,便是宗教家所信仰的至上神'上帝',归根也只是诗人的儿子"(《文艺论集·神话的世界》)。因此他乐于承认自己的想象力比自己的观察力强。郭沫若在作品中很少按部就班地运用那种恰如其分的比喻,而是任凭想象力的无限发挥。一般来说,从现实到想象的腾飞,其间有一个敏锐细致的观察和联想的过程,但我们在郭沫若的作品中却往往不易感受到这一过程,他的想象力常常是大幅度跳跃的,从"大都会的脉搏"到"自然与人生的婚礼",从"贝加尔湖畔之苏子卿"的"怀古"到弥勒名画和贝多芬肖像的赞美,从庄子到斯宾莎再到加皮尔,从"偶像崇拜者"到"偶像破坏者"……想象在这里给读者留下了更为广阔的思考空间,更显示了作者主观创造的价值。

1922年12月15日郭沫若在一封从日本寄回的家书中谈到新诗创造的原则,他在阐述作诗要情感纯真、表现真切、言词新颖、押韵自然等原则的同时,特别提到了什么是"创造":作诗"须要有个前无古人后无来者的心理。要使自家的诗之生命是一个新鲜的产物,具有永恒的不朽性"。这条"创造"原则,是我们理解郭沫若诗歌创作乃至整个创作心态的一把钥匙。客观地说,在中国现代新诗发展史上,郭沫若的诗作远不是尽善尽美的,但这并不重要,重要的是郭沫若的诗作开了先河,辟了道路,他新诗的创造精神已经远远胜于其诗作本身取得的成就。对郭沫若来说这就够了,对现代新诗的发展来说这也够了。对我们整个民族的振兴来说,也唯有这种创造精神才是最宝贵的。诗是一个民族文学的精髓,有了这种创造精神,也就有了我们整个民族文学的兴旺发达。

二、"一个伟大的解释者"

尽管我们可以说郭沫若的历史剧是他浪漫主义诗歌的另一种形式,但比较而言,其史剧创作则是在历史题材的选择、戏剧冲突的构造以及人物形象的重塑等方面更显示出了一种创造性的睿智和气度。

首先,郭沫若是以一种创造性的历史观来创作历史剧的。他以自己历史剧创作的实践及其理论总结,较为系统且全面地形成了自己的历史观和史剧理论。郭沫若历史剧理论的价值,不仅在于他在现代文学史上富于创见地把历史剧和悲剧有机结合起来,最先提出了"历史悲剧"的概念,并以自己的创作实践不断印证这一理论,而且还在于他以一种完全开放的和现实的眼光确立了对历史题材的再创性理论观点。任何文学史上凡产生影响的历史题材的作品,都有一个共同的基本特点,即借古喻今。郭沫若的历史剧创作同样遵循了取材于历史而着眼于现实、剧中人物源于历史而高于历史的基本法则。但郭沫若不同于一般之处,是他更注重以自己的创造性来认识、理解和反映历史,更注重自己的主观情感与历史事件和历史人物命运的强烈共鸣。他从不拘泥成说,绝不单纯"再现"历史,而是极力"再创"历史,借古人的骸骨吹进新的生命,借古人的口舌说自己的话,力求以自己的感受和认识来重新解释历史,挖掘历史事件和人物身上的现实蕴涵。作者主观个性最大限度地投入,是郭沫若历史剧独特魅力的根本所在。

因此,在史剧的选材和剪裁方面,我们便具体感受到了郭沫若创造性思维的活跃和深刻。郭沫若多次表示自己是"喜欢研究历史的人",也喜欢用历史的题材来创作。但他对历史题材的选用和喜好,绝不只是因为历史题材可以映现现实,而是他发现在历史题材中有许多可以由作家自己去发挥、发展和创造的东西,他生动而准确地把历史研究和历史剧创作的根本区别概括为"实事求是"和"失事求似"(《历史·史剧·现实》)。他强调史剧家应该是一个"凹面镜",不仅要汇集无数历史的线索,而且要把这些史实开展开去,制造一个"虚的焦点"(《历史·史剧·现实》)。这个焦点就是史实与创造的结合。郭沫若不仅把握了历史与现实的关联,更把握了历史与创造的契机。因此我觉得仅仅用追求个性解放、颂扬叛逆精神、表达妇女心声来说明郭沫若早期史剧创作的背景,用"皖南事变"后民族命运的严峻和当时国统区政治文化上的高压政策来解释郭沫若后期史剧创作高潮的动因,都是不够的。事实上郭沫若从来没有被动地描写过历史和历史人物,即使为反映现实也从没有被所反映的现实限制住,他总是完全自我投入地、能动地挖掘和创造历史,而且是以一种整体的全局的眼光进行创造,从不纠缠于细枝末节。他对王昭君、卓文君性格的根本改造,对婵娟形象的完全虚构,特别是对屈原命运的重大改写,尽管引来了人们的一些异议和论争,但这毕竟是郭沫若所理解的屈原,是郭沫若创造的属于他自己的屈原。我们从屈原身上看到的更多的不是历史,而是现实,尤其是郭沫若自己!我们从这些方面获得的美感和启发,使我们觉得已经没有必要再去追究历史上的那个屈原到底是怎么死的了。实际上谁都可以根据自己的理解去描写屈原、解读屈原,只不过郭沫若笔下的屈原更贴近郭沫若而已。创造的天地是宽广的,后退一步天地宽,在不拘泥于史实方面,郭沫若这一步退出了一个创造者的博大胸怀和惊人胆略。因此,郭沫若的史剧创作不仅具有鲜明的现实启发性、强烈的时代战斗性,而且更具有作者独特个性、独立人格的感染力和创造力。在现代文学史上,有多少作家写过多少历史题材的作品,但唯有鲁迅的《故事新编》和郭沫若的历史剧最具有独异的艺术价值,鲁迅的《故事新编》在借古讽今、针砭现实方面更有自己的特色,而郭沫若的历史剧则是在"创造"历史方面更富有激动人心的力量。

在历史人物的重塑方面,郭沫若力行的原则是"并不是想写在某些时代有些什么人,而是想写这样的人在这样的时代应该有怎样合理的发展"(《献给现实的蟠桃》)。这就决定了他在历史人物塑造过程中自由发挥的空间。"一般人之所以一般,是因为他未能进入自由境界。拘于常规,畏惧众议,怕今世又怕来世的惩罚,无数'人生以外'的东西,缺乏光芒的东西,支配了他的灵魂,将他的肉体拖来拖去"①。艺术家如此,艺术形象亦如此,尤其是历史人物形象在"常规"和"众议"面前更容易流于一般。但郭沫若恰恰选择了使人物走向自由境界为自己的创造目标。"五四"以来的话剧创作,虽然在刻画人物性格、突出人物命运方面较之传统戏剧有了较大进展,作家在人物身上寓于自己的情思、投入自己的身影方面也显示了很大的活力,但以剧情发展(特别是历史剧以历史史实的发展)为主要

---

① [爱尔兰]叶芝:《叶芝文集》卷三,北京:东方出版社,1996年,第160页。

线索仍是现代话剧的基本格局。郭沫若是真正突破这一格局的作家。他的历史剧以刻画人物性格为本,以人物命运构造中心冲突,通过人物强烈的自我表现来揭示主题、推动剧情。特别是郭沫若以诗意的笔法把作者的自我意识和剧中人物的自我意识完全融为一体,作家和人物双双达到忘情忘我的自由境地。郭沫若明确表白:"蔡文姬就是我——是照着我写的。"在《蔡文姬》当中既投入了作者"感情的东西",也投入了作者"生活的东西"(《〈蔡文姬〉序》)。其实我们可以代郭沫若接着说:"屈原就是我!聂嫈就是我……剧中主人公都是我!"如果说曹禺剧作中总有一个点燃线索的"引爆人",那么在郭沫若剧作中总有一个显现自我的"自爆人",这就是完全融入作者情感、生活和人格的主人公,或者直接说就是作者自己!郭沫若在《我怎样写五幕史剧〈屈原〉》一文中表明,他对历史人物刻画的根本依据,并不全是史实,甚至没有一定的步骤,最重要的是他自己内心情感的起伏和他所认定的人物性格应该发展的方向。因此,宋玉性格的发展出现了那样大的变化,为增加子兰内心的丑恶把他写成了跛子,把张仪写得"相当坏"也是"没有办法的"。"让婵娟误服毒酒而死,实在是在第五幕第一场写完之后才想到的","所以又不得不把郑詹尹写成坏人"。"祭婵娟用了《桔颂》这个想法,还是全剧写成之后,在十二号的清早出现的"。原有剧情的发展在创作过程中"完全打破了",各幕及各项情节差不多完全是在写作中逐渐涌出来的。"不仅写第一幕时还没有第二幕,就是第一幕如何结束,都没有完整的预念",完全是任凭"自己的脑识就像水池开了闸一样,只是不断地涌出,涌到了平静为止"。在这里,我们清楚地看到,剧情的发展已经完全退居到一个很不重要的位置上,而作家自身主观情感的起伏变化和人物性格的"合理"发展才是最重要的。正因为在历史人物身上最大限度地投入了作者的主观情感,最大限度地摆脱了史实的约束,所以郭沫若史剧中的人物不是角色,而是活的人,是活在作家头脑中的人,是活在现实中的人。从某种意义上说,由于郭沫若创造性的解释,才使屈原具有了更加深沉动人的悲剧性格。

按理说历史是不能重新创造的,但郭沫若是一个例外,他对历史的再创造,使人们在更高更深的艺术层次上领悟到了历史的真正蕴涵和启示。

萧伯纳说过:"第一流作家不需要程式,犹如一个健全的人并不需要拐杖。"(《为什么批评家老爱出错》)真正的艺术只有当作家"是一个隐藏着的真理的无情揭露者和偶像的强有力的破坏者时,才会被创作出来"(《伟大的剧作家是如何折磨观众的》)。尽管郭沫若既是一个卓越的历史学家,又是一个杰出的考古学家,但他的历史剧创作丝毫没有把历史作为拐杖,他完全是以自己独立的人格和个性,冲破一切程式,毁坏一切偶像,创造了他自己写下的"历史"的。毫不夸张地说,郭沫若在历史剧创作中显示的创造性思维的价值,不仅毫不逊色、甚至远远超过了他在历史学研究和考古学研究方面的累累硕果。郭沫若喜欢解释,善于解释,不仅对历史和历史人物,而且对一切生活现象,对文学作品,甚至对外国文学的翻译,他都渴求用自己的声音去重新解释。解释一切是郭沫若的天职。奥尼尔在称赞斯特林堡作为现代作家中最具有现代性的时候,说他"是一个伟大的解释者"。同样,在郭沫若身上我们也看到了一个伟大的解释者所具有的真正的现代品格——创造意识。

三、一个锐意的尝试者

郭沫若曾经说过天才的发展有两种类型:"一种是直线形的发展,一种是球形的发展。直线发展是以它一种特殊的天才为原点,深益求深,精益求精,向着一个方向渐渐展延,展延到它可以展延的地方为止……球形的发展是将它所具有的一切的天才,同时向四方八面的立体地发展起去。"(《文艺论集·论诗三札》)他列举孔子和歌德分别为这两类天才的代表。其实郭沫若自己就是一个球形发展的天才。他在文学方面的开创性贡献,不仅体现在新诗和历史剧之中,而且同时也在其他各种文学体裁领域驰骋着自己的才华,发挥着自己的创造力。他对短篇小说、长篇自传体小说、散文诗、报告文学、游记通讯以及文艺批评等各种文体样式都进行过尝试,他勇于接受自己时代的各种新思潮、新方法,并大胆实践于自己的创作之中,西方现代派的一些创作手法如象征主义、表现主义等都在他的新诗和史剧里有不同程度的吸收。特别值得提到的是,郭沫若早期小说创作对弗洛伊德精神分析理论的吸取和运用具有特殊的意义和价值。

相对新诗和戏剧而言,郭沫若的小说创作显得逊色一些,而且就其小说创作的总体来看,往往是被人们认作是不成功的。早在20世纪30年代初,沈从文就尖刻地指出过郭沫若小说创作的"笔奔放到不能节制","不能节制的结果是废话。废话在诗中能容许,在创作中成了一个不可救药的损失"。因此郭沫若的小说"在文字上我们得不到什么东西"。沈从文还断言郭沫若在"小说方面他应当放弃了他那地位,因为那不是他发展天才的处所。一株棕树是不会在寒带地方发育长大的"[①]。确实,郭沫若的小说或许是在"文字上"不能使人得到什么东西,在客观细致的描写方面也或许是像沈从文所说的"处处是拙象蠢象"。但沈从文并不理解郭沫若创作小说的本意。郭沫若涉足小说并不一定是要在这方面发展他的天才,而是他的天才要让他在这方面显示一下他的创造。郭沫若小说创作的实际价值同样并不在于其本身的大小,而在于他是怎样创作小说的。

郭沫若1922年4月创作的短篇小说《残春》,是他实验弗洛伊德精神分析理论的一个典型代表。其时弗氏精神分析理论正在中国现代文坛引起关注并产生了一定影响。当时一些作家已经敏感地注意到了精神分析的重要,并开始了不同程度的尝试,鲁迅在《肥皂》、《明天》等作品中就显示了深刻老辣的精神分析笔法,但这种笔

---

① 沈从文:《论郭沫若》,载《日出》第1卷第1期,1930年。

法更多地还是掩映在客观描写的主调之下。而郭沫若的《残春》则完全是以梦幻、以精神分析作为"全篇的中心点"、"全篇的结穴处"。整个作品的着力点并不是注重于事实的展现,而是"注重在心理的描写","是潜在意识的一种流动"(《批评与梦》,1923年3月)。人物内心与现实的矛盾、情感与理智道德的冲突、原始的人性、纯真的情致都在无形无影的梦境中得到展现、消融和升华。这篇小说本身的内容也许是像当时有人指责的那样"没有什么深意",但作品的那场梦却做得相当完满。可以说在现代文学史上,这样充分地成功运用精神分析手法的小说,《残春》或许是第一部。尽管《残春》不能算是一篇完美的精神分析小说,但它通篇运用精神分析手法,从一个独特的角度打破了中国传统小说的基本格局和中国读者传统的阅读心理和批评心理。成仿吾当时就针对有人觉得《残春》"平淡无味",缺乏"联络",指出了《残春》在这一方面的特殊意义,认为《残春》实际上冲破了"在中国一般人合理"地对"内容的最高点"的企盼,冲破了小说对形式程序上完备的讲究(成仿吾《〈残春〉的批评》)。可见,《残春》真正的分量和价值同样在于它的独创性和突破性,在于它对新的创作理论及手法的大胆尝试。《残春》在文学史上的地位不应该也不会由它本身的优劣所决定,而应该由它所体现的作者的创新意识来决定。在中国现代文学史上,《残春》不是一部有影响的重要的作品,但《残春》的创新意识是重要的、有影响的。它无疑为西方精神分析理论及手法在现代中国文学中的运用,为后来现代文学创作中陆续出现的心理分析小说,提供了一个有力、有益的范例。郭沫若在给叶灵凤的一封信中说过这样的话:"在时间上没有长久性和价值上无可无不可的东西,我是没有兴趣做的。"(《致叶灵凤信》,1933年4月3日)我理解,这里的长久性和价值绝不只是专指作品本身的思想性和艺术性而言的,它们还包括作品所蕴涵着的创造性——勇于创新的胆魄和善于创新的睿智。这才是真正长久的价值。正是在这个意义上,《残春》是不应该被忽视的。

本来,按笔者的拙识,这篇文章对郭沫若创造精神的阐述也就只能到此搁笔了。但还有一个简单却又不易回答的问题总在困扰着我:究竟是什么因素使郭沫若具有这样的创造思维和创造精神的?不承认郭沫若是一个天才、全才是不客观的,但他仅仅靠的是才华吗?这使我想起英国诗人托马斯·艾略特在谈论传统与个人才能时所说的一段话:"我们在称赞一个诗人时,往往只着眼于他的作品与别人不同的诸方面。我们还自以为在他的作品的这些方面或这些部分找到了他的独特方面,找到了他的特质。我们心满意足地大谈特谈这个诗人和他的先辈、尤其是他的前一辈的不同之处,我们为了欣赏,力图找出一种可以独立起来看的东西。反之,如果我们不抱这种偏见来研究一个诗人我们将往往可以发现,在他的作品中,不仅其优秀的部分,而且最独特的部分,都可能是已故的诗人、他的先辈们所强烈显示出其永垂不朽的部分。"(《传统与个人才能》)不必多说,郭沫若无论在哲学思想、创作观念,还是在创作手法等方面都深受中外传统哲学和传统浪漫主义风格的影响,但这并不意味着郭沫若只有继承而没有独创了,这恰恰说明真正的独创是何其艰难!因为"传统是继承不了的,如果你需要传统,就得花上巨大的劳动才能得到"①。正是在对传统的继承之中,郭沫若显示了自己的个性、自己的突破和创造。此外,如果说郭沫若的天才创造是一个复杂的谜,那么这种创造成功的谜底却是十分简明的,用郭沫若自己的话说"勇气与专精,是成功的最大要素"(见郭沫若1943年给李门的信)。的确,我们在称赞郭沫若历史剧创作突破史实、潇洒浪漫的时候,还应该看到他对每一个哪怕是最细小的史实都是烂熟于心、成竹在胸的,甚至他对筑的弦数、大小、鼓法,对虎符的形状、质地、色泽、尺寸这些最细枝末节的东西,都经过了烦琐的考证。我们在称赞郭沫若创作神速的时候,也应该看到他对作品的不厌其烦的反复修改,修改的时间远远多于创作时间,这在郭沫若几乎是一个

---

① [英]艾略特:《传统与个人才能》,卞之琳等译,上海:上海译文出版社,2012年,第2页。

规律,仅《棠棣之花》这个剧的修改过程,复杂到郭沫若自认想要收齐有关删改的资料"恐怕比重新创作一种剧本还要难罢"(《由"墓地"走向"十字街头"》)。总之,在传统智慧与个性才华之间,在不断积累与不断创新之间,在细致的勘探与恢宏的气度之间,郭沫若把握了自己,把握了时代,时代创造了他,他的创造也推进了时代的发展。

郭沫若在一次演讲中这样说:"艺术家总要先打破一切客观的束缚,在自己的内心中找寻出一个纯粹的自我来,再由这一点出发,如像一株大木从种子的胎芽发现出来以至于摩天,如像一场大火由一株星火燃烧起来以至于燎原,要这样才能成个伟大的艺术家,要这样才能有真正的艺术出现。"(《印象与表现》)作为一个不断超越自我的"未成品",作为一个怀疑一切的"解释者",作为一个勇于先行的尝试者,郭沫若的创作可能不是最好的艺术,但肯定是真正的艺术。一个希望振兴的民族,一个渴求发达的民族的文学,最需要的就是这种真正的艺术,以及创造这种艺术的人。

古希腊作家普鲁塔克有句名言:对自己的伟大人物不怀感恩之情,是强大民族的一个特点。今天我们在纪念自己民族的伟大作家郭沫若诞辰一百周年之际[①],我们不应该只是赞颂他、感怀他,而更应该继承他、超越他、发展他,——这正是郭沫若创造精神的本质,也是我们民族日益强大的体现。

---

① 本文为1992年向"郭沫若百年诞辰纪念国际学术研讨会"提交的论文。

第五章

郁达夫与巴金的忏悔意识

一、中国现代文学的忏悔意识

宗教意义上的忏悔意识,在西方直接导源于基督教,其核心"原罪说",特指上帝最初创造人类时即给人类留下的一种先天性的罪恶遗传。所谓"人之大孽,在其降生",亦即人类根本的罪过就是"生存本身的罪过"。应该说这种理论与中国传统文化中充满理性色彩的那种"三省吾身"的自省和反思意识是完全不同的。显然,在中国现代作家身上所表现出的某种强烈的忏悔意识,更多地是来自于西方基督教文化而不是来自于传统文化。但是,西方基督教本源意义上的忏悔意识也在随着人性解放的步伐不断获得新的内涵。而中国现代作家正是在个人批判与社会批判的结合点上,来接受西方基督教文化的忏悔意识的。

这首先是由"五四"以来的时代特质所决定的。对民族启蒙救亡意识的呼唤,既是"五四"新文化运动的起点,也是这个文化运动追寻的目标。而由启蒙所带来的对民族历史及生存现状的清醒认识,又使拯救民族命运的忧患意识成为中国现代作家普遍的心理共识。因此他们很自然地从西方基督教文化,特别是从列夫·托尔斯泰、陀思妥耶夫斯基等俄罗斯作家那里获取了一种深沉而崇高的社会责任感和历史使命感，把对基督的忏悔与对民族命运的忧虑结合起来。巴金在1927年赴法留学、扬起自己生命之帆的时候就曾响亮地说道："我的上帝只有一个，那就是人类。为了他我准备献出我的一切。"①这种责任感和使命感虽然看起来还很朦胧、空泛，但它们毕竟是以对本民族命运危机的体认为基础的。与此同时，"五四"以来个性解放、自我发现、自我完善的这股"人"的思潮，使中国现代作家在要"立国"先"立人"的理性思考中，也不断转向对自我灵魂的拷问。他们在不断发现自我价值的同时，也不断感受和意识到了自我的矛盾、局限、弱点、甚至是"罪恶"。郭沫若的《凤凰涅槃》其实就是对自己作为"罪恶的精髓"的彻底忏悔与更新的象征。郁达夫在自己内心深处不断的忏悔与自责，也正是一种对完善人性与人格的不断追求。而郭沫若和郁达夫的这种由自我完善而引发的自我忏悔，也都同样具有对旧世界、旧社会的批判与否定的深刻内涵。

尽管中国现代作家的忏悔意识主要得益于西方现代文明对中国社会发展进程的冲击和影响，但有两点是应该强调的，一是中国现代作家在更高层次上对人自身价值的发现始终伴随着他们对民族命运的关怀和认识；二是中国现代作家在实现个人批判与社会批判的过程中，也不同程度地受到了忧国忧民、独善其身等传统文化观念的浸润和滋养。这些特点确定了中国现代作家的忏悔意识成为一种西方文明与传统文化、个人觉醒与社会批判、宗教意念与历史使命相互融合的特定产物。

忏悔意识既需要冷静深沉的思考与剖析，也需要热情的喷发和激情的燃烧。因此在那些特别富于热忱与激愤的作家身上，忏悔意识所得到的张扬更为显著一些。我们在郁达夫和巴金身上感受到了这种比较显著的忏悔意识。

---

① 巴金：《海行杂记》，上海：上海人民出版社，2008年，第55页。

二、郁达夫：赤裸的心灵自白

郁达夫曾这样强调过艺术创作的高层境界："大凡艺术品，都是自然的再现。把捉自然，将自然再现出来，是艺术家的本分。把捉得牢，再现得力，将天真赤裸裸的提示到我们的五官前头来的，便是最好的艺术品。"[①]其实这也正是郁达夫本人艺术创作的审美追求，只不过他所力图"把捉"和"再现"的，不是一般意义上的"自然"与"天真"，而是自己整个心灵，他把自己真实而"透明"的心赤裸裸地展示在世人的面前。郁达夫历来遵从文学创作都是作家的"自叙传"这一信条，认为作家的思想、性格、信仰、嗜好以及生活习惯和艺术个性无不融化在作家的创作之中。我们发现，郁达夫的文学创作不仅充分体现了他的"自叙传"原则，而且他的整个作品实为其一生的"忏悔录"，他是带着深深的忏悔之情来彻底展露其人生和心灵之路的。如果说"自叙传"主要表现了郁达夫文学创作的外部特征，那么，"忏悔录"则更多地体现了其作品的内在蕴涵。

卢梭是郁达夫深为崇敬的法国思想家和作家，他的反抗精神，他一生不得不为之所苦扰的充满两极矛盾的性格，他的单纯和热情，他的爱好自然与诅咒现代社会的堕落，甚至他的"自卑狂"与"自大狂"等，都对郁达夫有着某种程度的影响。当然，对卢梭的重要代表作《忏悔录》，郁达夫也是极为推崇的，他认为这"实在是空前绝后的大计划"，"使人读了没有一个不会被他所迷，也没有一个不会和他起共感的悲欢的"[②]。作为浪漫主义文学兴起的重要标志之一的《忏悔录》，不仅在小说的自传体式上吸引了郁达夫，更重要的是它

---

① 郁达夫：《艺术与国家》，作于 1923 年 6 月 17 日，见《文艺论集》，上海光华书局，1926 年。

② 郁达夫：《卢骚的思想和他的创作》，载《北新半月刊》，1928 年 2 月 1 日。

那"要把一个人的真实面目赤裸裸地揭露在世人面前"(《忏悔录》开篇首句)的创作宗旨,也引起了郁达夫的深切共鸣。郁达夫叹服卢梭"赤裸裸地将自己的恶德丑行暴露出来"的那种自我折磨的勇气和无比的真诚,并以此作为自己创作的重要标尺。郁达夫"写完了《茑萝集》的最后一篇",在诉说了自己几度或想离乡去国、或想"图一个痛快的自杀"的绝望情怀之后曾坦然自白:"以死压人,是可羞的事,不死而以死为招牌,更是可羞。然而我的心境是如此我若要辞绝虚伪的罪恶,我只好赤裸裸地把我的心境写出来。世人若骂我以死作招牌,我肯承认的,世人若骂我意志薄弱,我也肯承认的,骂我无耻,骂我发牢骚,都不要紧,我只求世人不说我对自家的思想取虚伪的态度就对了,我只求世人能够了解我内心的苦闷就对了。"①在这里郁达夫已经清楚地表明,他把自我心灵的忏悔与净化当作了自己创作的自觉的审美追求和价值标准。

郁达夫创作的心灵忏悔有两个基本指向,一是指向自我内心,二是指向时代社会,这两者往往又交织在一起。在郁达夫作品的主人公身上有一种普遍的"原罪"感,特别在其代表作《沉沦》中,那种无处不在的对人性、对自然、对情爱、对自尊、对理想的渴求以及面对这种渴求的自责、自悔,几乎把主人公淹没了,他沉陷在自己认定的深深的"罪孽"之中。他刚一口气译完一首著名的外国诗篇,还未及沉浸到片刻的心灵慰藉之中,马上就感到了万般的无聊,便自嘲自骂:"这算是什么东西呀,岂不同教会里的赞美歌一样的乏味么?"他的自尊受到一种莫名的伤害,"他每觉得众人都在那里凝视他","他避来避去想避他的同学,然而无论到了什么地方,他的同学的眼光,总好像怀了恶意,射在他的背脊上面"。他不断地在心里责骂自己是个卑怯者!于是他自伤、自残,于是伴随着更多的"深自悔痛",愈发往一种不可自拔的"责心同恐惧心"里沉沦下去。值得注意的

---

① 郁达夫:《郁达夫全集》第10卷,杭州:浙江大学出版社,2006年,第71页。

是,《沉沦》的主人公并没有一味地陷入对自我的谴责和忏悔之中,相反,在自责自悔的同时,他也深怀着对世人的强烈不满。作品里有这样一段描写:主人公来到"田园清画一般"的山上,"他觉得自家好像已经变成了几千年前的原始基督教徒的样子,对了这自然的默示,他不觉笑起自家的气量狭小起来。饶赦了!饶赦了!你们世人得罪我的地方,我都饶赦你们吧,来,你们来,都来同我讲和吧!"这段吁求与主人公最后自沉大海之前对祖国软弱无能的悲切和对祖国富强的呼唤是内在呼应的。在《沉沦》主人公的心里,应该受到谴责和忏悔的绝不仅仅是他自己,也包含着世人和社会。这种寻求个人自我忏悔与要求整个社会忏悔的双重心态在《沉沦》中是融合在一起的。可见,《沉沦》主人公所体现出的"原罪"感与基督教文化意义上的"原罪"感有着很大的不同,它不是单纯忏悔那种"与生俱来"的"罪孽",而是在更大程度上忏悔和谴责社会给自己带来的不幸与痛苦。因此,那种认为《沉沦》主人公的"原罪感产生于理念上将女性视为圣洁、优美的偶像却又无法遏止本能的占有欲这两者之间的矛盾情结"的看法,①是比较褊狭的。类似《沉沦》这样在美丽的女性肉体面前乞求"上帝"宽恕的作品,在郁达夫笔下还有一些,诸如《风铃》、《迷羊》等等,但这些作品中所表现的乞求上帝宽恕的忏悔之情同样不只是源于所谓"理念与本能"的矛盾,而是源于个人理想与时代社会现实之间的深刻冲突。至于《迟桂花》的主人公面对具"有高山上的深雪似的"纯洁心灵的莲所表示的自我"严正的批判",历来被人们看作是郁达夫及其作品主人公人性升华、心灵净化的标志。的确,身处十里飘香的桂花中,尤其是面对心灵美更胜于体态美的莲,主人公的那种"一念邪心"彻底坍塌了,对莲的真诚忏悔(后来还付诸行动,与莲结拜兄妹,情愿像大哥一样奋不顾身救助有困难的莲),确乎达到了一种人性的完美的理想境地。然而,这种过于纯情

---

① 参见马佳:《十字架下的徘徊》,上海:学林出版社,1995年,第75~81页。

的忏悔由于失去了社会内涵的依托,仅仅表现出对一种完美人性的追求,所以它反而显得有些空泛和苍白,没有《沉沦》之中那种混合着个人批判与社会批判的忏悔令人心灵震颤。这恰好从另一个角度说明郁达夫创作中忏悔意识的价值并不在于个人面对上帝的心灵净化,而更在于透过个人心灵的忏悔来达到一种独特的社会批判,使人看到真正应该忏悔的不仅仅是个人,而更应该是社会。

因此,我们在《茑萝行》里又听到了主人公借助对妻子的无尽忏悔所发出的对污浊社会、不平世道、"生之苦闷"的痛切怨愤。他悔恨自己对妻子的冷漠和不负责任,悔恨自己生活中"荒妄的邪游,不义的淫乐",悔恨自己的怯弱无能,痛斥自己是"一个生则于世无补,死亦于人无损的零余者"。但在这满篇悲泣的忏悔声中,他没有忘却这更应该忏悔和更应该诅咒的罪恶之源:"我想这责任不应该推给我负的,第一我们的国家社会,不能用我去做他们的工,使我有了气力能卖钱来养活我自家和你,所以现代的社会,就应该负这责任。""第二你的父母不能教育你,使你独立营生……所以你的父母也应该负这责任"。"第三我的母亲戚族,知道我没有养活你的能力,要苦苦的劝我结婚,他们也应该负这责任"。"而对于社会何尝不晓得反抗,你对于加到你身上来的虐待也何尝不晓得反抗,但是怯弱的我们,没有能力的我们,教我们从何处反抗起呢?"这种把个人罪孽与社会罪恶结合在一起进行忏悔和审判的呼声,在郁达夫的许多作品中都是可以听到的。

如果说在上述作品中,郁达夫主要于自我忏悔的同时也强调了社会和时代忏悔的必要,那么在《春风沉醉的晚上》和《薄奠》等作品中,郁达夫的自我忏悔里又增加了一份对时代社会的深刻认识和对弱者的深切同情。《春风沉醉的晚上》里的"我"穷困潦倒,一文不名,但与之相邻的烟厂女工陈二妹却献出了一份真挚的友情和关爱,在她一再的劝慰和告诫之下,"我"的"心里忽而起了一种不可思议的感情",这感情里有感激,有欣慰,也有一份难以诉说的忏悔。"我"与陈二妹都是社会最底层的被压迫者,"她是不想做工而工作要强迫她做,我是想找一点工作,终于找不到",这双双不幸的命运既是对社会不平的控诉,又是两人心灵沟通的基础。虽然"我"深感"现在是没有爱人的资格",但对陈二妹的热情和真诚又怀有十分的敬重和感激;而陈二妹对"我"的关爱与同情,虽然也一时改变不了"我"的"穷状",但毕竟唤起"我"对生活的悔悟,给了"我"继续生活下去的勇气,并净化了"我"内心深处的道德情感。《薄奠》虽然转换了角度,主要表现了"我"对一位人力车夫的同情和关怀,但仍然是在一种相互真诚的理解和同情之中,使"我"获得了一份心灵的反思。"我"在人力车夫惨死后献上的"薄奠"正寄托着这种内心的痛苦忏悔,只是这忏悔更明确地指向了那些"可诅咒的红男绿女和汽车里的贵人",以及那可诅咒的制造出这样"畜生"的社会。"我的朋友,这可怜的拉车者,是为你们所害死的呀!你们还看什么?"这发自内心深处的叫骂,正是那无尽忏悔的升华。

  郁达夫作品中反复体现出的这种个人忏悔与社会忏悔、个人批判与社会批判相融合的思想内涵,确定了其忏悔意识所特有的宗教文化意义:以个人心灵的忏悔引向时代社会的忏悔,以个人迷惘、矛盾、消沉甚至颓废的心灵"个识",展示出"五四"以来一代知识分子精神追求的曲折历程。郁达夫作品中的忏悔意识虽然主要是以"我"为原型、为对象的,但其背负的则是整个时代社会的罪恶。从较为宽泛的宗教文化的意识上看,忏悔意识和负罪感在本质上是对一种责任感和使命感的激励,是对人类精神境界的飞跃和道德情操的升华。尽管郁达夫的作品大量地、赤裸裸地描写了个人的"丑恶"与"罪孽",但并不因此而显得卑琐和渺小,相反,它们获得了一种悲壮和崇高。正因为郁达夫作品中的忏悔意识和负罪感与社会的责任感、使命感有着本质的相通,所以它没有陷入一种单纯的、狭隘的自我道德完善和个人灵魂求助于上帝拯救的宗教模式。因此,郁达夫虽然在小说《风铃》中说过这样的话:"到将来抱有希望的人,他的头上有一颗明星,在那里引他,他虽在黑暗的沙漠中行走,但是他的心里终有一个犹太人的主存在。"在《迷羊》中又借助一位美国宣教师表述过这样的思想:"我们的愁思,可以全部说出来,交给一个比我们更伟大的牧人的,因为我们都是迷了路的羊,在迷路上有危险,有恐惧,是免不了的。只有赤裸裸地把我们所负担不了的危险恐惧告诉这个牧人,使他为我们负担了去,我们才能安身立命。教会里的祈祷和忏悔,意义就在这里。"但是,从郁达夫作品中忏悔意识的实际内涵和真正指向来看,这并不意味着郁达夫作品"忏悔的绝对意义"就在"意识到自我的完善必须在一个绝对的标准面前,必须在一个神圣的至高面前才能获得,人在上帝面前其实都不可能不充当迷途的羔羊,因而也就不可能不忏悔!"[①]我们已经强调,郁达夫的忏悔不是纯教会式的,而是其特有的郁达夫式的。如果要说郁达夫作品中的自我完善和自我忏悔确有一个"绝对标准"做对照的话,那么这个标准绝不仅仅是那个"神圣的至高"——上帝,而恰恰是那个充满罪恶的时代和社会。个人自我完善的追求和社会忧患意识的背负,这两者的自觉融合,才是郁达夫式忏悔的"绝对意义"。

三、巴金:为心中的上帝而忏悔

巴金曾深深痛苦于别人对自己创作理解的不全面,他在1933年5月11日所写的《〈萌芽〉付印题记》里说:"那些批评者无论是赞美或者责备我,他们总是走不出一个同样的圈子:他们摘出小说里面的一段事实或一个人的说话,就当作我的思想来解剖批判。他们从不想把我的小说当作一个整块的东西来观察研究。就譬如他们认识现在的社会,他们忽视了整个的社会事实,单去抓住一两个人的思想和行动就判定现在社会是个什么样的东西。这不是很可笑的吗?"

---

① 参见马佳:《十字架下的徘徊》,上海:学林出版社,1995年,第75~81页。

第五章 郁达夫与巴金的忏悔意识

那么，什么是巴金创作的"整个的"思想和审美追求呢？巴金，1993年1月5日编完自己的全集之后，写下了他的《最后的话》①，他真切地表示："重读过去的文章，我绝不能宽恕自己。人们责问我为什么把自己搞得这样痛苦，正因为我无法使笔下的豪行壮举成为现实。"这纯朴的话语告诉人们，深深的自责和沉痛的忏悔是缠绕巴金一生的情结，这绝不仅仅是为着他自己的创作，也更是为着作品中那些冤屈的灵魂以及造成这些悲剧的时代和社会。

当我们试图把巴金的作品"当作一个整块的东西来观察研究"的时候，我们感到，尽管这几乎是难以做到的事情，但巴金作品中从四面八方滚滚涌来的热情与信仰，毕竟给了我们一个普遍而确切的信息：这种热情与信仰是与巴金燃烧着的生命密切相连的，是与缠绕巴金一生的忏悔情结休戚相关的。巴金说："当热情在我的身体内燃烧起来的时候，只要咽住一个字也会缩短我的一天的生命。"②又说："我有我底爱，有我底恨，有我底欢乐，也有我底受苦。但我并没有失去我的信仰，对于生活之信仰。"③"有信仰，不错！我的第一部创作《灭亡》的序言的第一句话就是：'我是一个有了信仰的人'。"④巴金的热情是人们非常熟悉的，但有时人们过于看重了热情里面所包含的爱的成分，以至于强调巴金的忏悔是一种"为爱的忏悔"。认为"纯白的心"、"沸腾的热血"、"同情的眼泪"，"是塑造巴金人格的三个基因，也是他天然接近神圣存在、博爱精神、牺牲勇气和忏悔意识的主要原因"，强调"人道主义的观念贯穿在他整个一生的言行中"，使他"必然会产生强烈的宗教情绪，并时时体现出基督教

---

① 巴金：《最后的话》，即人民文学出版社1986年出版的《巴金全集》后记。
② 巴金：《〈爱情的三部曲〉作者的自白》，载天津《大公报》，1935年12月1日。
③ 巴金：《激流总序》，见《家》，上海开明书店，1935年。
④ 巴金：《〈爱情的三部曲〉作者的自白》，载天津《大公报》，1935年12月1日。

的人格风范"①。其实,这也是巴金热情燃烧的一个不可缺少的基因。他通过作品中的人物告诉我们:"我是有血,有肉,有感情的人,从小孩时代以来我就有爱,就有恨了……我的恨是和我的爱同样深的。"(《露》)"我永远是孤独的,热情的"(《雨》)。他在回顾自己五十年的创作生涯时又反复强调自己以前说过的话:"每天每夜热情在我的身体内燃烧起来,好像一根鞭子在抽我的心,眼前是无数惨痛的图画,大多数人的受苦和我自己的受苦,它们使我的手颤动。"②当年刘西渭在评论巴金《爱情三部曲》中的人物性格时说:"唯其孤独,所以加倍孤独;唯其热情,所以加倍热情。"③我们可以延续这个说法,那就是:唯其热情,所以加倍恨;唯其有恨,所以加倍热情。恨与爱同样使巴金的热情激越、奔腾,而恨使得巴金的忏悔之情更向着诅咒、控诉的方面升华。巴金不仅不"掩饰"、而且很"珍爱"自己爱与恨的矛盾:"这爱与恨的矛盾将永远是我的矛盾罢。我并不替自己的过失辩护。"④由此可见,巴金作品中的忏悔意识很大程度上是与他对特定时代社会的诅咒和控诉联系在一起的,它不仅不是纯宗教意念上的自我忏悔,而且也不仅仅是以爱为底蕴的忏悔。

忏悔意识总是伴随着赎罪意识的,巴金的创作从一开始就表露出强烈的赎罪意识和明确的赎罪对象,他在第一部小说《灭亡》中即通过李冷、李静淑兄妹之口发出了这样的誓言:"我们叫人爱,我们自己底生活却成了贫民底怨毒底泉源:这样的生活现在应该终止了。我们有钱人家所犯的罪恶,就由我们来终止罢。""我们宣誓我

---

① 马佳:《十字架下的徘徊》,上海:学林出版社,1995年,第77~78页。
② 巴金:《文学生活五十年——1980年4月4日在日本东京朝日讲坛演讲会上的讲话》,载《花城》,1980年8月。
③ 刘西渭:《〈雾〉〈雨〉〈电〉——巴金的〈爱情三部曲〉》,载天津《大公报》,1935年11月3日。
④ 巴金:《〈光明〉序》,《光明》为巴金的第二个短篇小说集,1932年5月由上海新中国书局出版。该书序文发表在1931年12月1日《新时代》月刊第1卷第5期,当时题为《〈奴隶的心〉序》。

们这一家底罪恶应该由我们来救赎。从今后我们就应该牺牲一切幸福和享乐,来为我们这一家,为我们的人民赎罪,来帮助人民"。这虽然只是一种誓言,但它确实是深深地触动了人物心灵痛苦的悔悟,而且它在更深层次上触动的又是巴金本人的悔悟。对自己家庭的痛切的负罪感,以牺牲自我来承担对这种罪恶的救赎,并以此达到自我心灵的拯救,这既是李冷兄妹、也是巴金本人最真切的宗教情结,它不仅成为李冷兄妹投身"帮助人民"的事业的根本动因,也成为巴金创作《灭亡》乃至进行整个文学创作的根本动因。只是应该强调,《灭亡》主人公及其作者不但在心灵的层次上求得自我的忏悔和救助,而且这种心灵的忏悔和救助从一开始就没有停留在宗教理论的程式上,而是与控诉整个人类社会的罪恶并付出行动联系在一起的。

《灭亡》奠定了巴金创作中忏悔意识的基调,但它对于人生的描写却显得抽象和单薄,比较意念化。《激流三部曲》则最真切地投入了作者的生命体验。这部作品的意义不仅在于通过对一个封建家庭破败过程的详尽描写来揭示整个封建制度必然灭亡的发展趋势,还在于使人们充分感受到了作者倾注其中的主观情感。这种爱与恨交织着的情感内在地深化为一种赎罪和忏悔的宗教情结,从而成为作品的深层次的主题之一。《激流三部曲》的忏悔意识也是体现在对封建家庭罪恶的负罪感和自我灵魂的拯救这两个层面上的。巴金一方面通过觉慧更为明确具体地表达了对家庭罪恶的负罪感:"我们的长辈犯了罪,我们自然也不能说没有责任,我们都是靠剥削生活的。"另一方面又把这种浓郁的忏悔之情引入主人公的人生历程和心灵世界中。觉新作为一个时代青年,他与觉慧一样感到了自己那个"家"的罪恶,但他作为这个"家"的长房长孙,担负着与"家"共存亡的使命,这又使他陷入深深的困境之中,他自觉不自觉地维护着这个"家"的秩序,延续着这个"家"的罪恶,甚至无可奈何地把这些罪恶引向自身。因此觉新的悔罪既是向着这个"家"的,也是向着他自己的,而且很大程度上"家"的罪恶和他自己的"罪责"又是连在一起的。他承受着双倍痛苦的煎熬而不能自拔,这是这个人物悲剧命运的更深的蕴涵。如果说觉新的忏悔更带有悲伤和绝望的成分,那么觉慧的忏悔则更带有一种抗争和觉醒的时代气息。觉慧同样既为家庭的罪恶负疚,又为自己的责任悔悟,但他能有勇气比较自觉地把个人的责任与家庭及社会的罪恶联系在一起,从而获得一种双重的批判和超越。鸣凤之死是觉慧人生经历中最受震撼的事件之一,鸣凤的投湖,无论在主观上还是客观上都是与觉慧有着某种关联的。我不能同意有些论者所持鸣凤的自杀,本与"觉慧无关"的看法①,客观的原因可以不说,单从主观上讲,觉慧虽然爱着鸣凤,但感情上投入的不够,甚至是有些游移的。这本来是很符合觉慧的身份、性格和思想实际的。事实上后来觉慧醒悟到了这一点:"我的确爱她。可是在我们这样的环境里我同她怎么能够结婚呢?我也许太自私了,也许是别的东西迷了我的眼睛,我把她牺牲了。"可以说,正是因为觉慧意识到了自己的自私、软弱等内心深处的罪责,所以当鸣凤死后,他的自责与忏悔才显得尤其痛苦和悲哀,甚至发出了这样的绝叫:"我是杀死她的凶手。"然而,觉慧并没有完全陷入到单纯自我忏悔的迷茫之中,而又同样清醒地意识到:"不单是我,我们这个家庭,这个社会都是凶手!"他这不是在为自己心灵的痛苦寻找解脱,而是真正看到了自己个人罪责的家庭根源和社会根源。主人公这种具有双重意义的忏悔和批判,使《激流三部曲》不仅成为一部揭露封建家庭、封建制度和封建社会的罪恶史,而且成为一部忏悔、诅咒和控诉这种罪恶的心灵史。

随着巴金后期创作对社会批判力度的加大,其作品中宗教忏悔意识的蕴涵也在加深。被人们看作是《激流三部曲》的"续曲"和"补遗"的《憩园》,在描写那些罪恶家庭的罪人的命运方面更深了一步。作者让"憩园"前后两代主人在深重的罪孽面前受到了灵魂的谴责

---

① 魏建、李书生:《论巴金的赎罪意识》,载《山东师范大学学报》,1991年第6期。

和命运的惩罚。前代主人杨梦痴恣意挥霍遗产，败尽祖业，最后被逐出"憩园"、赶出家门，死得无影无踪。但他毕竟在小儿子的宽恕下得到过心灵的忏悔："这是我自做自受"，"我把你们害够了"，"这是我的报应。我对不起你妈，对不起你们"。"我实在不配做父亲"，"医院治不好我的病"……并流着泪对小儿子说："记住爹的话，你不要学我，你不要学你这个不争气的父亲"，"只要你将来长大了不恨我不骂我，我死了也高兴"。当然，这曲"挽歌"式的忏悔不可能改变杨梦痴的悲剧结局。而后代主人姚国栋的爱子小虎子又在过着当年杨梦痴的生活，重复着杨梦痴的罪恶足迹，却没有得到杨梦痴那样忏悔的机会，还未等到他自己的忏悔，就带着他一贯的骄纵任性被水无情地冲走了——结局倒和杨梦痴相同，都是死不见尸。作品在姚国栋的痛哭声中留下了无尽的悔恨："我没有做过坏事，害过人！为什么现在连小虎的尸首也找不到？难道就让他永远泡在水里，这叫我做父亲的心里怎么过得去！"显然，不是作者不宽容，不愿给小虎一个悔过的机会，而是作者看到了社会制度的深重罪孽，巴金痛感"一切作恶的人都是依靠制度作恶的"①，不改变社会制度，任何忏悔都是苍白无力的、毫无价值的。这体现了巴金对宗教忏悔意识的更深认识：真正有价值的忏悔意识首先应该是一种对社会罪恶的醒悟和批判。"憩园"前后两代主人都不具有这种意识，所以他们的忏悔只能是一曲"挽歌"。

我们注意到巴金在论述《憩园》创作过程中提到的自己思想情感前后发生的一些变化，也注意到作品主人公杨梦痴与其生活原型——作者的五叔之间的某种关系。巴金说："我本来应该对杨老三作更严厉的谴责和更深重的鞭笞的，可是我写出的却不同了"，对他"也很宽大了"②。如何理解巴金创作《憩园》过程中的这种思想矛

---

① 巴金：《谈〈秋〉》，载《收获》，1958年5月24日。
② 巴金：《谈〈憩园〉》，作于1961年11月12日，见《巴金论创作》，上海：上海文艺出版社，1983年，第270页。

盾是很重要的。有的论者认为:"历史的距离"使巴金"开始意识到那时的五叔身上其实也有着自己的影子,自己的情感、自己的生命,开始意识到自己当时面对日暮途穷心力交瘁的五叔的麻木和冷淡,开始意识到所有对五叔看似公正的谴责羞辱中的不公正,在上帝的眼中我们其实都是罪人!"因此"对杨梦痴的忏悔也就是对上帝的忏悔"化为《憩园》的主题,"因为我们没有向孤独不幸痛苦的人伸出援助的手,献出宽容的爱心"。对照耶稣的话"爱你的邻人,爱你的敌人",有人指出"对杨梦痴我们的爱意荡然无存,有的只是冷冰冰的嘲讽、恶劣的嫉妒和报复,这不是对杨梦痴犯下的罪孽又是什么?"①我认为这种论断是一个很大的误解。在创作《憩园》的过程中,巴金的确怀着某种感情回顾过五叔的一生,但这回顾的结论是对那种靠金钱来"长宜子孙"的人生价值观念的彻底否定,并没有导向对五叔(或即杨梦痴)的同情和忏悔。巴金一再强调"五叔的死亡丝毫不曾引起我的哀痛和惋惜,我对他始终没有好感。在我的心目中他早已是一个死人了"②,至于作品中对杨梦痴的"宽大",巴金说得很明白:"我鞭挞的是制度,旁人却看到我放松了人。"③我认为,创作《憩园》时的巴金早已不是单纯的人道主义者了,更不是以耶稣的思想作为自己的行为准则的。五叔也好,杨痴梦也罢,他们的罪孽与悲剧是与整个社会制度联系在一起的,并不是其个人造成的,因而也不是谁都能轻易解救得了的。巴金对此已有相当清醒和深刻的认识。所以他用姚小虎来重复杨梦痴的命运,就是为了强调这种罪孽和悲剧的必然性,就是为了揭示这种罪孽和悲剧在社会制度方面的根源。如果说巴金本人也在《憩园》中流露出了某种忏悔之情的话,那么这种忏悔并不是因为没有给杨梦痴这样的人以爱、援助和同情,

---

① 马佳:《十字架下的徘徊》,上海:学林出版社,1995年,第81页。
② 巴金:《谈〈憩园〉》,作于1961年11月12日,见《巴金论创作》,上海:上海文艺出版社,1983年,第265页。
③ 巴金:《谈〈憩园〉》,作于1961年11月12日,见《巴金论创作》,上海:上海文艺出版社,1983年,第257页。

更不是在耶稣上帝宽容博爱精神面前的自惭形秽,而是由于巴金深感已经很难拯救杨梦痴这样的人了,杨梦痴以及他所属于的那个社会制度很快就要过去了:"我并不是预言家。然而道理很浅显,谁也看得出那个就要到来的社会变革,这是任何人、任何力量抵挡不住的。"①这种融合着人性批判与社会批判的广博而丰厚的忏悔之情,才是《憩园》主题的深刻蕴涵之一。

《寒夜》是巴金写于现代文学历史阶段的最后一部小说,"我要替那些小人物申冤"②,这是发自巴金内心急切的呼声,也是《寒夜》的创作动因。《寒夜》描写了社会最底层善良的知识分子"不死不活的困苦生活",表现了他们如何在走投无路的人生绝境中的挣扎。本来,这社会的罪恶已经昭然若揭,要忏悔的应该是这社会。但在作品中,我们看到的偏偏是无辜的受害者在悲伤地忏悔。汪文宣虽然夹在妻子和母亲的中间受气,可他想到妻子有什么错?他知道妻子在外面工作也有种种难言的委屈和艰难,妻子也是为了这个家,他甚至知道妻子在心里是爱自己的。他想到母亲又有什么错?她把全部爱心都献给了儿子,甘愿以"二等老妈子"的地位负起这个贫穷家庭的全部劳作。于是汪文宣既对妻子怀着惴惴不安的惊恐,又对母亲怀着深深的歉疚,他的心灵在烦恼和痛苦中备受煎熬,他只有向自己发出自责和忏悔:"都是我不好","我对不起每一个人。应该受惩罚!"然而他汪文宣又有什么错呢?!他里里外外忍气吞声地活着,能忍的忍了,不能忍的也都忍了。他独自咀嚼着人生的苦涩,"默默地吞着眼泪,让生命之血一滴一滴地流出去"③,他应该得到的是同情和抚慰而绝不是谴责和忏悔!曾树生虽然更愿去走一条自己的路,但她也为自己无奈的人生选择而深受良心的谴责,她感到自己对不起丈夫,特别是当她得知丈夫已死的消息,她的忏悔也是

---

① 巴金:《谈〈憩园〉》,作于1961年11月12日,见《巴金论创作》,上海:上海文艺出版社,1983年,第257页。
② 巴金:《谈〈寒夜〉》,载《作品》新1卷第5、6期合刊,1962年6月1日。
③ 巴金:《谈〈寒夜〉》,载《作品》新1卷第5、6期合刊,1962年6月1日。

令人震颤的。其实她心里一直想着对丈夫说:"只要对你有好处,我可以回来,我并没有做过对不起你的事情。"她今天下飞机的时候,还这样想过。她可以坦白地对他说这种话,然而现在太迟了。她不敢想象他临死时的情形。太迟了,太迟了。她为了自己的幸福,却帮忙毁了另一个人……

明明是社会的罪恶,却让这两个实在没有罪的可怜的小人物来忏悔,反衬之下更显出了这个社会是何其残忍!巴金创作《寒夜》的另一个意图是揭露当时社会的一个本质特征:"好人得不到好报。"①巴金对汪文宣、包括曾树生和汪母这样的"好人"是充满同情和原谅的,但这并不代表巴金同意他们的人生态度。巴金不仅不信仰忍耐反而信仰反抗。在他创作的初期就表现出了对忍耐哲学的怀疑。他在自己的第一部散文集《海行杂记》里的一篇文章《耶稣和他的门徒》中这样写道:

> 你这波斯的耶稣啊,你以为这样就会拯救人类吗?不,不,除了反抗而外,再没有别的方法可以使人类得救。你,你一味地忍受,到后来你也会被人钉死在十字架上,这忍受会判决你的死刑。在这个世界上我们不能够忍受,我们不应当忍受。

到了《寒夜》,巴金果然让"忍受"判决了汪文宣的死刑。当然,汪文宣的死也是对忍耐哲学的根本否定,并进而揭示出:一个好人得不到好报的社会是注定不会长久的。因此,汪文宣等人的自我忏悔和悲剧命运,看起来是那样的可怜、渺小和微不足道,但实际上却是对"整个时代社会痛的控诉"。《寒夜》已经通过汪母之口发出了"我们没有偷人、杀人、害人,为什么我们不该活"的不平呼声,虽然这呼声还是那样的微弱无力,但它毕竟传达出了整个社会即将崩溃坍塌的信息。《寒夜》的艺术感染力,不仅在于描绘了一幅将死的社会图景,更在于绘画人和画中人都发出了对这个社会的强烈诅咒。

---

① 巴金:《谈〈寒夜〉》,载《作品》新1卷第5、6期合刊,1962年6月1日。

巴金是一个很有些宗教精神的作家,特别是他作品中的忏悔意识常常在较深的层面上撞击着读者的心灵世界。但这种忏悔从一开始到最后,始终向着巴金所认定的上帝——自己民族的人民和整个人类而并非特定意义上的基督耶稣,这是巴金的创作走向真正的崇高境界而非为宗教教义所囿的根本原因。

第六章

"不写而还是诗的"
——废名创作的顿悟与禅味

废名曾写过一篇叫作《陶渊明爱树》的短文①,与众不同地表白"世人皆曰陶渊明爱菊,我今来说陶渊明爱树",文中引录了"我真是喜欢"的陶诗《读〈山海经〉之九》后说道:"《山海经》云,夸父不量力,欲追日景,逮之于禺谷,渴欲得饮,饮于河渭,河渭不足,北饮大泽,未至,道渴而死,弃其杖,化为邓林。这个故事很是幽默。夸父杖化为邓林,故事又很美。陶诗又何其庄严优美耶,抑何质朴可爱。陶渊明之为儒家,于此诗可以见之,其爱好庄周,于此诗亦可以见之。语云,前人栽树,后人乘荫,故不觉而为此诗也。'连林人不觉,独树众乃奇,提壶挂寒柯,远望时复为。'他总还是孤独的诗人。"其实,这对废名自己来说又何尝不是夫子自道。在这里,不仅可以看出废名对陶渊明孤独情怀的欣赏,对"不觉而为"之诗境的赞叹,还可以看出他对陶渊明儒道合一、亦醒亦醉的人生志趣的倾慕不已。废名自己也是个孤独的诗人,其作品的意境常常处于一种"无可解"(刘半农语)的状态,具有一种"永远是孤独"的悲剧意蕴②。

---

① 参见《冯文炳选集》,该文作于1936年,北京:人民文学出版社,1985年,第340~341页。
② 刘西渭:《咀华集》,上海:上海文化生活出版社,1936年。

第六章 "不写而还是诗的"——废名创作的顿悟与禅味

一、"唐人绝句"之韵

废名文学创作的主要成就是小说,然而他的小说与诗歌有着密不可分的关系。周作人很早就极有眼光地指出:"废名君是诗人,虽然是做着小说。"①因此,在讨论废名的小说之前,先来探究一下他的诗歌创作是很有必要的。这不仅因为他最初的文学创作是由新诗起步的,更重要的在于他是用诗来写小说的,"同唐人写绝句一样"②,只有准确地把握他诗歌创作的精义,才能更完满地理解其小说创作的蕴涵。

在《谈新诗》这个小册子里,废名坦然自述了自己诗作中别人"所不能及的地方":"我的诗是天然的,是偶然的,是整个的不是零星的,不写而还是诗的。"这"不写而还是诗的"实在是充满自信地道出了一个天生的诗人的特质。在同一本书里,废名先后两次竭力称赞"郭沫若的《夕暮》,是新诗的杰作",甚至说如果"替中国的新诗作一个总评判","如果中国的新诗只准我选一首,我只好选它"。为什么呢?就"因为它是天然的,是偶然的,是整个的不是零星的"。在这里,废名其实是把自己的诗作也放在了中国新诗很杰出的位置上。问题倒不在于他是如何的自信,而在于他对诗歌意境的评判和追求表现出与众不同的眼光。废名并不看重被公认的郭沫若诗作的那种狂飙突进、扫荡一切的磅礴气势,而偏偏倾心于《夕暮》这首"真能表现一个诗人"的小诗,认为:"这首诗之成,作者必然是来得很快,看见天上的云,望着荒原的山,诗人就昂头诗成了,写得天衣

---

① 周作人:《桃园·跋》,1928年10月31日作,初收《永日集》。
② 废名:《废名小说选·序》,见《废名小说选》,北京:人民文学出版社,1957年,第2页。

无缝。"①废名对郭沫若《夕暮》的推崇,实际上表明了他对诗歌意境的根本追求:更注重一种整体的、浑然天成的境界,更注重一种偶发的顿悟。很显然,这种追求体现了废名诗作与禅宗意识的某种融合。朱光潜曾说过:"废名先生富敏感而好苦思,有禅与道人风味,他的诗有一深玄的背景,难懂的是这背景。"②这深玄、难懂的背景正是与废名诗中的禅宗意识相关联的。

废名的诗,从20世纪20年代初陆陆续续写到50年代,而最能反映其独特风韵的作品则主要是30年代创作的三十来首诗篇。其诗作的数量不可谓多,且看起来似乎多是些偶然所得的人生感慨,是些随意采摘的日常生活的碎片,但是从总体上看却显示出其鲜明独特的思考倾向和审美意向:即集中于对人类、宇宙,对生与死,对现实与梦幻等根本性问题的整体性思考。

作于1931年5月12日的《海》是废名最为自得的一首诗,他说如果让他自荐一首诗,那么就是这首《海》:

　　我立在池岸,
　　望那一朵好花,
　　亭亭玉立
　　出水妙善,——
　　"我将永不爱海了。"
　　荷花微笑道:
　　"善男子,
　　花将长在你的海里。"

废名说,这首诗来得虽然非常容易,但"实在有深厚的力量引得它来,其力量可以说是雷声而渊默"。废名"喜欢它有担当的精神",

---

① 废名:《谈新诗》,北京新民印书馆,1944年初版,人民文学出版社,1984年重新出版,第147～148页。
② 朱光潜:《文学杂志·编辑后记》,载《文学杂志》,第1卷第2期。

"喜欢它超脱美丽"①,这首诗被刘半农归为"无可解"的一类,其实它是很写实的。前四句写得清新明澈,后四句对话即使有些空蒙也并非奥不可悟,无非是由倾心妙善之花引出"我将永不爱海了",而花又明示:你可以不爱海,但花却在海里,"在你的海里",在心的海里。应该说,仅从这层哲理的机智转承,也足可见出这首诗的禅机妙趣了。虚实相间的氛围,心有灵犀的点拨,已经弥散出佛教禅宗"拈花微笑"的意味。然而我觉得,这首诗真正"美丽"的蕴涵更在于:"超脱美丽"固然潇洒,但"超脱美丽"而不得,才是一种真正的精神的"担当"。人类对现实生活的超脱固然是一种理想化的精神追求,追求超脱而无法超脱,则使理想不得不担当起一份悲哀和沉重,而这是更为贴近现实人生的本质内涵的。这首诗既有佛家飘逸洒脱的人生情趣,又有儒家悲壮沉重的人生意念,轻盈淡泊而又以沉重厚实为其底蕴,充分体现出废名对现实人生充满哲理的深刻理解,正是因为如此深刻的蕴涵才使得废名对这首《海》情有独钟吧。

废名的这种"自我困扰"的情结,在其诗绪中是很深、很普遍的。《亚当》可谓一个概括:"亚当惊见人的影子,/于是他悲哀了。/人之母道:/'这不是人类,/是你自己的影子。'"(作于1931年3月14日)人类很难真正地正视自身,也很难真正走出自身。

《十二月十九夜》则是一首被人们反复引用和论析过的诗篇:

> 深夜一枝灯,
> 若高山流水,
> 有身外之海。
> 星之空是鸟林,
> 是花,是鱼,
> 是天上的梦,
> 海是夜的镜子。

---

① 废名:《〈妆台〉及其他》,见《谈新诗》,北京:人民文学出版社,1984年,第220页。

> 思想是一个美人,
> 是家,
> 是日,
> 是月,
> 是灯,
> 是炉火,
> 炉火是墙上的树影,
> 是冬夜的声音。

废名解析过不少自己的诗篇,而这首诗却没有提到过。一般论者普遍注意到了在这首诗中诗人身心内外的情绪比照。有人将诗中"美人"与嫦娥联系起来,把天上、人间、"家"中、"月"里糅为一体,阐明"这首诗里禅的意趣、神话的美丽和现实的光照与声音熔于炉火纯青之中"①。的确,这又是一首禅味十足的诗。深夜面壁,孤灯一盏,孑然一身,打坐入定,于是天上人间,思绪飞扬,包容了多少心事、世事,神思广袤、凝结于心。但这首诗最富神采之处,是"灯"的独特意象。孤灯、镜子、日、月、炉火这一系列物象实则都是诗人心境的外化,夜与灯、暗与明、静与动更是构成一种心绪的强烈对比,而正是在这种内心与外界的相互映照之中,升腾出诗人对人生,乃至对宇宙的又一种哲理性思考:越是享受孤独,就越能获得更为广阔的天地;越是承受黑暗,就越能体味光明;越是保持内心清静,就越能穿透尘世的浮躁,直达理想的境地。值得注意的是,"灯光"、"镜子"、"海"等在废名诗作中不是孤单的,而是反复出现的、相互重叠的一组意象。"因为梦里梦见我是个镜子,/沉在海里他将也是个镜子,/一位女郎拾去,/她将放上她的妆台。/因为此地是妆台,不可有悲哀"(《妆台》,作于1931年5月16日)。诗人自解"当时我忽然有一个感觉,我确实是一个镜子,而且不惜于投海,那么投了海镜

---

① 冯健男:《人静山空见一灯——废名诗探》,载《文学评论》,1995年第4期。

子是不会淹死的,正好给一个女郎拾去"。别人往往很注意这首诗的悲哀情绪,诗人却说,其实"本意在《妆台》上只注重在一个'美'字","其所以悲哀之故,仿佛女郎不认得这镜子是谁似的"。① 这里的"镜子"恰如《海》里"海",《十二月十九夜》里的那"一枝灯",那"是一个美人"的"思想",它们是空蒙的、迷幻的,富有很大的联想空间,是自我的映照,又是自我内心能折射到的外间的一切。就像诗人在另一首诗所写的:"病中我起来点灯,/仿佛起来挂镜子,/象挂画似的。/我想我画一枝一叶之何花?/我看见墙上我的影子。"(《点灯》,作于1931年5月16日)"我"与"画"与"花"都通过"灯"和"镜子"形成一种相互之间的映照和变换,进而达到一种物我一体的境地。唯其如此,"灯"与"镜子"是"美"的,是超越悲哀、洞悉一切的。在《四月二十八日黄昏》这首诗里,诗人更强化了"灯"的意象,从"街上的电灯柱",到"黄昏天上的星",一切都是"灯":"石头也是灯。/道旁犬也是灯。/盲人也是灯。/叫化子也是灯。/饥饿的眼睛/也是灯也是灯。"从物到人都是灯,一切都有一种心灵的感悟,都在一种彼此的映照中生存。

此外,在《灯》、《掐花》、《镜》、《星》、《宇宙的衣裳》诸篇诗作里,废名同样借助"灯"和"明月"的意象,来抒发"寂寞"、"哀意",营造出一种"春花秋月也都是的,子非鱼安知鱼"的禅境。其中《灯》这首诗由"灯光"写起,以"灯光"把难耐的"寂寞"和令人敬重的"光明"构织在一起,又以"灯光"把"我"的世界与行走着"敲梆人"的街市勾连成一片。"灯光"即"心之海",它是全诗的核心,它把既安于超凡脱俗的孤洁、寂静,又企求人生的光明美满,既陶醉在自我解脱的空灵之境,又牵挂外间世界的行止动静这样两层矛盾的心思糅为一体,达到一种我心即佛,行止自然,出世入世,大开大合的境界。这个境界恰如废名在解释自己《掐花》一诗的动机时所说:"我忽然觉得我对

---

① 废名:《〈妆台〉及其他》,见《谈新诗》,北京:人民文学出版社,1984年,第218~219页。

于生活太认真了,为什么这样认真呢?大可不必,于是仿佛要做一个餐霞之客、饮露之士,心猿意马一跑跑到桃花源去掐一朵花吃了。糟糕,这一来岂不成了仙人吗?我真个有些害怕,因为我确是忠于人生的,于是大概就跳到水里淹死了。只是这个水不浮尸首,自己躲在那里很是美丽。"①认真执着于人生与寻求安适和解脱始终搅动着废名的"心之海"。"灯光"是虚空的,但它映照着"心之海"的波涛,人生的实有,思绪的虚无,纠缠不休的烦恼,咀嚼不尽的孤独,都融化在这"灯光"的意象里。而且在废名其他一些诗里这种"灯光"的意象也"都是一个东西","这就是说",他的诗"是整个的"②。不仅如此,事实上类似"灯"的意象已经直接表现在其小说里,如《桥》等,废名的诗与小说连在一起,都是"整个的"。

二、乡土田园之美

人们越来越注意到了废名小说的"田园风格"、"禅宗趣味"以及"诗化意向",认为废名小说主要描绘的是"一幅幅经过禅宗哲学与美学净化过的日常生活画面,它们没有多少人间烟火气,而是禅意盎然"③,认为废名虽"未能超尘出世","在飘逸中透出一种淡淡的哀愁",但他"祖述陶潜,大写田园小说,给人一种隐逸之感"。④ 废名在回顾自己小说创作时也说,"我最后躲起来写小说乃很像古代陶潜、

---

① 废名:《〈妆台〉及其他》,见《谈新诗》,北京:人民文学出版社,1984年,第222页。

② 废名:《〈妆台〉及其他》,见《谈新诗》,北京:人民文学出版社,1984年,第220页。

③ 罗成琰:《废名的〈桥〉与禅》,载《中国现代文学研究丛刊》,1992年第1期。

④ 吴中杰:《废名〈田园小说〉序》,见《中国现代名作家名著珍藏本·田园小说》,上海:上海文艺出版社,1993年。

第六章 "不写而还是诗的"——废名创作的顿悟与禅味

李商隐写诗","终于是逃避现实"①。

然而周作人早在 1925 年 9 月为废名第一部小说集《竹林的故事》作序的时候却指出:"冯君的小说我并不觉得是逃避现实的。他所描写的不是什么大悲剧大喜剧,只是平凡人的平凡生活,——这却正是现实。""他平淡朴讷的作风""很是可喜的"。虽然周作人也暗示出废名小说所具有的某种独特情调,"我读冯君的小说便是坐在树荫下的时候"②,但他最早看出了废名小说独特的现实性。鲁迅在《中国新文学大系·小说二集·导言》中也指出了废名在小说集《竹林的故事》里所显出的"以冲淡为衣"、以"哀愁"为绪的特点,又说"可惜的是大约作者过于珍惜他有限的'哀愁',不久就更加不欲像先前一般的闪露,于是从率直的读者看来,就只有见其有意低徊,顾影自怜之态了"。周氏兄弟对废名小说的评论并不因为他们各自不同的审美情趣而有根本的不同,周作人指出废名小说并不逃避现实和鲁迅强调废名小说愈来愈沉浸于自我哀怜,都是在更贴近本质的方面揭示了废名小说的价值内涵:它是以一种独特的人生姿态来反映现实生活的。

的确,废名小说刻意追求一种安于自然、悠寂闲适和宁静淡远的乡土田园之美,善于巧用语句的"跳跃"和"断绝"来构成大片想象的空间并精心营造唐人绝句的意境,而"妙悟"、"静观"、"明心见性"、"直指人心"更加显露出其小说特有的禅机、禅思、禅趣。这些无疑都是废名小说的重要特征。但我们觉得,在废名小说的这些特征背后,还有着更为重要的内涵:这就是废名对现实人生认真而执着的体悟。无论废名小说表现出何等的安适恬静,或是表现出何等浓郁的禅宗意味,其作品真正的底蕴是一种过滤人世沧桑的苦涩和沉重。因此,从表现形态上看,废名小说很可以归向乡土田园的一

---

① 废名:《废名小说选·序》,见《废名小说选》,北京:人民文学出版社,1957 年,第 1～2 页。
② 周作人:《竹林的故事·序》,见《竹林的故事》,北京:北京新潮社,1925 年,第 1 页。

类,但从反映生活的本质内涵上看,废名小说依然是执着于人类命运的人生小说。那种过于赞誉废名小说充满"诗意化"和"朦胧美","以简朴的翠竹制成一支牧笛,横吹出我国中部农村远离尘嚣的田园牧歌"①,或过于注重废名小说"只能会意"、只能"心悟"的看法,不仅有所偏颇,甚至会在某种程度上影响我们对废名小说本质内涵的真正体认。

  废名的小说创作从20年代初期始到抗战胜利以后未能卒篇的长篇小说《莫须有先生坐飞机以后》止,其间作者经历了思想倾向和艺术情趣的复杂变异,但总体来看,最能反映出废名小说对现实人生独特体认以及体认方式的作品,主要集中在1925年出版的短篇小说集《竹林的故事》、1928年出版的短篇小说集《桃园》和1932年出版的长篇小说《桥》里。而这三部作品也正是人们通常指认的"废名只是一脚迈进现实主义的门坎便退缩回去","接着"就"逐渐远离现实的人生和当代的社会问题","向着恬静的田园风光,喟叹一声'归去来兮!'便津津有味地描绘起他主观虚构的、美而欠真的人情风物来"的创作轨迹②。

  从《竹林的故事》到《桃园》再到《桥》,确实是废名小说创作的三个重要阶段,而且也确实是其作品中佛教禅宗意味不断加重、田园风情不断增浓的过程,但这是不是就意味着废名小说在本质上越来越远离现实人生和社会问题,甚至越来越走向主观虚无的误境呢?我们认为这是需要认真探讨的。

  《柚子》是废名较早创作的一个短篇,作于1923年4月,它描写了一个交织着天真欢快与凄苦凝重的爱情故事。儿时无忧无虑的欢快转瞬即逝,还没来得及抓住命运之绳,不自觉间就已到了决定各自命运的岔道口。尽管"我"既不能把握自己的命运,更不能把握

---

  ① 杨义:《中国现代小说史·第一卷》,北京:人民文学出版社,1986年,第450页。

  ② 杨义:《中国现代小说史·第一卷》,北京:人民文学出版社,1986年,第455页。

恋人柚子的命运,但"我"对命运不公的那份急切和忧伤则是贯穿整个作品,在"真是残酷极了"的老天面前,终于显出了难以把握命运的浓浓的苦涩与沉重,而不只是"淡淡的悲哀"(杨义语)。值得重视的是,《柚子》这部作品所奠定的这种无奈于命运的苦涩和沉重,长久地浸透在废名的小说创作中,一直到《桥》里也没有散去。

《竹林的故事》是废名最有影响的代表作之一,人们普遍陶醉在作品里那诗画般的田园牧歌情景之中:流水潺潺的小河,绿团团的坡,青翠欲滴的竹林、菜园,茅屋的头上鹞鹰在打着圈子,四周的地下散跑着鸡娃,青草铺平了一切,树荫已搭成了天然的凉棚……人们普遍称赞作品中勤勉的母女,尤其是那个清纯无比的少女三姑娘,她的纯美甚至使得别人掏出铜子来买她的菜都"简直是犯了罪孽似的觉得这太对不起三姑娘了"。为此人们实在有理由认为"河边葱茏的竹林好像是专门为三姑娘生长的,三姑娘也好像是专门为这片葱茏的竹林生长的,她(它)们之间已达到了一种诗情的象征境界"。① 竹子的"直"与"节"简直就是三姑娘性格的化身,人们还普遍欣赏作者的妙笔生花、笔底传神:

"三姑娘,你多称一两,回头我们的饭熟了,你也来吃,好不好呢?"

三姑娘笑了:"吃先生的一餐饭使不得?难道就要我出东西?"

我们大家也都笑了;不提防三姑娘果然从篮子里抓起一把掷在原来称就了的堆里。

这段对话的场景不知曾为多少论者所引用!它的确太纯朴自然了,生活与诗在这里实在是难以分清了。然而,人们似乎普遍没有在意三姑娘的悲凉和凄苦,也许是三姑娘的卓然清美使人们不愿

---

① 杨义:《中国现代小说史·第一卷》,北京:人民文学出版社,1986年,第454页。

意把她与凄苦连在一起,可三姑娘的内心深处的确是充满悲哀的。她"不喜欢玩",即使"妈妈极力鼓励"她与那些堂嫂子们一路去城里看赛龙灯,她也总是拒绝,一回都没有去过。她宁愿伴随着竹林里雀子奏出的声响,空守着那永远的静寂。她平日里总是"过于乖巧","每天清早起来"总是"把房里的家具抹得干净",头天夜晚又总是将新鲜蔬菜"一二三四的点着把数,然后又一把把的摆在菜篮,以便于明天一大早挑上街去卖"。"人一见了三姑娘挑菜,就只有三姑娘同三姑娘的菜,其余的什么也不记得",又有谁能想得到三姑娘"昨夜晚为什么那样没出息,不在火烛之下现一现那黑然而美的瓜子模样的面庞的呢?"三姑娘毕竟应该属于活泼爱玩、充满青春梦想的年华啊!可她却是那样的自制、那样的压抑,尤其是小小年纪竟学会把这自制和压抑深埋在心灵的底层。作品的结尾,三姑娘依然是那样的固执,只是命中的不幸更增添了几分悲凉。综观全篇,我们觉得作者绝不只是以"欣慕的心情"来"赞美古朴纯洁的乡间翁媪男女"的,①作者更没有以"静观的姿态"来"玩味"这竹林间的情趣和故事,作者对三姑娘悲苦命运的同情深深嵌刻在优美清雅的字里行间。或许田园牧歌般的场景更多地淡化了作品中人物对不幸命运的抗争,而凸现了他们任运随缘、清静无为的禅宗意念,但这并不意味着背面的性格与其内心深层悲哀凄凉的融合,正体现出作者对现实人生的一种独特体认:以超越现实的态度来承受现实的苦难,以把握自身命运的执着来抗争难以把握的命运。这才是作者受到禅宗意识启发的积极方面。作品最后虽未详细交代三姑娘命运的结局,但她所保持的那份固执正表明着她对人生所保持的执着。从这个意义上说,《竹林的故事》确实是废名的一部重要代表作,它不仅比他的其他作品更有田园风味,而且也更有对禅宗意识的积极开掘。

---

① 杨义:《中国现代小说史·第一卷》,北京:人民文学出版社,1986年,第455页。

第六章 "不写而还是诗的"——废名创作的顿悟与禅味

一般认为废名从现实人生向田园幻象的"退缩"是从《桃园》、《菱荡》等作品开始的。其实《桃园》未必就是个世外桃源。可以说整个小说浸润在桃园美景与人物悲愁的强烈对比的气氛中。"在这小小的县城里,再没有别个种了这么多的桃子",但也没有谁有种桃人王老大和他的女儿阿毛的忧愁多,阿毛虽也和三姑娘一样心地善良、质朴,但她比三姑娘更富幻想也更多愁善感。阿毛的病体日渐消瘦,可中天的日头一点也不减它的颜色。阿毛每每把西山的落日与"照墙上画的那天狗要吃的"日头对比着看,不由就常常生出一丝忧愁:"天狗真个把日头吃了怎么办呢?"抚摸着桃园里"一棵一棵"都是"阿毛一手抱大的"桃树,阿毛想"妈妈的坟就在这园里不好吗?"为什么要在那城外的荒山上呢?于是更悲伤地想到"爸爸为什么同妈妈打架呢?"阿毛的心思真是太多了,看到人家"一棵大橘露到院子外",阿毛的"眼睛里立刻又是一园的桃叶";看到风吹落了不少桃叶,阿毛便低声地说"桃树你又不是害病哩";看着眼前的桃树,阿毛又会想"这个树,到明年又是那么茂盛吗?"到那时阿毛"可不要害病才好!"阿毛和她爹不知种下过又收上来"成千成万的桃子",可阿毛最大的愿望竟然就是想吃个桃子,可偏偏这愿望产生在没有桃子的季节,这真是人生的悲哀!阿毛爹听着阿毛"桃子好吃"轻轻的话语,犹如"一声霹雳",对着喝完了酒的空瓶,他"怒目而视","恨不得翻起来一脚踢破了它!世界就只是这一个瓶子——踢破了什么也完了似的!"于是阿毛爹带着看透人生的心情走到街上,很慷慨地拿钱换了三个鲜红夺目、绿叶相映的玻璃桃子,用手捧着,连头都不敢抬——明知这桃子吃不得,但他的祈祷、他的自省、他的愿望都在这三个玻璃桃子上。终于,在一群孩子无意的碰撞中,玻璃桃子连同阿毛、阿毛爹的愿望一同破碎了——又是一个沉重悲伤的结尾。显然,我并不认为《桃园》是对现实人生的回避,也不能同意说阿毛爹最后摔碎了玻璃桃是禅宗强调的"对境无心",一切顺其自然。①我们以为,《桃园》虽未写出多么浓郁的人间烟火,也未写出一件多么重大的人生不幸,但作品正在一片宁静和谐的自然美之中,在"平凡人"的"平凡生活"中,处处反衬出现实人生的悲哀。清静无为,顺其自然,不一定能成就人生的梦想,这是作者参禅悟道留下的另一种人生思考。作者在描写桃园美景的时候,特意安排了一个与桃园紧邻的"杀场"。"杀"字"风一般的自然而然的向你的耳朵吹,打冷噤,有如是点点无数的鬼哭的凝和",然而"说不定王老大得了这么一大块地就因为与杀场接壤哩"。其实这是一个巧妙的暗示:"桃园"与"杀场",人生的欢愉与悲愁,往往是接壤相连的,这倒是作者参禅悟道的一种人生超脱。《菱荡》历来被人们看作是废名小说特有的田园诗画的象征。小说看似没有了废名以往作品中普遍存在的或多或少或浓或淡的那份哀愁,而是倾心描写菱荡的优美宁静,描写陶家村乡人生活的和谐安适,作品完全融化在卞之琳《断章》诗的那种意境之中。但是在作者漫不经心的笔下,我们依然能感受到某些人生的凄清和苦涩:"圩里下湾的王四牛却这样说:'一年四吊毛线,不吃烟做什么?'"特别是那个小说中被特意多写了几笔的陈聋子,"大家都熟识这个聋子,喜欢他,打趣他,尤其是那般洗衣的女人"。可聋子自己呢?"在陶家村打了十几年长工,轻易不见他说话",孤身单影,妻室无落,一生的乐趣也就是吃着烟,听听那些洗衣女人"好笑的话",跟着莫名其妙地笑笑,自言自语地说声"聋子"而已。与美如诗画的菱荡相比,陈聋子的这种生活和谐吗?尽管这种人生的悲哀被淡化了,但它毕竟来自现实,毕竟被表现出来了,因此,认为"废名是以古代隐逸诗人的态度,美化了他的宗法制乡村的",并"也在一定的意义上流露出他对故乡乡间父老以及千百年来

---

① 胡绍华:《废名小说与禅道投影》,载《东北师范大学学报》,1991年第6期。

第六章 "不写而还是诗的"——废名创作的顿悟与禅味

形成的古老纯朴的民间风习和文化的热爱"①,这种说法是否真正切入本质之论,还可再行商议。

长篇小说《桥》被认为"在废名所有的作品中"是"最具禅意的一部"②。这部长篇其实可以看作是废名以往小说创作的连缀和延续。故事还是从《柚子》就开始的那个爱情故事,场景也是类似竹林、桃园、菱荡那些幻美迷蒙的场景,所不同的是人物的性格和命运更具抽象化,更多地投入了作者自身的心理体验,诚如朱光潜所说:《桥》里的"主要人物都没有鲜明的个性,他们都是参禅悟道的废名先生"③。《桥》里有两处最具禅宗意味的场景,其一是男主人公小林进山寻找村庙,于万分窘迫之中陡然发现一块刻着"阿弥陀佛"四个大字的石碑,"石碑在他的心上,正如在这地方一样"。此时又神奇地飘来一个和尚,更奇怪的是这个"和尚曾经是一个戏子,会扮赵匡胤,会扮关云长,最后流落这关帝庙做和尚,在庙里便时常望着关公的通红的脸发笑,至今'靠菩萨吃饭'已经是十几年了"。在这本来近乎仙境的画面里,飘然而至的和尚却也并非不食人间烟火,他的经历已经把一种超然尘俗而又不离尘俗的矛盾——人生本质的真实给点破了。其二是女主人公琴子在沙滩上偶遇紫云阁的老尼姑,"琴子看了老尼的棍子横在沙上,起一种虔敬之感",老尼姑却说"姑娘啊,像我们这样的人是打到了十八层地狱,——比如这个棍子就好比是一个讨米棍"。老尼姑也确实刚从琴子奶奶那里得到些米。琴子似乎本想听到一个美好一点的故事,可老尼姑却讲述了一个人生"数不尽的忏悔"的悲凉故事。即使未必"这道姑的命运焉知不是

---

① 杨义:《中国现代小说史·第一卷》,北京:人民文学出版社,1986年,第451页。
② 罗成琰:《废名的〈桥〉与禅》,载《中国现代文学研究丛刊》,1992年第1期。
③ 孟实(朱光潜):《桥》,载《文学杂志》,1937年7月,第1卷第3期。

暗示着琴子的未来"①,那么仅从老尼姑所讲的那个来自于现实人生的忏悔故事,也足以把人生归宿的玄想悲凉化了。遗憾的是,《桥》没有一个沉重的结尾,当小林要细竹(作品另一个女主人公)"索性走到那头去看一看",细竹却平静地说:"那头不是一样吗?"整个作品在小林对细竹这句话的欣赏玩味中结束。这个细节显然具有一种象征意味:它表露出作品主人公以及作者终于沉醉在一股厌世和欣赏厌世的情调之中。尽管如此,就整个作品来看,作者并没有让他笔下的人物真正返璞归真、一心随缘。小林没有忘记"人生下地是哭的",他也做过"一个很世俗的梦,醒转来很自哀,——世事一点也不能解脱"。这正和琴子的叹息相呼应:"唉,做一个人真是麻烦极了。"虽然这些哀愁很淡,很理念化,甚至有点冥想式的,但它们毕竟给主人公返璞归真的好梦里吹进了些摆不脱的烦恼和惆怅,实则也表明了作者对人生悲哀的体认:厌世未必是人生的最佳境地。厌世或许也正是一种人生的无奈和悲哀。

沈从文在他的文学评论集《沫沫集》(上海大东书局 1934 年 4 月出版)里曾特别指出了废名的创作与周作人的某种师承关系:

> 在文章方面,冯文炳君作品所显现的趣味,是周先生的趣味。对周先生的嗜好,有所影响,成为冯文炳君的作品成立的原素,近于武断估计或不至于十分错误的。用同样的眼,同样的心,周先生在一切纤细处生出惊讶的爱,冯文炳君也是在那爱悦情形下,却用自己的一支笔,把这境界纤细的画出,成为创作了。

其实不只是沈从文一人看到废名与周作人在思想和创作上的联系,只是沈从文更强调废名与周作人对"爱悦"的共同追求。在作品的表面形态上,废名确有与周作人相近的审美追求:轻松恬静、幽雅古

---

① 罗成琰:《废名的〈桥〉与禅》,载《中国现代文学研究丛刊》,1992年第1期。

朴、淡泊悠远，充满"爱悦"。但通过我们上述对废名作品的分析，应该看到，废名的"爱悦"是包含着苦涩和沉重的。事实上废名的晦涩与周作人的平实朴素在风格上是有明显区别的。废名毕竟有自己的人生体验，而且又是那样地"忠于生活"。因此废名与周作人在共同表现"爱悦"等方面的某些相似，只是表层而并非本质。过多地看到废名与周作人的相同，结果只能是看不清废名本身的特质了。

还应该顺便提到的是，人们也常常把废名列入"京派"作家的阵营里，特别是把他与沈从文的创作联系起来看待。废名与沈从文共有着"温润宽和"的"习性"，"'乡下人'的本分使他们更多地联结着乡土，联结着生命的自然形态"，"充满了乡土悲悯感和相当深沉的人生感慨"。他们对基本生命形态的讴歌，有时往往发展为对原始文化遗存的片面肯定，但是，这些大多又是与人欲横流的"'现代文明'相对立的"，"不能说他们对乡土的封闭和保守没有体认，但他们毕竟更多地看重了社会进步与伦理沦丧的冲突"。因此说《桃园》和《边城》都是"都市社会里的天籁福音"①。废名、沈从文等"京派"作家不仅有着对时代社会共同的切入点，而且他们所承接的传统文化也有许多共同之处，尤其突出的是道家文化空灵思辨、注重内心体悟的特质对他们有着普遍的影响。沈从文的作品在描写人与命运与社会冲突过程中所表现出的顺其自然、心态平和、超越自我以及那层难以抹去的疑虑和忧愁，充分显示了道家文化对沈从文及其创作的浸润是相当深刻的。而废名的不同并不在于他所接受的道家文化影响程度的深浅，而在于他把道家文化和其他诸种宗教文化以"独特的方式""熔于一炉"，形成了他自己特有的宗教思考、乡土田园和诗的文学世界。

废名在他的最后一部小说《莫须有先生坐飞机以后》里借用"外国书上"的话说："历史都是假的，除了名字；小说都是真的，除了名

---

① 许道明:《京派文学的世界》，上海：复旦大学出版社，1994年，第57页。

字。"又借莫须有先生之口谈了坐飞机的感想:"从甲地到乙地等于一个梦,生而为人失掉了'地之子'的意义,世界将来没有宗教,没有艺术,也没有科学,只有机械,人与人漠不相关,连路人都说不上了,大家都是机器中人,梦中人,机械总会一天一天发达下去,飞机总会一天天普遍起来,然而咱们中国老百姓则不在乎。不在乎这个物质文明,他们没有这需要,没有这迫切,他们有的是岁月,有的是心事。"这里的几段话大致可以看作是废名对人生和对艺术的一个总结:从人生的角度看,人生是历史,更是哲学和梦;从艺术的角度看,艺术是哲学和梦,但又更是历史。废名始终执着地追求着人生与艺术的高度统一,始终把握着梦与现实的距离。莫须有先生在"火车还没有通"的时候就考虑坐飞机以后机器与人类幸福的问题,看起来确实"未免太早计了",但莫须有先生心中有数:"我们赶快把铁路恢复便好了,飞机则可有可无。"和莫须有先生一样,废名从来没有真正陷进虚无缥缈的梦中,他是怀着清醒而沉重的心情关注着现实人生的,这是废名所特有的禅味的根本底蕴。

三、佛教禅宗之趣

实际上人们已经充分注意到了废名的创作与时代社会存在着一种明显的"不和谐"状况,其作品无论在意象上还是在体式上都表现出一种对古典文学传统的"深度回归",而且也注意到了这种倾向不是随意的、偶然的,"而是他的自成体系的文学观的实践,具有高度自觉的主体意识"[①]。那么,这种"高度自觉的主体意识"究竟是什么呢?

如果单从文艺观念及文学志趣上看,我们确乎可以看到废名首

---

① 饶隅:《交响东西方传统,走向世界文学——废名综论》,载《福建文坛》,1996年第1期。

第六章 "不写而还是诗的"——废名创作的顿悟与禅味

先受到的是西方厌世派文艺的影响,"中国文章里简直没有厌世派的文章,这是很可惜的事"。"我喜读莎士比亚的戏剧,喜读哈代的小说,喜读俄国梭罗古勃的小说,他们的文章里都有中国文章所没有的美丽","中国人生在世,确乎是重实际,少理想,更不喜欢思索那'死'","我尝想,中国后来如果不是受了一点佛教影响,文艺里的空气恐怕更陈腐"①。且不说废名这种文学上的看法是否精确,但他自己的确是由西方厌世派文学的启发,进而转向对中国古典文学之中那种忧虑而超然境界的追求的,"我读中国文章是读外国文章之后再回头来读的","读了英国哈代的小说之后,读庾信文章,觉得中国文字真可以写好些美丽的东西,'草无忘忧之意,花无长乐之心','霜随柳白,月逐坟圆',都令我喜悦"②。而且,很自然,废名把这追求又转向了中国新文学的园地。他首先在周作人平和冲淡并常带隐逸味的小品文中得到了某种共鸣和新的启发,而周作人把"五四"新文学与古典"言志"派文学合为一股的论述③,更是迎合了废名从古典文学里寻觅现代新文学发展依托的心迹。正是带着这种"复古"的眼光,他特别推崇林庚的新诗,因为诗里"总有一种'沧海明月'之感,'玉露凋伤'之感"④,而废名本身尤其叹服李商隐和杜甫诗中的这种忧思,这种清幽和苍凉。他以差不多同样的审美视角对二三十年代新文学史上一些有影响有特色的作家、诗人,如胡适、沈尹默、鲁迅、周作人、俞平伯、康白情、冰心、卞之琳、冯至及郭沫若以及湖畔诗人等的诗文一一评析,认为鲁迅的《他》"好像是新诗里的魏

---

① 废名:《中国文章》,见《冯文炳选集》,北京:人民文学出版社,1985年,第344~345页。
② 废名:《中国文章》,见《冯文炳选集》,北京:人民文学出版社,1985年,第344~345页。
③ 参见周作人:《中国新文学的源流》,北京:北京人文书店,1932年。
④ 废名:《林庚同朱英诞的新诗》,见《谈新诗》,北京:人民文学出版社,1984年,第184页。

晋古风","读之也最感苍凉"①。认为"郭沫若的新诗里楚国骚豪的气氛确是很重",体现了"古代诗人的诗之生命乃在今代诗人的体制里复活"②,还认为中国文章里"最不可及"的"六朝文的生命还是不断的生长着……在我们现代的新散文里,还有'六朝文'"③。应该指出的是,废名尊崇周作人,以"言志"为核心把传统古典文学与现代新文学连接起来,竭力在新文学当中追寻它的"古典性",这不仅仅是文艺观念和审美情趣的问题,它还蕴涵着废名在人生体认方面更为幽深的目光。废名创作的"主体意识"最根本的还是在于他的人生志趣和他对人生体认及表现的独特方式。他憎恶黑暗污浊的现实社会,因此以超现实的"复古"姿态来表现现实;他痛恨人世的浮华虚假,因此怀抱着"永远是孤独"的情结沉迷在自己营造的清纯淡泊的田园之中。而他的这种人生志趣和表现人生的方式是与其受到的宗教文化思想的影响密切相关的。

  首先,废名与佛教禅宗的关系是最显见的。虽然他没有许地山那样深的宗教文化背景,也没有许地山那样对宗教理论的系统研究,但他却与许地山一样,都是中国现代文学史上与佛教禅宗缘分最深的作家之一。他甚至在佛教禅宗的体验和实践行为方面比许地山走得更深更远。据卞之琳回忆,废名不仅"私下爱谈禅论道",而且"会打坐入定"④。虽然中国佛教禅宗的传统反对执着于坐禅这种形式,而注重体悟心证而不滞于经教文句,它更强调不立文字,以心传心,"道由心悟,岂在坐也",但是像废名这样从心到形如此痴迷于禅宗境地的现代作家毕竟是很少的,当然,更重要的方面还是在

---

① 废名:《鲁迅的新诗》,见《谈新诗》,北京:人民文学出版社,1984年,第81页。
② 废名:《沫若诗集》,见《谈新诗》,北京:人民文学出版社,1984年,第155页。
③ 废名:《三杆两杆》,见《冯文炳选集》,北京:人民文学出版社,1985年,第342页。
④ 卞之琳:《冯文炳选集·序》,北京:人民文学出版社,1985年,第6页。

第六章 "不写而还是诗的"——废名创作的顿悟与禅味

于他对佛教禅宗精义的深刻体悟。

禅宗是佛教中国化进程中与老庄玄学相融通的一个思辨哲学的高级形态,它以"静虑"修炼的方式使心境高度专注,进而达到超然顿悟的境地。其悟境"如人饮水,冷暖自知","难言也"。然而无论禅宗如何"超越了言语和理智",是多么"深奥的哲学","是一种最难以为人理解的宗教"①,它终归是"来源于对人生(或世间)有某种看法,对人生问题有某种解决办法"②。顿悟并不是禅宗的目的,禅宗的根本指向是顿悟之后如何重新正视实际人生,重新面对现实世界。说到底,"佛教是一种彻底的现实主义和一种慈悲为怀的生活道路"③,"禅本质上是洞察人生命本性的艺术,它指出从奴役到自由的道路"④。虽然"解脱"是佛教理论中带有根本意义的核心问题,但"解脱"所面对的终究是现实社会人生的"生存"问题,因此,佛教禅宗在本质上蕴涵着一个最有价值的思想主张,就是"解脱不离世间",用慧能法祖生动的话语来说,即"佛法在世间,不离世间觉;离世觅菩提,恰如求兔角"。

废名对佛教禅宗的切入和痴迷,恰恰是与他对现实社会人生的某些本质问题的思考联系在一起的。"生死事大"这是禅宗要义的一个基本话题,"这句话兼说生死,其实重点是'生'"。"说生死事大,只是怕死。怕死是乐生,连带说死是舍不得死"。⑤ 生与死是废名人生思考的一个重要问题。废名曾谈到由读了俄国作家梭罗古勃的短篇小说《捉迷藏》所引发的心灵震撼。《捉迷藏》讲了一个普

---

① [日]阿部正雄:《禅与西方思想》作者序,上海:上海译文出版社,1989年,第7~8页。
② 张中行:《禅外说禅》,哈尔滨:黑龙江人民出版社,1991年,第13页。
③ [日]阿部正雄:《禅与西方思想》作者序,上海:上海译文出版社,1989年,第7~8页。
④ [日]铃木大拙:《禅宗》(Zen Buddhism),纽约,1956年,第3页。
⑤ 张中行:《禅外说禅》,哈尔滨:黑龙江人民出版社,1991年,第13页、第33页。

通而又谜一样的故事:一个小孩子总要母亲同他捉迷藏,母亲便同一般的母亲逗自己的小孩子游戏一样,便总是同他捉迷藏。后来孩子病了,他还是要母亲同他捉迷藏,母亲便同他捉迷藏。当他病得已不可救了,在死之前,还是要母亲同他捉迷藏,然而母亲伤心极了,掩面而泣,而孩子以为母亲是同他捉迷藏!就在母亲掩面而泣的时候孩子死了。废名与这个故事产生了一种"寂寞的共鸣,简直是憧憬于一个'死'的寂寞",而这个孩子的死"实在是一个游戏,美丽而悲哀"①。孩子是超然的,母亲是伤痛的,死者是淡泊的,生者是沉重的。这又如同"冬日的落叶,乃是生之跳舞","仿佛一枚一枚的叶子都是一个一个的生命了"。② 因而这"死的寂寞"、"死的悲哀"与"生之美丽"在无形之中互化了,一种空物我、薄生死、尚心性的意境融融而生。废名的这种"共鸣"与"憧憬"并非无根由,而是缘发于自己年幼时的生活实感:"我,一个小孩子,有多次看着死的小孩子埋在土里的经验。我是喜欢看陈死人的坟的,春草年年绿,仿佛是清新庾开府的诗了,而小孩子的坟何以只是一堆土呢?"③在废名看来,生与死是互通的,死的超脱与生的寂寞实难说清谁更痛苦,更悲哀。这种超越一般生死的禅宗意念,使废名既有一副善良的、充满同情的热肠,又有一种清幽的、甚至有些冷峻的精神追求。同样,对诸如贫与富、动与静、世俗与自然等问题的理解,也都显示出废名由现实生活的体认升华到禅宗意识的感悟的那份灵性。他在回顾《浣衣母》的创作时说:"小时,自然与人事,对于我影响最深的,一是外家,一是这位婶母家,外家如是以其富有,婶母家是以其贫了,她的贫使得我富有。在现在想来外家的印象已渐淡漠,婶母家的印象新鲜如

---

① 废名:《打锣的故事》,见《冯文炳选集》,北京:人民文学出版社,1985年,第367页。
② 废名:《树与柴火》,见《冯文炳选集》,北京:人民文学出版社,1985年,第380页。
③ 废名:《打锣的故事》,见《冯文炳选集》,北京:人民文学出版社,1985年,第378~379页。

第六章 "不写而还是诗的"——废名创作的顿悟与禅味

故。"而这位婶母"穷可以形容她,神可以形容她,穷到这里真是神了"。① 贫与富在废名的主观意识里得到了如此轻松而又深刻的转换。他还在一个叫"多识于鸟兽草木之名"的小题目里写过:"我最喜欢芭茅,说我喜欢芭茅胜于世上一切的东西是可以的。我为什么这样喜欢它呢……我喜欢它的果实好玩罢了,像神仙手上拿的拂子……它又像马尾,我是怎样喜欢马,喜欢马尾呵,正如庾信说的,'一马之奔,无一毛而不动',我喜欢它是静物,我又喜欢它是奔放似的。"② 动与静在废名的心中也得到了神奇的统一。废名尤其喜自然、好孤独、求解与不解之境,他说"只有'自然'对于我是好的",少年时代自然的乡村生活,"乃合于陶渊明的'怀良辰以孤往',而成就了二十年后的文学事业"。③ 又说"我有一个时候非常之爱黄昏,黄昏时分常是一个人出去走路,尤其喜欢在深巷里走",沉浸在自己的梦里,自己很深的"狭隘的一角"里④。废名在《树与柴火》这篇小品文里说过这样一个奇特的人生感受:年幼时非常"喜欢看树叶子","喜欢看乡下人在日落之时挑了一担'松毛'回家"(废名自注:松毛者,松叶之落地而枯黄者也)。喜悦之情,"真应该说此时落日不是落日而是朝阳了"。但及至成年,"在路上遇见挑松毛的人,很觉得奇异,这有什么可喜悦的?"于是他幡然顿悟:"人生之不相了解一至如此。"且又由此生发开去:"人类有记忆,记忆之美,应莫如柴火。春华秋实都到哪里去了?所以我们看着火,应该是看春花,看夏叶,昨夜星辰,今朝露水,都是火之生平了。终于又是虚空,因为火烧了

---

① 废名:《散文》,见《冯文炳选集》,北京:人民文学出版社,1985年,第369页。
② 废名:《教训》,见《冯文炳选集》,北京:人民文学出版社,1985年,第374页。
③ 废名:《黄梅初级中学同学录序三篇》,见《冯文炳选集》,北京:人民文学出版社,1985年,第386页。
④ 废名:《说梦》,见《冯文炳选集》,北京:人民文学出版社,1985年,第319页。

则无有也。庄周则曰：'火传也，不知其尽也。'"①树木柴火如此，人生朝夕亦然，虚空与实有之间，解与不解之际，是一片多么迷人入境、诱人深思的天地！

  由此可见，实际生活的体味与佛教禅宗的启悟，是如此深入而微妙地交织在废名对人生、对社会、对宇宙的哲学思考之中，特别是禅宗意识已经化作了他的审美情趣和审美方式。需要强调的是，虽然佛教禅宗对废名的思想和创作有着明显而深刻的影响，可他却并非仅仅受到这一个方面的影响，除了佛教禅宗之外，儒家、道家等多种宗教文化的思想，也在不同程度上影响着废名的人生哲学和艺术创造。我们虽然难以说清废名究竟是以何种"独特的方式，把儒释道熔于一炉"的，但有一点可以肯定，就是在废名受到诸种宗教文化的影响并吸纳这些素养的过程中，存在着一个特定的"中间环节"，这就是对现实社会客观体认与主观领悟的融合，是对人生形态世俗化与宗教化理解的融合。这种融合决定了在废名的思想和创作中，不仅表现出了富有禅宗意味的"理想人性"，而且也表现出了道家清静无为、以静制动的人生形态以及儒家忧心于天下的责任感和自我意识。这些在他的作品中都有着具体生动的反映和证明。

---

① 废名：《树与柴火》，见《冯文炳选集》，北京：人民文学出版社，1985年，第381页。

第七章

石评梅散文创作的情感特质
——兼与萧红等人的比较

在各个时期出版的不同版本的《中国现代文学史》里，人们很少甚至根本就看不到她的名字。平心而论，就作品的数量和分量来说，文学史不提到她似乎也不能说有什么重要遗漏。然而，在她诞辰整整一个世纪而且离开这个世界已经七十三周年的今天①，人们终于又特别关注到她——带着厚重的历史的眼光，带着深沉的悔悟的反思。

她就是石评梅。

尽管人们常常淡忘历史，但历史却总是特别清晰地铭记着每一个为它增添过光彩的人。从20世纪20年代石评梅活跃于文坛开始，她的名字就一直撼动着读者的心。20世纪80年代初期，柯兴的《石评梅传》以丰富翔实的材料、独到的眼力和满腔的热忱，把石评梅这个独具才情的女作家隆重地推到了世人面前。近年来，研究石评梅的学术成果也不断出现，人们纷纷赞誉她是"五四"新文学的"多面手"，是"20年代继冰心、冯沅君等之后又一位才华横溢的青年作家"，是"以散文著称"的"京都女才子"等等。当然，人们更是称颂石评梅与高君宇那段高洁纯真、刻骨铭心、悲戚动人的爱情，北京的陶然亭因高、石之间传奇般的生死之恋而万古生辉。

---

① 本文写于2002年。

当年梁实秋在追忆徐志摩时曾经说过:"徐志摩值得令我们怀念的应该是他的那堆作品,而不是他的婚姻变故或风流韵事。但是人是好奇的,喜欢谈论人家的私事,尤其是男男女女的悲欢离合。如果故事的主角近似才子佳人的类型,加枝添叶的敷演起来就更有浪漫传奇味道,格外引人入胜。"(梁实秋:《刘心皇著〈徐志摩与陆小曼·序〉》)的确,没有徐志摩的那些"风流韵事",诗人的传奇风采将会逊色许多,但归根到底,徐志摩的文才诗情才是他最终的魅力所在。无论他的艳名如何遮盖着他的文名,而文名毕竟是其艳名的底蕴。否则,不能想象三个不同经历、不同性格但都卓有才华的女性为何会同样地终身爱恋着徐志摩。石评梅也是如此,高、石之间金坚玉洁的爱情将千古传颂,石评梅魂系陶然亭畔的一往情深将永远催人泪下,但石评梅在历史上和文学史上的价值终究还是取决于她的人生追求和文学创作。只是对石评梅来说,了解和理解她的这段爱情或许更为重要,因为她的许多作品就是这段爱情的化身。但同样需要强调的是,不了解石评梅的才情,其实也很难真正理解她的这段爱情,高、石之爱的动人魅力的底蕴恰恰是他们的情操和才智。

至于文学作品的价值和影响,梁实秋也说过,"文学作品要禁得起时间淘汰,大概五十年可以算是一段不短的时间",梁实秋认为徐志摩的诗作,"能度过五十年考验大关殆无疑义"(梁实秋:《刘心皇著〈徐志摩与陆小曼·序〉》)。石评梅的作品也同样超过了五十年考验的大关,而且随着时间的推移,其作品的价值愈加充分而深刻地显现出来。石评梅二十七岁的一生是极为短暂的,但她在生命最后的六年间创作了数十万字的诗歌、小说、散文、戏剧及文学评论等作品。这些作品又大致以1925年为界分成前后两期,前期多是苦闷、感伤的诗文,后期则多为切近社会现实的充满生活激情的小说和评论,但学术界公认其作品造诣最高、影响最大的是散文。在石评梅去世后由挚友庐隐、陆晶清等为之整理出版的《涛语》(短篇小说与散文合集)和《偶然草》(散文集)等,最能代表她的成就和风格。本文即主要以石评梅的散文创作为切入点,力图揭示和阐述其创作

第七章 石评梅散文创作的情感特质——兼与萧红等人的比较

在文学史上的独特价值和意义。

一、遍尝人生苦难的苍凉

评价一个作家在文学史上的地位和影响,主要不是看其作品的数量,甚至不是看其作品的"进步性"如何,而是看其作品的思想魅力何在?看其作品在艺术创造上为文学史带来了哪些新质?相对来说,石评梅作品的数量即使是写作最勤的散文也为之不多,那么,在她短暂的人生历程和为数不多的作品中,究竟有什么力量能够撞击人们的心灵呢?有什么值得人们在她离世半个多世纪之后依然深以为怀的呢?在石评梅那些青春年华之际写下的散文里,人们很少能够看到一个年轻人特有的理想和憧憬、激情和浪漫,人们更多感受到的竟然是一种带有浓郁宗教文化色彩的遍尝人生苦难的苍凉和超逸,一种历尽沧桑的幽深和萧索。正是这种与青春年华极不相称、极不协调的悲伤之情、怆痛之心,强烈地拨动着读者的心弦。

认同苦难而又寻求对苦难的解脱与超越,这既是石评梅也是中国现代作家在融合宗教文化与现实人生的双重思考中的突出的命题。这方面的代表作家冰心、许地山、丰子恺、废名、林语堂等人,积极认同苦难,强调苦难于人生的意义,成为中国现代文学史上一种独特的精神追求。丰子恺之所以在严酷的社会中能持从容静观的情态,以纯真的童心举重若轻地揭示纷繁复杂的事物的本质,并凭借超然虚淡的心境面对难以摆脱的人生苦难,是因为他形成了一个坚实的观念:认同苦难,甘于苦难,人生如梦,悲喜无常,生死无尽,荣辱无定。许地山更是以佛家的"生本不乐"思想为其理论与创作的原点,在他那里没有高昂激奋的人生目标,而多是低沉哀伤的人生叹息,以及深深的负债感甚至是负罪感。即使是一生高扬"爱的哲学"的冰心,虽然坚信"有了爱就有了一切",但她并非无视社会现实与实际人生中的苦难,而是力图用爱来解脱和超越这些苦难。冰心不遗余力地颂扬爱,实际上表明人类社会本身恰恰是缺乏爱的。她的那个关于母亲与母亲、孩子与孩子,即人与人从前生到今生到来世都紧紧相连、心心相爱的著名公式,听起来确实有点玄乎,甚至有些幼稚可笑,但这其中凝结和蕴涵着的绝不只是冰心的一片纯真和热情,而是她的冷静思考:没有爱就没有一切,不懂得爱就无所谓苦难,不理解爱的人,也不会真正体会到苦难的味道,爱与苦难并不是对立的,而是相融一体的。正是在这里,我们看到了冰心、丰子恺和许地山等人的作品尤其是其散文创作的共同特点:品味苦难,体悟人生真谛;超越苦难,把握人生命脉。这种既立足于对现实人生的切实探寻,又积极思考人生终极价值的双重情怀,这种现实与超现实、时代责任感与历史使命感合二为一的双重关注,构成了中国现代作家的一种特有的情致和意蕴。也正是在这一点上,我们同样看到了石评梅散文的价值和意义。

　　石评梅散文中显示的思考,明显受到了宗教文化的影响,对苦难的认同是普遍的、深刻的,"我们才是命运手中的泥呢","这许多年中只是命运铸塑了我,我何尝敢铸塑命运";但同时对苦难的超越和升华也是积极的、执着的、坚实的。在《母亲》一文中,石评梅写道:"我只愿今年今夜的明月照临我,我不希望明年今夜的明月照临我!假使今年此月都不窥我,又哪能知明年此日我能望月?""逃躲的,自然努力去逃躲,逃躲不了的,也只好静待来临。我想到这里,我忽然兴奋起来,我要快乐,我要及时行乐;就是这几个人的团宴,明年此夜知道还有谁在?是否烟消灰熄?是否风流云散?""我不愿追想如烟如梦的过去,我更不愿希望那荒渺未卜的将来,我只尽兴尽情地快乐,让幻空的繁华都在我笑容上消灭"。"我不诅咒人生,我不悲欢人生,我只让属于我的一切事境都像闪电,都像流星"。作者向母亲倾诉的这些衷肠,充分流露出深受佛道文化的影响:顺应命运,任其自然,把握今生,以苦为本。但作者的这种思想并不真的是归于个人对现实的逃避和对"刹那主义"及时行乐的追求,而是更积极地执着于现实人生,执着于人的命运发展。所以作者始终牢记着母亲的话:"你是我的女儿,同时你也是上帝的女儿,为了上帝你应该去爱别人,去帮助别人。去罢!潜心探求你所不知道的,勤恳工作你所能尽力的。去罢!离开我,然而你却在上帝的怀里。"母亲是石评梅情感倾诉的重要对象,是她深沉思考的倾听者。因此,石评梅在《母亲》中所表达的思想意念和情感基调是应该特别给予重视的。

人们注意到,石评梅散文中的"泪"字使用频率最多,泪珠串串,哀愁阵阵,苦恼不停,烦闷不断。但我们也注意到,与石评梅悲苦的泪水相伴而生的,始终还有一种泪后的坚贞与顽强。应该指出的是,这种现象对石评梅的散文来说不是个别的,也不是少数的,而是普遍的、总体性的。这种对苦难的承受与超越的同时性,这种对现实人生与终极人生思考的双重性,在石评梅散文创作中构成了一种整体的鲜明而独异的特色。在《露沙》中,作者一面哀伤叹息:"月月的花儿开满了我的园里,夜夜的银辉,照着我的窗帷,她们是那样万古不变。我呢!时时在上帝的机轮下回旋,令我留恋的不能驻停片刻,令我恐惧的又重重实现。露沙!从前我想着盼着的,现在都使我感到失望了!"一面却又振奋不已,"但一想到中国妇女界的消沉,我们懦弱的肩上,不得不负一种先觉先人的精神,指导奋斗的责任,那么,露沙呵!我愿你为了大多数的同胞努力创造未来的光荣,不要为了私情而且抛弃一切"。在《玉薇》中,作者一面"确是感到一种意念的疲倦",钦佩友人"那超越世界系缚的孤渺心怀",认同"我乃希望世上有超人,但却绝不信世上会有超人,世上只充满庸众。吾人虽或较认识宇宙;但终不脱此庸众之范围,又何必坚持违生命法则之独见,以与宇宙抗?"另一方面,又放眼历史与宇宙:"因为人类才踏坏了晶洁神秘的原始大地,留下这疏散的鸿爪;因为人类才废墟变成宫殿,宫殿又变成丘陵;因为人类才竭血枯骨,攫去大部分的生命,装潢一部分的光荣。"而"我们只爱着这世界,并不愿把整个世界供我支配与践踏。我们也愿意戴上银盔,骑上骏马,驰骋于高爽的秋郊,马前有献花的村女,四周有致敬的农夫;但是何忍白玉杯里酹满了鲜血,旗摩下支满了枯骨呢?"作者心幕上掩映交织着两幅画面:一是"秋月,沙场,凝血,尸骸";一是"明灯绿帏下一个琴台上沉思的倩影"。真是"前者何悲壮,后者何清怨?"

在《漱玉》中,她追问"什么是痛苦和幸福呢? 都是一个心的趋避,但是地球上谁又能了解我们?"她自答:"在可能范围内赐给我们的,我们同情地承受着;在不可能而不可希望的,我们不必违犯心态去破坏他。"她自信:"正为了枯骨的鼓舞愉乐! 同时又觉着可以骄傲!"在《给庐隐》中,她是这样自释着空寂的"凄凉"与"美丽":"我只是在空寂中生活着,我一腔热血,四周环以泥泽的冰块,使我们的心感到凄寒,感到无情。我的心哀哀地哭了!""我的心应该信仰什么呢? 宇宙没有一件永久不变的东西。我只好求之于空寂。因为空寂是永久不变的,永久可以在幻望中安慰你自己的"。"我不是为了倚坟而空寂,我是为了空寂而倚坟","我更相信只有空寂能给予我安慰和同情,和人生战斗的勇气!"在《涛语》一文里,她热情赞美梦,讴歌梦的神秘:"我爱梦,我喜欢梦,她是浓雾里阑珊的花枝,她是雪纱轻笼了苹果脸的少女,如沧海飞溅的浪花,如归鸿云天里一闪的翅影。因为她既不可捉摸,又不容凝视,那轻渺渺游丝般梦痕,比一切都使人醺醉而迷惘。"然而这梦又并不真是虚无,这梦里"不能让生命寂灭"而产生的"心波澎湃",是作家心底深处的人生图画,"诗是可以写在纸上的,画是可以绘在纸上的,而梦呢,永远留在我心里"。

太多的例子,几乎是石评梅的全部散文都在证明,她的精神探寻和追求始终牵动在两端:一端是对苦难人生的冷静承受,另一端是对理想人生的热烈追求,这两端又始终是统一的:"心情过分冷静的人,也许就是很热烈的人。"(《偶然草》)她沉重地哀叹"人生真是万劫的苦海呵!""我常想到海角天涯去,寻访古刹松林,清泉幽岩,和些渔父牧童谈谈心";"不过总是扎脱不出这尘网,辗转因人,颦笑皆难"(《花神殿的一夜》)。她又高昂地表明"颠沛搏斗中我是生命的战士,是极勇敢,极郑重,极严肃的向未来的城垒进攻的战士。我是不断地有新境遇,不断地有新生命的;我是为了真实而奋斗,不是追逐幻象而疲奔的"(《缄情寄向黄泉》)。她一面深信,"谁也不是生命之网的漏鱼",一面坚信"我一生只是为了别人而生存,只要别人幸福,我是牺牲了自己也乐于去帮助旁人得到幸福的"(《梅隐》)。"这世界,四处都是荆棘,四处都是刀兵,四处都是喘息着生和死的呻吟,四处都洒滴着血和泪的遗痕。我是撑着这弱小的身躯,投入在这腥风血雨中搏战着走向前去的战士,直到我倒毙在旅途上为止"(《缄情寄向黄泉》)。石评梅散文这种同时俱存的双重视角、双重关注,以及这种"双重性"的鲜明和浓烈的程度,在中国现代文学史上是不多见的,在这方面她甚至超过了许地山、丰子恺等人。目前的文学史叙述还欠缺这个认识,对这个问题的进一步探讨,将有助于文学史的深入开掘和文学史叙述的丰富与完善。

二、直达人生的根本体悟

石评梅散文的另一重要价值,体现在她对上一问题思考的深度上。石评梅散文所显示的深度思考在于,它不是认同和承受一般的苦难,而是把苦难彻底看穿,进而去领悟和体味人生最大的苦难、最根本的苦难——死亡。

近年来,学术界有人注意到了石评梅散文对死亡问题思考的价值和意义,如刘智民在《论石评梅散文的死亡意识》(《井冈山师范学院学报》2001年6月,第22卷第3期)一文中指出:石评梅从不避讳"死亡"的字眼,"通过对人类生存困境的思考,通过对死的态度和生的信念的表达,对生命既悲哀又乐观的哲学感悟,形成了一种意识上深刻的紧张,造就了狂热与冷峻、痴迷与理智、生与死、光明与黑暗、人间与地狱的无比奇丽的挣扎,显示她内心世界的痛楚、孤独和精神上的苦闷与迷惘。在她的作品中,死亡意识已经成了一个强大的精神形象的载体,折射出特定时代知识分子精神上的焦虑与不安"。该文还颇具眼光地注意到,"石评梅的死亡意识,又是与对生的执着相伴相生的"。"在作品中,石评梅还流露出死亡既是人生的终结,又是人生新的开始的乐观精神"。的确,对生与死,即对生命本质的思考,是石评梅散文内在的核心。她虽然一再表示"人生皆假,何须认真"(《蕙娟的一封信》),"生如寄,死如归,本不必认真呵"(《恐怖》),但实际上她是很认真的。她不停地追问生命本源的意义:"有几个懂得生命的圆满?那一般庸愚人的圆满,正是我最避忌恐怖的缺陷。""我如今认识了一个完成的圆满生命是不能消灭,不能丢弃,不能忘记;换句话说,就是永远存在。多少人都希望我毁灭,丢弃,忘记,把我已完成的圆满生命抛去。我终于不能。才知道我们生命并未死,仍然活着,向前走着,在无限的高处创造建设着"(《缄情寄向黄泉》)。生命圆满的意义在石评梅心中不是虚空的,而是实实在在的生存,是积极的创造和建设。"明知道人生的尽头便是死的故乡,我将来也是一座孤冢,衰草斜阳"(《墓畔哀歌》),但"我相信只要我自己生命闪耀存在于宇宙一天",它就会"得到创造真实生命的愉快的,它是一直奔到大海去的"(《缄情寄向黄泉》)。生与死的有机统一,是石评梅面对复杂艰难人生的基本心态。她对苦难与死亡的认同和承受,从来不是单相度的,而是把它们和生存与永生联系在一起当作一个完整的过程来思考的:"生命虽然是倏息的,但我已得到生命的一瞥灵光,人世纵然是虚幻的,但我已找到永存的不灭之花!"(《梅花小鹿——寄晶清》)"谁都认为荒冢枯骨是死了的表象,然而我觉着是生的开始,因此我将我最后的希望建在灰烬之上"。人生是一个"深远的幽谷","这端是生,那端便是死!这边是摇篮,那边便是棺材"(《灰烬》)。

  石评梅散文的这种思想意蕴,使我们联想到鲁迅对死亡意识的严峻思考,这也是近年来学术界日益关注的问题。其实,早在半个多世纪前,李长之在其著名的《鲁迅批判》一书中就特别着重地指出了这个问题。李长之不仅注意到鲁迅小说中普遍存在的关于死亡的描写,而且注意到这一切关于死亡的描写绝不是偶然的,而是"代表着鲁迅一个思想的中心,在他几经转变中一个不变的所在,或者

第七章　石评梅散文创作的情感特质——兼与萧红等人的比较

更可以说,是他自我发展中的背后的惟一动力"——这就是"人得要生存"。现代作家对死亡主题的思考并不特别,特别的是鲁迅对这一主题的思考不是单一的而是双重的,是死亡与生存的有机组合。现代科学的死亡意识本身就包含着摆脱旧体、创造新生、积极生存的含义。鲁迅不仅清醒地看到了这一点,而且积极地思索着超越死亡的途径,"我只很确切地知道一个终点,就是:坟。然而这是大家都知道的,无须谁指引。问题是在从此到那的道路"(《写在〈坟〉后面》)。鲁迅不停地越过安逸和怜悯,越过自身的迷蒙,义无反顾地向"坟"走去,无畏地直面死亡的严酷现实,无情地剖析死亡的种种根源,由死亡的血腥和悲苦之中去领悟生存的艰难和宝贵。尤为可贵的是,鲁迅深深懂得新的美好的生存需要付出巨大的乃至是死亡的代价。甚至生命的许多美好价值,是唯有死的代价才能换取的。所以他面对死亡纵情高歌:"过去的生命已经死亡。我对这死亡有大欢喜,因为我借此知道它曾经存活。死亡的生命已经朽腐。我对这朽腐有大欢喜,因为我借此知道它还非空虚。"(《野草·题辞》)鲁迅笔下不朽的"野草"本身就是生命与生存的顽强象征。鲁迅所特有的寂寞情怀、孤独情结、枯燥情绪以及怀疑精神等,这一切都源于一个根本的信念:渴求真正的生存,才能无畏地超越死亡,正如彻底体悟了死,才懂得何为真正的生。认同苦难,直视死亡,由生存超越死亡,由死亡实践生存,由生命的毁灭来催发人们对生存意义和生命价值的领悟和反省,这是鲁迅作品所蕴涵的深刻的哲学思考。面对苦难重重的现实人生,鲁迅不像丰子恺常常以旷达的心态转向生活的细微小事,并由此获得某种悠然自得的"趣味";也不像许地山往往以苦为乐,甚至以主动选择死亡来挣脱死亡的烦恼;鲁迅则是背负着人生最大的悲哀,艰难无悔地走向人生最大的超越。鲁迅蔑视死,但从不轻视生;他有过悲观、彷徨、失望甚至绝望,但从未因此而沉沦、虚无或颓废,这是鲁迅生命存在的根本意义。在这里,我们看到了石评梅与鲁迅在人生追求和精神特质方面的相通。在对待"坟"、"虚空"、"寂寞"、"孤独"以及"死亡"等意象的描写和思考上,石评梅与鲁迅有着许多相似和共鸣之处。文学史记载的不是作家作品的厚薄,而是作品启动人们心智的深度和震撼人们情感的力度。人生历程二十七载的女作家石评梅以其几本薄薄的散文集,在某些思考方面能够达到与鲁迅精神境界相近的程度,其价值应当在文学史有一笔肯定的记载。

三、抒情方式的独异风采

石评梅散文的再一个独特之处,是其情感特质与抒情方式所具有的鲜明独异的风采。应该说,石评梅散文最动人心魄的内核,是她与高君宇从"冰雪友谊"到"生死之恋"的那一段刻骨的经历,这段经历改变了石评梅对爱情以及对整个人生的情感特质认识。

感天动地的高、石之爱,之所以如此悲壮、高洁、哀痛、伤感,主要原因在于石评梅这方。因为石评梅初恋失败而招致的巨大的感情伤痛一时难以平复,所以意将高君宇那题写着"满山秋色关不住,一片红叶寄相思"的红叶退还回去,并在红叶的反面写下一行字以表心迹:"枯萎的花篮不敢承受这鲜红的叶儿。"更深层的原因是石评梅得知高君宇在老家尚有包办成婚的妻子,她不愿伤害别人,而宁愿委屈自己。她手握着"独身"的利剑,斩断所有情丝爱网,将高君宇那颗跃动的炽热的爱心,也连同她自己被搅动被唤起的爱情,一齐深深地埋到了心底。直到高君宇突然病逝,石评梅方大梦猛醒,痛心自责,悔恨莫及,"痛感自己失去了一颗无比珍贵的心","我要拔剑问苍天,上帝,你为什么要这样安排!"在高君宇墓前留下石评梅一笔一画刻下的碑文:"君宇!我无力挽住你迅忽如彗星之生命,我只有把剩下的泪流到你坟头,直到我不能来看你的时候。"从1925年高君宇去世到1928年石评梅去世的三年间,石评梅几乎每周必去的地方就是陶然亭畔高君宇的墓前。抚摸着高君宇的墓碑,她伤痛,她也感奋,但她流下最多的泪水是因为悔悟:"君宇,在你的

第七章　石评梅散文创作的情感特质——兼与萧红等人的比较

墓前,我知道忏悔了!我知道我的罪了!""我一定在你的灵魂面前,忏悔一生,直到我的魂儿追上你!"一个"悔"字构成了石评梅人生和创作最主要的情感基调。毕竟这人间最美好的爱情,她本来是完全可以得到的呀!

一个作家执着地表现和追求某种东西,原因往往有二:其一,是过多地接触到它,感受到它,领悟到它;其二,是很少感触到它,或者根本就没有得到过它。

拿爱这种东西来讲,冰心属于第一种情形。冰心的一生自降临世界开始,就一直生活在充满爱的环境中,始终拥有最丰足、最完满的爱,因此她也以将最宽厚、最博大的爱奉还给他人和社会为天职。冰心虽然是以"问题小说"而名震文坛,及至晚年她依然密切关注着社会的热点问题和难点问题,但她整个的文学创作始终没有脱离过两个内在的支点:一是对爱的竭力颂扬,二是对人生根本价值的不懈追寻。所以人们说冰心一生的创作实际上只写了一个字,这就是"爱"。

与之相反的是萧红。萧红的一生很少感受到真正的爱,尽管在她短短的生命旅途中遭遇到几次与爱相关的事情。人们都知道萧红在遇到萧军之前是苦难深重的,但更多的人并不真正了解二萧爱情的悲苦。性格差别、情趣不同、追求各异等等,这些相对来说都还不是最重要的。萧红自己说,命运的力量使我和萧军结合,而思想的力量又让我们分手。思想的分歧就是心灵的距离,这是最深刻、最痛苦、最难弥合的分歧。萧军当着朋友的面,背着萧红(实际上萧红听见了)说,没有我,哪有萧红的今天!萧军不知道他这话对萧红的心伤得有多重,他更不知道这种以恩人自居的傲慢姿态所造成的情感裂痕有多深。萧红一生都有寄人篱下的伤痛屈辱之感,而她从小就不想受屈,她一生都渴求着成为一只自由自在高高飞翔的鸟儿。但终究飞不起来,多少次了,刚刚起飞,就跌落下来。当今女诗人王小妮写了一本有关萧红传记的书,书名取得真好,叫"人鸟低飞"。女诗人是真懂萧红的,她准确抓住了萧红不甘屈从、不愿平庸而始终不得如愿的怨恨心理。如果将萧红的一生及其创作凝结为一个字,那就是"恨"。

  在冰心与萧红之间的是石评梅。石评梅情感特质的魅力,集中体现为一个"悔"字。在石评梅的精神追求中,有一种"飞蛾扑火而杀身,青蚕作茧以自缚"的情结。她似乎受到一种"束缚"的牵引,往往为一种"束缚"而感奋:"我应该反抗,但我决不去反抗,纵然我有力毁碎,有一切的勇力去搏斗,我也不去那样做。假如这意境是个乐园,我愿作个幸福的主人,假如这意境是囚笼,我愿作那可怜的俘虏。"(《玉薇》)这种"自缚"的情结,使石评梅散文的思想意蕴具有一种节制的美、平衡的美和自省的美。她说:"我是一个不幸的使者,我是一个死的石像,一手执着红滟的酒杯,一手执着锐利的宝剑,这酒杯沉醉了自己又沉醉了别人,这宝剑刺伤了自己又刺伤了别人。这双锋的剑永远插在我心上,鲜血也永远是流在我身边","我卧在血泊中,抚着插在心上的剑柄会微笑的,因为我似乎觉得骄傲"(《寄海滨故人》)。这种情结又决定了石评梅往往沉浸在思想意念深处的矛盾之中难以自拔,"我是投自己于悲剧中而体验人生的"(《缄情寄向黄泉》),"我自己常怨恨我愚傻——或是聪明,将世界的现在和未来都分析成只有秋风枯叶,只有荒冢白骨;虽然是花开红紫,叶浮碧翠,人当红颜,景当美丽的时候。我是愈想超脱,愈自沉溺,愈要撒手,愈自系念的人,我的烦恼便绞锁在这不能解脱的矛盾中"(《涛语之八·最后的一幕》)。虽不完全像有的学者所说的那样,石评梅是一位"作茧自缚而又奋力挣扎,思想上解放而在行动上畏缩不前的女性形象"①,但石评梅的思想矛盾、重重束缚,的确是深重的、繁复的。然而正是这无法排遣的矛盾和难以解开的束缚,使石评梅对人生的本质看得很清晰很透彻,"人生的欲望无穷,达不到的都是美满,获得的都是缺陷,彼此羡慕也彼此妒忌,这就是婉转复杂的痛苦人生吧"(《社戏》)。柯兴在《石评梅高君宇》(中国青年出版社,1995年1月出版)一书中,特别从梦境和现实两个角度突出描写了同一

---

① 格日乐:《石评梅:泪与歌的双重奏》,载《语文学刊》,1999年第5期。

个细节——评梅与君宇在病房里的一段对话:

> 高君宇:"评梅,你说,世界上最远的地方在哪里呢?"
> 石评梅:"就在我站着的地方。"
> 高君宇:"也在我站着的地方。"

这个场景,这段对话,是特别耐人寻味的。在高、石二人眼中,心灵的距离是最近的,也是最远的,是超越一切的,又是最难超越的。正因如此,当高君宇去世后,石评梅的老父亲再三劝慰女儿超脱现实,不要为死去的高君宇耽误终身,石评梅的回答是:"正因为他死了,我才真正的爱他了。他生前,我没有认识他;他死后,我才真正认识了他。我要把他生前没有得到的,现在,我统统都给他。""我和君宇,生前未能相依共处,愿死后得并葬荒丘!"显然,石评梅在这里表达的,已绝不仅仅是一般意义上相爱未成的悔恨,而是饱尝人生苦果、洞悉人生百态、满含人生哲理的悔悟。由悔而悟,是石评梅散文情感特质的精髓。

说到这里,似乎应该提及一下石评梅散文的文体特征,也就是她主要的抒情方式。石评梅散文的自叙传性质、书信体特征、冷色调的意象等等,都是显而易见的。有学者还颇具眼力地指出,也许与石评梅"学体育专业有关,骨子里有一种大刀阔斧的豪气"[①]。在我们看来,石评梅散文的文体特征,除上述几个方面之外,还更具有一种自我倾诉、自我言说的风格。她那些复杂情感、团团矛盾、迷茫困惑、痛悔深悟,主要不是写给别人看的,或者主要不是为了给别人看而写的,而是作家自己内心抒发的真实而不可抑制的需要,这种需要已经成为作家生活的一个有机组成部分。这是所有上好散文创作的根本动因和重要标志。

石评梅的散文能够进入这一行列,并当之无愧。

---

① 于莉:《用生命的触角垂钓美——浅析石评梅的散文创作》,载《辽宁大学学报》,1998年第1期。

第八章

曹禺剧作"对宇宙间神秘事物不可言喻的憧憬"

中外文学史上能够被称之为"说不尽"的作家作品是不多的,一代戏剧大师曹禺及其剧作算得上是其中之一。半个多世纪以来,围绕曹禺剧作神秘迷浑的主题意蕴、奇巧无比的戏剧冲突以及盘根错节的人物关系,人们有着"说不尽"的话题。然而我们觉得在曹禺剧作中,似乎还有一层更为幽深博远的思想蕴涵在时时引发着人们无尽的思考,这就是曹禺剧作在对人类命运的探幽与把握之间所显示出的独特追求,用他自己在《雷雨·序》中的话说,就是"始终怀有一种对宇宙间许多神秘事物不可言喻的憧憬"。在改编的剧作《家》里,他通过主人公高觉新之口再次发出了对命运的无限慨叹:"你要的是你得不到的,你得到的又是你不要的。哦,天哪!"实际上,人类命运的难以把握与作者知难而进的力求把握,构成了曹禺剧作深层次的矛盾冲突。而这冲突才是贯穿曹禺剧作的真正"说不尽"的一个重要根由。

一、《雷雨》:对人类根本命运的探究

曹禺历来不太在意别人对自己作品的评论,但却非常在意别人在执导、演出自己剧本时的删改。这大概不仅与他本人有着丰富的

第八章 曹禺剧作"对宇宙间神秘事物不可言喻的憧憬"

舞台实践经验有关,而且也与他投入在作品中的思考不易为人"解悟"甚至常常被人曲解、误解有关。1935年4月《雷雨》在日本首次公演之后,曹禺在及时表达了对剧本成功演出的欢欣之余又流露出对导演删去"序幕和尾声"的深深惋惜和遗憾,他在《〈雷雨〉的写作》中着意强调了"序幕"和"尾声"的特别重要性:"我写的是一首诗,一首叙事诗……这固然有些实际的东西在内(如罢工……等),但决非一个社会问题剧。""在许多幻想不能叫实际的观众接受的时候……我的方法乃不能不推溯这件事,推,推到非常辽远的时候,叫观众如听神话似的,听故事似的,来看我这个剧,所以我不得已用了'序幕'和'尾声'"。作为对自己剧作的首次论述,曹禺这段话有两点甚为重要:一是他明确否认《雷雨》是一部社会问题剧,而认为它是一首诗。发表曹禺此文的编者当时在杂志上写了编者按,特意说明"就这回在东京演出情形上看,观众的印象却似乎完全与作者的本意相距太远了。我们从演出上所感受到的,是对于现实的一个极好的暴露,对于没落者一个极好的讽刺"。这又从编者、观众的视角反证了曹禺《雷雨》的创作意图与直接暴露现实、讽刺没落者存在较大的差距。二是曹禺自己明示"序幕"与"尾声"的用意在于引导观众,在回荡着巴赫音乐的"序幕"中"把观众带到远一点的过去境内,而又可以在尾声内回到一个更古老、更幽静的境界内"[①]。关于这一点曾有论者指出,这"的确表现了曹禺的艺术思想,主要是'欣赏的距离说'影响着他"。田本相《曹禺传》中说:"这是因为看了朱光潜的美学著述的缘故。随着演出的实践,他不再感到割去序幕和尾声是一种遗憾了。"[②]虽然这是可信的,曹禺后来在对《雷雨》修改时也曾亲自删掉了"序幕"和"尾声"。但从上面谈及曹禺当初强烈感到的《雷雨》与观众的距离来看,恐怕这不仅仅是个艺术欣赏的距离问题,而更蕴涵着对剧本思想内涵的理解问题。那么,这个"距离"究竟在哪

---

① 曹禺:《〈雷雨〉的写作》,载《杂文(质文)》月刊,1935年第2号。
② 田本相:《曹禺传》,北京:北京十月文艺出版社,1988年,第162页。

里？或者说，除了对现实的暴露和对没落者的讽刺，《雷雨》还要表现什么？还表现出了什么？这是《雷雨》留下的谜。

既然问题出在"序幕"和"尾声"，那么就让我们重新回到这两处去看看吧。

较之其他剧作家，曹禺更醉心于场景的交代和描写，有时显然超出了舞台演出的需要而成为具有独立意义的东西。正因如此，这种场景的描述可能于演出本身并不重要，而于剧本的内涵则有着某种不可分割的关联。《雷雨》的"序幕"和"尾声"正是这样。它们主要是场景的描述和气氛的渲染："远景是一个教堂医院的客厅，并间接交代了这房子是周家卖给教堂医院的；近景则是屋内格局和陈设的特写，这屋内的一切都已呈现着衰败的景象"，"但唯有壁炉上方空空地，只悬着一个钉在十字架上的耶稣。现在壁炉里燃着煤火。火焰熊熊地，照着炉前的一张旧圈椅，映出一片红光，这样，一丝丝的温暖，使这古老的房屋还有一些生气"。画外音是远处教堂的钟声和散堂内合唱颂主歌同大风琴声，作者强调"最好是"巴赫的《小调弥撒曲》。时间是旧岁将除新年将至的腊月三十。人物除两位修女看护、两个小孩之外，主要是一位"头发斑白，眼睛沉静而忧郁"的"苍白的老人"即周朴园。他来此看望两位疯了的亲人周繁漪和鲁侍萍。尾声的最后一个镜头是绝望、迷茫的周朴园"坐在炉旁的圈椅上，呆呆地望着火炉，与此同时，修女看护在左边长沙发上坐下，拿了一本圣经读着"。

不必多说，这两幕首尾相贯的场景和气氛太像一首宁静安详、和谐而又凄婉的宗教诗了。但问题的关键还不在于为何作者要精心制造这种浓郁而神秘的宗教气氛，更令人寻思的是作者为何要把周朴园放到这种气氛中让他忍受煎熬？尽管是"追认的"，但毕竟作者承认了这出剧意在"暴露人家庭的罪恶"[①]，而作为这个大家庭整

---

① 曹禺：《雷雨·序》，见《雷雨》，上海：文化生活出版社，1936年，第3页。

个悲剧的总根源,周朴园的悲剧结局往往被看作罪有应得。人们普遍认为《雷雨》中的八个人物除了周朴园,谁都有值得同情的地方。但恰恰是抖尽周朴园罪恶的作者却没有把他归为千夫所指就此了结,偏偏又让这样一个罪孽深重的人去忏悔,给了他一份独特的同情。我认为,"序幕"和"尾声"给周朴园加上的这一笔,不仅关系到周朴园这个艺术形象性格和命运的发展,而且关系到作者对这个人物及整个《雷雨》的根本看法。在《雷雨·序》中,曹禺差不多谈到了对所有主要人物命运的看法,唯独没有怎么提到周朴园,所以"序幕"和"尾声"里对周朴园的交代就尤显重要。

与正剧相比,"序幕"和"尾声"中的周朴园早已失去了"昔日的丰采"、"贵人的特征",那种"起家立业的人物"的"威严"和"峻厉"也都荡然无存,象征着他"平日的专横、自是和倔强"的那"一种冷峭的目光和偶然在嘴角逼出的冷笑"均已消失殆尽。现在的周朴园已经是一个忧郁、颤抖、衰弱的苍白的老人,坐在同一把他曾经主宰过一切的圈椅上,默默地承受着命运对自己的主宰。如果说在正剧中周朴园对侍萍多年存留的那一丝情感,对鲁大海悲剧的某种程度的内心自责,或多或少地表现了他作为一个男人、一个父亲的人性浮现,那么在"序幕"和"尾声"中,周朴园则作为一个彻底还原了的人,一个"上帝之子"在接受命运的审判,以虔诚的忏悔来延续着自己的残生。在周朴园命运的轮回变换之中,我们看到的虽不只是简单的"三十年河西,三十年河东",但却深深感受到命运的难以捉摸,感到"天"之主宰的神秘与威严,冥冥之中的报应最终在周朴园身上化作一种弃恶从善的力量。尽管曹禺本人否认《雷雨》有因果报应的思想,但"序幕"和"尾声"里明显的说教意味客观上昭示着因果报应的存在。更重要的是,周朴园的忏悔不仅使自身性格趋于"圆型",而且它升华了剧作的主题:善人的悲剧值得同情,恶人的忏悔更值得深思。

其实,不轻易让罪人死去(死去的也不让其灵魂得到安宁),这是曹禺剧作艺术构思的一个重要特点,周朴园如此,《原野》中的焦阎王、《北京人》中的曾老太爷亦都如此。《雷雨》的"序幕"和"尾声"不仅通过周朴园的忏悔阐扬了基督教文化的善恶观,而且借助于宗教文化的特质,营造出极富神秘色彩的艺术氛围,增加了一份特有的诗意。与正剧环环紧扣的激烈冲突相比,"序幕"和"尾声"则显得舒缓、平静,教堂悠扬的钟声,时隐时现的巴赫弥撒曲,周朴园近乎自言自语的絮叨,还有那个教堂修女诵读《圣经》的轻声,这一切似乎把正剧里的电闪雷鸣、暴风骤雨全部融化了,使人们从侍萍、繁漪、四凤、周冲等人的悲剧中走出来,也从周朴园的罪恶中走出来,去咀嚼、回味更深长、更辽远的问题。显然,这里不仅仅体现了艺术欣赏的距离,更显现出内涵思考的距离:不要把《雷雨》仅仅当作一部社会问题剧,还应以更幽深的目光探索人及其命运的本质问题、终极问题。周朴园在"序幕"和"尾声"中的忏悔至少引发人们深思:《雷雨》绝不只是周朴园及周家的悲剧,它也是人性的悲剧,因为正是在把握自身命运方面,人类的本性往往显现了其自身的悲哀和弱点。一个曾经随意支配别人命运的人,其实也把握不住自己的命运,而这种变化甚至是顷刻之间的事。对此,曹禺在《雷雨·序》中有过这样的阐述:"我念起人类是怎样可怜的动物,带着踌躇满志的心情仿佛是自己来主宰。自己的命运,而时常不是自己来主宰着。受着自己——情感的或理解的——的捉弄,一种不可知的力量——机遇的或者环境的——捉弄;生活在狭的笼里而洋洋地骄傲着,以为是徜徉在自由的天地里,称为万物之灵的人物不是做着最愚蠢的事么?"

然而曹禺在《雷雨·序》中又反复申明:"《雷雨》所显示的,并不是因果,并不是报应",而是天地间的"残忍"和"冷酷",他甚至说由于周冲的死亡和周朴园的健在"都使我觉得宇宙里并没有一个智慧的上帝做主宰"。曹禺的这些论述与《雷雨》所表现出的思想内涵存在着一种复杂的矛盾状况。但正是在这种矛盾当中,我们感到曹禺实际上是在竭力表明一点,即宇宙天地之间的"残忍"和"冷酷"虽然可能蕴涵着因果报应,但它们又一定大于因果报应。这又使我联想

第八章 曹禺剧作"对宇宙间神秘事物不可言喻的憧憬"

到曹禺在《雷雨·序》中对人物设计的构想,特别是对周冲命运的论述。周冲这个在《雷雨》人物排名中通常被列为最后的人物,却是曹禺仅次于繁漪之后第二个"想出"的形象,并明言"他也是我喜欢的人"(除了繁漪、周冲母子之外,曹禺还未说过喜欢谁的话),而且还特意提到对周冲扮演者的非常失望:"只演到痴憨——那只是周冲粗犷的肉体,而忽略他的精神。"曹禺为何这样喜爱和重视周冲?这个人物的"精神"又是什么呢?

在论及《雷雨》人物的悲剧时,曹禺特别重视"无过"这个词。繁漪、侍萍、四凤等都"无过",甚至周萍也无甚"失过",而周冲尤其"无过","他最无辜而他与四凤同样遭受了惨酷的结果"。他对谁都不妨碍,只是"藏在理想的堡垒里,他有许多憧憬,对社会,对家庭,以至于对爱情。他不能了解他自己,他更不能了解他的周围"。他看不清社会,他也看不清他所爱的人们。他是个永远做着"海……天……船……光明……快乐"之类的"最超脱的梦"的人。所以曹禺补充了一句意味深长的话:"以后那偶然的或者残酷的肉体的死亡对他算不得痛苦,也许反是最适当的了结。"在谈到繁漪悲剧的根源时,曹禺感叹过:"为什么她会落在周朴园这样的家庭中。"那么周冲呢?曹禺没说,只是强调他是一个"不断探寻着自己"的"梦幻者"。其实这就是答案,这就是周冲的"精神"所在,也是其悲剧的根源。在曹禺心里,周冲是清纯和理想的化身,然而正因为如此他才处处碰壁。这才是命运真正的冷酷无情,"这的确是太残忍的了"。所以,曹禺在强调命运主宰的同时,又对上帝的公正表示了极大的怀疑。应该提到的是,周冲这个形象表面上看没有什么大戏,而实际上在周冲身上相当程度地投入了作者对社会、人生以至宇宙的某些深刻看法。曹禺对周冲扮演者的期待可能永远难以满足,因为这个人物的戏不在舞台上而在曹禺心里,这的确太难演了!

反复体味周朴园和周冲的命运,我总感到曹禺在《雷雨》中实际上表达出了两层思想内涵:第一层,命运是有主宰的,有法则的,有因果报应的,周朴园的命运是很好的例证;第二层,命运又没有主宰,上帝又是不公正的,因果报应是不能解释一切的,周冲的命运则是有力的说明。而后一层则在更为深广的层次上赋予了《雷雨》积极、崇高的意义。《雷雨》中的确闪现着"劝善惩恶"、"忏悔赎罪"的基督教色彩,甚至也含有某种人性异化的思想因素,但这些并不是《雷雨》的全部和根本。《雷雨》多层次地展示出这样一对矛盾冲突:命运对人的无情主宰和人对命运的无尽抗争。这是一个近乎永恒的"太大,太复杂"的矛盾,它的存在既决定了人的悲剧的难以避免,也决定了人对神秘命运的"不可言喻"的"永远憧憬"。这个主题很难用一种色彩或一种思想去界定,这个谜很可能没有一个具体的谜底,它只是作者对人之命运的思索,这或许正是《雷雨》永远迷人的地方。我认为,看不到基督教文化思想对《雷雨》的影响,无疑会限制对该剧思想价值的体认;而把基督教思想解释为《雷雨》的根底,则又是对扩大了的视角的又一种限制。正如可以说没有悲天悯人的宿命论思想,很可能就没有《雷雨》[①],但绝不能说《雷雨》仅仅阐扬了宿命论的思想。

对曹禺来说,《雷雨》的确是个重要而又神秘的开端。此后,对人类根本命运的探究,包括对宗教文化的某些理解,一直在较深的层次上伴随着他的思考和创作,尽管他的目光一刻也未离开过具体的社会现实。

二、《日出》:对人生终极价值的寻求

相对《雷雨》而言,曹禺在第二部力作《日出》中明显拓宽了生活和艺术的视野,显示了作者新的创意。它未经演出,在1936年《文学月刊》连载之际就引起了文坛的轰动。所以有人指出:"《雷雨》是

[①] 马俊山:《曹禺:历史的突进与回旋》,北京:中国工人出版社,1992年,第185页。

直接得益于舞台实践的",而《日出》的主题更符合时代的要求,更具有现实意义。它不再是在抽象的哲学意义上探索宇宙的隐秘和人的命运,而是把对人的命运的思考与对现实世界的揭露结合起来,不仅控诉了那个糜烂的社会,而且还在漆黑的世界的背后透视出黎明,预示着日出,展现出生命与时代的亮色"[①]。但这种看法又明显走向另一种偏差:似乎从《雷雨》到《日出》,曹禺是从家庭走向了社会,从表现抽象命运转入了剖析具体命运。唐弢先生对此就曾表示过很大的疑问:"我不明白:难道《雷雨》写的仅仅是一个家庭,仅仅是周朴园和他周围的几个人物,而不是同时又是那个正在没落的腐朽社会的反映吗?"[②]我认为《日出》在着力展示现实社会生活画面的同时,并没有放弃对人的根本命运的思考,人生的终极价值依然是《日出》所思考的一个焦点问题。

"《日出》里没有绝对的主要动作,也没有绝对主要的人物。顾八奶奶、胡四与张乔治之流是陪衬,陈白露与潘月亭又何尝不是陪衬呢?这些人物并没有什么宾主的关系,只是萍水相逢,凑在一处。他们互为宾主,交相陪衬,而共同烘托出一个主要的角色,这'损不足以奉有余'的社会"。虽然曹禺1936年在《日出·跋》中如此突出地强调了该剧的社会意义,但陈白露个人的悲剧性格和悲剧命运仍然是全剧的核心,这一点得到了评论者的共识。可是,围绕陈白露的命运有两个至关重要的问题尚未引起评论者的普遍重视:一是陈白露的命运呈现出一种难以挣脱的苦难,而这种无法把握自身命运的悲剧也正是《日出》悲剧主题的重要组成部分;二是陈白露对自身命运的最终醒悟和抉择,这实际上也体现出作者对人生终极价值的看法。

不管说陈白露是一只抗争过、奋飞过,但却"折断了翅膀的

---

① 王卫平:《接受与变形——曹禺剧作的主观追求与观众的客观接受》,载《社会科学战线》,1994年第1期。

② 唐弢:《我爱〈原野〉》,载《文艺报》,1983年第1期。

鹰"①,还是说她是一个"玩世不恭、自甘堕落的女人",是一只"关在笼里尚不自觉的金丝鸟"②,有一点是令人震颤的:陈白露毕竟从一个"天真可喜的女孩子",一个"书香门第的小姐",堕落在人间"最丑恶的生活圈子里",并且是"一辈子卖给这个地方的"了。所以曹禺特别诗意化地用"竹均"这个名字来勾起人们对过去的陈白露的记忆。如果说从竹均到陈白露这个堕落的过程已经活生生地展现在人们面前,那么从陈白露到翠喜则强烈地暗示出这个悲剧的结局。这就是为什么曹禺极其重视《日出》第三幕的原因。有关第三幕的长期争执也可谓《日出》中一个不大不小的谜。评论者比较一致地认为,尽管这一幕内容很重要,但它于整个剧情是一个明显的"游离",在艺术结构上是失败的。因此在演出时也常被删去,以求得剧情发展的"紧凑"。而曹禺本人在《日出·跋》中则反复强调自己对这一幕所耗费的"气力"和"苦心",认为"《日出》里面的戏只有第三幕还略具形态"。删去它简直是"挖心"的办法,比《雷雨》删去"序幕"和"尾声"的"斩头截尾"还令人难堪。曹禺作为一个公认的特善戏剧结构的作家,又刚刚总结了《雷雨》结构上的不足,却在《日出》中偏偏写出一幕"游离"剧情之外的戏来,这似乎不太合乎情理。我认为,在第三幕中翠喜虽然是一个独立的艺术形象,但作者是把她作为陈白露命运的象征来描写的。第三幕陈白露没有上场,也没有必要上场,她的形象、命运已经融合、重叠在翠喜的形象及命运之中。这一幕写的是翠喜的悲惨遭遇,本质上是在交代陈白露的结局。因此,第三幕并不是"游离",而恰恰是与陈白露的命运有机交织在一起的,是与整个剧情有着内在关联的重要一幕。认识这一点不仅有助于准确理解《日出》的艺术结构,更有助于体悟陈白露悲剧命运的必然性与完整性。

无可挣脱的悲剧使陈白露最终面临对自己命运的抉择。有人

---

① 陈恭敏:《什么是陈白露悲剧实质》,载《戏剧报》,1957年第5期。
② 徐闻莺:《是鹰还是金丝鸟》,载《上海戏剧》,1960年第2期。

第八章 曹禺剧作"对宇宙间神秘事物不可言喻的憧憬"

指出,陈白露"已经决定自杀了,而又忽然向人借起钱来,表明她又是多么的不甘心就死"①。所以有人做出结论:"'不想死而不得不死',这才是真正的悲剧!"②其实,清醒、理智、甚至是主动地去选择死,又何尝不是更大的悲剧!陈白露看穿了周围现实的一切,从方达生对从前的呼唤中又毁灭了理想的一切。因此她可以安然地让自己的灵魂随着太阳的升起去寻求一种解脱了。特别在陈白露极为平静地"一片、两片、三片……十片"数着安眠药片往嘴里放的情景,令人感到这与许地山《命命鸟》中主人公"一步两步三步……"数着步子走向水里的情景实在太相像了!唯有彻底看清了自己的路,看穿了自己的命,才会有这样的抉择和抉择的方式,才会有这份义无反顾的宁静与从容!虽然曹禺说过自己早年"对佛教不感兴趣,大约它太出世了"③。可他在《日出》里却让自己的主人公彻底"出世"了一回。我总觉得在陈白露身上不仅体现出一种单纯的悲剧力量,而且还隐含着一种对命运难以把握的神秘力量。有意思的是,那位努力地感化陈白露的方达生其实是最看不清楚陈白露的人,而曹禺又偏偏强调"方达生究竟与我有些休戚相关"④,这是不是可以理解为作者有意表达出对陈白露悲剧命运的难以把握、难以捉摸,而给我们留下了更大的思考空间呢?对于《日出》,人们较多地看到了它从思想主题到艺术结构对《雷雨》的突破与创新,其实《日出》也保留了某些与《雷雨》相贯通的东西,比如命运对人的主宰和人对命运的抗争。对于一个作家来说,不断突破着、创新着的东西固然重要,但他始终执着追求着、自觉不自觉地保持着的东西也许更是不应被忽略的。

---

① 钱谷融:《谈谈〈日出〉中的陈白露》,载《剧本》,1980年第5期。
② 陈恭敏:《什么是陈白露悲剧的实质》,载《戏剧报》,1957年第5期。
③ 曹禺:《我的生活和创作道路》,载《戏剧论丛》,1981年版第2期。
④ 曹禺:《日出·跋》,见《日出》,上海:文化生活出版社,1936年,第205页。

三、《原野》：对宇宙神秘事物的沉思

从《雷雨》《日出》到《原野》，人们都说曹禺走入了一个他自己完全不熟悉的领域，冒险地闯入现实斗争的天地。可他在《我爱原野》中说："'原野'这个名词意味着多么广阔、多么辽阔、多么厚实的发人深思的含义呵！"确实，如果我们不用"原野"等于"农村"的眼光去看这部剧，可能收获大不相同。

应该看到，《原野》的创作确与当时的现实斗争特别是20世纪30年代蜂拥而起的农村题材创作浪潮的影响密切相关。然而这部剧本身却存在着某些明显不和谐现象：作为农民形象的仇虎，一方面是狂热而冷酷的复仇，另一方面在复仇之后陷入极度的恐惧和忏悔之中，以这种极不平衡的心理状态来展示当时农民的精神面貌，太不具有代表性了；作为农村现实生活背景（尤其与当时许多作家笔下热火朝天的农村景象相比），《原野》那"鬼气森森"的房屋、漆黑神秘的森林，也太不典型了。难怪有人说《原野》是农民不像农民、农村不像农村。然而问题很可能就在这为何"不像"上面。

一般认为，仇虎的复仇是《原野》的核心情节，但我觉得，仇虎复仇后的忏悔也是剧情不可分割的核心环节。全剧不得安宁的灵魂有两个而不是一个：除了害人者焦阎王之外，还有一个是被害者仇虎。这就大大增加了剧情的复杂性。如前所述，曹禺不会轻易放过那些罪恶的灵魂，因此焦阎王虽死，但他不可饶恕的罪孽依然要回到他自身，甚至须用他的后代加倍偿还。所以作者把他钉在墙上，让他死了也要忍受煎熬。这种安排明显传达出基督教恶有恶报的强烈意识。剧作如果以仇虎杀死大星和小黑子并象征性地朝焦阎王画像连发四枪来结束这场恩怨，那问题就简单多了。可是复了仇的仇虎非但没有丝毫的快慰，反而一下跌入负罪的深渊，杀了仇人反而迷失了自我，感到自己犯下弥天大罪。《原野》是力图揭示恶人

终不得善报这个主题的,但作品又隐隐透露出这个主题在当时的社会里不过是个幻象,是难以真正实现的。作者进而在更深的层次上提出这样的问题:被损害的善良之人,报了仇、雪了恨,却又会产生新的惶惑不安:这复仇本身不也是作孽吗？这种内心的折磨、灵魂的拷问太不公平了！虽然这种惶惑不符合一个反抗中的农民的觉悟,复了仇又忏悔,这似乎与当时的农民应有的阶级属性相去甚远,可是问题恰恰在于,作者对仇虎命运的揭示已自觉不自觉地远远超出了对一个具体的阶级典型的描写,而走向了个人与命运的对应关系这个更为开阔的主题。惩恶扬善本来是要表现人对命运的把握的,但随着人物性格及命运的深入发展,愈来愈显示出人对命运的把握绝不是轻而易举的,"天是没有眼睛的",在"天"即命运面前,人真是个"可怜虫","谁也不能做自己的主"(《原野》台词)。这里应该强调:恨这个"天",认清看透了这个"天",并不意味着就把握住了这个"天"。仇虎终究不能逃脱迫害,实际上反映出对这个"天"的无能为力。这里表现的并不是绝对虚无,也不是命运的神秘莫测,而是在很大程度上喻示着人对命运的抗争也许是一个艰难的永恒的主题。这本身蕴涵的是一种积极的宗教情绪,而绝不是消沉无奈的宗教心态。因此说,仇虎作为一个当时农民的代表可能是不典型的,但从他复仇的全过程去思考人与命运的根本关系则可能更有启发。这个意蕴的确是广阔、辽阔、厚实而发人深思的。

曹禺二十岁起即"苦苦地追索着人活着是什么的问题,探求着宗教的奥秘。他有时到法国教堂去参加礼拜,有时去观察基督教的洗礼,参加复活节活动。他领略过教堂静穆的气氛,醉心于教堂庄严神秘的音乐之中"[①],这种青年时代孕育出的宗教情结不可能不对他的创作产生深刻而重要的影响。的确,从《雷雨》到《原野》,曹禺始终对"宇宙间许多神秘的事物"表现出一种不可言喻的憧憬,而这

---

① 田本相、张靖编著:《曹禺年谱》,天津:南开大学出版社,1985 年,第 17 页。

些具有很强的现实主义力度的作品往往也都蒙上一层深厚的神秘色彩。然而有人说"神秘,是作家找不到出路的产物"。可我认为不尽如此。神秘是曹禺积极思考命运之谜的产物,是给我们留下的更为广阔的思想和艺术的思维空间。至于出路本身,我们似乎没有理由要求作家一定要找到一条明确的出路,或一定要找好出路后才能去创作,关键是作家在自己的作品中给人们提供了多少可以寻求出路的思路。

这个要求已经不低了。曹禺显然无愧于这个要求。

第九章

李劼人长篇三部曲的"历史"结构艺术

　　李劼人的连续性长篇三部曲《死水微澜》、《暴风雨前》和《大波》,以其特有的多重整体的放射性艺术结构对中国近代史上最重大的社会变革以及历史发展的根本潮向展开了广泛而深层的探视,对历史进程中各阶级、各阶层的消长,对民族心理、民族意识的更新,对特定时代环境下人们的社会观、历史观、政治观、道德观和爱情观的深刻变化进行了综合而又独立的剖析。这种气势磅礴的艺术结构,不但使三部曲构成了一个映照当时"千奇百怪世相"的立体多棱镜,同时也奠定了李劼人小说创作的特有风格。

一、把握历史进程的巧妙连环

　　三部曲所反映的时代正是中国历史由近代向现代过渡的转折时期,与这一历史发展时期相对应的时代特征是一切都处于剧烈的变动中,"从人民方面来说,已经不能照旧生活下去,从统治者方面来说,也已经不能照旧统治下去了"[①]。"所有几千年自奴隶社会起

[①] 吴玉章:《辛亥革命》,见《吴玉章文集》(下),重庆:重庆出版社,1987年,第940页。

即累积下来的旧矛盾,与在中国历史上从来没有过的新矛盾,都集中在这一时期,错综纠结,相引相排,蔓延激荡,炸药潜埋,砰然一声,几千年中央集权封建专制帝国,立被推翻"①。然而,尽管这种质变的完成非常迅速,但是它的积累、潜伏和演变过程却极为漫长。这就是近代中国历史发展的特点,这就是整个中国历史发展的进程。作为特定历史演变的参与者和见证人,李劼人从历史长河的激流漩涡中走到岸上的高处,正是为了俯视这条长河的渊源流向及其特点。他把三部曲编织成一个连环套式的艺术之网,通过打捞历史的沉淀,捕捉时代的浪花,进而抓住历史进程的脉搏。

《死水微澜》正是带着历史的沉淀,跳动着时代的脉搏,拉开了历史转折的序幕。这是一个漫长的序幕,整部书都浸透在"死水"之中,这是一潭千百年来形成的死水,各种陈腐、落后的观念、意识、情感和行为方式都在这里深深地沉淀着,但各种新的观念、意识、情感和行为方式也正在这里萌生着,因此这又是一个瞬息即到的伟大现实的开端;然而这更是一个新奇的序幕,作为历史巨变的开端,舞台上并没有出现一个"历史"人物,也没有发生重大的"历史"事变,紧紧围绕男女主人公展开的故事情节都是虚构的,作者注视的都是普通人的命运,着力表现的是天回镇上古老而神秘的传统习俗和乡民们固有的性格特征。而这一点恰恰体现着李劼人的一个根本出发点。他是把这潭死水作为我们民族历史的缩影和象征来写的,他是要我们从这里看出我们民族历史的过去和未来。《死水微澜》不但在历史转折的重要关头拉开了一个现实截面的序幕,而且这也表达了对我们民族以往整个历史的深刻反思,这是一个历史与现实、旧时代与新时代的交叉点,它支起了三部曲的整个框架。

人类社会的发展本身就是一连串一环套一环的因果关系,长期的历史沉积和现实风雨的强大冲击,必然导致突变的发生。但从沉静的死水到激荡起轩然大波,这中间还必然有一个过渡。《暴风雨

---

① 张秀熟:《李劼人选集·序》,成都:四川人民出版社,1980年。

前》则以展示重大历史变革之际的种种裂变，特别是人们思想意识的裂变承担了这一过渡的艺术使命。在《暴风雨前》里，一方面，郝公馆的老一辈人虽然仍在竭力维系原有的尊严和陈规，但多年来死水般的寂静毕竟已经受到时代风云的震撼。那个多年奉行"修身养道"的郝尊三竟一反常态大闹着要"结婚"；深藏闺阁的大小姐郝香云竟敢于向男人公开表露自己的私情，对老爷郝达三来说，鸦片烟也不再是他唯一关心之物，他不仅关心时政，还"积极入世"，尽管他自有老谋深算，但时代的变迁和自身地位的艰难，已使他铭诸五内。此外，在这个典型的半官半绅大家庭内部，太太和姨太太已不再能"和睦"相处，兄弟姐妹的思想意识已日益显出差异，主仆之间的利害冲突正在不断激化，就连仆人之间的矛盾也在加剧……用大小姐的话说，"我们这个家，真是在走下坡路了，男不成男，女不成女"。这些发生在深闺大院里的变故告诉我们，整个社会已从它的最小单位开始了无可挽回的并且是连锁性的裂变。另一方面，从郝氏家族与社会各阶层的多方接触中，我们又看到了席卷清王朝的辛亥革命的巨大潮流，这从更广阔的范围揭示了地火的运行，由社会各个角落聚积起来的离心力已经预示着改天换地的时代暴风雨即将到来。

"大波"在这样的基础上终于形成。《大波》以前两部书三倍以上的巨大篇幅全面展现了四川保路运动的整个过程。四川保路同志军的武装斗争和广泛的群众运动直接导致了废除帝制的辛亥革命，这一历史事变使整个中国历史迅速地翻开了新的一页。从历史发展看，四川保路运动是辛亥革命的直接前奏；从思想意义看，它完全和辛亥革命一样，体现了封建皇权地位的总崩溃，体现了多少年来，多少志士仁人探索民族命运的艰难步履和可贵的觉醒，体现了整个民族意识的一次质的飞跃，体现了历史发展的必然趋势。这一切都在《大波》里得到了充分的揭示，这是一场历史长河在时代暴风雨冲击下形成的大波，同时也是推动历史继续向前的大波。

非常明显，从千百年来的一潭"死水"，到甲午战争时泛起"微澜"，又经过时代发展的"暴风雨"，直到辛亥革命前夕的"大波"骤起,掀起了民主革命的巨大浪潮,三部曲的这一总体艺术构思本身就形成了一个大连环,从它的"题目所示,作者是有意用诗样的字面来,把各个时代象征着的"①,"从书名可以看出当时革命进程"②。尽管三部曲各有中心,自成连环,但在这一总体构思之下,整个作品的艺术表现形式呈现出一种放射性的结构方式。《死水微澜》处于单线索的缓慢回环,《暴风雨前》是双线并进的双重连环,《大波》则如万箭齐发,是多线索、多层次的多种连环。这种环环相扣的放射性展开,"使人感到稳重,无懈可击,完全有一种大陆性的感觉,也使人感到犹如长江一样,不是一种心胸狭窄的、戏剧性的结构"③,因而又给人一种汹涌澎湃的流动感。这种结构特色不仅是三部曲所反映的波澜壮阔的生活内容本身的需要,而且恰好与中国近代历史的发展特点相吻合,从这里我们看到了李劼人艺术构思的匠心与功力所在。

我们进一步从三部曲具体情节的迁流漫延来看,这种结构上的连环性则显得更为严密精巧。《死水微澜》从主人公邓幺姐(即蔡大嫂)的上场敷衍出天回镇兴顺号的故事,紧接着"在天回镇上"展开了罗歪嘴与顾天成对蔡大嫂的"爱情"争夺战,这场争夺战在展示罗、顾及蔡傻子性格特征的同时,又充分完成了蔡大嫂自身性格的发展变化。罗、顾二人分别牵连着"袍哥"和"教民"这两股特殊的社会势力以及他们之间的"相激相荡",并通过罗与顾的社会关系牵出妓女刘三金和教民暴发户钟幺嫂的戏剧性生涯。至此,以蔡大嫂为中心的天回镇的生活组画区自成一环,只是没有封口,而是巧妙地利用进城看灯会的机关,引出了顾天成丢失爱女招弟的悲剧。小小的招弟却牵连着广阔的社会背景:她的被拐,联系着成都下莲池畔底层百姓的穷窘生活;她的被卖,又把视角伸进郝公馆内,从一个独

---

① 郭沫若:《中国左拉之待望》,载《中国文艺》,1937年第1卷第2期。
② 《李劼人谈创作经验》,载《草地》,1957年4月号。
③ [日]海谷宽:《关于李劼人的文学》,载《文潭》,1983年第6期。

第九章 李劼人长篇三部曲的"历史"结构艺术

特的角度透视了郝氏家族的种种矛盾。招弟的遭遇连接着两个不同的社会区域,使整个作品的描写中心从乡间一跳到都市,进而推出了《暴风雨前》的风风雨雨,而招弟本人的悲惨命运在这一系列的串演过程中也得到最充分的揭示,郝公馆交结着成都的中上层各界人士及农村的佃户,从葛寰中那里时常捎来时局变化的最新信息;从黄润生那又引出黄太太的一连串风流韵事,特别是与黄太太关系暧昧的楚用又和保路同志军、学生军有着密切关系,同志军大战犀浦、围攻省城的情景都从这一渠道自然而然地传来;从郝又三联络着的那一群维新变革的知识分子身上,又探视了一代知识分子在历史大变动之际的敏锐思考和积极行动以及他们的迅速分化,在这一过程中郝又三同伍大嫂发生了特殊关系,伍大嫂的鲜明个性随之得到揭示,而郝又三在个人与社会的冲突矛盾中也戏剧性地强化了自身性格的各个方面。到这里,《暴风雨前》也构成了相对完整的结构连环,由郝家老少引出的所有线索又全部涌进《大波》之中,并扩展成更广阔更复杂的场景,保路同志会与封建卖国势力的"短兵相接",同志军的浴血奋战,赵尔丰和端方的疯狂反扑,赵、端之间的钩心斗角及其下场,立宪新政府的垮台……而这一切又始终围绕着民族意识的根本觉醒这条主线展开,这不仅是《大波》一切活动的中心内容,也是《死水微澜》和《暴风雨前》一切活动的潜在动因,是贯穿三部曲所有情节的内在逻辑。

这样一部鸿篇巨制,从总体构思到具体结构,一切都安排得那样严密紧凑,巧妙自然。人物命运层层相连,故事情节环环相套,而人物性格又与事件的发展纵横交错,历史和现实前呼后应,互为因果。这种精巧的结构首先得力于李劼人对中国古典章回小说传统结构的创造性继承,李劼人充分吸收了从《水浒》的直线型连环布局到《红楼梦》交互错综的网络状构思的结构方式,并借鉴了古典小说由人物性格和情节线索密不可分的连环而构成的故事的完整性。但李劼人创造性地扩展了这种传统结构方式的功能,进一步把具体情节的完整性同整个作品的总体艺术构思连接起来,把作品的内在逻辑同表现形式有机融合在一起,把多重整体相对稳定的布局不断延伸和发展,使古典小说的传统结构方式在三部曲里体现出了更加严谨、更加灵活和更加丰富的艺术表现力。当然,三部曲的精巧结构同时也包含着作者对历史发展和时代变迁的深刻理解,特别是对特定社会环境与人物之间多重关系的明晰认识,这一点诚如卢卡契所说:"在所有伟大的作品中,它的人物,必须在他们彼此之间,与他们的社会的存在之间,与这存在的重大问题之间的多方面的相互依赖上被描写出来。这些关系理解得越深刻,这些相互关联的发展得越是多方面,则这作品越成为伟大的,因为,它是越接近生活的实际的丰富,越接近列宁所常说及的所谓发展的真实过程的'巧妙'了。"①

二、展现"千奇百怪世相"的全景图

应该说,整个三部曲的时间跨度并不算长,从1894年到1911年,前后不过十八年时间。它所提供的舞台空间也并不算大,主要是以四川地区为中心。然而李劼人用飞动的艺术眼光在有限的时空范围内为我们展现出了异常开阔的社会生活全景图。李劼人曾赞扬法国作家巴散的作品"是一面最好的镜子,由它不同的反光中便射出一方全法的地方光景来"②。而李劼人的三部曲也正如一个立体多棱镜,从多侧面、多角度的不同反光中,"把千奇百怪的世相反映出来"③。在李劼人的多棱镜上首先映照出的是五花八门的人

---

① [匈牙利]卢卡契:《卢卡契文学论文集》(一),北京:人民文学出版社,1986年,第174页。

② 李劼人:《法兰西自然主义以后的小说》,载《少年中国》,第3卷第10期。

③ 李劼人:《"大波"第三部出后》,见《李劼人选集》第2卷下册,成都:四川人民出版社,1980年,第1439页。

第九章 李劼人长篇三部曲的"历史"结构艺术

物形象:有"游手好闲,掌红吃黑,茶坊出,酒馆进,打条骗人,专捡魁头"的流痞和袍哥舵把子,有奉了洋教便立时"横了起来"的教民暴发户,有科举时代提过考篮的八股老酸,有满嘴洋话的留洋学生,有得了便宜"连屁股上都是笑"的市侩,有激进的革命党人、保守的立宪党人和骑墙的"东瓜党人",有狡黠的"官油子",有专靠金钱捐来官衔的显贵,也有专"拿人血来染红自己顶子"的酷吏,此外还有佃农工匠、士绅、洋牧师、少爷小姐、男仆女佣、打手捐客、酒鬼烟鬼、妓女等等,可以说在那个特定历史舞台上该上场的人都上场了。整个三部曲塑造了数百个人物形象,而其中有声有色个性鲜明的就达上百个之多,足见李劼人在每个人物身上所倾注的生活内涵的分量之重。"一部艺术作品的真正的艺术整体,取决于它所提供的、决定被描绘的世界的基本社会因素的那幅图画的完整性"①。作为最基本的社会因素之一的人物,在特定的社会环境里,他们的命运本身就是一个相对完整的情节,广泛注视众多人物的命运才能使作品的艺术整体达到本质意义的完美。李劼人在三部曲里打破了一般长篇小说以"它的主人公通过自己相当长的一段生活经历,显示出自己的社会性格的发展"②的基本格局,而是以众多人物的交替出现,以他们片断经历的错落相间,以他们基本性格的相互补充,以他们各自命运的跌宕起伏,全面展示了社会性格的发展和时代风云变幻的总貌。

同时在李劼人的多棱镜上还映照出了千奇百怪的生活场景:有抢教堂、闹红灯教、杀廖观音、掀起保路风潮的巨大场面;也有赌场上"烫毛子"、土客栈嫖妓女的情景。尤为壮观的是在这个多棱镜上还展现了一幅幅四川特有的时代风俗画面:像青羊宫盛貌的花会和劝业会,成都东大街热闹非凡的灯会,南校场上震惊全川的运动会

---

① [匈牙利]卢卡契:《卢卡契文学论文集》(二),北京:人民文学出版社,1986年,第333页。
② [苏]波斯彼洛夫:《文学原理》,北京:三联书店,1985年,第336页。

和演讲会；像新开张的"卫生理发馆"和高悬着"发明蒸馏水泡茶"的第一楼茶馆，以及那些遍布全城的"耗子洞"小茶摊；像川江里劈浪行驶着的新型蜀通大轮船和来回穿梭着卖唱及供人偷吸鸦片烟的小花船；像成都大街小巷到处跑着的各色各式的轿子和川西平原上"咿咿呀呀"的叽咕车；像皇城坝里数不清的各种担子、摊子、篮子；像少城公园特有的那些"满吧儿"……这一幅幅别有风味的画面极为生动地反映了特定历史条件下社会的政治、经济、文化生活的各个侧面，使我们对历史的演进既有一种生活的整体感，又能深深体察到历史长河的细微喘息。

包罗万象本身并不是优点，关键在于描写这些生活现象的动机和本质。车尔尼雪夫斯基说："如果一个人的智力活动被那些由于观察生活而产生的问题所强烈地激发，而他又富有艺术才能的话，他的作品就会有意识或无意识地表现出一种企图，想要对他感到兴趣的现象作出生动的判断……就会为有思想的人提出或解决生活中所产生的问题，他的作品可以说是描写生活所提出的主题的著作。"①李劼人尽可能广泛地描写不同类型的人物、不同风貌的生活场景和不同色彩的风俗画面，动机是非常明确的，就是为了"尽力写出时代的全貌"②，写出中国近、现代历史转折关头的全景图。因为面对这幕牵动整个民族命运的历史巨变，"若只光光生生写少数几个人物的形象与其活动"③，那是不可能通过"千奇百怪世相"来揭示生活所提出的主题的本质意义的。所以，在历史长河面前，"作家必须知道一切——生活的整个潮流和一切细小的支流，现实生活的一切矛盾，它的悲剧和喜剧，它的英雄主义和腐俗习气，虚伪和真实。

---

① [苏]车尔尼雪夫斯基：《艺术与现实的审美关系》，北京：人民文学出版社，1976年，第102页。
② 李劼人：《"大波"第二部书后》，见《李劼人选集》第2卷中册，成都：四川人民出版社，1980年，第953页。
③ 李劼人：《"大波"第三部书后》，见《李劼人选集》第2卷下册，成都：四川人民出版社，1980年，第1441页。

他应当知道,某一现象看起来不管有多么细小和不重要,然而它不是正在崩溃的旧世界的一个碎片,就是新世界的一个萌芽"①。

《死水微澜》里有一节描写天回镇赶场的情景,在淋漓尽致地写出了那些千年不变的老规矩、老陈式的同时,李劼人特别细致地写出了生活的变化。如洋人正在收购猪毛,甚至连猪肠、瘟猪皮他都要,各种洋货,如洋钱、洋针、洋葛巾等已悄悄来到这古老的市场上,京、广、苏、桂等地的时兴货物与本地的家机土布之类已开始了明显的竞争……李劼人写的是"货物的流动,钱的流动,人的流动,同时也是声音的流动",然而我们从中却更能明显地感受到历史潮向的流动和时代风尚的流动。在《大波》里有一段对黄澜生这样"一个小小的候补知县,由当差局所回到家庭的日常行动"的描写:"洗脸水、茶、干净水烟袋、便衣、便鞋出来;纱马褂、纱瓜皮帽、纱袍子、丝板带、青锻靴、眼镜盒子、表搭链、鼻烟壶、玉扳指进去。时间:一刻钟。人员:何嫂、罗升、菊花、连同婉姑、振邦。"这个很不起眼的生活场景,却写出了一种陈腐的生活方式,写活了一个旧时代的庸吏的典型。像这些新时代的萌芽和旧时代的碎片在三部曲里是随处可拾的。

在艺术结构的总体构思上,李劼人的"创作计划是有意仿效左拉的《鲁弓·马卡尔丛书》,每部都可以独立,但各部都互相联系"②,这是显而易见的,但李劼人得力于左拉的并不仅于此,李劼人更多的是吸取了左拉反映社会生活的多侧面性和揭示时代发展的全景性笔法。尽管李劼人与左拉在创作方法上存在着根本的差异,但强烈的历史使命感使李劼人在他所熟悉的众多法国作家群里,首先从左拉那吸取了艺术形式的特有精华,融汇了左拉特有的艺术视角。对社会的全景性描写和表现生活的历史厚度感使李劼人和左拉的作品同样获得了各自时代的"史诗"称号,他们同属于"通过一

---

① [苏]高尔基:《论文学》,北京:人民文学出版社,1978年,第230页。
② 郭沫若:《中国左拉之待望》,载《中国文艺》,1937年第1卷第2期。

切形象,通过一切描写,来反映人道的与社会的追求"①的那类艺术家。正是各自时代所共同负有的沉重的历史使命感以及由此形成的共同的反映生活的方式,使李劼人与左拉的名字发生了本质意义的联系,也正是在这种意义上,我们深刻理解了郭沫若的厚望:李劼人无愧于"中国的左拉"这一称号。

三、侧视生活内涵的独特角度

"镜子决不会因为有一次历史事件在前面出现过而更明亮。要明亮,只有给它再涂上一层水银才能办到——换句话说,当它获得新的敏感物质时才有可能。一本小说的成功取决于它的感觉敏锐,而不在于它的题材得当"②。这就是说,除了选材布局之外,小说还需要特殊的敏锐目光来获得深度。如果说李劼人三部曲艺术结构的连环性从总体上显示了它所反映的社会生活的密度,全景性从大规模的正面描写体现了它所展现的时代画卷的广度,那么,侧视性则从更为艺术的角度探视了它所揭示的生活内涵的深度。

李劼人指出"我在'大波'第一部中,用过一些取巧手法,把某种应该描写的比较有关的事情,或情节,都借用一个人的口将其扼要叙说一番,便交待过了"③。其实这种手法贯穿在整个三部曲的艺术构思之中,而且,李劼人"借用"的并不只是一个人的口,还常常通过一个人以及一群人的眼睛和感受,甚至利用一张布告和一纸帖子,从不同的特殊侧面来深入挖掘生活的蕴藏。

---

① [苏]杜勃罗留波夫:《杜勃罗留波夫选集》第1卷,上海:新文艺出版社,1957年,第64页。

② [英]爱·摩·福斯特:《小说面面观》,广州:花城出版社,1984年,第18页。

③ 李劼人:《"大波"第三部书后》,见《李劼人选集》第2卷下册,成都:四川人民出版社,1980年,第1440页。

第九章 李劼人长篇三部曲的"历史"结构艺术

郝公馆是作品里多重线索的一个重要连接点。它的豪华与庄严,它的生活方式,它的人情冷暖,都是通过刚买进来的小丫头春秀(即招弟)的切身感受从侧面表现出来的,通过春秀的眼睛展示了这个半官半绅家庭的各个角落,通过春秀的感受写出了这个家庭的特有气氛,并且通过春秀的遭遇把郝氏官宦人家的生活同她原来的乡土世界形成了一种异常强烈的艺术对比,这一侧面透视给人留下了无穷的回味和感慨。

当时新潮流的一个重要内容就是广开新学,四川也成立了高挂"汇四海而为崇,纬群龙之所经"匾额的高等新学堂,一时间新学兴盛,大有"办学堂、育英才、救国家"之势。但新学的实质如何呢?李劼人没有正面描写,而是借助惯于投机的田伯行之口道出了其中的"秘诀"。因郝又三想报考高等学堂而又怕考不上,于是田老兄便来了一番现身说法:

>……不管啥子题,你只管说下些大话,搬用些新名词,总之,要做得蓬勃,打着"新民丛报"的调子,开头给他一个:登喜马拉亚最高之顶,篙目而东望:呜呼!噫嘻!悲哉!中间再来几句复笔,比如说:不幸而生于东亚!不幸生于东亚之中国!不幸生于东亚今日之中国!不幸而生于东亚今日之中国之啥子!再随便引几句英儒某某有言,法儒某某有言,哪怕你就不通,就狗屁胡说,也够把看卷子的先生们麻着了……
>
>总之,是外国儒者说的,就麻得住人,看卷子的先生,谁又是学遍中外的通儒呢?风气如此,他敢证明你是捏造的吗?他能不提防别人讥笑他太简陋了吗?他即或不相信,也只好昧着良心加上几个圈而大批曰:该生宏博如此,具见素养……

实在讲,仅凭田老兄这一派"狗屁胡说",我们已了解到当时教育维新和社会风气之一斑了,而受到田老兄秘诀真传的郝又三竟然堂而皇之地考进了高等学堂,这无疑是对所谓"新学"的进一步讽刺。然而田老兄这段秘诀所暴露的远远不止是"那个时代恶劣学风"和"某些人对西学不懂装懂,并以卖弄西学的名词术语为荣的社会心理"①,实质上我们透过田老兄之口看到了一个真实的历史侧面,它以当时"讲维新"、"倡新学"的片面性和不彻底性,深刻地"十足表现"了"资产阶级旧民主主义革命之难于彻底的真象"②。《暴风雨前》里还有这样一个插曲,杀红灯教的首领廖观音。其实真正写人头落地不过三言两语,但李劼人更多是从侧面注视广大群众的心理反应。前来围观这个反官军、反清廷的女英雄受刑的群众"不下千人,你只听听那片欢呼的声音,好像是在看好戏一样","大家很热烈的希望能够来这样一个活剧。一多半的人只想看一个体面少女,精赤条条一丝不挂的在光天化日之下游行。一小半的人却只想看一个体面少女,婉转哀号,着那九十九刀割得血淋淋地,似乎心理才觉得安逸"。当廖观音刚一露面,"辕门外的观众更其大喊起来,并且杂有很多的笑声。大约因为那女人果然露了色相,又果然年轻白胖,不负观音的名称,而又在众人又爱好又嫉妒的眼光下活活惨死,实足以满足大众好奇残酷的心情罢"。确实,这种好奇而残酷的心情比鲁迅的《药》里华老栓的迷信、麻木更令人震惊和痛恨。群众的这种麻木变态心理在三部曲里的不同侧面曾多次出现过:"都市上的人过惯了文雅秀气的生活,一旦遇着有刺激性的粗豪举动,都很愿意欣赏一下,同时又害怕这粗豪波及到自己身上,吃不住。所以猛然遇有此种机会,必是很迅速地散成一个圈子,好像看把戏似的,站在无害的地位上来观赏"。"下莲池社会的一般生活"更是如此,"只是一听见某家出了一桩豆大的事,大家总必赶快把手上的事丢下,呼朋唤友,一齐跑来,一以表示他们被发缨冠的热忱,一以满足他们探奇好异的心理"。就是在成都保路同志会成立的大会上,"好多人都激动得不能自制",大有"孟姜女哭垮长城"之势,"但是一到

---

① 简平:《微澜风雨见大波》,载《文学评论》,1983年第2期。
② 李劼人:《"大波"第二部书后》,见《李劼人选集》第2卷中册,成都:四川人民出版社,1980年,第954页。

散会,还没有离开会场,却啥子事都没有了,摆龙门阵的,说空话的,这里也嘻嘻哈哈,那里也嘻嘻哈哈……"正是透过群众的这些真实心理,我们从不同的艺术侧面看到了民族劣根性的根深蒂固,看到了广大民众觉醒和奋起的重要性、艰难性和漫长性。

此外,像袍哥大爷余树南神奇的故事完全是罗歪嘴绘声绘色地讲出来的;周孝怀仿效日本"吉原办法"在四川加以变通是葛寰中摆龙门阵摆出来的;洋人在中国的为非作歹是通过一张"白头帖子"揭露出来的……这种从某一侧面间接地透视生活本质的手法,是李劼人找到的足以特别尖锐、特别鲜明、特别惊人地表现小说灵魂的特殊角度,那些人物的一席话、一番观察、一种感受以及一些微不足道的事情,往往牵动着整个作品的总体构思,或补充、或铺垫、或概括、或引申,虚实相间,轻重相叠,在作品实际描写的生活场景之外极大地扩展了生活内容的含量,延伸了生活画面的幅度,为作品在各个侧面涂上了特有的"水银",从而使三部曲犹如一个立体多棱镜,具有一种超越历史、穿透生活本身的放射性能量。正是这种能量完成了只有史诗才能完成的任务。

但是,在我们看到李劼人这种艺术独创性所带来的巨大成功的同时,也应该看到,在《大波》第二部以后,李劼人为了避免艺术手法单一化,而有意识地甩开侧视性的间接描写,转而大量直接正面地描写保路运动风潮,很少再侧视其他社会生活,虽然在局部范围内仍不乏精彩之处,但从总体来看,因为拘于历史事实和正面处理生活题材的约束,而限制了作品中生活内容的发展和延伸,因此,尽管《大波》的篇幅数倍于《死水微澜》和《暴风雨前》,然而前者的生活含量反倒不及后者丰富和深刻,这也许是李劼人所始料不及的。

尽管如此,三部曲在总体艺术构思上所显示出的独创性仍然是相当出色的。李劼人处理的中心题材是历史的意义、现实的思考和民族的命运,而与之相适应的艺术结构同样具有磅礴的气势、罕见的缜密、多方面的透彻和史诗般的深远。"题材的社会意义越重大,它所要求的形式就越严谨、精密和鲜明"①。三部曲题材与形式的高度完美而体现出的特有风格,使李劼人的艺术个性明显地不同于现代文学史上的任何其他作家。曹聚仁说过:"现代中国小说作家之中,李劼人的几种长篇小说,其成就还在茅盾、巴金之上。"②如果仅就艺术结构来看,客观地说,不仅茅盾、巴金,就是在整个中国现代作家作品中,也难以找出第二部像李劼人三部曲那样结构宏伟精良的作品了。

---

① [苏]高尔基:《论短见平远见》,见《文学论文选》,上海:上海译文出版社,1984年,第278页。
② 曹聚仁:《文坛五十年》(续编),香港新世界出版社,1955年,第247页。

第十章

戴望舒诗歌
——在现代与传统之间的穿越

一、现代派诗歌的"举旗人"

戴望舒一向被公认为 30 年代中国现代派诗歌的举旗人,因此在人们的意识中现代派诗歌的许多特征似乎都与戴氏有关。比如,用现代辞藻排列成的现代诗行来反映现代人在现代生活中所感受到的现代情绪,注重表现诗歌总体上朦胧的美,以奇特观念的联络和繁复的意象来结构诗的内涵,以及以诗人独特的青春病态的心灵咏叹浊世的哀音,表达对社会的不满和人生的寂寞惆怅,等等。加上戴望舒早年留学法国,深受法国象征派诗歌的影响,更让人感到他简直就是魏尔伦、瓦雷里等人那些意象朦胧、情感沉郁的诗作的典型阐释者。其实在中国现代派诗潮之中,戴望舒的诗是最为清澈透明的,就如同他清纯执着的人生态度一样。当然,戴望舒的诗确实也有刻意追求意象构造的虚幻朦胧、情感思绪的含蓄深沉以及词汇组合的新奇别致的一面,他甚至用"我是青春和衰老的结合体,我有健康的身体和病的心"这样的诗句为自己作过"素描",但他始终是反对艰涩混沌的艺术形式的,他甚至反对对诗歌艺术技法包括格律音韵等方面的过于追求。因此,人们又不难发现,在戴望舒的诗歌创作中,有一种中国古典传统诗歌的通脱清新的意境。显然,法国象征主义的朦胧美与中国传统诗歌的古朴美,构成了戴望舒诗歌的双重底蕴。然而,戴望舒诗歌受到的这两个方面的影响并不只是体现在艺术技法上,而是有着更为深刻的思想文化根源,其中,传统道家文化思想的影响和启示就是形成戴望舒诗歌风格特色的重要因素之一。

1937年初,戴望舒曾经写过一首题为《寂寞》的诗:

> 园中野草渐离离,
> 托根于我旧时的脚印,
> 给他们披青春的彩衣:
> 星下的盘桓从兹消隐。
> 日子过去,寂寞永存,
> 寄魂于离离的野草,
> 像那些可怜的灵魂,
> 长得如我一般高。
> 我今不复到园中去,
> 寂寞已如我一般高:
> 我夜坐听风,昼眠听雨,
> 悟得月如何缺,天如何老。

这首诗是很有些哲理的,人生的寻觅昼去夜来,周而复始,无止无尽,其中悲欢离合,滋味万般,但是"寂寞永存",寂寞是人生永远摆脱不了的伴侣。如何品尝、体悟这寂寞的味道就看各人的心境与经历了。戴望舒不仅认清了寂寞的永存,而且看透了人生的起点和终点其实相距并不远,甚至是重合的。既然寂寞与人生"一般高",那么也就泰然处之,随遇而安吧。因此也就抛却了"旧时的脚印",也不再迷恋"青春的彩衣",就让它们都随着"星下的盘桓"悄悄地消隐吧。正因为有了这样的心境,诗人才获得了一种真正的超脱,才能够在时刻陪伴着的寂寞面前,从容镇定地"夜坐听风,昼眠听雨",进而在这超凡脱俗的风雨声中,"悟得月如何缺,天如何老"。大千世界,人生沧海,真义尽悟。诗人作此诗时已经初步摆脱了早先个人与时代、理想与现实激烈冲突的那段特别的苦闷期,已经逐步地向着时代社会的洪流迈进。然而这首诗依然保持了一份对人生的独特体悟,表明了诗人的一种寻求超脱、任运而安的人生心态,这对于一个思想及人生观念都处于转变之中的诗人来说是可以理解的。但其流露出的诗人所受到的中国传统道家文化思想的影响是不可忽视的。在现代派诗人乃至整个中国现代新诗人之中,戴望舒是受道家文化思想影响较深的一个。他不仅在诗作中多处直接借用过《庄子》中的一些意象,反复表明过"万里翱翔"的人生志愿以及想作"前生和来世的逍遥游"的心迹,而且在他的诗作中广泛地体现出一种通达宽厚、无怨无悔、超然物外的人生态度和思想倾向。对人生的透悟是戴望舒许多诗篇内在的共通的主题,人生何时何处不在"寻梦",可真正寻到梦时却早已到了无梦的季节:"你的梦开出花来了,/你的梦开出娇妍的花来了,/在你已衰老了的时候。"(《寻梦者》)人生苦短,可又追求价值无限,于是诗人叹息道:"老实说,我是一个年轻的老人了:/对于秋草秋风是太年轻了,/而对于春月春花却又太老。"(《过时》)悲哀在诗人眼里不过是一丝从外边悄悄进来的寂静:"为自己悲哀和为别人悲哀是一样的事,/虽然自己的梦是和别人的不同的,/但是我知道今天我是流过眼泪的,/而从外边,寂静是悄悄地进来。"(《独自的时候》)悲哀是如此,快乐也一样,对它的理解不同,它的内涵就不同。快乐本身并没有什么特别的意义,快乐与痛苦看起来是相对的,但实际上它们往往更是相通的:

> 飞着,飞着,春,夏,秋,冬,
> 昼,夜,没有休止,
> 华羽的乐园鸟,
> 这是幸福的云游呢,
> 还是永恒的苦役?
> 渴的时候也饮露,

>饥的时候也饮露,
>华羽的乐园鸟,
>这是神仙的佳肴呢,
>还是为了对于天的乡思?
>是从乐园里来的呢,
>还是到乐园里去的?
>华羽的乐园鸟,
>在茫茫的青空中,
>也觉得你的路途寂寞吗?
>假使你是乐园里来的,
>可以对我们说吗,
>华羽的乐园鸟,
>自从亚当、夏娃被逐后,
>那天上的花园已荒芜到怎样了?
>
>——《乐园鸟》

在这里,很难说诗人表达的是一种凄寂绝望的情绪,也很难说诗人笔下的乐园鸟是一个只知道永恒地飞翔而不知道究竟何为苦乐的象征。实际上诗人想说的是人类乃至宇宙间一切的奋斗是徒然的,在这永恒的天地间,一切的苦与乐也是不断循环的,宇宙天地皆如此,我们人及人的悲哀与欢乐不是就更显得渺小了吗?所以诗人又写道:"星来星去,宇宙运行,/春秋代序,人死人生,/太阳无量数,太空无限大,/我们只是倏忽渺小的夏虫井蛙。""不痴不聋,不知阿家翁,/为人之大道全在懵懂,/最好不求甚解,单是望望,/看天,看星,看月,看太阳","也看山,看水,看云,看风,/看春夏秋冬之不同,/还看人世的痴愚,人世的空惚:静默地看着,乐在其中"。诗人最终想要"和欢乐都超过一切境界,/自己成为一个宇宙,有它的日月星","在太空中欲止即止,欲行即行"(《赠克木》)。很显然,中国传统道教文化的任其自然,无为而治的思想精髓在戴望舒的诗里得到一个现代派诗人的阐释。

第十章 戴望舒诗歌——在现代与传统之间的穿越

但是我认为,中国传统道家文化思想在戴望舒身上所表现出的那种超然洒脱只是问题的一个方面,而问题的另一个方面则是,戴望舒无论是做人还是作诗都并没有真正地超然洒脱起来,相反,他的人生观念和诗歌创作都表现出了一种特别的执着与认真,这甚至使他明显地缺乏一个诗人似更应有的浪漫气质。戴望舒始终苦苦地在自己的诗中倾诉着对人生、社会及时代严肃沉重的思考,个人小我与大时代的冲突,个人理想与社会现实的撞击,一直是戴望舒诗歌所要抒发的中心情感。其成名作和代表作《雨巷》,在构造了一个特定的悠长而寂寥的抒情空间之后,抒情主体反复强调地呻吟着"我希望逢着/一个丁香一样地/结着愁怨的姑娘",以此表达诗人心中复杂的、难以诉说的人生情怀与生活理想:诗人渴求着在人生孤旅中遇到知己与同调,渴求得到世人的理解和慰藉。诗中绵绵不断的诗句重叠和反反复复的音律循环,不仅加深了"雨巷"的悠长寂寥,更增加了"我"的愁怨和希望。毫无疑问,《雨巷》绝不是一首悲观绝望的诗,也不是一首寻求超脱出世的诗,而是执着地表现了失落中的渴望与幻灭中的追求,甚至可以说它是一曲理想的哀歌。对现实人生价值的追求从来没有离开过戴望舒诗作的主旋律,戴望舒后期的创作中有一首不太引人注意的短诗《无题》:

我和世界之间是墙,
墙和我之间是灯,
灯和我之间是书,
书和我之间是——隔膜!

这首同样充满哲理的诗,在告诉我们某种独特的生活感受与生活逻辑之外,还使我们从中感悟到被一种说不清的压力撕裂开来的痛楚,又感悟到有一种要穿透这一层层隔膜的动力。诗人在对现实生活深表不满的同时,也传达出对人与人之间,人与书、与时代社会之间的情感沟通和相互理解的执着愿望。即使是一首即兴吟赋的小诗,也是那样的沉重,戴望舒的确很少超脱过。

二、对古典美的深情依恋

显而易见,在现代派诗人中,始终保持着对传统古典美的深情依恋,这是戴望舒特有的气质和追求。这一点在其初期创作中就留下了明显的痕迹。《夕阳下》、《寒风中闻雀声》、《静夜》等初期诗篇,无论在思想情绪还是在艺术技法上,都十分清晰地体现了戴望舒深厚的传统诗歌根底以及诗人对古诗风味的某种刻意追求。

《夕阳下》几乎以一种象征性的意味宣告着诗人是带着"夕阳暮景,游子踟蹰"的古诗影响而踏上新诗坛的:

晚云在暮天上散锦;
溪水在残月里流金;
我瘦长的影子飘在地上,
像山间古树底寂寞的幽灵。
远山啼哭得紫了,
哀悼着白日底长终;
落叶却飞舞欢迎
幽夜底衣角,那一片清风。
荒冢里流出幽古的芬芳,
在老树枝头把蝙蝠迷上,
它们缠绵琐细的私语
在晚烟中低低地回荡。
幽夜偷偷地从天末归来,
我独自还恋恋地徘徊;
在这寂寞的心间,我是
消隐了忧愁,消隐了欢快。

这苍天暮色的情景、低回哀吟的旋律,很自然地使人联想到陶渊明"山气日夕佳,飞鸟相与还"的那种独特境地。事实上,戴望舒的确陶醉于这种残照暮景,他不惜笔墨精心刻意诗化了这种景致,让人感到诗人对这如诗如画的自然界的痴迷神往。在这里最重要的并不是诗人赞叹自然的一系列细腻美妙的手法,而是诗人倾心其间的情绪。这首诗在"夕阳下"的自然背景下,实际上浓重地延伸着古典诗词中常见的那种"夕阳西下,断肠人在天涯"的忧伤哀怜之调,稍稍有所不同的是,戴望舒在诗中表达的不只是单纯的哀伤与孤寂,似乎还有一种怡然自得的心绪,很得意于"独自还恋恋地徘徊"那种悠然。尽管我们可以体味到诗人既"消隐了忧愁",也"消隐了欢快"的那种矛盾苦闷的现代情绪,但我们同样更深切地感悟到诗人在古典诗词的韵味中所寻找到的精神寄托。以古典美来排遣现代人烦闷的心情,这是戴望舒诗歌从创作之初就显露出的一种特质。《夕阳下》在诗的结构和音韵方面那种刻意追求的严整和典雅,更增添了诗人对古朴凝重心态一往情深的氛围。

与《夕阳下》十分相近,《寒风中闻雀声》同样留下了很深的古典诗词的韵味。虽然诗作的最后一节以抒情呼唱的方式表现了较为明显的西方浪漫主义色彩,但总体而言,诗作整齐的句式、严格的押韵,尤其是以环境的反复渲染来映衬人的处境和心境,典型地体现出传统古诗的风味。同样重要的是,诗人在骨子里与古人心境的相通和契合,把现代人的现代愁苦融入古人的"暝色入高楼,有人楼上愁"的哀吟之中,把现代人无所依傍的孤寂引向古人曾发出过的那种悠远的叹息:"月明星稀,乌鹊南飞,绕树三匝,何枝可依!"正因为诗人将现代人的思想情绪与古人幽深的情怀勾连起来,将现代诗派的表现手法与传统诗歌的审美情趣融为一体,所以戴望舒诗中的朦胧美总是透露出丰厚坚实的历史底蕴。

这种特质在戴望舒最著名的代表作《雨巷》之中有着更为充分的体现。戴望舒是由这条"雨巷"走上诗坛,并从此获得了"雨巷诗人"的美名的。仿佛这"雨巷"不是诗人所写,而是它天然造化了诗人的性灵。这是一条什么样的"雨巷",显得如此神秘、传奇?这是一首什么样的诗,显得这般空蒙、幻美?

这首发表在1928年8月《小说月报》上的诗篇,当时就引起新诗坛的广泛注意。它曾被叶圣陶赞誉为是一首"替新诗底音节开了一个新的纪元"的重要诗篇。其实这个"新纪元"的意义远不限于音节方面,它同样体现在诗的时代内涵方面。就像茅盾创作《蚀》三部曲、巴金创作《灭亡》和"爱情的三部曲"一样,戴望舒在《雨巷》中也写进了"五四"以来整整一代知识青年共有的世纪性的理想与幻灭,表达了一种普遍的忧郁性的时代情绪。这是1928年前后最突出的时代主题之一。把如此重大悲壮的时代主题写入诗中,戴望舒无愧于时代情绪的代言人。

但是看看这首诗,我们又很有些犹豫:它似乎更像是一首情诗,更浓重地带有古典诗词中那种特定的感伤情调,起码它更多地抒发了个人的悲哀和叹息。全诗描写了一条悠长而寂寥的雨巷,写了抒情主人公"我"经过这条雨巷时的感受。雨巷是悠长悠长的,它足使"我"默默地行着,彷徨着;雨巷又是寂寥的,它只有"我"独自慢行,而且足可静听雨打油纸伞的声音。这雨巷还只是诗人抒情的环境,诗中的主要抒情对象则是那位飘逸而来的"丁香一样地结着愁怨的姑娘"。在"我"满含希望的眼中,这位具有丁香一样的雅洁、芬芳和忧愁的姑娘,像"我"一样在雨中,在这雨巷之中撑着油纸伞,孤独地徘徊;又像"我"一样充满了凄清和惆怅。在"我"深情盼望的目光里,姑娘静默地走近,又像梦一般轻飘过"我"的身旁,终于消逝在雨巷的尽头,连同她的颜色、芳香和忧愁也一齐消尽,只留下"我"依然孤独地徘徊在悠长而寂寥的雨巷,依然满怀着美好的希望。

诗是优美典雅的,特别是雨巷传奇的故事给人留下了那种空蒙而幻美的感觉。显然,真正富有诗意并唤起我们联想的,不仅是这条雨巷本身,还指在雨巷中穿行而过的"我"和"她"。特别是诗中重复表述的"我希望"三个字,把全诗升腾到一种虚实相间的境界:这个姑娘或许实有,或许虚无。其实这已无所谓了,"我"的希望却是实在。姑娘在诗中已完全是一种化身,是抒情主人公亦即诗人理想的化身。姑娘的出现,表明了诗人人生路途上的孤独、寂寞和悲哀;姑娘从"我"期待的眼光里虚化而出,则在更深的层次上艺术地暗示,诗人渴求在人生孤途上遇到知己!因此,"我"不但渴望姑娘的出现,而且渴望的是一个与"我"有着同样的愁怨,与"我"同样孤单的姑娘出现。由此我们感到,这首诗表现的不仅是幻灭和失落,还包含追求和渴望,是幻灭中的追求,是失落中的渴望。全诗沉重的时代主题就像风一样、雨一样,就像那位姑娘一样轻轻飘过。一切都未明说,但一切都已说清,而且说得很透,很深,很诗意。

和空蒙虚幻的内涵相吻合,这首诗在艺术审美上最动人之处,就在于虚实之间,在于用幻觉来构织画面,以暗示来倾吐主题感受。如果实写,那就诗意全无了。全诗七节,以第四节为中轴,其余六节两两对应,意象和物象都尽情重叠,这不仅造成了诗的整体结构的稳定,而且从旋律和音韵上形成一种和谐、深沉的循环,更加深了雨巷的悠长,更增加了"我"的愁怨和希望。古典诗歌含蓄的美与现代诗歌朦胧的美在这里融合为一种绝佳的境界。

三、穿越"雨巷"的求索者

戴望舒在严肃思考人生与社会的同时,还一丝不苟地探索诗歌的艺术表现形式。他从未随意地写过一首诗,哪怕是即兴小诗也必字斟句酌。他的诗歌创作前后经历了三十年时间,但总共只写下了九十余首诗。凭着其才气和名望,是完全可以创作和发表更多的诗篇的,可他没有那样做。他篆刻般一笔一画地认真描写着诗中的每一个意象,每一个音韵,每一拍节奏,每一个词汇。1928年他著名的诗篇《雨巷》在《小说月报》上发表,顿时引起了新诗坛的广泛注重,特别是叶圣陶高度称赞这首诗"替新诗底音节开了一个新的纪元",戴望舒也很快被人们誉为"雨巷诗人"。应该说,戴望舒是由这条"雨巷"走上诗坛、美誉四起的,但是他并没有流连、陶醉在自己营造的"雨巷"里面,而是迅速地穿越了"雨巷",奔向新途。因此,当人们还沉浸在对《雨巷》的一片赞叹声中的时候,戴望舒本人似乎已经忘却了自己的这首名作,他毫不留情地否定了自己在《雨巷》中对诗歌"音乐成分"的苦心追求,并已另辟蹊径,开始了对诗歌形式的新的探索。所以当1932年诗人亲自编定的重要诗集《望舒草》出版面世时,人们在其中根本看不到《雨巷》这首曾经给诗人乃至整个新诗坛带来盛誉和重要影响的诗篇的影子。

戴望舒就是这样一个过分认真的诗人。他不在意别人的赞誉,更不在乎自己的声望。他在意的是自己的追求,自己的良知。他宁愿苛求自己的作品,也不愿看到自己的作品被时代淘汰。所幸的是,时代和历史可以告慰诗人,诗人的执着和认真通过了历史的考验,赢得了一代又一代人对其诗作同样认真的赞赏。时至今日,戴望舒的诗名甚至更盛于其生前,戴望舒的诗作比以往任何时候都广泛流行,受人喜爱,这是历史对诗人认真创作的真诚回报!

戴望舒的执着和认真,似乎使他缺乏一个诗人更应具有的浪漫气质。的确,戴望舒不以浪漫见长,也很少显露那种飘逸潇洒的才能,加上他对现代派诗歌理论的悉心探究,因此其诗作更多地表现出意象构造的虚幻和朦胧,情感思绪的含蓄和深沉,词汇组合的新奇和别致。这些特征又在人们心中造成了戴望舒诗作艰涩难懂的印象。其实诗人恰恰是反对艰深的艺术形式的,是力图用那些虚幻、含蓄、神奇的表现手法,来展示更为通脱清新的诗的内蕴的。戴望舒曾在《诗论零札》中,明确阐述过自己对诗歌审美的追求。他认为,"诗不能借重音乐","诗不能借重绘画的长处","单是美的字眼的组合不是诗的特点","不应该有只是炫奇的装饰癖,那不是永存的","诗的韵律不在字的抑扬顿挫上","诗不是某一个官感的享乐"。那么诗究竟应该是如何的呢?戴望舒强调,新诗最重要的是情感体验上的细微差别,"是情绪的抑扬顿挫","是全官感或超官感的东西"。戴望舒的这种追求扬弃了诗歌的外在表现形式,更充分注重的是诗歌的内在表现力,这是很高层次的追求。诗人论诗,往往是诗人对自己创作的深层提炼和总结。戴望舒在自己的诗中,不断变化着音韵和色彩,不断转换着词汇的组合和旋律的跃动,但却有一条主线是始终不变地贯穿着的,这就是诗人对时代、对社会、对人生的感应,就是高度敏锐地跳动在诗人情绪里的寂寞与期待、苦恼与追求、彷徨与奋进。这就是诗人用自己全部生命来呼应时代脉搏的独特的通感。理解了这一层,其实戴望舒的诗是很清新的,是很容易引起读者情感共振的。

戴望舒的诗在 30 年代的出现,是有着某种特殊意义的。本来,戴望舒最初的诗作是对李金发等 20 年代象征主义诗人的承接和对闻一多、徐志摩等新月诗人的反响,但很快,就像他本人迅速穿越"雨巷"那样,他对早期象征诗派和新月诗派发起了挑战,并以自己独特的审美追求,成为 30 年代中国现代派诗歌的代表。从《我底记忆》之后,戴望舒的诗作明显增强了诗人主体意识的觉醒和诗人人格力量在诗中的显现,明显强调诗歌意象由朦胧转向清新,并更加积极地探索诗歌表现形式的多样化。戴望舒后期重要代表诗篇《我用残损的手掌》集中体现了诗人人格的魅力和艺术技法的新突破:

> 我用残损的手掌
> 摸索这广大的土地;
> 这一角已变成灰烬,
> 那一角只是血和泥;
> 这一片湖该是我的家乡,
> (春天,堤上繁花如锦障,
> 嫩柳枝折断有奇异的芬芳,)
> 我触到荇藻和水的微凉;
> 这长白山的雪峰冷到彻骨,
> 这黄河的水夹泥沙在指间滑出;
> 江南的水田,你当年新生的禾草
> 是那么细,那么软……现在只有蓬蒿;
> 岭南的荔枝花寂寞地憔悴,

尽那边,我蘸着南海没有渔船的苦水……
无形的手掌掠过无限的江山,
手指沾了血和灰,手掌粘了阴暗,
只有那辽远的一角依然完整,
温暖,明朗,坚固而蓬勃生春。
……

如果说戴望舒是中国现代诗坛上最善于运用超现实主义技法的诗人,那么这首诗则是现代诗歌中把现实生活融进超现实手法里的成功之作。

这首诗是诗人在抗日战争期间于香港被日寇逮捕投入黑牢时所写。诗人经受了严刑拷打,非人的折磨练就了诗人真正的人格。因此显现在诗中的,不仅仅是诗人的情感和希冀,更重要的是诗人最可贵的人格本身。这是一首诗人真正用自己的鲜血而写成的诗。诗的触角,既不是那种无形的想象,也不是无关痛痒的联想,而是诗人被打致残的身体,是那血迹斑斑的手掌,诗就用它来触摸来感受。诗人能触摸到的只不过是牢房的土地、墙壁,但诗人感受到的却是祖国无限的江山。那带血的手掌一寸一寸地触摸移动,诗人感到了祖国也在流血。手掌上流淌着的热血,一会儿把诗人引向可爱的家乡,一会儿又引向国土的四面八方,从长白山到南海,从黄河到岭南,最后诗人的双手久久地停在了那"依然完整"的"辽远的一角",诗人把"全部力量运在手掌",把全部的爱和希望凝集在手掌,轻抚这一角,贴在这一角:那里是蓬勃生春,有永恒的太阳、永恒的中国!这是诗人的生命在灾难岁月中被真正唤醒的源泉,是诗人的人格在苦痛磨难中真正升腾的动力。

我们不仅深受诗人人格的感染,而且在诗人那双带血的手掌的触摸过程中,我们同样感到了这首诗自身的力量。那双手的触摸是多么细致,多么深情:摸到了家乡,家乡有繁花如锦的湖堤,有柳枝折断溢出的奇异芬芳,还有悠然的荇藻和水的微凉;又摸到了长白山的雪峰,是那样冷到彻骨;手指间又滑出了黄河的泥沙;还摸到了江南的水田是那么细、那么软；摸到了岭南的荔枝花寂寞而憔悴；摸到了南海海水的苦涩……这是一双神奇的手掌，是一双流着生命之血的手掌，这是用全身心来触摸，是用全部的生命来感受。在这里，芬芳、苦涩、冷暖、细软、憔悴，艺术的通感交汇成了一种生命的通感！"手指沾了血和灰，手掌粘了阴暗"这两句最动人的诗句，是细致的写实和写真，又是神奇的比喻和想象。这是现实，更是超现实。整首诗都是幻觉，都是对现实和真实的超越。但我们在这种超越中，领悟到了更加真实的现实，更加真实的情感，更加真实的生命之光。这是这首诗的魅力，也是戴望舒本人的魅力。

最后还想强调的是，戴望舒并不是一个主要由才情和天分造成的诗人，他的成就和魅力在更大的程度上来自于他广博的人生感受和艺术胸怀，也来自于他很高的文化修养。戴望舒有着很深的诗歌理论造诣，但他从不以这种理论要求别人或限制自己，而是把它们消融在对生活的实际理解之中。他一生主要的人生路途都处在苦难和悲哀之中，他不停地倾诉着自己的愁怨和寂寥，但他并不固守忧愁，而是一步步坚实地向前求索。他的人生道路正如艾青所言："这是中国的一个正直的、有很高文化教养的知识分子的道路。"他深受法国象征主义文学思潮的影响，但又深深植根于中国古典诗歌的土壤之中，并融合了西方诗歌朦胧、新奇和中国古典诗歌含蓄、敏感的感情素质，进而铸成了自己独特的艺术风格。如果说中国新诗坛上，有一个最善于汲取国外现代派诗歌技巧，又最深沉地保持着中国传统诗心，最善于运用超现实主义方法而又最深切地关注着现实的诗人，那就是戴望舒！

戴望舒诗作在传统与现代之间的衔接和沟通，再一次给人们以深刻的启示：继承越多，创新越多。

第十一章

现实与魔幻的交融
——从莫言到鲁迅的文学史回望

2012年诺贝尔文学奖评审委员会给莫言的授奖词是:"将魔幻现实主义与民间故事、历史与当代社会融合在一起。"实际上早在20世纪80年代莫言刚刚开始小说创作的时候,无论是他自身的作品创作,还是当时的文学思潮,都表现出魔幻与现实交融的趋向和特征。20世纪末以哥伦比亚作家加西亚·马尔克斯为代表的魔幻现实主义文学在中国当代文坛产生极大冲击,对许多中国当代作家的小说创作都产生了巨大影响,这其中就包括莫言,莫言自己也并不讳言这一点,承认自己从马尔克斯、福克纳那里吸收了很多灵感;但是莫言也曾经表示过,自己有意识地逃避这种来自西方的影响,要"逃离马尔克斯和福克纳两座炙热的高峰"①,因此,在20世纪80年代中国文坛的另一股文学热潮——寻根文学中,和许多寻根文学作家一样,莫言笔下的"高密东北乡",用强烈的现实精神,表现了带有泥土气息的中国民间百态。

学界对于这两种文学思潮的研究,更多的是把二者结合在一起,认为寻根文学思潮是受到拉美魔幻现实主义的影响,而寻根小说作品源自对魔幻现实主义的接受甚至是模仿。但是单就莫言而言,莫言小说创作的许多因子,更多的是传承中国文学自身的传统,

---

① 莫言:《两座灼热的高炉》,载《世界文学》,1986年第3期。

第十一章　现实与魔幻的交融——从莫言到鲁迅的文学史回望

包括《聊斋志异》,包括鲁迅。如果仔细回溯中国文学史的进程,文学当中的魔幻手法运用,在中国文学当中是具有深厚历史渊源的,从鲁迅为代表的"五四"新文学作家,到当代文坛莫言等人的创作,都表现出了揭露现实和重构历史的双重取向,以及对于魔幻、想象等文学表现手法的多种探索,这一精神取向和艺术探索有着清晰可溯的历史脉络,伴随着整个 20 世纪中国文学的发展进程。

一、魔幻与现实的文学史追溯

中国小说的发展演进,很早就表现出魔幻和现实之间的双重趋向。在中国小说文体发展演进的早期——魏晋南北朝时期,就有《世说新语》为代表的志人小说和以《搜神记》为代表的志怪小说,其各自创作背后代表着两种不同风格的小说萌芽,而在鲁迅看来,志怪小说的历史甚至更加久长一些,鲁迅在《中国小说史略》中指出,虽然《汉书·艺文志》当中对于小说家做出了较早较为明确的定义,认为"小说家者流,盖出于稗官,街头巷语,道听途说者之所造也",但是鲁迅认为街头巷语不过是传播的方式,中国小说特别是志怪小说的源头,实际上是早期的神话与传说:

> 志怪之作,庄子谓有齐谐,列子则称夷坚,然皆寓言,不足征信。《汉志》乃云出于稗官者,职惟采集而非创作,"街头巷语"自生于民间,固非一谁某之所独造也,探其本根,则犹他民族然,在于神话与传说。①

在这些早期具有志怪小说雏形的神话传说当中,鲁迅首推对自己影响甚大的、也是收集各类神话传说故事最多的《山海经》。鲁迅

---

① 鲁迅:《中国小说史略》,见《鲁迅全集》第 9 卷,北京:人民文学出版社,2005 年,第 19 页。

在少年时期,就表现出了对这些神话传说故事的浓厚兴趣,他在《阿长与〈山海经〉》当中回忆起自己看见远房的一位叔祖的藏书时表现出的渴慕,这其中就有一本绘图的《山海经》:"画着人面的兽,九头的蛇,三脚的鸟,生着翅膀的人,没有头而以两乳当作眼睛的怪物。"①而正是长妈妈后来留心为鲁迅买来的《山海经》,培养了鲁迅从小对于文学、小说的兴趣。

王富仁在《中国现代历史小说论》中指出:"神话是一个民族文化的总源头。"而中国古代神话也是一样的,"'盘古开天辟地'、'女娲炼石补天'、'羿射九日'、'精卫填海'、'大禹治水'、'燧人氏钻木取火'、'神农尝百草',这诸多神话传说,既是文学的,也是历史的;既是原始初民对客观世界的想象,也是他们对客观世界的认识"。②所以王富仁从现实的角度出发,认为即使把这些带有魔幻色彩的神话传说称为中国最早的历史小说也并无不可。事实上,从中国古代一开始的神话故事可以看出,不仅仅是文学,许多历史文本同样也来自于人们对于未知事物的想象和虚构。正因为小说与历史这种密切非凡的连带关系,在中国古代小说后来的发展历程中,有许多都是通过"史"来命名自己的,如"外史"、"趣史"、"艳史"、"痛史"这一类的名字,中国古代小说当中的魔幻与现实、小说与历史,两者常常是互相纠缠、融合在一起的。

明清之际,这两种趋向随着文学的发展逐渐分化明晰,成为中国古代小说创作的两股潮流。作为中国古代小说创作的高峰,《三国演义》树立起了"三分虚构,七分真实"的标尺,极大程度上模糊了小说与历史之间的界限划分,《聊斋志异》则通过奇谲诡秘的想象力和情节,表现了一个虚幻的狐鬼花妖的世界。这两种创作趋向,是中国注重伦常道德的史官文化和注重神力崇拜的巫官文化的影响

---

① 鲁迅:《阿长与〈山海经〉》,见《鲁迅全集》第2卷,北京:人民文学出版社,2005年,第255页。
② 王富仁、柳凤九:《中国现代历史小说论(一)》,载《鲁迅研究月刊》,1998年第3期。

结果,而随着儒家文化在中国古代社会和思想领域逐步获得主流地位,前一种创作倾向毫无疑问一直处于绝对的主导地位,中国文学中的浪漫文风、奇谲的想象长期被压抑,"载道"、"言志"、"宗经"、"崇实"的观念一直是中国文化与文学的主流。而小说在古代的地位则更为低下,面对来自正统经史的巨大压力,小说的创作面临着诸多困难和问题,就如同鲁迅在《中国小说史略》中描述的那样,许多的小说虽说是小说,件件却都要从经传上来,纵使明代曾经出现过《平妖传》、《西游记》、《封神传》这样充满想象力的神魔小说,但是其产生的社会原因,往往被归结于"妖妄之说自盛,而影响且及于文章"①,即三教之争尚未解决、社会思潮处于混乱时期的产物。一旦儒家思想重新成为社会的正统,这样的文学形态则会受到挤压和压制。另一方面,明清之际虽然《三国演义》、《水浒传》等历史小说开始摆脱历史的束缚,运用了更多的虚构,但是这类叙事文体的小说亦常常受到来自历史的压力,在文学观念上都是主张按经史书记载的事实编写故事,不主张想象和虚构。

  近代中国发生的小说界革命,是对小说地位的提高,同样也是对于传统史学观的一次反叛。1902年,梁启超在《新史学》中提出:"二十四史非史也,二十四姓之家谱而已。"②同年,梁启超发表《论小说与群治关系》,提倡小说界革命,并创作了小说《新中国未来记》,从文学观念到文学创作上都对于小说想象与现实之间的关系进行了一次革新,但是梁启超的创作实践更多是从文学功利主义作用的角度出发,所以我们看到《新中国未来记》以及梁启超的小说观念,只是传统讲史、演义的延续和梁启超自身对政治观念的图解。

  或许恰恰是长期游离于中国古代诗文"言志"、"载道"的文学主流传统之外,小说在民间获得了生命力和生长空间,那些带有传奇

---

① 鲁迅:《中国小说史略》,见《鲁迅全集》第9卷,北京:人民文学出版社,2005年,第160页。
② 梁启超:《新史学》,见《饮冰室合集·文集》第9册,北京:中华书局,1989年,第3页。

色彩和想象力的小说,往往更为普通百姓民众所接受。这种生命力虽然被压抑,但隐藏在民间,助力着古代小说的生长,也为20世纪中国新文学的小说创作提供了巨大的想象资源和能量。

二、莫言对魔幻与现实的经典性呈现

和鲁迅一样,莫言在回忆起自己幼时的文学启蒙时,也谈到了这些带有魔幻色彩的民间传说、神话、鬼怪故事对于自己的影响,他在文章《好谈鬼怪神魔》中回忆:

> 从我的故乡西行数百里,便是《聊斋志异》作者蒲松龄先生的故乡淄川,都是山东人,出省之后便算同乡。有这样一个怀才不遇的天才同乡真令我感到自豪。在漫长的科举取士的社会中山东考中的进士车载斗量,被钦点了状元的也有十数之多,他们当年的荣耀连蒲松龄也眼热过。时过境迁,人们早已忘了他们,但在当时穷困潦倒、靠编织鬼魅狐妖故事以寄托心中情感的蒲松龄却流芳至今并且肯定还将流传下去。近年来,有一些评论家在评论我的小说时,总是忘不了提起我这位光荣的乡亲,并从他那里找到了我的小说的源头。这令我不胜荣幸至极。①

儿时听村里的大人所讲的蒲松龄笔下各种鬼怪、狐妖故事的经历,对莫言创作的影响很大。莫言笔下魔幻的风格、奇特的人物、充满想象力的情节,经常能够看到蒲松龄的神韵。这个基本事实表明,魔幻、想象的因子虽然长期受到主流文学思潮、话语的压抑,但在中国文学的历史传统中本身是存在的,用莫言自己的话说:"我们无法去步马尔克斯的后尘,但向老祖父蒲松龄学点什么却是可以的

---

① 莫言:《好谈鬼怪神魔》,载《作家》,1993年第8期。

也是可能的。"①各种魔幻的因素中,莫言特意提到了与蒲松龄创作心理相近的"鬼气",称自己的创作"鬼气"渐重,其原因是"因为都市生活中的喧嚣、肤浅、虚伪、肉麻令我厌烦,便躲进想象中的纯净世界去遨游。这种创作的心理动机与蒲氏当年的心态也许有共通之处"②。

这种"鬼气"在同样喜欢听神话传说、鬼怪故事的鲁迅身上出现过,鲁迅在给北大学生李秉中的信中曾经提到:"我自己总觉得我的灵魂里有毒气和鬼气,我极憎恶他,想除去他,却不能。"③尤其是在面对外部世界的黑暗时,往往会联想到地狱、鬼魂。在杂文《"碰壁"之后》中,鲁迅这样表述自己对于当时中国社会的感知:"华夏大概并非地狱,然而'境由心造',我眼前总充塞着重迭的黑云,其中有故鬼,新鬼,游魂,牛首阿旁,畜生,化生,大叫唤,无叫唤,使不堪闻见。"④这种需要直面中国现实世界时,灵魂内心受的挣扎苦痛,在他的散文诗集《野草》里的梦境与幻想、影与火、秋叶和坟地、地狱和鬼魂当中,有着集中体现。日本学者丸尾常喜就曾经指出,作为"五四"启蒙思想家的鲁迅,追求的是魔鬼统治之下使人觉醒的光,将"鬼"变为"人"的过程,但是到了《野草》创作的时期,他笔下描绘的这幅中国的现实图景完全变形:"'人类'取代了'魔鬼'在地狱的统治权,但使'地狱'更为整饬,更为严酷。"⑤

可以对比来看,莫言在小说《生死疲劳》开头所描写的阎罗地府世界,相比于主人公西门闹之后在六道轮回的现实世界里见识的荒

---

① 莫言:《好谈鬼怪神魔》,载《作家》,1993年第8期。
② 莫言:《好谈鬼怪神魔》,载《作家》,1993年第8期。
③ 鲁迅:《致李秉中》,见《鲁迅全集》第11卷,北京:人民文学出版社,2005年,第453页。
④ 鲁迅:《"碰壁"之后》,见《鲁迅全集》第3卷,北京:人民文学出版社,2005年,第72页。
⑤ [日]丸尾常喜:《"人"与"鬼"的纠葛:鲁迅小说论析》,秦弓译,北京:人民文学出版社,2006年,第221页。

诞闹剧、苦难悲剧，小说开头的地府，阎王褪去了狰狞恐怖的面容，反而呈现出一种明晓事理、清明可近的人的姿态：

> 在我连珠炮的话语中，我看到阎王那张油汪汪的大脸不断地扭曲着。阎王身边那些判官们，目光躲躲闪闪，不敢与我对视。……我继续喊叫着，话语重复，一圈圈轮回。阎王与身边的判官低声交谈几句，然后一拍惊堂木，说：
> "好了，西门闹，知道你是冤枉的。世界上许多人该死，但却不死，许多人不该死，偏偏死了。这是本殿也无法改变的现实。现在本殿法外开恩，放你生还。"①

这个开头可以视为一个由地狱中的"鬼"重返人间的隐喻：将"鬼"变成"人"，是鲁迅以来中国思想启蒙的核心话题，然而却逐渐发现，恰恰是现实中的人，将现实世界变得比地狱更为恐怖，使得早期的启蒙愿景和期望轰然崩塌。在这一点上，莫言表现出了与鲁迅一样的深刻，他将自己与蒲松龄笔下塑造的、在外人看来恢诡谲怪、狐鬼花妖的魔幻世界，称之为一个可以遨游的纯净世界，相反将外部世界看作是一个肮脏、虚妄、喧嚣的对照。历史、现实较虚拟的小说而言更为魔幻，因此小说的魔幻手法，可以视为莫言在直面中国苦难历史、残酷现实的过程中，自己精神世界的外化，是他灵魂挣扎、苦痛的反映。和蒲松龄一样，曾经生活于农村、民间底层的现实经验，给了莫言的写作以深刻体悟和写作素材，所以莫言的小说创作不是向着西方有关魔幻与现实的评判标准的趋近，而是在中国民间文学语境和现实土壤中自然生长出来的，是真实的中国本土经验的表达。

莫言将魔幻手法与现实精神结合，一方面能够直面现实当中的残酷与虚妄，另一方面也构成了对于正史的解构，使得小说艺术能够从作为"经典附庸"、"正史之补"的传统小说观念中解放出来。汤

---

① 莫言：《生死疲劳》，北京：作家出版社，2006年，第4页。

因比在《历史研究》中就曾经提出过事实和虚构之间没有清晰的界限,"有人说对于《伊利亚特》,如果你拿它当历史来读,你会发现其中充满了虚构;如果你拿它当虚构的故事来读,你会发现其中充满了历史"①。这就构成了对于历史真实的质疑,以及对通常人们对于历史理解的一种反思,对于历史本体(历史本来面目)的解构。中国的历史小说创作往往被要求要忠实于正史,满足儒家正统的伦理道德和叙述逻辑,即使像《三国演义》、《水浒传》这样的小说名著在虚构上做出了一些突破,突破了"信史"的局限,有很大的进步,但其中反映出的"尊刘反曹"、"只反贪官、不反朝廷"的思想观念,依然不能摆脱经史叙述中儒家正统的历史观局限。莫言曾经在一篇文章中讲过他对历史真实的认知:

> 历史在某种意义上就是一堆传奇故事。历史上的人物、事件在民间口头流传的过程,实际上就是一个传奇化的过程。每一个传说故事的人,都在不自觉地添油加醋,弄到后来,一切都被拔高了。我死活也不相信历史上真有过像《史记》中所写的那样一个楚霸王……②

莫言善于以宏大历史叙事作为他人物塑造、故事展开的背景,《红高粱》的背景是抗日战争,《檀香刑》的背景是山东半岛的义和团运动,而《丰乳肥臀》、《生死疲劳》直到《蛙》,更是表现了横跨几十年乃至一个世纪的历史画面。莫言有一种对历史、对现实表达的诉求,但是他的这种表达早已不是作为"正史之补"、经典附庸的文学表达,在这一点上莫言和鲁迅一样,更关心的是历史车轮轰隆碾过之下,作为个体的人的命运。小说《檀香刑》中的主人公孙丙,是一个油滑、粗鄙、身上带有各种缺陷的普通农民,他的另一身份则是义和团的拳民。无论是过去东方主义的殖民话语当中,还是在当前历

---

① [英]汤因比:《历史研究》(上),曹未风等译,上海:上海人民出版社,1997年,第55页。
② 莫言:《我的故乡与我的小说》,载《当代作家评论》,1993年第2期。

史理性思考的研究框架里,这一历史存在早已经被贴上野蛮、残忍、愚昧的标签,而相比之下,细细品读莫言的描写,特别是最后对酷刑的描写,作者没有站在价值评定、道德审判的高度来审视这个普通的人,他努力还原了一个真实的、拥有着各种劣根性但是又闪出人性光芒的个人,真实地表现出文明冲突之下一个普通人所应具有的情感和生存状态。

莫言小说创作当中,魔幻与现实、想象与历史的结合在《蛙》中达到了较为圆熟的境界。主人公姑姑经历了中国半个世纪的计生历史,既是一位乡村医生,同时又曾当过计划生育的干部,带有守护和结束生命的双重角色。而"蛙"与"娃"的谐音隐喻也给了莫言魔幻手法发挥的空间,在小说中,莫言用精神幻象来表现姑姑内心的苦痛与挣扎:

> 姑姑沿着那条泥泞的小路,想逃离蛙声的包围。但哪里能逃脱?无论她跑多快,那些哇——哇——哇的凄凉而怨恨的哭叫声,都从四面八方纠缠着她。……无数的青蛙跳跃出来。它们有的浑身碧绿,有的通体金黄,有的大如电熨斗,有的小如枣核,有的生着两只金星般的眼睛,有的生着两只红豆般的眼睛。它们波浪般涌上来,它们愤怒地鸣叫着从四面八方涌上来,把她团团围住。①

在这里,莫言透过了表层的魔幻手法和宏大的历史叙述,通过魔幻的视角达到了历史背景之下个体生命的真实内心世界,这样的心理分析和刻画让人联想到鲁迅在小说《白光》当中对陈士成的幻觉和惶恐内心的表现。虽然在小说《蛙》中莫言稍稍偏离之前自己的语言风格,"放弃了最为擅长的泥沙俱下的描述性语言流,也没有利用众声喧哗的民间口语,而是力求返璞归真用超然的第三者视角

---

① 莫言:《蛙》,上海:上海文艺出版社,2009年,第214~215页。

朴素、简洁、干净地讲述催人泪下的故事"①。他甚至超越了之前启蒙话语与反殖民话语、知识分子与民间这些鲜明的立场划分。但在艺术表现手法上,在平白、写实的小说以及最后的戏剧部分当中,莫言没有放弃用魔幻手法来表现人物的命运和精神挣扎。相对于《檀香刑》中表现的义和团历史、《红高粱》里的抗日中国,以及《生死疲劳》等小说中展现的"大跃进"、"文革"历史,作为莫言最近创作的一部长篇作品,《蛙》一直写到了21世纪的当代中国,小说中作者多了更加直白的写实和历史展现,但是依然坚持将魔幻的表现手法交融在自己的现实精神当中,来探索对当代中国人生命状态和精神世界的呈现。

三、鲁迅对魔幻与现实的历史性建构

孙郁在《莫言:与鲁迅相逢的歌者》当中总结:"鲁迅走进莫言的视野,是在七十年代。那些暗含的精神对他的辐射是潜在的。近五十年的文学缺乏的是个人精神,莫言那代人缺少的便是这些。我以为他的真正理解鲁迅还是在八十年代后期,一段特殊的体验使其对自己的周边环境有了鲁迅式的看法,或者说开始呼应了鲁迅式主题。"②孙郁认为这些主题的呼应,就包括《欢乐》中散出《白光》的意象,《十三步》的笔法有着《故事新编》的痕迹,而小说《酒国》则是把中国文学中已经中断的流脉给衔接上了。

莫言营造的高密东北乡与鲁迅笔下的鲁镇一样,都是对于中国农村、土地和民众的展现,都表现出强烈的疑古精神和国民性批判,都有对中国历史中"吃人"、"杀人"和看客主题的描写和揭露。在莫

---

① 吴义勤:《原罪与救赎——读莫言长篇小说〈蛙〉》,载《南方文坛》,2010年第3期。
② 孙郁:《莫言:与鲁迅相逢的歌者》,载《当代作家评论》,2006年第6期。

言创作的小说《酒国》《生死疲劳》中,我们依然看到了"食婴"、"吃人"这样的情节。但是还应该注意一点,作为这些主题的呈现方式,莫言小说魔幻与现实交融的艺术表现,是以鲁迅为代表的新文学作家开拓、建构起来的,而在莫言更加夸张、奇诡的魔幻表现背后,一方面是"五四"作家相同的反思和现实精神在延续,同时莫言在此基础上也有着新的思考和开拓。

如同《聊斋志异》对于莫言的影响一样,因为童年时期对于《山海经》为代表的民间神话传说、鬼怪故事的喜爱,鲁迅对于带有魔幻题材性质的古典小说也始终保持着关注。1926年北新书局出版清代张南庄的小说《何典》,鲁迅在为其撰写的题记当中就谈到这种鬼怪魔幻题材小说的现实意义:"在死的鬼画符和鬼打墙中,展示了活的人间相,或者也可以说是将活的人间相,都看作了死的鬼画符和鬼打墙。便是信口开河的地方,也常能令人仿佛有会于心,禁不住不很为难的苦笑。"①鲁迅本身对于儒家正统文学观念和伦理道德的怀疑和反叛,使他注重民间更具有浪漫主义情怀和想象力的文学资源,同时也让他的小说创作能够突破史官文化传统影响的藩篱。在中国现代文学史上第一篇白话小说《狂人日记》中,鲁迅透过一个狂人的视角来重新观察历史和世界,于是小说中的现实世界和中国历史也随之变得带有些癫狂和魔幻的色彩。狂人所表现出的疑古精神,不仅对于中国儒家正统的伦常道德产生了极大的冲击,同时在一种"疯言疯语"的虚构叙事模式之下,对于中国社会"礼教吃人"的现实进行了深刻犀利的批判。《狂人日记》的第六部分只有两句话,但是对于整部小说的氛围烘托却有重要作用:

黑漆漆的,不知是日是夜。赵家的狗又叫起来了。

---

① 鲁迅:《〈何典〉题记》,见《鲁迅全集》第7卷,北京:人民文学出版社,2005年,第308页。

第十一章 现实与魔幻的交融——从莫言到鲁迅的文学史回望

狮子似的凶心,兔子似的怯弱,狐狸的狡猾……①

狗的叫声、青面獠牙的面孔、时隐时现的月光、黑暗的村子和房屋,以及"易子而食"、"食肉寝皮"的传说,都增添了整部小说鬼魅、魔幻的气氛。《狂人日记》作为中国现代第一篇白话小说就具有相当"魔幻"的色彩,是意味深长的,学界公认鲁迅对于契诃夫等外国作家的创作手法是有吸取借鉴的,但是细读这些带有魔幻性质的意象,联系鲁迅从小所受到的民间传说故事的熏陶影响,依然可以发现,来自中国本土社会的现实资源和基础,这与后来的莫言的创作是一致的。

而在鲁迅具有实验性质的小说集《故事新编》中,鲁迅借助了许多带有魔幻和神话色彩的中国传统故事原型,更为清晰系统地表现了对所谓"历史真实"及其背后权力话语的质疑,如在小说《起死》中,让庄子与复活的骷髅鬼魂对话辩论,鲁迅采取的是一种戏谑和反讽的手法,对中国历史上的人物和文化思想进行了剖析和解构。而在小说《铸剑》的最后,鲁迅借用了古代复仇故事《列异传》超现实的、魔幻的结尾:

他的头一入水,即刻直奔王头,一口咬住了王的鼻子,几乎要咬下来。王忍不住叫一声"阿唷",将嘴一张,眉间尺的头就乘机挣脱了,一转脸倒将王的下巴下死劲咬住。他们不但都不放,还用全力上下一撕,撕得王头再也合不上嘴。②

鲁迅让复仇者和统治者的头颅纠缠在一起鏖战,最后一起被放在一个金棺里埋葬,享受着国中百姓的跪拜和几名义士的忠愤泪水,对专制历史的残暴和被奴役人民的麻木,都有深刻的揭示。与鲁迅一样,同样用带有实验意义的文学想象、魔幻手法来反思中国

---

① 鲁迅:《狂人日记》,见《鲁迅全集》第1卷,北京:人民文学出版社,2005年,第449页。
② 鲁迅:《铸剑》,见《鲁迅全集》第2卷,北京:人民文学出版社,2005年,第447页。

现实和国民性主题的,还有"五四"新文学另外两位小说大家,老舍和沈从文在早期分别创作了《猫城记》和《阿丽思中国游记》,二人在创作生涯的早期,都已经能够用一种更加现代、开放、充满想象力的创作模式,来营构自己的小说世界,反映出当时中国作家在现实与想象之中,对中国现实问题的深切思考,以及对小说艺术表现形式的探索。老舍的《猫城记》与晚清许多幻想题材的小说类似,是一部政治讽寓小说,借虚构想象出的火星上的猫人国,通过荒诞离奇猫人国的隐喻,对于中国的社会现实和国民性的弱点进行穷形尽相的揭露和批判;而沈从文的《阿丽思中国游记》则借英国小说《阿丽思漫游奇境记》为蓝本,将儿童幻想视角移至作为殖民地的中国,以西方外来者的视角来看现代中国,并对当时中国人的习俗、文化、思想乃至文坛的一些弊病,进行影射、批判与嘲讽。

  以鲁迅、老舍、沈从文为代表的新文学作家,开创的是一种现实主义传统,这种现实主义传统使得小说创作不再是作为经典历史的附庸,或者是政治观念的图解,而是运用文学的表达方式,倚靠着中国的现实进行的创作,这其中就包括他们对于小说艺术当中现实和魔幻如何融合的探索和建构。鲁迅的绍兴、老舍的北京、沈从文的湘西世界,同是他们进行创作、想象的现实资源与基础,在这一点上,莫言笔下所营造的高密东北乡也一样:无论莫言笔下的人物如何怪诞、如何虚妄、情节如何魔幻、匪夷所思,莫言的文学表现指向,还是一个世纪以来,中国人在这片土地上经受的生活、精神的变迁与苦难,都还具有民间野蛮的、原始的生命力。

  在处理魔幻与现实的问题上,莫言的小说与以鲁迅为代表的新文学作家在精神内核上是相同的:将超越具体真实、充满想象力的艺术表现方式,与直逼历史、社会现实的思想指向相结合。国民性问题和看客心理,在莫言笔下的魔幻世界中,也有着淋漓尽致的体现。他在谈到国民性这一主题时,也承认启蒙的艰难与历史的荒诞:"鲁迅小说中描写的这种国民性的丑陋、黑暗的现象,再过去一百年、二百年,人性中阴暗面还是不会消亡,永远会有,与生俱来。"①毫无疑问,鲁迅关于魔幻与现实的历史性建构在莫言笔下得以继承:他的一些魔幻手法,充满想象力的语言、描写、情节,在对历史、社会、现实的观察与思考中,最大真实地折射出生活真实的本质;而现实当中的丑陋、怪诞和扭曲,用文学艺术的夸张手法表现出来,都极具冲击力。

值得注意的是,莫言小说的魔幻元素更为大胆、诡谲,对民间土地的描述更为开放、直白,这与莫言对于传统儒家主流文学观念的决绝反叛不无关系。同时,也和莫言在延续"五四"时期新文学作家关于"礼教杀人"的批判精神之外,对于知识分子的启蒙理性也保持警觉有关,他在一次论坛的发言中谈到自己与鲁迅一代人的差异:

> 从鲁迅他们开始,虽然写的也是乡土,但使用的是知识分子的视角。鲁迅是启蒙者,之后扮演启蒙者的人越来越多。大家都在争先恐后地谴责落后,揭示国民性的病态,这是一种典型的居高临下。②

莫言不止一次强调自己创作的民间立场,包括他对于知识精英启蒙话语的一种警惕和拒斥。这与古代受老庄思想、民间巫文化影响的浪漫主义文学观,对儒家载道文学思想的反叛何其相似。这或许可以解释在莫言的作品中,那些过于放纵自由的情节、残酷裸露的画面与狂欢化、色彩丰富的语言。但是莫言毕竟与时下的一些完全背离现实,只为魔幻而魔幻的小说创作不同,那些作品往往是"非道德化,无价值性,不问是非,不管善恶。只求绚烂,只求痛快"③。

---

① 周罡、莫言:《发现故乡与发现自我——莫言访谈录》,载《小说评论》,2002年第6期。
② 莫言:《文学创作的民间资源——在苏州大学"小说家讲坛"上的讲话》,载《当代作家评论》,2002年第2期。
③ 陶东风:《中国文学进入装神弄鬼时代?——由"玄幻小说"引发的一点联想》,载《当代文坛》,2006年第5期。

尽管莫言对于庙堂、精英、主流话语有所排斥,但并不代表莫言的作品魔幻背后没有现世价值信仰的支撑,在他的作品中和他本人身上,其实还保持着中国民间所保有的朴素良知、信仰和道德操守,使得他在魔幻与现实中依旧保持着一种度;对于古典小说包括新文学的资源进行反思的同时也有继承,这让他的小说呈现出生气淋漓的气息和场面,又能让人感受到同鲁迅一样对中国历史文化的自觉与自省,这一点,往往是作为历史中间物、带有某种"鬼气"的作家自身难以意识到的。

第十二章

对现实人生与终极人生的双重关注

在人类跨入21世纪的时刻，人们用总结性的眼光来回顾20世纪从物质到精神在一切方面所发生的重要现象。应该说，宗教文化的不断兴盛和人类社会对宗教文化不断的重新认知正在被这种眼光所深切关注。尤其是人们在对西方文化进行整体性反思的过程中，越来越真切地感到了信仰危机的深重：相信上帝或许是重要的，但坚信实际生活本身似乎更为重要。英国作家康拉德叙述过一个颇富戏剧性的故事：曾有这样一个人，年轻的时候其父告诫他绝不要轻信实际生活，且要蔑视一切现实事物。而生活最终把他抛到一个他所完全不能适应的现实境地，他的生命之火也就在空怀着对上帝的无限信仰之中悲剧性地熄灭了。在行将离开现世之前，他幡然醒悟地对一位年轻朋友说："多么不幸啊！一个人在他年轻的时候，他的心灵没有学会希望和爱，没有学会相信生活。"这个故事在西方具有相当广泛的反省意味，康拉德警示人们，只有具备对神圣信念和实际生活双重关注的目光，才不至于发生那种由于轻视生活而被生活所抛弃、只懂得信仰而最终被信仰所毁灭的悲剧。这种意识得到普遍加强的结果，是人们把对21世纪的期待更多地投向东方，更加注重探讨东方文化的魅力。

的确，在以基督教精神为主要支点的西方文化里，对上帝的信仰就是人们生活的全部和根本，上帝与人们融为一体，人们的个体存在只有体现在上帝的存在之中才有意义。这个支点影响和决定了整个西方文化的特质。而与此不同，甚至相反。在东方文化特别是中国传统文化里，却体现出一种普遍、顽强的对现实人生的热切关注和执着追求。注重实际生活，注重今生现世，注重人自身的命运，形成了中国传统文化及宗教精神的基本命脉。真正成为传统的东西往往是极富生命力的。因此，当"五四"新文化与新文学运动发生之际，虽然中国传统文化饱受外来文化的强劲冲击，虽然新文化的倡导者和新文学的作家们尽情地吸取了西方文化的素养，包括吸取了大量基督教文化的精髓，上帝及爱的哲学在中国文化面前也前所未有地展现了它的光彩并深深地影响了相当一批正在思考中国文化的前途与民族命运的思想家的思路，极大地感召了无数时代青年的心。然而，正是在外来文化的荡涤和比照之下，注重实际人生的中国传统文化思想，伴随着传统的现实主义文学主张，也同时得到了空前的巩固和加强，只是在传统文化思想机制中对信仰、理想和终极人生的关注被激活了、升华了。因而，在反映中国社会现代化进程的新文学创作中，鲜明地透露出对现实人生与终极人生双重关注的目光。既深深植根于现实社会的土壤，紧紧抓住实际人生的热点和焦点，同时又把艺术的视野投向人生奥秘的阔远之处，积极探求终极人生的无限意蕴，这种双重的关注是在更高层次上对一个作家，甚至是对一个时代、一个民族的文学的衡量和要求，而在新文学作家身上所体现出的这种双重关注，又在更深的层次上影响着整个中国现代文学与宗教文化的关系，也就是说，中国现代文学与宗教文化的某种深刻的相互影响，是构成中国现代文学基本特征的重要因素。

在这样的背景和意义上，我们感到，对现实人生与终极人生的双重关注正是中国现代文学的一个重要特征。

一、苏曼殊：从宗教文化反观现代社会

中国现代文化及现代文学的发生伴随着对中国传统文化及传统文学的根本性变革与创新，同时还承受着外来文化及文学的冲击和渗透。这一特定的历史条件使中国现代作家得以在更为开阔的文化空间里思考人生与社会问题。一方面，以基督教精神为核心的西方文化体系，以其特有的人生价值观念，有力地影响了中国现代作家对社会人生的思考角度，开启了他们新的思维空间；另一方面，此时佛教文化在一定程度上的复兴，也引起现代作家对传统宗教文化新的反思和兴趣。许多现代作家，包括一些"足踏大地"、密切关注现实人生的作家，也都不同程度地把思绪拉向悠远、超然的境地，显示出对终极人生的认真探寻和积极关注。

1922年，文学研究会的重要作家朱自清在其著名长诗《毁灭》中曾写下了这样的诗句：

> 从此我不再仰脸看青天，
> 不再低头看白水，
> 只谨慎着我深深的脚步；
> 我要一步步踏在土泥上，
> 打上深深的脚印！

然而差不多与此同时，朱自清在思想上却明显受到佛教禅宗的某些影响。他在理智地清除"颓废主义"的过程中，又形成了思想上的另一个重要内容即"刹那主义"。朱自清从中学至大学时代都曾着迷于佛经佛学，他所奉行的"刹那主义"也的确体现出了对佛教禅宗的某种领悟和感发。但朱自清的"刹那主义"深深注入了他自己对人生和世界的坚实理解，与佛教禅宗倡扬的四大皆空、超然出世等观念有着本质的差异。在主张不应沉醉于昨日或明日的虚幻光

景，不应徒求佛法佛理，力求把握"今日"的"一刹那"并于此中获得人生真谛这一点上，朱自清的"刹那主义"与佛教禅宗是相通的；不同的是，佛教禅宗的"刹那观"特指对刹那间生活的体悟，进入无人无我、无善无恶、无生无灭的空一的境界，最终归为虚无。而朱自清的"刹那主义"强调的则是透过刹那间生活的感受，进而更加真切地把握住自己的命运、人生的契机以及生命进程的积极发展，最终指向实有。因此，朱自清在《毁灭》中所表露的脚踏实地、忠于现实生活的态度，与其"刹那主义"的思想在本质上并不矛盾，而是内在统一的。《毁灭》并不意味着朱自清与"刹那主义"告别，而是一种有机的升腾。作为现实主义人生派的重要作家，朱自清虽然积极吸取了佛教禅宗的某些思想素养，但这种吸取有一个基点，即更积极地执着于现实人生，执着于人的命运发展，而绝不是对虚幻空灵境界的追求。朱自清融解宗教意识于现实人生的这种基本态度，在中国现代作家中是具有相当代表性的。

  展露风采于近、现代之交的苏曼殊，是新文学史上较早受到宗教文化思想的影响并将之表现在文学创作之中的诗人和作家，这一点近年来已为研究者们所关注。尤其是苏曼殊那些充满爱情悲剧的作品与作家本人极富传奇色彩的身世之间的关系，更是引发了人们独特的兴味。然而我认为，苏曼殊及其创作更为重要的独特意义首先在于：他是一个倾心沉迷宗教情结却又始终无法摆脱现实困扰的典型。苏氏一生之命运差不多都是在出家、还俗、再出家、再还俗的不断轮回中度过的，尽管他从12岁就削发披裟，对佛教文化深有研究，而事实上他又从来未以从一而终的态度来对待宗教佛门。对佛门的皈依在苏曼殊来说从来都是暂时的，甚至带有相当的随意性。究其根本，并非他缺乏对宗教佛门的信仰和虔诚，而是现实生活的多重苦恼以更强的诱惑力把他屡屡从佛门拉回现世。他选择信奉的是大乘佛教，并对禅宗南派的"曹洞宗"情有独钟，因为此宗不仅注重关切民间疾苦，而且主张无拘无束，一蹴成佛，这既符合苏曼殊随时走进佛门的愿望，又顺应了他随时走出佛门的心境。因此,我们所看到的苏曼殊,常常为恶浊污秽的社会所激愤,顿然斩断世情,走进深山古刹;可当真来到佛庙静修,却又每每难以阻挡人间风烟进入空灵无我的境界,反而更为现实人生的种种磨难和烦恼牵肠挂肚。对民主新思潮的热情追求,对东西文化的广为吸收,决定了他不可能真正依托宗教信仰来抚平自己那颗苦难破碎的心,不可能在幽静的佛门之内得到真正的解脱。他很清醒地意识到自己踏入佛门之日亦即忧虑人生现世之时。"天生成佛我何能,幽梦无凭恨不胜"①,"无端狂笑无端哭,纵有欢肠已似冰"②。苏氏的这些诗句正是自己于佛门、于现世痛苦不堪、矛盾重重的心态的写照。苏氏在佛门与现世之间无数次地进出往来,甚至常常"后脚还扎在上海的女闾,前脚却已踏进了杭州的寺庙"③,这简直构成了一个奇特的景观,而这一情景绝不只是苏曼殊个人命运的遭遇和生活道路的选择,它在更为深广的意义上体现了相当一部分中国近现代知识分子的独特心态:信仰与现实的不可分割,超然与凡尘的密切融合。

与苏曼殊的奇特人生道路有关,在他的那些自传色彩颇为浓厚的小说创作中,我们强烈地感受到两组深刻的矛盾,其一,是爱欲与佛法之间的矛盾:苏氏小说的主人公(如《断鸿零雁记》里很大程度上带有作家身影的三郎)多是历尽人间辛酸凄凉,屡遭世人冷脸白眼,尤其得不到常人家庭的亲情温暖,所以他们特别渴求得到异性的爱抚和温存。然而虚空幻灭,遗恨终天则为根本结局。苏曼殊刻意安排的这种悲苦归宿,使其笔下的主人公往往很自然地选择皈依佛门之路。由宣泄自身命运不平进而反映人间社会的苦难,从这一点出发,苏曼殊的作品与佛学首倡之"苦谛"在精神观念上找到了深深的契合之处。然而无论苏曼殊本人还是其作品的主人公,都远未真正进入佛教"空净寂灭",根除"我执"的境界,而佛教清规严申戒

---

① 苏曼殊:《有怀》其二,1905年作。
② 苏曼殊:《过若松町有感示仲兄》,1909年作。
③ 李蔚:《苏曼殊评传》,北京:中国社会科学文献出版社,1990年,第108页。

除的爱欲和情欲,恰恰是苏曼殊及其作品主人公所深深迷恋、难以自拔的。甚至苏氏笔下的那些女性如《绛纱记》中的雷梅、《断鸿零雁记》中的静子等,也都以时代新潮的昂奋,大胆表现出对爱情的热烈追求和坚贞不渝,任其"沧海枯流、顽石尘化",而"粉身碎骨"、"妾爱不移"、"在所不惜"。显见苏曼殊笔下人物之所以遁入佛门,并非以爱欲爱情为恶,而实以不能得到爱欲爱情为苦。至于苏氏本人,他自己说得明明白白:"我是由于感情上的困境摆脱不了才出家的,虽然出了家,却仍然感到愁闷。"①皈依佛门却并不能得到解脱,反而更加难以忘情忘世,爱欲无法由佛理取代,佛法也丝毫不能减轻爱情的煎熬,这一对实难化解的矛盾深深植根在苏曼殊及其作品人物的心中。其二,是情感与理智之间的矛盾:悲凉孤独的私生子身世一直重压在苏曼殊的心头,使他一生都背负着一种极为沉重的"原罪感"。既自恃才高志大,又痛感于人于世事之无能为力,甚至于认为自己都是多余的,这种带有点病态的情感驱使他心绪无常,行迹不定,时而狷狂不羁,时而悲鸣不已。苏氏一生之浪漫洒脱,创作之浓情厚意都与此紧相关联。但这并不是说苏曼殊对自己及社会缺乏理智的认识,事实上他对自己的身世,对时弊世道都有着冷静清楚的认识,只是这种认识愈是清醒,其自身的"原罪感"愈加深重,对不平世道的愤激也愈加剧烈,进而愈加导致了他的痛苦与绝望。对于苏曼殊来说,皈依佛门既升华了他的理智与慧识,同时却又加剧了他的感情苦恼,使他既不能用宽怀悠远的心态看待终极来世,又无法抛开急功近利、游身当今现世的迫切欲念。因此,在这种情感与理智的矛盾交织中,苏氏本人及作品人物命运结局的悲剧性是无可避免的。也正是在这双重悲剧中,我们更能体悟到苏氏及其创作与宗教文化相互契合的深刻内涵。

苏曼殊35岁的生命是短暂的,其作品也是屈指可数的,加上他

---

① 李蔚:《苏曼殊评传》,北京:中国社会科学文献出版社,1990年,第35页。

生活的时代尚未跨入真正意义上的现代社会,这些局限多少影响了苏氏及其艺术生命的影响力。然而,作为与宗教文化结缘最早、关系最深的中国近现代作家的代表,苏曼殊及其创作为我们提供了一个具有独特文化含义的模式:动荡不宁的社会、悲凉惨痛的身世以及孤独清苦的心境驱使他信仰佛学、皈依佛门;但佛门的高墙没能隔绝他与现世和现实人生相通的心,佛学经义未能使他超脱悠然,相反,佛教的影响更加深了他对社会现实的清醒认识,更强化了他对人生苦难的体验,也更坚定了他对现实人生的执着态度。这个模式在很大程度上甚为确切地揭示了中国近现代文学与宗教文化的基本关系,其意义是十分深远的,其价值是苏曼殊及其创作本身难以相比的。

二、许地山:以现世态度探究终极意义

作为中国新文学最初一批现实主义人生派的重要作家,同时又与佛教、基督教和道教等诸种宗教文化结下不解之缘并发生深刻的关系,许地山是一个少有的特例。

与苏曼殊的创作着重从宗教情结、宗教意识来反观现实人生不同,许地山及其创作的独特性和重要性首先体现在其坚实的现实主义人生态度上。他的作品虽然也充溢着宗教情结和宗教氛围,但却始终是以直视现实人生的态度进而深究人生的终极意义的。

不过,无论许地山对基督教教义究竟采取何种态度,也无论他到底是出于何种缘故与基督教结缘。[①] 有一点是肯定的:许地山对基督教文化的透彻了解和卓有成就的研究不可能不对其实际人生

---

① 有一种说法认为,许地山与基督教的关系主要是因为他与教会组织的某种经济关系。参见郑纬明:《许地山的佛教文学》,载《北京大学学报》,1993年第6期。

及思想发展产生某种重要而深刻的影响,而且这种影响也不可能不渗透到他的文学创作之中,尽管他并不一定是个真正信仰基督教的人。出于对传统文化的兴趣,许地山对道教文化也进行过深入系统的研究和探讨,所撰《道教史》在中国现代思想文化史上具有开创性的意义。而道教文化对人生社会的思考和见解,无论在方法上还是在实质内容上,都相当丰富地体现在许地山的文学创作里。当然,人们普遍注意到许地山与佛教文化的关系似乎更为密切和深刻。在许地山的整个思想体系和文学创作之中,佛教文化思想明显占有更为突出的位置,他对佛教史文化也有一种更为潜在、更为自觉的兴趣和意识。无论如何,许地山与宗教文化总体上的密切关系事实上已成为他区别于其他新文学作家的一个特殊标志:"在现代文学史上,没有任何一位作家像许地山这样对宗教发生了不止是文学上,而且是学术上的浓厚兴趣。几乎可以说,许地山思想及创作的任何问题,我们都能从宗教中找到解释。"①虽然此说过于强调了宗教文化于许地山的特殊意义,但在许地山整个的思想体系和文学创作中,从人物命运、叙述结构到语境氛围,确实都充满了异常浓郁的宗教情结和宗教意念。尽管许地山的艺术思考也是从现实社会和现实人生切入的,但是与文学研究会人生派诸作家以至于当时绝大多数现实主义作家明显不同,许地山的艺术眼光更多地表现出对终极人生价值和意义的特殊关注,而绝不仅仅满足于对一般社会现实和人生问题的描写与反映。即使其后期被人们视之为现实主义力作的《春桃》,看似减弱了其前期作品的某些玄妙虚幻色彩,增强了对普通人物现实遭遇的细腻刻画,但实际上这部作品真正的力度主要并不在于对社会底层劳动人民命运的反映有所增强,而依然在于作者对人之命运的总体思考。命运的偶然性、突发性极其不可捉摸,对命运的迷恋、信念与执着追求,依然是《春桃》真正富有感发力

---

① 郭济访:《论道家思想对许地山的影响》,载《中国现代文学研究丛刊》,1992年第1期。

第十二章 对现实人生与终极人生的双重关注

和生命力的所在。那种认为许地山后期创作比前期更富有现实性、更接近社会本质的看法,其实是有些偏颇的。我认为许地山对人之命运的双重关注是一以贯之的,而且,人的命运究竟由谁主宰?人生的价值到底体现在何处?什么是人的根本幸福与苦难?这些直追精神深层的思索一再升腾为许地山作品的核心主题。因此,在许地山的作品中虽然未曾离开日常琐细的现实人生题材,但却总是布满了一种浓厚的说教气氛,借人物之口说教,通过情节说教,以至于作者直接站出来说教,那种对人生义理的执着宣扬,强烈地透露出作者探索命运之道的痴迷情态;同时他的作品又带有一种玄秘神奇的色彩,故事情节扑朔迷离,人物性格又常常伴随某种程度的偏执与变态,宗教文化的地域背景更加重了作品的虚幻性,这也是作为现实主义作家的许地山其作品却显现出浓重浪漫情调的重要原因。所以有人认为,仅仅用现实主义方法和风格的范畴实难揭示许氏创作之根本,因而用"灵异"二字来重新概括许氏创作的总体特征,来指认"许地山同别人截然划清的地方"①。

然而"灵异"是否就是许地山创作的真正本质所在?我认为,作为一种创作的表征和特色,灵透奇异、玄妙空幻确属许地山独有的艺术个性,但作为本质,它还远未体现出许氏创作应有的深度和广度。在这里至少有两点值得我们注意:第一,无论是基督教、道教,还是佛教,也不管它们是作为文化修养,还是哲学信仰,对许地山来说首先有一个接受其影响的根本内核。这就是它们与许地山所始终思考的民族命运的关系,"许地山认为,个人的自我修养是拯救民族的'根本',这完全符合'基督教将有助于新伦理道德对民族的拯救'的燕京哲学"②。从许地山的思想发展和文学道路可以很清楚地看到:他对宗教文化的独有钟情和深深迷恋,并不是或主要不是基

---

① 《许地山·灵异小说·编者序》(中国现代名作家名著珍藏本),上海:上海文艺出版社,1994年。
② [美]路易斯·罗宾逊:《许地山与基督教》,载《中国现代文学研究丛刊》,1989年第4期。

于个人命运的悲哀,尽管许氏早年家境窘困,生活流离漂泊,加上原配爱妻的早逝等等,这些也的确强化了他的"人生无常,生本不乐"的宗教意识,但许地山由此生发开来的对宗教文化的兴趣却并没有归向拯救自己的灵魂和命运,时代社会的发展使他有条件把对个人某些不幸的哀叹更明确地升华为对整个人类与社会不幸的沉痛思考,并以宗教文化的某些方式来积极探寻拯救民族与世道的明途良方,这才是许地山走入宗教文化的基本动因。尤其重要的是,"五四"时期的中国,不管激荡着多么复杂的思想交锋,不管涌进了多少各式各样的理论学说,所有这些都基于一个根本的事实:即中国的社会现实,中国人的现实命运迫切需要得到革新和重造。这一点在当时任何一个有识的知识分子心中都是明白无误的,无论他受到了何种文化思想和哲学理论的影响,忧患意识和进取意识自然地变为时代意识的主潮和标志。这种特定的文化背景,使许地山对宗教文化的选择和投入不可能是随意的,而分明是以关注现实人生、改造现实社会为出发点和目标的。许地山对宗教文化的极大兴趣,对宗教的精神皈依,本质上是一种积极的救世意识和一种宽泛的对社会现实的忧患意识,而绝不是消沉的、狭隘的个人精神寄托。他在散文《还债》中所精心描写的那个令人百思不得其解、然而自身却分外清醒的"还债者",正是这种精神意识的象征。与此同时,科学民主的时代精神还提供了新的条件,使许地山能用冷静严谨的科学态度和方法去探究宗教文化的精髓要义,而绝不是沉迷于狂热愚昧的宗教情绪之中。因此,一方面是一个热忱的宗教崇拜者,另一方面又是一个现实主义人生派文学的热切倡导者;一方面在创作中表现出大量的宗教情结和神奇浪漫的情调,另一方面又始终投以冷峻深沉的现实主义目光。这是许地山超越苏曼殊的地方,也是在更为深广的层面显现出宗教文化与中国现代文学本质关联的地方。第二,正因为时代所赋予的开放和现实的心态,许地山不仅没有沉醉在自己所选择所投入的宗教情结之中,相反他"渴望更多的是个人的自由和宗教的灵活性"①。这从他的文学创作中可以看得更为透彻。许地山的作品的确与众不同地、大量地叙述了那些悲哀的人生和屈辱的命运,作品主人公基本上都沉浸在深深的苦难意识之中,并且作品突出渲染了对这种悲苦命运的容忍和认同,"生本不乐"的宗教信念在许地山作品中得到了充分的张扬和揭示。然而许地山绝没有被自己所渲染的宗教气氛所淹没,在认同命运苦难的同时他更强调了与不平命运的决然抗争:《命命鸟》里男女主人公双双从容不迫就死,所换取的绝不仅仅是对爱的守护,而更是对得不到应有爱情的最后反抗,也是对整个不平世道的绝情控诉。《商人妇》里的惜官虽然对负心的丈夫一再表示了宽大为怀、不计前嫌的胸襟,但作者却又不动声色地为损人者安排了一个极不光彩的狼狈结局,这本身就是愤然有力的道德评判和社会谴责。而且尽管惜官相信丈夫"不忍做"那伤天害理的事,也相信他"终有一天会悔悟过来",但她毕竟还是发出了"我要知道卖我的到底是谁"这样强烈不平的怒号,她的宽容显然是有限度的,她的超脱也显然是不彻底的;《缀网劳蛛》里再三受到丈夫无端猜疑、凌辱和迫害的尚洁,看似心静如水,随遇而安:"我像蜘蛛,命运就是我的网","所有的网都是自己组织得来,或完或缺,只能听其自然罢了"。然而整个作品却又自始至终张扬着尚洁那种内在的不屈服命运、毅然果决的刚烈性格:"我虽不信定命的说法,然而事情怎样来,我就怎样对付","危险不是顾虑所能闪避的"。"我不管人家怎样批评我,也不管他怎样疑惑我,我只求自己无愧。对得住天上的星辰和地下的蝼蚁便了"。显然,在这位"无论什么事情上头都用一种宗教的精神去安排"的女主人公身上,我们看到的绝不只是对命运单纯的顺从和漠然,而更多的是对命运的泰然处之。与其说她是像蜘蛛那样无可奈何地不断修补命运之网,不如说她是顺应命运、把握命运、推动命运,积极地演进人生的价值和

---

① [美]路易斯·罗宾逊:《许地山与基督教》,载《中国现代文学研究丛刊》,1989年第4期。

意义。有网就会遭受侵袭,就会损破,只要"向着网的破裂处,一步一步,慢慢补缀"就是了,"是蜘蛛,不得不如此"。是人生,亦不得不如此,这种不屈从命运的进取态度才是"蛛网哲学"的根本所在。佛教的生本不乐,基督教的苦难意识,道教的顺应自然,这些使许地山的创作既对人生的无限意义达到了相当程度的体悟,同时又以此反观和深省现世人生的平实价值,同样达到了相当程度的慧识。

三、冰心:用爱的哲学消解苦难绝望

应该看到,像苏曼殊这样数度皈依佛门、许地山这样被"诸教缠身"的中国近现代作家毕竟是不多的,而更多的作家则是在人生及创作的某一阶段、某一方面受到某种宗教文化思想的影响。然而这种影响不仅是同样深刻的,而且甚至对某个作家的思想及艺术特质有着决定性的作用。

中国现代文坛上的最后一位"五四"老人冰心,其文学创作虽然经历了漫长的岁月,然而总观其创作的根本主题却并不复杂,甚至颇为单调,人们往往用一个"爱"字来概括其作品的基调和特质。毫不夸张地说,在整个现当代文学史上,没有一个人像冰心那样对"爱的哲学"贯注了如此巨大以至延续毕生的热情和智慧。但毋庸讳言,这"爱的哲学"在相当程度上是与冰心所追寻的基督教精神紧紧相连的。一个作家执着地表现和追求某种东西,原因往往不外有二:一是过多地接触到它,感受到它,领悟到它;二是很少感触到它,或者根本就没有得到过它。冰心之于爱显然属于第一种情形。她的人生之旅自起步之初就"一直生活在充满爱的环境中,始终拥有最丰足的爱",家庭亲情、师恩友谊等等,"她拥有的爱可谓最多、最丰富、最完满。而她也付出了最宽厚、最博大的爱"①。冰心整个生命的价值就是不断地接受与奉献着爱,诚如她自己所言:"有了爱,便有了一切。"可见,冰心生命之源的爱的哲学与基督教的博爱精神原本就有一种天然的默契。值得注意的是,冰心对基督教思想的接受本来或许是不经意的、偶然的,但她对基督教思想特别是爱的精神的追求却是自觉的、必然的。这是因为冰心的爱的意志并非来自纯粹的理念,而是深深植根于其真切的生命体验中的。因此,冰心虽然是以"问题小说"名震文坛的,但她整个的文学创作始终没有脱离过两个内在的本质点:一是对爱的竭力倡扬,二是对人生根本价值的不懈追求。而这两者往往又是相互交合的。冰心在创作初期曾写过一组宗教情绪十分浓郁的诗歌,陆续发表在1920年8月创刊的北京基督教青年会会刊《生命》上。在现代文学史上最初出现的这些宗教诗里,冰心以她天真、纯洁然而又异常执着的声音,热忱地赞美上帝。赞美她所认为的充满宇宙和人类的无限的爱。在一首叫作《清晨》的诗里,她动情地欢唱:"晓光破了,/海关上光明了,/我的心思,小鸟般乘风高举,/飞遍了天边,到了海极,/天边,海极,都充满着你的爱。/上帝啊!你的爱随处接着我,/你的左手引导我,/你的右手也必扶持我,/我的心思,小鸟般乘风高举,/乘风高举,终离不了你无穷的慈爱,/阿门!"

　　冰心的确感受到了太多的爱,爱的哲学已然成为她整个人生价值观念的根本支柱,基督教对人类之爱的虔诚与执着又助燃着她的生命之火。毫无疑问,这种对无处不在的爱的感受以及对它的赞美,对冰心,特别是对当时充满理想、跃动着青春活力的冰心来说,完全是真实的、真诚的。但对于当时灾难深重的中国现实社会,对当时更多的苦不堪言的芸芸众生来说,它就显出了相当的距离,就显得过于空泛、虚幻和理想化了。准确地说,是冰心感受到了无处

---

① 《冰心·温馨·小说·编者序》(中国现代名作家名著珍藏本),上海:上海文艺出版社,1994年,第7页。

不在的爱,而实际上爱绝不是无处不在的。其实冰心本人也并非完全沉醉在爱的仙境中,她清醒地意识到社会普遍的不幸、人生广泛的悲哀以及生命极度的脆弱。所以她也苦苦思索着人生的根本价值以及超越苦难现实的奥秘。"生命,是什么呢?"这个终极人生的根本问题一直翻腾在她的心里:"是昙花,/是朝露,/是云彩;/一刹那顷出现了,/一刹那顷吹散了。/上帝啊:你创造世人,/为何使他这般虚幻?/昨天——过去了,/今天——依然?/明天——谁能知道!"(《生命》)而对人生的短暂、惶惑,冰心又发出了沉重的慨叹:"这样的人生/有什么趣味?/纵然抱着极大的愿力,/又有什么用处?/又有什么结果?/到头来也不过归于虚空,/不但我是虚空,/万物也是虚空。"(《"无限之生"的界线》)她还不断扪心自问,苦求人生及世界的本义:"我的心啊!/你昨天告诉我,/世界是欢乐的;/今天又告诉我,/世界是失望的!/明天的言语。/又是什么?/教我如何相信你!"(《繁星·一二三》)

客观地说,人生的终极问题在冰心那里并没有找到准确、理想的答案,但她却有着坚实无比的信念,这就是用爱去融化一切、消解一切。她的小说《超人》在这方面具有相当深刻的代表性:主人公何彬怀揣一颗冰冷的绝望于世的心,"不但是和人没有交际,凡带有一点生气的东西,他都不爱,屋里连一朵花、一根草都没有,冷阴阴的如同山洞一般"。他对人生根本意义思考的结论是:"世界是虚空的,人生是无意识的。人和人、和宇宙、和万物的聚合,都不过如同演剧一般,上了台是父子母女,亲密得了不得,下了台,摘了假面具,便各自散了,与其互相牵连、不如互相遗弃,而且尼采说得好,爱和怜悯都是恶。"然而这样一个心如死灰的人,最终却受到了爱的感化。确切地说,是作者冰心以母爱和童心消解了何彬与世人的一切怨恨,融化了他那颗绝情绝义的心,重新点燃了他充满爱意的生命之火,并通过何彬之口发出了对整个人类共同之爱的庄严呼吁:"世界上的母亲和母亲都是好朋友,世界上的儿子和儿子也都是好朋友,都是互相牵连,不是互相遗弃的。"我认为,《超人》对冰心的思想和创作具有独特的象征意义：它强烈地表现出对终极人生的迷茫、困惑以及对爱的哲学的坚信不疑。那么是不是说冰心及其创作仅仅在人生终极价值方面显示了其独特意义？显然不是。事实上如同冰心始终关注终极人生的问题一样，她一刻也没有离开过对现实人生问题的积极思考。从最初发表的《两个家庭》、《斯人独憔悴》、《去国》等作品，跨越半个多世纪，直到20世纪80年代创作的《万般皆上品……》、《落价》、《干涉》等作品，家庭关系、妇女地位、婚姻恋爱、尊重知识、民主自由等等现实人生的一系列焦点和热点问题，一直是冰心创作的显要主题。在充满爱与理想的心中，同时也充满着沉郁悲凉的忧患意识，这是冰心及其创作特点，因而她的作品在对社会现实问题的反映与揭示方面也往往缺乏相应的深度和力度；但是冰心对于人生美好信念的执着追求，对爱之精神矢志不移的开掘和推进，则是许多其他作家难以相比的。因此，紧紧用反映现实人生的深度和力度来衡量冰心的创作是难以发现其独特的内在价值的。

　　总而言之，中国现代作家在体验和反映社会人生的过程之中，在接受宗教文化思想的过程之中，既立足于对现实社会和现实人生问题的急切追寻，又表现出了对整个人类世界终极意义的积极思考。现实与超现实、信仰与超信仰，这双重的关注和双重的情怀构成了中国现代文学的一种特有的意蕴和情致。对这一点的深刻领悟和探求，无疑会拓展中国现代文学深层内涵和艺术境地的更大空间。

第十三章

信仰缺失的批判
——鲁迅对于传统文化的反省

在接触本文的论题之前,有必要对"宗教"这一概念做个基本的界定。宗教可以分为两类:一类是有着确切形式和明确界定的"天启宗教",一类则是没有明确形式和确切界定的"自然宗教"。[①] 在具有明确形式和确切界定的天启宗教之外,还有大量既无明确形式又无明确界定的"准宗教"现象的存在,基于这一事实,我们把宗教问题的研究对象,从传统的范围推广到包括没有明确宗教形式和明确宗教定义而本质上又具宗教性质的一切现象和任何人,这就是宗教的广泛性,也是广泛意义上的宗教研究要确定的范畴。唯此,我们才有理由把宗教看作一个普遍社会存在,并把它们作为一个具有普遍意义的文化现象来研究。广泛意义上的宗教作为人类特有的文化现象,其博大精深又纷纭复杂的文化内涵是不言而喻的,在人类文化的发展过程中起到了巨大作用。而作为中国现代文化巨人的鲁迅,对古今中外的宗教文化现象始终极为关注,他对宗教的起源、宗教的本质及其巨大的社会作用都作过深邃的论述;他的文化心理人格和文学创作都深深地受到了中外宗教文化的熏陶与浸染。关于鲁迅与宗教文化的密切关系,也已经有不少学者做出了相当精辟

[①] "天启宗教"为基督教神学术语,同"自然宗教"相对。基督教自称其教义来自上帝的"启示",犹太教、伊斯兰教等也宣称他们的教义来自"启示",故西方宗教学把它们统称为"天启宗教"。

的研究与论述,特别是近几年来,更是成为鲁迅研究中的一个热门话题。笔者试图在这里运用宗教学的观点来阐释一下鲁迅反思中国传统文化的深邃与独到。

一、对中国原始宗教人文精神的体悟与评判

鲁迅一生致力的奋斗目标,就是中华民族国民性的改造问题。在某种意义上,鲁迅辛苦辗转的一生就是"诊治"中华民族国民性的"病根",为中华民族千方百计"求药"的一生。尽管鲁迅没有系统地提出一套完整的国民性理论,但他却用笔做武器,对中国传统文化愚昧、落后与阴暗的各个角落,都给予了前所未有的清理与扫荡。

鲁迅的这一工作是具有划时代意义的。"五四"文化先驱中,在发起和倡导新文化运动的社会文化方面,鲁迅不如陈独秀、蔡元培;在介绍西学与整理"国故"方面,鲁迅不如胡适;甚至在反对封建制度与封建文化方面,鲁迅不如当时的钱玄同、吴虞等战将激进,但是,能够坚持不懈地对传统文化持批判的立场,并对它做出深入、细致的解剖的,却要首推鲁迅一人。他对中国传统病态文化的体验之深刻,感受之敏锐,在现代文化史上又堪称"独一无二"。正是在这个意义上,我们完全可以说鲁迅挖出了中国传统文化的老根。不过,这个"老根"究竟是什么,却又很难用一两句话解释清楚。对这个问题自然可以见仁见智。如果从广泛意义上的宗教学观点来阐释,笔者认为,鲁迅通过自己的独特体验和敏锐观察,抨击了中华民族源远流长而又无所不在的原始宗教的人文精神与人文环境的各个方面。国民性问题,说到底也是这个原始宗教的人文精神与人文环境问题。鲁迅一再抨击的中国人的奴性意识、权势崇拜、"无特操"、"无坚信"、"瞒和骗"、"做戏的虚无党"等国民劣根性,也都是这种原始宗教的人文精神的外在表现。一句话,鲁迅用大量的事实和深切的体验给我们启示:原始宗教的人文精神与人文环境,是造成

国民性落后的最深沉、最主要的根源所在。而且很少有人注意到，鲁迅对中国传统宗教和文化"无坚信"、"无特操"、"瞒和骗"、"做戏的虚无党"等劣根性的批判，恰恰是在自觉不自觉地以"有坚信"、"有特操"的佛教、基督教等作为参照系而得出的结论。

鲁迅对传统文化所下的"中国人尚是食人民族"的断语，其实正包含着中华民族尚处于野蛮、落后的民族原始文化阶段的评判，这种文化上的落后与野蛮，恰恰是原始宗教的人文精神所致。在这个原始宗教的文化断层上，"吃人，劫掠，残杀，人身卖买，生殖器崇拜，灵学，一夫多妻，凡有所谓国粹，没一件不与蛮人的文化恰合。拖大辫，吸鸦片，也正与土人的奇形怪状的编发及吃印度麻一样。至于缠足，更要算在土人的装饰法中，第一等的新发明了。他们也喜欢在肉体上做出种种装饰：挖空了耳朵嵌上木塞；下唇剜开一个大孔，插上一支兽骨，像鸟嘴一般；面上雕出兰花；背上刺出燕子；女人胸前做成许多圆的长的疙瘩。可是他们还能走路，还能做事；他们终是未达一间，想不到缠足这好法子。……世上有如此不知肉体上的苦痛的女人，以及如此以残酷为乐，丑恶为美的男子"[①]。鲁迅在《灯下漫笔》中尖锐地指出："所谓中国的文明者，其实不过是安排给阔人享用的人肉的筵宴。所谓中国者，其实不过是安排这人肉的筵宴的厨房，不知道而赞颂者是可恕的，否则，此辈当得永远的诅咒！"

"吃人"是鲁迅对中国封建礼教的一种特殊感悟与概括。但研究者往往只是突出了鲁迅所说的"吃人"的象征意义，却忽略了其中的实指意义。近来已有学者开始注意到了此点，例如一位来自韩国的美国人曾有一本专门研究中国古人吃人行为的专著，题目是《中国古代的食人》，他指出："'食人'行为是人类都有的，不仅仅限于中国，因为人类在追求生存的过程中，特别是在灾荒中、在战争中，在原始社会的历史中，都有食人的记载，问题是中国的'食人'记录，在

---

① 鲁迅：《热风·随感录四十二》，见《鲁迅全集》第1卷，北京：人民文学出版社，2005年，第343页。

世界上却是少有的。它的次数之多,它的残酷性,和它的理论色彩(即有理论的吃人),这在全世界都是罕见的。"①其实只要查一下中国的正史与野史,关于"吃人"的记录真可谓是屡见不鲜,而且还被封建礼教宣扬为"吃得有理"。《左传》中有"易子而食"的说法,《管子》中则有这样的记载:易牙蒸了自己的儿子送给齐桓公吃,还被齐桓公赞之为"忠";而根据封建孝道的规定,父母生病时,做子女的为了表示自己的孝道,可以从自己身体上割下一块肉来让其吃掉。《二十四孝图》尽是赞美这一类残酷行为的描写。在这表面礼义廉耻的背后,是血淋淋的原始宗教意味。尤其可怕的是,这种吃人现象不仅中国古代屡见不鲜,甚至还发生在人类文明已高度发达的 20 世纪 70 年代:

> 在文革当中,大家知道,广西地区曾经出现食人的现象。据有关人员的专门调查,甚至出现了"吃人的群众运动"。如在某县,人们终于吃狂吃疯了,动不动就拖出一排人批斗,每斗必死,每死必吃,人一倒下,不管是否断气,人们蜂拥而上,拿出事先准备好的菜刀匕首,拽住哪块便割哪块肉。一老太太听说吃眼睛可补眼,她眼神不好,便成天到处转悠,见有"批斗会",便挤进人丛做好准备。被害者一被打倒,她便从篮子里摸出尖刀挖去眼睛掉头就走。有几位老头子则去吃人脑,每人在人脑上砸进一根钢管,趴下就着钢管吸食,有妇女背着孩子来,见人肉已割尽,万分失悔。孩子身体体弱多病,想给孩子吃点人肉补补身子……这样的既有"阶级斗争"理论指导,又有原始习俗的支持,因而拥有一定基础的"杀人"、"食人"是中国传统中最为可怕与危险的部分。这样的传统是万万要不得的。②

---

① 钱理群:《拒绝遗忘——钱理群文选》,汕头:汕头大学出版社,1999 年,第 57 页。
② 钱理群:《拒绝遗忘——钱理群文选》,汕头:汕头大学出版社,1999 年,第 57 页。

笔者之所以不厌其烦地引述这段文字，就是因为这样的事例能够非常典型地折射出当代中国人文环境某些极端落后与野蛮的方面，也是为了给那些鼓吹中国文化"天下第一"、预言下个世纪必将是"中国文化占主导地位"的国学大师们提供一个反面例证。考察一个国家和民族的精神文化水平，绝不应仅仅限于它的文化典籍，它的媒体宣传，更应该实事求是地考察一下普通民众真实的生活与心理状态，因为文字总比事实好看得多。"吃人肉可以补养身体"起源于一种古老的迷信，鲁迅的小说《药》中，华老栓把辛苦积攒来的钱都用来买了一只"人血馒头"为儿子治痨病，就是源于这种古老的迷信。直到今天，在一些原始部落里还流传着"吃死尸"的习俗，但这种野蛮的习俗居然还在我们这样一个有着五千年辉煌文明的古国里阴魂不散，这实在是令国人尴尬的事实。而作为原始宗教的人文环境的一个重要特征，就是保留着无数类似这样的原始迷信与原始习俗。例如传统的孝道与妇女节烈观，其实大量渗透着原始迷信的内容，从《孝经》所宣扬的"身体发肤，受之父母，不敢毁伤，孝之始也"到《二十四孝图》中"郭巨埋儿"、"卧冰求鲤"、"哭竹求笋"等"经典故事"，其精神实质仍然是一种原始迷信的产物。鲁迅在《学界的三魂》一文中提到的汉代"郭巨埋儿"、"丁兰刻木"的故事，固然反映了封建孝道的残酷和虚伪，但这种虚伪和残酷恰恰是借助着原始迷信来实现的。试想一下，倘若郭巨在活埋儿子的过程中，不是"于土中得金一釜，上有铁券云：'赐孝子郭巨'"，这个故事本身的"教育意义"也就荡然无存了；同样，丁兰丧母之后，"乃刻木作母事之"，这块木头竟然能通人性，"邻人有所借，木母颜和则与，不和不与"，尤其令人可笑的是，木母被邻人"盗斫"之后，竟然"应刀血出"，这和"妖魔鬼怪"的故事有什么区别吗？对于女性节烈，鲁迅更是深刻地分析道，它起源于原始民族的"殉葬"习俗："古代的社会，女子多当男人们的物品。或杀或吃，都无不可；男人死后，和他喜欢的宝贝，日用的兵器，一同殉葬，更无不可。后来殉葬的风气，渐渐改了，守节便也渐渐发生。但大抵因为寡妇是鬼妻，亡魂跟着，所以无人敢娶，并非要她不事二夫。这样风俗,现在的蛮人社会里还有。"①鲁迅的分析是一针见血的,笔者甚至认为,孔子的那一套理论之所以"四千年不倒",孔子本人更是一步步被抬上了吓人的位置,除了是统治阶级的强权鼓吹和愚民政策所作用的结果,更深层的文化历史原因恐怕还在于儒家学说自从被汉代儒生"妖魔化"以后,与中国民间固有的坚不可摧的原始迷信形成了血肉关联。事实上,儒家学说在几千年的中国历史上所起的最大的作用,绝不是儒家创始人鼓吹的那一套"道德理性"哲学,而是其包裹着的原始宗教、原始迷信内容。说得不客气一些,儒家所宣扬的"仁义道德",只不过是中国传统文化的一张表皮,这张表皮掩藏着的则是无所不在的原始宗教和原始迷信,这是典型的"金玉其外,败絮其中"。鲁迅在《在现代中国的孔夫子》一文中曾分析说:"中国的一般的民众,尤其是所谓愚民,虽称孔子为圣人,却不觉得他是圣人;对于他,是恭谨的,却不亲密。"这也恰好反映出普通民众对孔孟所宣扬的那一套理论的疏离状态。

中国原始宗教的另一个内容是根深蒂固的祖先崇拜,祖先崇拜是由上古的生殖器崇拜发展而来的。原始人类面临着自然环境的严峻挑战,因此迫切需要强大而稳定的生殖能力,在精神信仰上发展为对生殖器的崇拜是极其自然的。这一原始的宗教信仰在中国被奇迹般地保存了下来,而且至今仍表现出顽强的生命力。德国哲学家卡西尔曾总结说:"在很多情况下祖先崇拜具有渗透一切的特征,这种特征充分地反映并规定了全部宗教和社会生活。在中国,被国家宗教所认可和控制的对祖先的这种崇拜,被看成是人民可以有的唯一的宗教。"②近来也有中国学者认为,把儒教或"三教合流"看成是中华民族这样一个绝大多数是文盲或半文盲的民族的共同信仰体系,是一种十分滑稽的说法,而祖先崇拜才是中国人共同的

---

① 鲁迅:《坟·我之节烈观》,见《鲁迅全集》第1卷,北京:人民文学出版社,2005年,第125~126页。

② [德]卡西尔:《人论》,上海:上海译文出版社,1985年,第108页。

宗教。"凡是中国人都明白祖先对他意味着什么。无论成功者还是失败者,无论是达官显贵还是平民百姓,他们今生今世都是与他的祖先有着直接的关系,祖先的风水如何,都在他那里得到体现"①。正是在祖先崇拜的文化心理支配下,杀父之仇成了中国人最刻骨铭心的仇恨,"操你祖宗"、"日你先人"成为国人最恶毒的咒语,鲁迅曾写过一篇题为《论"他妈的!"》的文章,他认为"他妈的"可以作为中国人的"国骂",这样的骂语只有在俄语中才偶尔出现过,如果翻译成西方国家的语言就极为困难了。德文的意思是"我使用过你的妈",日语则意译为"你的妈是我的母狗"。鲁迅还意味深长地指出:"中国人至今还有无数'等',还是依赖门第,还是依仗祖宗。倘不改造,即永远有无声的或有声的'国骂'。就是'他妈的',围绕在上下和四旁,而且这还须在太平的时候。"②鲁迅的小说,更是以其冷峻的现实主义精神揭示了中国普通国民所处的祖先崇拜原始文化环境,以及这种落后文化所造成的诸种精神悲剧和国民劣根性。阿Q最常说的口头禅就是"我们先前——比你阔的多啦!你算是什么东西!"而他被别人打了之后,又以"儿子打老子"来自欺欺人,达到所谓"精神上的胜利",这是最典型的中国农民的思维方式。在祖先崇拜的文化环境下,每个中国人的祖宗都被套上了一个神圣的光圈,祖先的形象象征着每个家族的权势和地位,而每个家族成员也都以光宗耀祖作为最大的荣耀,门第观念、家族意识也都在这个基础上积累而成。赵太爷的儿子中了秀才以后,连阿Q都高兴得手舞足蹈:"这于他也很光采,因为他和赵太爷原来是本家,细细的排起来他还比秀才长三辈呢。"同样,"不孝有三,无后为大",阿Q正是在这种"为后也,不为性"的变态心理驱使下,才想到"应该有个女人",才演出了向吴妈下跪求爱的荒唐闹剧。在小说《祝福》中,鲁迅还以

---

① 程世平:《文明之源——论广泛意义上的宗教》,成都:四川人民出版社,1994年,第137页。
② 鲁迅:《坟·论"他妈的!"》,见《鲁迅全集》第1卷,北京:人民文学出版社,2005年,第248页。

大量的篇幅描写了江浙一带敬祖祭祖的风俗。那种庄严肃穆的气氛,足以显示出祭祖在一般人心目中的极端重要性。而祥林嫂则因为不能参加这种庄严神圣的祭祀仪式,甚至连接触祭器的权利都被剥夺了,才真正感觉到她作为连嫁两个男人的寡妇"矮人一等"的地位了。

而鲁迅对这种原始宗教氛围的敏感,当然是与他的个人经历密不可分的。鲁迅从小就生活在绍兴一带浓郁的神佛环境中,耳闻了许多神仙鬼怪的故事,而鲁迅少年时代因为父亲的病所接触的大都是些"有意无意的骗子"的中医,也给鲁迅带来了深刻的影响。事实上在中国古代,儒与医从来都是不可分的,"儒识礼仪,医知损益,礼仪之不修,昧孔孟之教,损益不分,害生民之命"。鲁迅在《父亲的病》中说,一位"名医"给父亲开的药方需要一种特别的药引:"最平常的是蟋蟀一对,旁注小字道:'要原配,即本在一窠中者'。"鲁迅嘲讽道:"似乎昆虫也要贞节,续弦或再醮,连做药资格也丧失了。"

二、中国原始宗教人文精神的历史文化渊源

宗教作为人类文化所特有的现象,同时也是世界上各个民族都具有的文化现象。与世界各其他民族一样,中华民族在历史发展中最早形成的是原始图腾崇拜。伏羲、女娲等都是中华民族古老的图腾。中国古代还有黄帝与炎帝、蚩尤作战的传说,其中黄帝率领了熊、豹、虎等六兽,其实也是分别以这六种动物为图腾的六个部落。《诗经·商颂·玄鸟》中记载说:"天命玄鸟,降而生商。"这里的玄鸟(即小燕子),就是早期商氏族的图腾。[①] 图腾崇拜之后,才是祖先崇拜时期,而祖先崇拜又是以生殖器崇拜为发端的。遗憾的是,我们

---

① 丁季华、谢宝耿:《从蒙昧走向文明》,上海:上海人民出版社,1989年,第83页。

这个民族的宗教文化发展到祖先崇拜的原始宗教阶段之后,便止步不前了,没有再向更高级的宗教形态进一步发展,而是永久性地停留在了愚昧、落后与迷信并为一体的原始宗教阶段。

那么,究竟是什么原因阻碍了中国宗教文化的向前发展呢?正如马克思所说,古希腊人是"正常的儿童",他们凭借人类童年时代所特有的想象力,创立了奥林匹斯山上以宙斯为首的庞大的神话系统,而亚细亚民族则是"早熟的儿童"。① 鲁迅一再感叹说"中国大约太老了",也正包含着对这种早熟性的体认。从个体的发展角度来看,一个人在孩童或幼儿时期当然喜好幻想,但长大成人或在心灵上"早熟"之后就不一样了,也许在他们看来,这种不切实际的幻想是没有多少意义的,"中国古代的神话材料很少,所有者,只是些断片的,没有长篇的,而且似乎也并非后来散亡,是本来的少有"②。后来又经过儒家创始人的删改,就更少得可怜了。而同样由于亚细亚生产方式的特点,中国没有形成古希腊社会那样的高度发达的奴隶主民主制和城邦制,独立自足的小农经济像蜘蛛网一样分布在中国土地的各个角落。因此小生产者的注重实利与精明算计,始终以各种各样的形式出现着,并占据着中国传统文化的上风。近代以来,面对西方列强洋枪铁炮的一次次挑战,国人"天朝大国"的迷梦被彻底粉碎了,但我们自有现成的"精神胜利法"安慰我们,许多饱学之士就认为中国文化"尚虚"而西方文化"务实",因此,西方人虽然在物质上打败了我们,但我们身为"礼仪之邦",在精神文明方面要远远比西方文明先进。鲁迅考察中西文化之后,却得出了一个截然相反的结论:"中国在昔,本尚物质。"③鲁迅的见解是深邃且清醒的,小

---

① [德]马克思、恩格斯:《马克思恩格斯全集》第2卷,北京:人民出版社,1995年,第114页。

② 鲁迅:《中国小说的历史的变迁·第一讲》,见《鲁迅全集》第9卷,北京:人民文学出版社,2005年,第313页。

③ 鲁迅:《坟·文化偏至论》,见《鲁迅全集》第1卷,北京:人民文学出版社,2005年,第58页。

第十三章 信仰缺失的批判——鲁迅对于传统文化的反省

农生产者的思想意识始终脱离不了看得见摸得着的物质——荣华富贵的崇尚与追求。先秦诸子的思辨哲学都具有这种崇尚实用的特性。法家与墨家的沾沾于利早已众所周知,即使是儒学,也是把伦理秩序看得高于一切的。鲁迅曾抨击孔子说:"孔夫子曾经计划过出色的治国的方法,但那都是为了治民众者,即权势者设想的方法,为民众本身的,却一点也没有。"[①]其实诸子百家中的各家学说,真正为民众设想的实在微乎其微。"什么是百家争鸣呢? 说是百家争'名'反倒更贴切,'以此驰名,联合诸侯'才是他们的本意"[②]。李泽厚先生也认为,中华民族正统的思维方式是由血缘、心理、人道、人格等因素构成的,以实践(用)理性为特征的思维模式的有机整体。"这种理性具有极端现实实用的特点。即它不在理论上去探求讨论、争辩难以解决的哲学课题,并认为不必要去进行这种纯思辨的抽象。重要的是在现实生活中如何妥善地处理它……这里也没有古希腊那种酒神精神和日神精神的分裂对立和充分发展,而是两者统一融合在实践理性中"[③]。当然,这种实践理性与哲学意义上的唯物主义有着根本差异。事实上哲学上的唯物主义更是一种坚定不移的信仰,而中国特色的实践理性却只是极端重视现实实用;极端重视现实实用的后果就是"势利主义"盛行;"势利主义"发展到极致,便是对权势的变态崇拜,对一切神佛和"妖魔鬼怪"的顶礼膜拜,乃至在人间的大量"造神"运动,此后又进一步发展为无所不在的"瞒和骗",这是一脉相承的:"比纯粹的无神论更糟的是对无神论是否正确一题的漠不关心。在中国,多神论和无神论是两种截然不同的信仰,而许多受过教育的中国人却认为两者都正确,并丝毫不感

---

① 鲁迅:《且介亭杂文二集·在现代中国的孔夫子》,见《鲁迅全集》第6卷,北京:人民文学出版社,2005年,第329页。
② 程世平:《文明之源——论广泛意义上的宗教》,成都:四川人民出版社,1994年,第148页。
③ 李泽厚:《中国古代思想史论》,合肥:安徽文艺出版社,1994年,第34页。

到有什么矛盾之处。本性上对最深奥的宗教真理的绝对淡漠是中国人最悲哀的特性。"①

事实上，被称为中国文化主脉的儒、道、佛（在这里指已经被中国化了的佛教）三教，都染上了大量原始宗教和原始迷信的色彩。以孔孟为代表的儒家文化虽然是一种缺少形而上精神探求的道德理性，但儒家创始人是在作为原始宗教的表现形态的商周神学体系的废墟上建立起自己的学说的，而且，正因为儒家学说大量继承了原始宗教的内容和精神（例如祖先崇拜和生殖崇拜等等），在最大程度上契合了国人的文化心理，它才能够被广大民众所接受，几千年来一直立于"不败之地"。由于缺少一个超验的价值体系，缺少由宗教构筑起来的形而上的精神世界，以儒学为主体的传统道德理性与汉代以来不断加深加重的原始宗教与原始迷信内容融为一体，实际上一直起着准宗教的作用。汉代以前的儒学，仅仅是"百家"中的一家而已，直至汉武帝时候，儒学与方士合流，运用巫术的观点解释、附会儒家经书的谶纬之学极为盛行，汉武帝接受儒生董仲舒"罢黜百家、独尊儒术"的建议，开始了长达两千多年的文化专制。董仲舒等人大肆鼓吹天人感应论，在他看来，天不仅仅有自己的目的和意志，而且是"百神之大君"的上帝，是宇宙中的最高主宰。人一旦违背了天的意志，天就会发怒，甚至制造出种种灾变。而所谓阴阳五行学说，则是"天意"的表现。所谓"灾者，天之谴也；异者，天之感也……凡灾异之本，尽生于国家之失。国家之失乃始于萌芽，天而出灾害以谴告之。谴告之而不知变，乃见怪异以惊骇之。惊骇之尚不知畏恐，其殃咎乃至"。这标志着儒家越来越走向原始宗教化。至于宋代的程朱理学更是把佛道的某些哲理融入到儒学中去，把孔子等人倡导的三纲五常拔到"天理"的高度，并且把"天理"与"人欲"绝对对立起来，存"人理"就必须灭"人欲"，其吃人的礼教性质发挥

---

① ［美］亚瑟·亨·史密斯：《中国人气质》，张梦阳、王丽娟译，兰州：敦煌文艺出版社，1995年，第234页。

第十三章　信仰缺失的批判——鲁迅对于传统文化的反省

到极致。

至于道教，更是直接脱胎于原始巫术，鲁迅在《中国小说的历史的变迁》中对此曾有精辟的分析："中国本来信鬼神的，而鬼神与人乃是隔离的，因欲人与鬼神交通，于是乎就有巫出来。"而与鬼神交通的巫术发展到后来，则明显地分成了两派："一为方术；一仍为巫。巫多说鬼，方士多谈炼金与求仙，秦汉以来，其风日盛，到六朝并没有息。"道教和一般佛教、基督教、伊斯兰教本质上的不同之一，便是对待生与死的态度。实际上道家的主张就鲜明地体现出了中华民族的"贵生"思想。在道家看来，人生活在世上是件乐事，而死亡则是痛苦的。而要活得长久，最好的法子莫过于清静无为、与世无争了。所以老子就主张"无为无不为"，庄子更是宣扬"彼亦无是非，此亦无是非"的无是非观念，要人们在清心寡欲中达到生命最大限度的延长。鲁迅对受道家影响而形成的中国人"不争"、"不敢为天下先"、畏缩退让、苟且偷生的国民劣根性是深恶痛绝的，他在《这个与那个》这篇文章中尖锐地抨击说："中国人不但'不为戎首'，'不为祸始，'甚至于'不为福先'。所以凡事都不容易有改革；前驱和闯将，大抵是谁也怕得做。"①而由道家发展而来的道教，为了迎合人们畏惧死亡的心理，则更是拼命追求成仙得道，长生不老。所谓炼丹、服饵、追求长生不老的仙药，其原始宗教和原始迷信的"嘴脸"更是暴露无遗。而佛教最初传入中国，也是附庸于道术才得以流传的，从这可以窥见中国人对佛教的理解是怎么一回事了。而在汉代人心目中，佛教哲学与黄老哲学是难以分家的。佛教传入中国以后，在普通群众中产生了广泛影响的，并不是佛陀的苦练修行、大慈大悲和普度众生思想，而是佛教所宣扬的因果报应、生死轮回、地狱、饿鬼等因素。中国民间信仰与原始宗教的实用性，与佛教中的因果报应、生死轮回说很快融为一体，其原始宗教的特征越来越被夸大和

---

① 鲁迅:《华盖集·这个与那个》，见《鲁迅全集》第 3 卷，北京:人民文学出版社，2005 年，第 152 页。

强化。丰子恺曾经在《佛无灵》一文中提到,"对于佛是不能做买卖的"。但在中国,吃斋念佛的人却往往都抱着极为实用的目的,"他们的吃一天素,希望比吃十天的鱼肉有更大的报酬。他们放一条蛇,希望活一百岁,他们念佛诵经,希望字字变成金钱"。佛教一步步"中国化"的过程,也就是原始宗教化的过程。鲁迅也不无痛心地说,自从六朝时代断臂求法、舍身饲虎之后,中国真正的信仰就没有了。例如,我们中国人最熟悉的观音菩萨在中国的演化过程也说明了这一点。"观音"是梵文的音译,原本译为"观世音",唐时为避唐太宗李世民的讳,略作"观音"。观音菩萨原是男性,但到中国后就逐步转变成女性了,并且和掌管生育、生殖的送子娘娘联系在了一起。旧中国的妇女常常在拜观音菩萨的时候,又偷走她身边的玩偶娃娃以求子,实在有些让人哭笑不得的味道了。

可见儒道佛三教都被染上了一层原始巫术和迷信的特征。而所谓能够"三教合流"、"三教同源",也是以其共同的"巫性"作为基础的。鲁迅在《迎神和咬人》一文中针对当时的一批儒士们大搞迷信活动而讽刺说:"汉代先儒董仲舒先生就有祈雨法,什么用寡妇,关城门,乌烟瘴气,其古怪与道上无异。"在《关于中国的两三件事》一文中,鲁迅又说:"儒士和方士,是中国特产的名物。方士的最高理想是仙道,儒士的便是王道。"这其实已经指出了儒道共同的"巫性"特征。鲁迅还举了一个中国民众把信教者称之为"吃教"的例子:"教徒自以为信教,而教外的小百姓却都叫他们是'吃教'的"。鲁迅认为:"这两个字,真是提出了教徒的'精神',也可以包括大多数的儒释道教之流的信者。"写作了《中国人气质》一书的美国学者亚瑟·亨·史密斯先生也对中国传统宗教的极端实用性作了深刻论述,他认为,正像"中国人与人讨价还价时,急于想占对方的便宜"一样,中国人"对于神灵的崇拜,也是一种交易,只要可能,他同样想占便宜"。史密斯先生还举例说,一个中国人也许会通过捐款修庙买来好运,但是,"他常常会捐二百五十个铜钱,而记上一千个铜钱的账,记多少,神灵就接受多少"。事实也的确如此,在中国人看来,宗教是用来"吃"的，用来用的，而非虔诚的信仰。人们拜神求佛与求医问药一样，都是为了"有用"，"没用"当然可以不信，今天有用今天信，明天失去了效用就可以马上改换门庭。在大多数庙宇里，我们看到孔子、老子和释迦牟尼的塑像都被供列在一起，是很容易联想起商店里摆柜台的商人们的，谁的"货"好就能更多地招徕顾客，而老百姓们拜神求佛必定是为了消灾避难、求医问药，他们把钱捐给庙堂寺院，与今天的人们买股票乃至做期货生意一样，都是为了"放长线钓大鱼"，可见中国人实在是精明到家了。一个连鬼神都要做买卖的民族，还会有什么坚不可摧的原则不能动摇和变更？鲁迅先生一针见血地指出："中国人自然有迷信，也有'信'，但好像很少坚信。"所以，"崇孔的名儒一面拜佛，信甲的战士，明天信丁"①。

一方面是"无特操"、"无坚信"，一方面又是原始宗教与原始迷信的盛行，这看似自相矛盾，其实正是一枚硬币的两面：正因为缺乏超验的形而上的宗教信仰，才使得巫术、方术与风水之说等原始宗教和原始迷信的盛行；正因为缺少一个全民族共同遵循的终极意义上的价值观念体系和信仰体系，才使得我们这块古老而广阔的大地上，各种各样的神仙鬼怪都"出没"于其中，"众神的喧哗"并没有妨碍他们的共生共存。而这又从另一个角度表明了我们这个民族对宗教的心理渴求。既然从宗教学的角度来看，任何一个民族在历史发展的过程中，都会自觉不自觉地产生一种对于宗教的心理渴求，这是世界上的各个民族都产生了自己的宗教或者原始图腾的"物质基础"，那么中华民族当然也没有例外，但是我们这个民族由于自身发展的"早熟性"而没有形成一个超验的形而上的宗教信仰体系。"宗教为我们的生活规定了一种全向面的模式，规定了一条遵循到底的道路"②，中国的原始宗教恰恰没有向我们提供这样一个"贯穿

---

① 鲁迅：《且介亭杂文·运命》，见《鲁迅全集》第 6 卷，北京：人民文学出版社，2005 年，第 135 页。
② [美]C. W. 莫里斯：《开放的自我》，上海：上海人民出版社，1987 年，第 76 页。

到底"的原则和道路。通过以上的分析可知,无论是产生于本土的儒道,还是已经中国化了的佛教,都未能成为全民族共同的信仰,它们在中国人的心目中都起着"敲门砖"般的作用。所谓"无可奈何方敬神",所谓"临时抱佛脚"等等民谚,都反映了国民这种原始而实用的宗教精神。儒教虽然被统治者看中并大加利用,但"儒家的说理体系对一个绝大多数是文明的民族来说,并没有起到西方高级宗教那样把整个文明从原始黑暗引向光明的作用。它造成了中华文化的断层,同时又把这个断层掩盖在士大夫文化发散的光芒中,使中华民族的绝大多数处于比单纯的原始文化状态上更悲惨的境地。这不是一个在我们的文化典籍中咬文嚼字可以说明的问题,而是中国活生生的现实才能说明的问题"[①]。而同样由于我们的传统宗教文化未能提供一个为我们"负责到底"的人格神,所以我们的人文精神中缺少一个超验的价值存在,这一巨大的"精神空白"势必要通过其他方面或以其他形式来填补,原始宗教和原始迷信正可以"乘虚而入"。

  过强的实用性必然导致信仰上的不严肃,这可以通过中国传统宗教活动场所的混乱与杂用看得出来。在西方,教堂从来都被认为是神圣的场所,但在中国,一座村社里的寺庙不仅可以用来求神拜佛,也可以被商人们用作交换物品的市场,被官员们用作高谈政事的厅堂,被军事将领们用来作为调兵遣将的营盘,甚至强盗、罪犯也可以靠此栖身躲避他人的追杀,而在闲暇的时候,这一座座寺庙还会成为孩子和老人们游戏、闲谈的好场所,真可谓是"物尽其用"了。一名外国人或许会对中国人在必要的时候同时雇来道士与和尚为他消灾避祸的做法非常奇怪,他其实并不完全了解此宗教非彼宗教也,而中国人从来就是把"宗教"、"迷信"这两个单词放在一起使用的。在普通百姓眼中,宗教最好的命运,也不过是介乎科学与

[①] 程世平:《文明之源——论广泛意义上的宗教》,成都:四川人民出版社,1994年,第185页。

迷信之间的一种东西。而我们又以自己的这种"宗教观"去妄谈西方人认真而执着的宗教信仰,实在是有些"以小人之心度君子之腹"的意味了。让我们来看看有见识的西方人是怎样评价中国的宗教信仰的:"在中国,像罗马一样,宗教信仰已经达到衰败的边缘。我们可以像吉本评价罗马一样,来评价中国,即对普通人来讲,所有的宗教都一样真实;对哲学家来说,所有的宗教都是欺诈;对官员来说,所有的宗教都一样有用。中国皇帝,就同罗马皇帝一样,他'既是一个高级教士,同时又是无神论者,和神!'儒家学说融合着多神论和泛神论,把中华帝国带到了这般田地。"①这是美国传教士亚瑟·亨·史密斯先生在他所著的《中国人气质》一书中,对中国传统宗教特征做出的概括性论断。这样的论断,恐怕不仅仅是西方人"傲慢与偏见"的产物。鲁迅临去世之前,仍然抱病写下了《"立此存照"(三)》一文,在这篇文章的结尾处,先生语重心长地说:"我至今还在希望有人翻出斯密斯的《支那人气质》来。看了这些,而自省,分析,明白那几点说得对,变革,挣扎,自做工夫,却不求别人的原谅和称赞,来证明究竟怎样的是中国人。"就中国的宗教文化环境而言,中国人的确是太需要"自省"和"分析"了。

三、权势崇拜与无所不在的"瞒和骗"

在充分认识到鲁迅以自己的独特体验与感受,向我们展示了这样一个基本事实——中国传统的宗教和文化都与原始宗教的人文精神密不可分之后,我们就会进一步发现,鲁迅对传统文化抨击最猛、用力最多的两个方向:中国人的权势崇拜、奴性意识和根深蒂固的虚伪性格,在某种程度上都可以看作是这种原始宗教人文精神的

---

① [美]亚瑟·亨·史密斯:《中国人气质》,张梦阳、王丽娟译,兰州:敦煌文艺出版社,1995年,第234页。

外在表现。

鲁迅对中国传统文化中的奴性意识和无以复加的权势崇拜,表现出了前所未有的敏感和愤怒,他甚至不无偏激地对中国传统文化下了这样的断语:"中国的文化,都是侍奉主子的文化。"①《阿Q正传》里的阿Q,在比自己等级高的官老爷面前,膝盖是永远直不起来的;而孔乙己即使穷困潦倒到了连基本的温饱问题都无法解决了,也不愿脱下那象征身份的破长衫;在小说《故乡》中,最使"我"心灵震颤的还不是闰土生活的艰辛和贫困,而是他见到"我"后的一声"老爷","我似乎打了个寒噤;我就知道,我们之间已经隔了一层可悲的厚障壁了"。这就是中国传统文化培育出来的"孝子孝孙"们的精神特征。在《灯下漫笔》一文中,鲁迅更是引用《左传》里的话对中国传统的等级观念和等级秩序给予了激烈抨击:"'天有十日,人有十等。下所以事上,上所以共神也。故王臣公,公臣大夫,大夫臣士,士臣皂……僚臣仆,仆臣台'……但是'台'没有臣,不是太苦了吗?无须担心的,有比他更卑的妻,更弱的子在。而且其子也很有希望,他日长大,升而为'台',便又有更卑更弱的妻子,供他驱使了。"在这个金字塔般的巨大而精细的等级循环链中,每个人既是奴才,又是主子,对上是奴才,对下是主子,就这么一层层地"臣"下去。而且这样的等级秩序并不是一成不变的,就连处于最底层的"台的儿子"也还是充满希望的,"他日长大"后,就会自然地升为"台"了,所谓"多年的媳妇熬成了婆",也就是这种循环往复的结果。这种集奴才性与"主子性"于一身的特性,也是完全可以理解的。黑格尔就认为:"一当世界上有了压迫人,主人便有了凌驾于奴才之上的高贵意识,但当他一旦面临一个更强大的对手时,他将比奴才更奴才,他骨子里浸透着奴才的卑贱意识。"②鲁迅在《论照相之类》一文中,曾

---

① 鲁迅:《集外集拾遗·老调子已经唱完》,见《鲁迅全集》第7卷,北京:人民文学出版社,2005年,第326页。
② 夏瑞春等:《德国思想家论中国》,南京:江苏人民出版社,1995年,第101页。

举了个这样的事例:民国初年照相术刚刚传入中国时,在江浙一带颇为流行:"较为通行的是先将自己照下两张,服饰态度各不同,然后合照为一张,两个自己即或如宾主,或如主仆,名曰'二我图'。但设若自己一个傲然地坐着,一个自己卑劣可怜地,向了坐着的那一个自己跪着的时候,名色便又有两样了:'求己图'。"鲁迅认为,这种"求己图"最清楚无误地表现出国人骄下谄上的奴才特性,"将来中国如要印《绘图伦理学的根本问题》,这实在是一张极好的插画,就是世界上最伟大的讽刺画家也万万想不到,画不出的"。

鲁迅的这一体验极为典型和深邃,如果进一步挖掘下去,这种无所不在而又根深蒂固的奴才意识,与中华民族缺少一个超验的和人间权势相抗衡的价值存在密切相关。正因为中国缺少这样一个超验的形而上的价值存在,那么把世俗权势的神圣化也就成了我们这个民族最根深蒂固的传统之一。正如德国哲学家黑格尔所说:"我们对世界进行了划分,除了世俗现象这个世界以外,上帝仍然是统治者。中国人的天是一些完全虚空的东西……中国人的天不是建构在地面上的独立王国这样一个世界,也不是一个自为的王国,它不像我们所想象的拥有天使和死者灵魂的天国一样,也不像与现世生活截然不同的希腊奥林匹斯山一样,而是一切都在现世。权力多据有的一切,统统属于皇帝,这是仅有的一种有意识地进行彻头彻尾的统治的自我意识。"① 中国人浓厚的奴才意识与等级观念莫不根源于此。在国人心目中,皇帝既然是天的儿子(天子),代表天来统治他的臣民,那么必然是"普天之下,莫非王土;率土之滨,莫非王臣"了。皇帝的身体被神圣化地称为"龙体",皇帝的子孙被称为"龙子龙孙",连皇帝坐过的宝座、用过的器皿都被神圣化了。不仅对人间帝王崇拜到无以复加的地步,即使是对一个"交了好运"、稍稍有所成就的普通人,也随时存在着神化的可能性。一个人升了官发了

---

① 夏瑞春等:《德国思想家论中国》,南京:江苏人民出版社,1995年,第101页。

财,自然会有其他人解释他的"富贵命"、"富贵相",甚至他的祖坟乃至宅地的风水,他的名字,都与自己的命运连接起来了,构成了这样那样的隐喻关系。世界恐怕还没有哪一个民族能像中华民族这样崇拜如此之多的"人间神仙"。一个人生前是人,死后就变成了鬼和神;不管生前他多么卑贱、多么没有地位,死后他也同样"多年的媳妇熬成了婆",具备了法力和神力,可以堂而皇之地回到家中成为子孙崇拜的神灵。鲁迅所抨击的"奴才性"和"主子性",其实早在中国人的阴间里就已存在了。西方人可以用历史上伟大人物的名字命名街道、大学乃至城市以示纪念,却很少对其顶礼膜拜。但伟人们在中国的命运就完全不一样了,中国古代的孔子、老子、关羽、鲁班、薛涛等,死后都成了"圣"成了"神"。同样,在闰土及乡邻眼里,"我"是在外面"放了道台"的人,"出门便是八抬的大轿",自然已经成了"贵人",如果不称"我"为"老爷",自然属于"不懂规矩"了;而《儒林外史》里的范进,在没有考中举人之前家里穷得揭不开锅,到老丈人胡屠户家借点柴米度日,结果被胡屠户骂了个狗血喷头,但在中了举人之后,马上在胡屠户心中变成了"文曲星下凡",由人变成了"神",打不得骂不得了。而他丝毫也不必为自己的前倨后恭难堪,既然是"文曲星下凡",他肉眼凡胎怎么看得清楚?当然是"不知者不罪"了。所有这一切,都是由我们民族原始宗教的人文精神所决定了的。

在极端权势崇拜的文化心理作用下,等级观念和等级秩序的盛行又必然导致人们在事实和法律面前"天经地义"地不平等。这种不平等正是"虚伪"和"做戏"的根源所在。在西方,宗教为所有的人,上至国王下至普通百姓都提供了一些最起码最基本的原则,在这些原则和公理面前,任何人都是不得例外的,这正是现代法制和民主平等观念的重要基石。但中国传统宗教却恰恰不能提供这样一个让全民"信服"的原则。事实上,没有任何一个原则让我们贯穿到底,例如伦理秩序在民间被加以变态般地强化。但这一套原则到了"天子"——皇帝那里就行不通了。即使是皇帝的亲生父亲见了

"真龙天子"都要三叩九拜;再比如,一方面是民间"男女授受不亲"、"饿死事小、失节事大"之类的森严礼防,一方面则是从皇帝到一切统治阶级的荒淫无耻却又冒充"道德君子"。在被认为是中国传统文化典籍之一的《礼记》中,竟然有这样的记载:"古者天子后立六宫、三夫人、九嫔、二十七世妇、八十一御妻。"也就是说,坐了龙位就可以堂而皇之地杂交乱交。这样一种极端权势崇拜下的强权逻辑当然无法使人信服,而崇拜权势也就没有了起码的是非原则,虚伪和欺骗也就相伴而生。统治阶级以礼教欺骗百姓,普通百姓自然也"以其人之道还治其人之身"。所以鲁迅先生说:"皇帝和大臣有'愚民政策',百姓们也自有其'愚君政策'。"他还提到自己童年时期听到一则民间传说:皇帝是很可怕的,他坐在龙庭上,一不高兴就要杀人。所以不能随便给他吃稀罕和珍贵的东西,因为他吃了还会继续要,那就很麻烦了。譬如他冬天想吃瓜,夏天想吃桃子,如果办不到,他就要生气杀人。对付他的唯一办法是一年到头给他吃菠菜,一要就有,毫不为难,但倘若说是菠菜,他又要生气了,因为这是便宜货。所以大家都不对他说是菠菜,而另起了个名字"红嘴绿鹦哥",这样皇帝就很乐意地吃了。鲁迅认为这则故事典型地反映了国人"上瞒下、下瞒上",结果是彼此相欺骗的心理。

而中国人于鬼神也同样是如此,"凶恶的是奉承,如瘟神和火神之类,老实一点的就要欺侮。例如对于土地或灶君"[①]。在《送灶日漫笔》一文中,鲁迅还进一步指出:"我们中国人虽然敬信鬼神;却以为鬼神总比人们傻,所以就用了特别的方法来处治它。"他特别举到了老百姓对付灶君的例子。民间传说,灶君每到腊月二十三要到玉皇大帝那里去,如果他向玉皇大帝说这家人的坏话,那就不好办了,因为灶君每天都住在人家里,对人家的事情都了解得一清二楚。于是这一天要请他吃灶糖,本意却是要粘住他的牙,使他不能调嘴学

---

① 鲁迅:《华盖集续编·谈皇帝》,见《鲁迅全集》第6卷,北京:人民文学出版社,2005年,第268页。

舌,不能对玉帝说坏话。美国学者亚瑟·亨·史密斯先生也提到他叹为观止的奇特事件:中国人修建寺庙时,"在每个神灵的眼睛上盖块红纸,神灵就看不见周围的混乱,而混乱总是被看作是对神的冒犯。如果庙建在村边,而且成了窃贼经常分赃的地方,庙门就差不多完全被垒起来,神灵可以留在那里尽情地与宇宙交谈"①。这实在是对付神灵的好法子。其实这种虚伪性从孔子那里就已经形成了。孔子说过"祭神如神在",也就是说祭神才似乎有神在,而不是神在要祭神。那么祭神这种庄严神圣的行为也就具有了很大的表演性。祭神更多地是做给别人看的,至于究竟有没有鬼神,鬼神的世界究竟是怎样的,连我们的圣人都不愿做过多的思考,何况平民百姓乎?古代的很多"文化哲人"也已经看穿了这一切,并对此心照不宣了。荀子就认为:"祭者——其在君子,以为人道也;其在百姓,以为鬼事也。"(《荀子·礼仪》)"卜筮然后决大事,非以为求得也,以文之也。故君子以为文,而百姓以为神"(《荀子·天论》)。这不是明确地有一种看破红尘玩世不恭的味道吗?这就难怪鲁迅说:"孔丘先生确是伟大,生在巫鬼势力如此旺盛的时代,偏不肯随俗谈鬼神;但可惜太聪明了,'祭如在祭神如神在',只用他修《春秋》的照例手段以两个'如'字略寓'俏皮刻薄'之意,使人一时莫名其妙,看不出他肚皮里的反对来。"所以,鲁迅称孔子为"深通世故的老先生"②。

关于鬼神的问题是"世界观"的根本问题,鲁迅先生深刻地指出,中国人实际上是以"贿官"的心态敬神贿神的,和西方纯粹意义上的宗教信仰是两码事。——由此生发开去,中国人对待一切礼教信条,又何尝真正虔诚地信仰过?而一个连鬼神都欺骗的民族,还有什么神圣的东西他们不能去欺骗呢?不要说鲁迅先生对中华民族"做戏的虚无党"国民性的剖析,就是两百多年前的法国启蒙思想

---

① [美]亚瑟·亨·史密斯:《中国人气质》,张梦阳、王丽娟译,兰州:敦煌文艺出版社,1995年,第234页。
② 鲁迅:《坟·再论雷峰塔的倒掉》,见《鲁迅全集》第1卷,北京:人民文学出版社,2005年,第202页。

家孟德斯鸠也曾对此做过评价:"中国人的生活完全以礼为指南,但他们却是地球上最会骗人的民族。"这种矛盾现象使得中国人"一切用暴行获得的东西都是禁止的;一切用术数或狡诈取得的东西都是许可的……在中国,每一个人都要注意什么对自己有利"①。这虽然是带有"隔岸观火"的态度而得出的结论,难免会有些片面,但在这"片面的深刻性"背后,却又有我们所不得不正视和汗颜的"痛处"。今天我们不是还可以明显地感受到那种完备而规范的"礼"——文化规范、规章制度乃至政策法令,与人们的实际行为之间的深刻矛盾吗?中国人对于一切外在的社会规范和伦理道德的遵从,大都带有一种强烈的"做给别人看"的表演性质,绝不是发自内心的需求,和一种对神圣性价值观念的敬畏与追求。"我们所认为在崇拜偶像者,其中的有一部分其实并不然,他本人原不信偶像,不过将这来做傀儡罢了。和尚喝酒养婆娘,他最不信天堂地狱。巫师对人见神见鬼,但神鬼是怎样的东西,他自己的心里是明白的"②。在《马上支日记》一文中,鲁迅进一步剖析说:"中国的一些人,至少是上等人,他们的对于神,宗教,传统的权威,是'信'和'从'呢,还是'怕'和'利用'? 只要看他们的善于变化,毫无特操,是什么也不信从的,但总要摆出和内心两样的架子来。"于是,"虽然这么想,却是那么说,在后台这么做,到前台又那么做"③。所以,"在事实上,到现在为止,凡有大度,宽容,慈悲,仁厚等等美名,也大抵是名实并用者失败,只用其名者成功的"④。

---

① [法]孟德斯鸠:《论法的精神》,张雁深译,北京:商务印书馆,1982年,第316页。

② 鲁迅:《集外集拾遗补编·通信(复张孟闻)》,见《鲁迅全集》第8卷,北京:人民文学出版社,2005年,第262页。

③ 鲁迅:《华盖集续编·马上支日记》,见《鲁迅全集》第3卷,北京:人民文学出版社,2005年,第346页。

④ 鲁迅:《集外集拾遗补编·庆祝沪宁克复的那一边》,见《鲁迅全集》第8卷,北京:人民文学出版社,2005年,第197页。

鲁迅在这里可谓概括了中国历史发展的一个最本质规律：在中国历史上，唯独那些心狠手辣、投机钻营、善用机巧的大阴谋家、大流氓才能成功，而他们成功之后又被普通百姓神化和圣化，他们自身也俨然以"替天行道"、"奉天成运"的"道德君子"自居。而究其原因，仍然是由我们民族极端权势崇拜下的原始迷信和原始宗教所致：在富有中国特色的"天人感应"和"天人合一"的理论指导下，"成则王侯败则寇"的观念深入人心，因为"自然的天道"是不可能失败的，凡是败亡者都可以"天命如此"而自我安慰，那么对成功者的顶礼膜拜也由此而生。中国原始宗教所宣扬的"诚则灵"在具体实践过程中往往演变为"灵则诚"。这实际上就给了原始宗教的宣扬者们以充分的"造假"余地：只要未"灵"，你就是再"诚"也是"不诚"，或者说"诚"度不够；相反，你就是靠机巧和欺骗而达到了"灵"的效果，你就完全可以理直气壮地诉说自己的"诚"。当年义和团运动中的巫师、道士们宣扬只要大师兄、二师兄们念一下咒语，人人都能成为洋枪洋炮穿不透的"金钟罩"。可等到后来血流成河、尸伏如山的时候，团民们找大师兄算账，大师兄却理直气壮地说："怎能怪我，是你们不诚呀！"如此逻辑，只能骗一下三岁孩童，不料却发展成了一场轰轰烈烈的"反帝爱国运动"，国人宗教心理的原始性也由此可见一斑了。因此，中国传统文化和宗教除了造就一些"唯我独尊"、"唯我独诚"的披着"道德君子"外衣的极端个人主义，和为所欲为的"天命"继承者之外，绝大多数人则只能靠了瞒和骗来维持自己的生活。"古书实在太多，倘不是笨牛，读一点就可以知道，怎么敷衍，偷生，献媚，弄权，自私，然而能够假借大义，窃取美名。再进一步，并可以悟出中国人是怎样健忘的，无论怎样言行不符，名实不副，前后矛盾，撒谎造谣，蝇营狗苟，都不要紧，经过若干时候，自然被忘得干干净净；只要留下一点卫道模样的文字，将来仍不失为'正人君子'"①。

---

① 鲁迅：《华盖集·十四年的"读经"》，见《鲁迅全集》第3卷，北京：人民文学出版社，2005年，第138页。

其结果，自然是"中国人的不敢正视各方面，用瞒和骗，造出奇妙的逃路来，而自以为正路。在这路上，就证明着国民性的怯弱、懒惰，而又巧滑"[①]。

中华民族国民性中的权势崇拜和"瞒和骗"这两大基本特征，又进一步形成了国人的胆怯、懒惰和不认真等等传统劣根性，它们甚至形成了中国国民性的所有方面。鲁迅也正是通过自己的杂文和小说，向人们展示了这一原始宗教人文精神的方方面面，而我们在阿Q、孔乙己、祥林嫂、闰土等人物身上，也都可以见到这种原始宗教的人文精神特征。需要指出的是，即便是在今天，这种原始宗教的人文精神特征在国人的心目中仍然根深蒂固，各种各样的灵学、算命术、气功遥感、特异功能、五行八卦、风水学说等等，以及法轮大法等邪教在一些普通群众中的畅通无阻，更不要说形形色色冠冕堂皇的"做戏的虚无党"是如何假借公理和道德的名义问心无愧地"瞒和骗"了。所有这一切都使我们在慨叹鲁迅特有的敏锐和深邃的同时，又感到深深的悲哀与苦涩。在高扬"科学"与"民主"的"五四"新文化运动过去很多年之后，这一原始宗教的人文精神竟然没有多少本质的改观，其原因何在？当人文精神的话题被一次次地重新提起，甚至成为"热门"话题的时候，中华文化和宗教的原始与野蛮性质，是研究者以及所有具备一定识见的中国人所万万不可忽略的。

---

① 鲁迅：《坟·论睁了眼看》，见《鲁迅全集》第1卷，北京：人民文学出版社，2005年，第254页。

第十四章

鲁迅创作的心理文化解读

一、心理批评和反批评:关于小说《明天》的论争

心理分析的意义不在于理论本身,而在于它对作品的实际意义。

心理批评对于中国现代文学来说,并不是现在刚起步的。我看到的比较典型的心理评判材料是1940年施蛰存用心理分析方法评析了鲁迅的小说《明天》,随即围绕这部作品展开了一场心理批评和反批评的不大不小的论战。

相比鲁迅的其他作品而言,对于《明天》这部作品的评论向来不是很多,但评论界大体把它归为鲁迅深切同情底层劳动人民特别是劳动妇女悲惨命运的主题一类,把作品主人公单四嫂子同《祝福》里的祥林嫂、《离婚》中的爱姑归为一类,强调了她被社会压迫、掠夺的遭遇,强调了妇女悲剧的深刻的社会历史意义。施蛰存1940年6月16日在桂林《国文月刊》第1卷第1期发表了一篇文章《鲁迅的〈明天〉》,采用心理批评,逐段引出原文进行详细的分析,得出了不同的结论。

施蛰存这篇文章的立足点,是要求"一个有志于从事文艺的青

年,或一个细心的读者,他应该能从字里行间看出作者言外之意味来"。施蛰存着重分析的也正是《明天》的"言外之意"。施蛰存分析的结论是:"在这篇小说里,作者描写了单四嫂子的两种欲望:母爱和性爱。一个女人的生活力,就维系在这两种欲望或者任何一种上。母爱是浮在单四嫂子的上意识上的,所以作者描写得明白,性爱是伏在单四嫂子的下意识里的,所以作者描写得隐约。……假如作者是一个浪漫派的小说家,他多半会给单四嫂子的性爱这方面得到一个成功。也许他再醮给阿五或别的人了。然而作者毕竟没有写下去,让单四嫂子的性爱的欲望在全篇中透露一下,立刻就隐下去,不再奔放出来,让她的第三个'明天'使读者去猜想,给她留一个希望,而事实的描写却戛然而止,这就是作者的写实方法。"施蛰存的根本论点说得再清楚一点就是,在单四嫂子的悲哀寂寞中,在她的失望和希望里,具有一种性的压抑和苦闷,性的悲哀。施蛰存的论据是:第一,单四嫂子孤独苦闷的时候,尽管很注意地照顾她的宝儿,但仍然注意到了隔壁咸亨酒店里老拱们的声音;第二,在宝儿死后,单四嫂子思念儿子时联系到了丈夫。丈夫也是她的一个"生活力"。丈夫如果还活着,即使宝儿死了,也不会使她感到孤寂的。然而丈夫也早已死了,作者为什么还要使单四嫂子想到一下?这表明了在她的下意识中潜藏着一种性爱的欲望;第三,阿五"想"单四嫂子,这是作品中明明白白写出来的。那么单四嫂子呢?她的心中未必就没有一个阿五在。否则,为什么当阿五从单四嫂子手中抱去孩子时,"单四嫂子便觉得乳房上发了一条热,刹时间直热到脸上和耳根"呢?而且后来又因宝儿联想到丈夫?施蛰存在论证这一点时,没有忘记很小心地补上一句:"作者笔下的阿五(也即单四嫂子心中的阿五)也并不是阿五这个酒鬼。而是借他来代表另一般使单四嫂子生活下去的力量的。这一股力量就是性爱。单四嫂子也许抵抗得了阿五的诱惑,但未必抵抗得了阿五所代表的那种性爱的欲望。"施蛰存是想说,单四嫂子确有一个阿五,但不是现实中的那个酒鬼,而是一个象征、一个幻影,单四嫂子从阿五那里感受到了性爱的力量。施蛰存后来在辩论中进一步阐明了这一点。

施文发表后数月,在1940年10月10日重庆《学习生活》月刊上刊登了署名"海银"的文章《读了施蛰存解读〈鲁迅的《明天》〉以后》,批驳施文曲解鲁迅的作品,指出阿五之类属于惯用伎俩的"浪子"、"酒徒"。"老拱、阿五之辈,时时刻刻都在找机会,想把这乡下美人搂在自己怀里。可是我们不能认为'酒徒''浪子'愿意搂谁,谁也一定愿意被他们搂。不知为什么施先生把这篇小说的主人翁,老是尽心竭力的向污水里拉?"并也用心理分析反论:至于单四嫂子的"发热",正是说明"在宗法封建社会里,寡妇遇见'酒徒''浪子'的调戏一种羞辱心的表现,假设单四嫂子心里真有个阿五在,或者不致热到脸上和耳根呢!"

不久,孔罗荪在重庆《抗战文艺》月刊上著文(1940年12月1日)《关于鲁迅的〈明天〉》,同样驳斥了施文。孔罗荪认为,施文抛开了一切,全是凭自己的意识在活动。阿五的影子,是施先生自己硬放进单四嫂子的"下意识"中去的。同样认为阿五的动作"不过是流氓所为,借故揩油而已",而单四嫂子的"发热",正是"还有些古风"的社会里的寡妇所有的性格,没有任何隐藏的心理。文章还指出,施的结论如果对一个都市的现代女性来说,也许有点意思,但《明天》里写的却是"还有些古风"的僻静小镇,是代表着古中国、旧社会的小镇,这里的女性是在"三从四德"的教育底下生长起来的,是在"失节事大,饿死事小"的律条底下生活着的。因此,"单四嫂子并没有分出任何精力来分担施先生所谓潜伏着的'性爱'的"。

很快,陈西滢又在《国文月刊》上撰写长篇论文《〈明天〉解说的商榷》(1941年1月16日),全面驳斥施蛰存,认定《明天》"只不过是一个穷苦的青年寡妇,丈夫死后,她整个的爱,全部的希望,都寄托在三岁的儿子身上;不幸儿子又病死了,留下来的只有孤寂,只有空虚。作者在这文中要使读者在一个粗笨的乡下女人身上,感到生活的悲哀"。而且,《明天》"只是很简单的一个人生小悲剧",没有任何性爱情节。至于单四嫂子为何发热,陈西滢问施蛰存:"世间哪一个年轻女子,在一个男人摸了一把她的乳房时,会脸上不发热?"

此外,还有一些文章从更细小的方面批驳了施蛰存的心理分析。

直到1941年底,施蛰存才在《国文月刊》上发表答辩文章《关于〈明天〉》(12月16日)。施蛰存只是着重强调了几点:首先,从作品中可看出的作者所暗示给我们的是:"单四嫂子的下意识中未始没有阿五在。这个意思,可以反过来说,单四嫂子的上意识中并不有阿五在。……单四嫂子下意识中的阿五,只是一个'象征'而已。我对于一切关于单四嫂子及阿五两人之间的描写的看法,都是从这个意见出发的。"施蛰存的这个解释是极为重要的,他再次区别了上下意识即意识和无意识的不同状况。而所有对施文批驳的文章的立足点,都是建立在单四嫂子上意识似乎已经存在了阿五的事实基础上的。施文所说的恰恰是下意识里的问题。所以施蛰存又明确提出了他强调的第二个问题,"我们的问题是:事实上容许不容许我有这样的解释(即容许不容许心理分析?)我觉得这并不是不可能的"。第三,施蛰存认为,单四嫂子的"发热","当这个事实成为一个作家笔下的描写之一部分时,它必然应该是有一点意义的",而不会只是一般事实的记录。施蛰存最后再次强调:"我仅仅从作者的描写部分中指示出(也许是假定)有性心理分析的迹象。当然,我知道作者鲁迅先生在文艺上并不是一个弗洛伊德派,但是谁能说他一点不受影响?鲁迅先生作小说的时候,正是霭里斯和弗洛伊德在中国时髦的时候。"施蛰存对自己的心理分析进一步说:"这不是一个对不对的问题,而是一个可能不可能的问题。"

这场心理分析大战,至少告诉我们:心理批评的分寸是很难把握的,心理批评方法是不容易被人们接受的。蓝棣之先生1987年在《鲁迅研究动态》上发表了《论鲁迅小说创作的无意识趋向》,论及鲁迅对爱姑这一形象潜在的反感意识,很快有人"为爱姑一辩",断然否定用作家经验中的一些生活来推测、假定、分析作品中的人物的做法。

我觉得,心理批评是可以进行的。就拿《明天》来说,单四嫂子这样一个长期被生活压抑着的年轻寡妇,在她的潜意识中具有一种性的苦闷和渴求,并不是绝无可能的事,而且越是灾难深重,越是孤寂无援,这种潜意识越不是不可能存在。阿五之类,实际上只是起到一种呼唤这种潜意识的作用,而绝不是单四嫂子就真的喜欢阿五。这不是不符合生活逻辑的事,更不是可怕的事。再说鲁迅是不是像驳斥施蛰存的那些人说的那样,完全不可能注意到这方面的内容呢?恐怕也不能这么说。郁达夫在一篇《回忆鲁迅》的文章中间接提到这样一件事说:"鲁迅虽在冬天,也不穿棉裤,是抑制性欲的意思。他和他的旧式的夫人是不要好的。"①鲁迅对性压抑和苦闷是有体验的。也应该指出,施蛰存是擅长写心理小说的,他很大程度上是用自己创作心理小说的体验来感受《明天》,来揣摩鲁迅的创作意图和手法。但无论怎么说,施蛰存打开了对鲁迅这篇小说的理解空间,他以心理批评方法丰富了这一作品的内涵。我觉得,文学作品的魅力正在于它的开放程度和容纳性,它不期待统一的论断,它期待读者通过它去认识更多的生活。

二、人的意识和无意识:弗洛伊德的精神分析学说

对《明天》的心理批评和反批评,还关系到心理批评的一个至关重要的问题,就是如何把握潜意识或无意识?无论是作家的潜意识,还是作品中人物的潜意识,甚至读者评论者的潜意识,都是直接关联到心理批评内核的基本问题。因此,不能不简要涉及一下有关弗洛伊德无意识的一些问题。

关于意识和无意识的讨论,早在远古就已经出现,但最早把无意识心理问题引入文学现象加以讨论的,是20世纪初弗洛伊德的

---

① 郁达夫:《回忆鲁迅及其他·序言》,宇宙风社,1940年。

精神分析学派,或称之为"心理分析学派"。该学派特别注意到,所谓"无意识"(更贴切的应称之为"潜意识")是一种"未被意识到"的意识,它是主体对客体的一种不知不觉的认识功能,是主体对客体的一种不知不觉的内心体验功能。它是有着现代医学的科学依据的,其生理机制为:无意识心理现象是一种条件反射;无意识心理反应使大脑皮层较弱兴奋部位、第一信号系统没有同语词自觉联系起来的一种活动;无意识心理反应是人的大脑两半球不同的功能,主要是右半球非言语思维的活动。现代科学还证明:无意识心理作用既不是万能的,也不是无能的。而且,无意识和意识的心理活动是可以互相转化的。每一个睡眠者分别有着他自己的世界,而醒着的人们却共有一个相同的世界。是不是可以说,人们醒着的时候,也就是意识清醒而明确的时候,对事物的认识往往有着比较真切而客观的标准;而当人们睡眠的时候,也就是意识不自觉、不明确,处于无意识的时候,对事物的认识往往就不那么一致,不那么客观,也不那么真切,就会显示出一种较为复杂的情态。

  现代科学承认:研究无意识心理问题具有重要价值,它有助于我们更全面而深入地洞察人的内心世界。在康德看来,无意识心理活动乃是人的精神世界的"半个世界"。换句话说,忽视或不注重无意识心理活动的存在和作用,最多只能把握人的半个精神世界——对人对己都是如此。1979年,在苏联第比利斯召开了国际无意识心理活动讨论大会,从讨论会可以看出,现代科学对无意识心理问题高度重视并且非常感兴趣,愈来愈多的学者把无意识领域的研究纳入自己对人、对人的个体存在,以及社会存在的各种形式的研究之中。

  从科学依据和文学现象来看,无意识心理活动作为一种客观存在、作为一种没有被明确察觉的意识,确实可能在很深的地方左右着作家创作过程中的心理机制(甚至成为作家创作的潜在动因),左右着文学作品中人物形象的心理活动(往往成为艺术形象更深层次的思想内涵),还有可能左右着读者在阅读文学作品过程中的心理意向。比如，它能够引发我们思考：为什么老舍的《猫城记》是现代文学史上争议最大的作品之一？它到底是作者在什么样的心态下创作的？为什么长期以来评论界对这部作品的评价从来都是前后矛盾、说法不一的？尤其是老舍本人为什么在谈到这部作品的时候总是躲躲闪闪、语焉不详？为什么在以郁达夫、郭沫若为代表的创造社诸作家的创作中会表现出那样浓郁的浪漫情调和严重的变态心理？除了创造社成员郑伯奇所做的解释和分析之外，还有什么样的心理素质决定了创造社作家的创作情态？为什么在巴金的《激流三部曲》中觉慧作为高家觉醒最早、抗争最力的年轻叛逆者却始终没有为了对鸣凤的"爱"与高家的统治者抗争一回？哪怕一回也好？！为什么觉慧在高老太爷死去之后，在高家的封建专制已经趋于瓦解的时候，才决然离家出走？甚至连曹禺在将《家》改编成话剧的过程中，对原作觉慧离家出走的必要性也表示了很大的怀疑？为什么柔石以明确的意识所创作的革命文学的作品《为奴隶的母亲》，在读者看来却很难理解作品中的农村劳动妇女春宝娘（或秋宝娘）与租用她作为生儿育女工具的地主之间竟然产生了相当的温情？

　　再看一个关于读者无意识心理活动的例子。张资平是现代文学史上一个本来不该出名的作家，他既无多少生活的积累，也无多少艺术才华，但他出了名，他的一些作品曾畅销一时，他曾拥有过大量的读者，仅他的《飞絮》一书就曾热销数十版之多，这在当时是很少见的。而张资平赖以成名、其作品得以畅销的主要原因，是他笔下那些粗制滥造的性描写。然而，值得玩味的是，当年那样众多的读者对张资平的作品感兴趣，实在是一种很大的误读和误导。因为，与其说他们对张资平的作品感兴趣，不如说是他们的一种无意识心理被强烈地触动了，即他们对性意识本身更感兴趣。在特定时代社会长期的性压抑所带来的神秘、好奇和渴求的心理作用之下，人们喜欢读的其实并不是张资平的那些故事与人物都千篇一律、枯燥乏味的作品，感兴趣的只是性而已。因此，与其说人们对张资平的作品感兴趣，不如说他们对自己更感兴趣，对自己需求的性意识更感兴趣。所以张资平是被爱的,他本人并不理解读者对自己作品感兴趣的真正内涵,只知道读者喜欢看"性",他把自己完全降低到只知道迎合读者的水平。我坚持认为,对文学作品的理解,从根本上说,是读者对自己的理解,也是时代和社会对自己的解释。我还坚持认为,作家创作的潜意识心理既受控于读者,又得力于读者,这应该是一种激发作家创造力的积极的心理机制。遗憾的是,张资平误解并误用了这一机制。在读者表面上喜欢他的作品,实际上是另有所图这样的误读之下,张资平越发滥用本来就很可怜的那点儿生活体验,越发滥用本来就不出众的那点儿才华,很快就被读者的潜意识心理引诱所扼杀了。

还需说明的是,以弗洛伊德为代表的心理分析学说,在人的无意识、潜意识和意识这三个层次上,最突出地强调了无意识的机动作用和转化作用,应该说,这是有助于我们深入探讨文学创作的内在规律的。只是弗洛伊德学派往往把无意识的心理活动强调到不适当的位置上:认为无意识是人的整个心理活动的核心和基石,是与生俱来的本能的冲动——这就导致了"泛性论"。但我们应该清醒地看到,不能因为泛性论的偏颇和谬误,就把无意识心理活动的作用和价值也一齐否定和扬弃。不必谈性色变,谈梦色变。生活中毕竟存在着性,人们毕竟还做着梦。

三、爱情题材和反封建:鲁迅创作的潜在心理透析

平心而论,《明天》这篇小说在鲁迅的小说创作中不引人注目,实在是情有可原。鲁迅的小说创作实在有太多的尖锐、辛辣的笔触,实在有太深的心理积淀。从他的第一篇小说《狂人日记》到最后一篇现实题材的小说《离婚》,在描写和表现了丰富的时代社会内容的同时,也有意无意地掺杂和渗透了大量的作家的深层次的心理体验。学术界已经注意到了鲁迅某些小说中十分鲜明的心理活动和

无意识趋向,比如《伤逝》,人们在注意到这是鲁迅唯一的一篇以爱情为题材的小说,人们似乎更喜欢这样说,《伤逝》虽然是爱情的题材,但描写的重点却不在爱情,甚至说它不是一篇爱情小说,只是透过爱情的线索,来表达鲁迅对诸多时代社会问题的看法。比如,以男女主人公的爱情悲剧告诉人们,封建思想意识在"五四"之后依然是顽固的、强大的、无所不在的;告诉人们,女性的个性解放和对幸福婚姻的追求必须首先赢得经济的独立和人格的独立,爱情是不能靠爱情本身来维护和巩固的;告诉人们,知识分子自我价值的实现,必须与整个时代社会的变革同步进行,而不可能脱离社会的发展单独实现等。但是人们恰恰忽略了一点,《伤逝》既然是鲁迅唯一的一篇以爱情为题材的小说,那么,这篇作品难道就没有对爱情问题本身的思考和体验吗?特别是,鲁迅在写作这篇作品的时候,他自己正经历着婚姻与爱情的伤痛。怎么能够想象,在这篇小说里面,没有鲁迅自身对爱情的心理体验和情绪体验呢?否则,为什么鲁迅在这篇小说里将对于子君的最后一击,表现在涓生对子君感情或者叫作爱的变化上呢?这是耐人寻味、令人深思的问题。

同样,与婚姻相关的另一篇小说《离婚》也引起了人们的注意。特别是鲁迅对小说的主人公爱姑究竟是理解同情还是反感憎恶,以往多数人认为鲁迅的态度在于前者,但有人提出了这样的问题,爱姑大闹了三年,拼命抗争和维护的并不是自主的婚姻和自由的恋爱,她极力维护的恰恰是一桩包办婚姻。那么怎么能够想象,鲁迅写这样一篇小说是为了同情爱姑这样一个拼死维护包办婚姻的女性呢?这种解读的矛盾的确是存在的,毫无疑问,在这种矛盾之中,隐含着鲁迅某些特定的心理感受,特别是他对困扰自己多年的包办婚姻的感受。不涉及这一点,就不仅不能正确和准确地了解这篇小说的真正的思想蕴涵,甚至根本就读不懂这篇作品。

至于鲁迅的《肥皂》这篇小说,简直就可以称得上是一部由人物多重无意识心理所构成的心理小说。从主人公道德家四铭到他的太太,其可怜、可悲,特别是他们隐藏得很深的无意识的心理趋向,最终都被鲁迅巧妙而彻底地揭示出来。从四铭买来肥皂到第二天四铭太太用这块肥皂擦洗脖子，这一切的行为，都是在人物的无意识心理的驱动之下完成的，而这些可怜的人并不清楚自己究竟在做些什么。因此，肥皂就成了整部作品的中心物象。肥皂是实在的，人物的心理活动是潜隐的，是埋藏很深的。这种写法是鲁迅绝顶聪明的表现，鲁迅的厉害在于，他知道怎样才能把一个人的灵魂的肮脏、卑鄙和他生存状态的卑微彻底抖搂出来，而在这一过程中，我们也恰恰看到了鲁迅自身对心理体验的准确把握。

在此，我联想到了张爱玲的创作。人们经常喜欢把张爱玲的小说和鲁迅的小说相提并论，其实，这并不是毫无道理的。张爱玲的小说在对人物形象变态心理的描写方面所达到的深度，的确可以和鲁迅的小说媲美。张爱玲小说最典型的形象之一，就是其代表作《金锁记》中的曹七巧，这一形象往往被人用作弗洛伊德性心理分析的标本。曹七巧的丈夫是个富贵人家的肉体残废的人，年轻而富有生命力的曹七巧一直陪伴到丈夫那堆散发着死亡气味的肉体彻底消失。在这漫长难熬的日子里，曹七巧渴望着过正常人的生活，哪怕是碰一碰健康的异性的身体，也是极大的满足。但仅仅这点儿可怜的愿望也遭到别人的拒绝，直到曹七巧的儿女长大成人之后，她潜藏了多年的那种女人的感情和欲望才开始复活。但近三十年的苦苦的压抑，曹七巧的感情和情欲都已经产生了严重的变态。她以疯狂的复仇来回报生活对她的折磨，她把这种复仇的心理，首先发泄在儿女身上。她对儿子长白有一种完全超出正常母亲的"母亲加恋人"的心理情感，对儿媳妇完全拥有儿子的现实，她由嫉妒而至刻骨的憎恨，她怀着变态污秽的心理，既好奇，又卑鄙地渴望知道儿子与媳妇的夫妻生活；为达到自己的心理平衡，她不断地折磨儿子，最终逼得儿子也变了态，这才心安理得；随后，她又折磨女儿，见到女儿年近三十方才找到对象，作为母亲的曹七巧不是感到安慰，而是恨得要死，最后硬是活活搅和了女儿的婚事。张爱玲在这里特别写出了性的压抑和性的变态对人的严酷摧残——既摧残别人，又摧残自己。但是《金锁记》中曹七巧的心理变态还有另一层更为重要的内涵,这就是,变态的心理意识与变态的社会历史环境的密切联系。曹七巧多少年来所受到过的冤屈和压抑,只有当她在那个封建家庭里有朝一日终于坐在了"老太太"的椅子上面,终于有了对人,特别是对钱的支配大权的时候,她才能够充分发泄出自己积压多年的怨恨。而这一社会历史过程,正是造成曹七巧心理变态并形成她心理特点的重要原因。因此我们看到,当曹七巧由媳妇熬成了婆的时候,她完全没有掀翻这个压制了她多年的"老太太"这个座位的意思,反而醉心于,甚至是迫不及待地去加强、巩固和完善这个秩序,并且加入了更多、更刻毒的成分,去更残忍地对待儿女们,对待下一辈。作儿女或作儿媳妇时,痛恨父母或公婆的压制,轮到作了母亲或公婆之后,却更乐于去压制儿女或儿媳,这在中国传统文化中是一个见怪不怪的圈,这个圈是在多少年的苦熬中形成的,尽管在这其中性压抑、性变态等性心理因素有着重要的作用,但它不能解释和包容一切。中国文学作品中,心理因素与社会历史因素的密不可分,决定了文学的心理批评研究与社会历史批评研究是相互结合的。曹七巧的变态心理,既是一种无意识趋向的流露和倾泻,更是一种社会历史形态的必然的表现和发展。这也是张爱玲小说所具有的深刻性,也是她的作品能够和鲁迅站在一起的重要原因。

第十五章

林语堂《京华烟云》的宗教文化意蕴

一、亦孔亦耶的"信仰之旅"

1938年林语堂在国外开始用英文创作小说。虽然他以后的小说创作一发而不可收并曾自许"我有雄心让小说留传后世"①,但真正能显示并代表林氏思想和艺术特质的作品主要也就是被他自称为"林语堂的三部曲"的《京华烟云》、《风声鹤唳》和《朱门》等,其中尤以《京华烟云》最有代表性,影响也最大。但这部曾数次得到诺贝尔文学奖提名的作品,长期以来却一直存有较大的争议,无论对其思想蕴涵还是艺术的构思都有着不同的评价,这就为我们深入讨论这部作品提供了独特的兴味。

《京华烟云》首先给人一个突出的印象:似乎这本书全然是以庄子的道家哲学思想为指针的。该书三部,皆以一段庄子语录为题旨:

第一部《道家的女儿》所引《大宗师》一段:"夫道……在太极之上而不为高;在六极之下而不为深;先天地生而不为久;长于上古而

---

① 林语堂:《八十自述》,台湾远景出版事业有限公司,1980年。

不为老。"

第二部《庭院的悲剧》所引《齐物论》之一段:"梦饮酒者,旦而哭泣;梦哭泣者,旦而田猎。""是其言也,其名为吊诡。万世之后,而一遇大圣知其解者,是旦暮遇之也"。

第三部《秋之歌》所引《知北游》之一段:"……故万物一也。是其所美者为神奇,其所恶者为臭腐。臭腐复化为神奇,神奇复化为臭腐。"

且不说《庄子》这几段话本身即令人很费解,而更为令人费解的是林语堂为何要引用庄子的这几段话?尽管有人评论《京华烟云》"全书受庄子的影响;或可说庄子犹如上帝,出三句题目教林语堂去做"①;"全书以道家精神贯串,故以庄周行学为笼络"②;"《庄子》才是全书的血肉和全书精神之所寄"③。但是实际考察这部作品的内涵,它并非完全是按照庄子的思想去尽致"发挥"的,甚至与庄子的这些思想相去甚远。而林语堂本人却一方面以道家老庄之门徒自许,另一方面又标明他"自称异教徒,骨子里却是基督教友"④,如何解释这个现象呢?我觉得有必要先对林语堂接受宗教文化的思想轨迹作一简单的追寻。

在中国现代作家中,林语堂是相当系统地受到过基督教文化熏染的一个。林语堂的父亲不仅是个虔敬的基督教徒,而且是当地的长老会牧师。"家人轮流读耶经",是这个家庭必备的文化课程。因此,幼年的林语堂便怀着"为什么要在吃饭之前祷告上帝"的好奇开始了对上帝和永生问题的探究。起初,林语堂对基督教神学的兴趣完全是出自家庭氛围的影响和父亲的引导,但随着眼界和学识的开

---

① 林如斯:《关于〈京华烟云〉》,见《林语堂文集·第一卷》,北京:作家出版社,1995年。
② 林太乙:《林语堂传》,北京:中国戏剧出版社,1994年,第133页。
③ 周黎庵:《评〈京华烟云〉》,转引自万平近著《林语堂论》,西安:陕西人民出版社,1987年。
④ 林语堂:《八十自述》,台湾远景出版事业有限公司,1980年。

第十五章 林语堂《京华烟云》的宗教文化意蕴

阔,对基督教那套人生来就是罪恶的,不信教就要入地狱的罪恶、罪源、赎罪学说开始反感和怀疑。这种深厚的文化熏陶以及对这种文化深怀疑惑的矛盾很长时间伴随着林语堂,直到"五四"时期他才从中摆脱出来,并转而信奉儒家"对人生持有虔敬的态度","相信智力,相信个人可以自己靠教育而趋于完善"①。因此他虽然仍然"相信上帝"但"背弃了教会",实际上也是他与基督教的一次分手。不过他后来愈来愈"发现":"人类虽然日益有自信,却没有使他变得更好。人越来越聪明,但也越来越缺少在上苍之前的虔诚谦恭,人虽然在物质上科技上进步,但他的行为也可以和野蛮人差不多。"于是他又"开始感到不安",又"对人文主义的信仰逐渐减低",其间曾转向对东方的佛教与道教的思索,但认为佛教的"四大皆空,梦幻泡影"太重来世及出世的观念,道教"教人尊敬'无形'、'无名',不可捉摸而又无所不在的道,也即上帝",教人"回归自然和对进步的警惕"等说教均"不能帮助现代人解决问题"。因此,他再度不知不觉地逐渐转向童年时代的"基督信仰"。这次发生在20世纪50年代的再度皈依基督,竟使林语堂"重新发现耶稣的教训是简明纯洁得无以复加",从中得到了"不可比拟的教训","极受感动","认明上帝不再是无形的,他经由耶稣变成了具体可见了——这就是完整、纯正的宗教,而不是假设的宗教。没有别的宗教令人具有这种对上帝的亲切感受。建立个人和上帝的关系是基督教独有的性能"。② 至此,可以说林语堂终于走完了他的"信仰之旅",但实际上这不过是又回到人道主义的宽容之道上面去了。人们注意到从林语堂创作的艺术水平来看"起点和终点相距不远"③。其实,就林语堂的文化思想和宗教信仰而言,虽然绕的圈子很大,但实际上其起点和终点相距也

---

① 周黎庵:《评〈京华烟云〉》,转引自万平近著《林语堂论》,西安:陕西人民出版社,1987年。
② 林语堂:《信仰之旅》,林太乙著:《林语堂传》,北京:中国戏剧出版社,1994年,第230页。
③ 万平近:《林语堂论》,西安:陕西人民出版社,1987年。

不远,甚至有些重合之处。在《信仰之旅》一书中,林语堂自己有过这样的总结:"三十多年来,我唯一的宗教是人文主义,即相信人有理性指引就什么都不假外求,而只要知识进步,世界就会自动变得更好。可是在观察二十世纪物质主义的进展,和不信上帝的国家里发生的种种事态之后,我深信人文主义不够,深信人类如果要继续生存,需要接受自身以外、比人类更伟大的力量。"①纵观林氏从接受家庭自然的基督教熏染到自觉地追寻人文主义,再到更自觉地"深信""比人类更伟大的力量",看起来是一个不断发展、深化的思想轨迹,但本质上他始终未曾脱离人文主义的理性精神,即使后来坚定地"皈依"基督教,可是博爱、宽容、完善自身等思想依然在人文主义的理性意识的观照之下。这在他的文学创作中有着深切广泛的体现。

  此外,值得我们注意的是,林语堂在接受西方人文主义及基督教文化思想的同时,也受到了中国传统文化特别是儒教文化思想的深刻影响,并且在中外文化的比较之中对中国传统文化独有所悟。他认为:"中国人文学者尽心于人生真目的之探讨。……他们会悟了人生的真意义,因完全置学识的幻想于不顾。""基督教义如当作一种生活方法看,可以感动中国人,但是基督教的教条和教理,将为孔教所击个粉碎,非由于孔教逻辑之优越,却由于孔教之普通感性的势力"。林语堂深感"中国的人生理想具有某种程度的顽固的特性。中国的绘画或诗歌里头,容或有拟想幻想的存在,但在伦理学中,绝对没有非现实的拟想的成分。就是在绘画和诗歌中,仍富于纯粹而恳挚的爱悦寻常生活的显著微象,而幻想之作用,乃所以在此世俗的生活上笼罩一层优美的迷人薄幕,非真图逃遁此俗世也。无疑地中国人爱好此生命,爱好此尘世,无意舍弃此现实的生命而追求渺茫的天堂。他们爱悦此生命,虽此生命是如此惨愁,却又如

---

① 林语堂:《信仰之旅》,转引自林太乙著:《林语堂传》,北京:中国戏剧出版社,1994年,第230页。

此美丽,在这个生命中,快乐的时刻是无尚的瑰宝,因为他是不肯久留的过客"①。在这里林语堂清楚地表述了自己对中国传统儒教文化思想即他所称之为的"中国人文主义"的理解、认同,甚至是崇拜。尤其是他对中国传统的中庸之道的儒家哲学深为叹服,他认为中庸是一种很难的功夫,"介于动与静之间,介于尘世的徒然匆忙和逃避现实人生之间","这种哲学可以说是最完美的理想了"。与中国其他现代作家相比,林语堂确实与中国的社会现实持有着较大的距离(长期居住国外,长期接受西方文化影响),这是他的一个明显"不足",但这个不足却使他对中国传统文化相对来说始终保持着更冷静更客观的认识,他虽然反复徘徊于西方基督教文化的圈子之中,但却没有放弃甚至一直在坚持着中国传统儒教文化的精神,即使在他无限推崇超越人自身的人类宗教精神之时,也没有放弃对人生实际生活的把握。这与他的上述"距离"有关,与中国传统文化思想的深刻影响有关。

虽然林语堂的宗教文化思想是繁杂的,但总体来说有两个基本构成,即"亦孔亦耶"、"半东半西"。这些看似混杂的思想观念在林氏思想中形成了一种平衡:一方面是西方基督教文化的浪漫主义、理想主义,另一方面是东方传统儒教文化的理性主义、现实主义;一方面是对超越人类自身的"伟力"的憧憬,另一方面是对把握实际人生的中庸之道的迷恋。因此,人之命运的沉浮变动,家庭的荣辱兴衰、悲欢离合,富于激情的牺牲精神,善良宽厚的中庸品质,这些都是林语堂经常思考的人生课题。30年代末40年代初正是林语堂的文化思想趋于平稳、成熟的阶段,他自认为"长篇小说之写作,非世事人情,经阅颇深,不可轻易尝试"。"故四十以上之时"、"久蓄志愿"之后,方着手写作"非意出偶然"②。因此,在这一时期,他接连创

---

① 林语堂:《人生理想·宗教》,见《语堂随笔》,台湾志文出版社,1994年。
② 林太乙:《林语堂传》,北京:中国戏剧出版社,1994年,第132页。

作了一系列的长篇小说,特别是《京华烟云》(1939)、《风声鹤唳》(1940)、《朱门》(1952)等他"最为自豪"的几本好书。由此可见,他的上述宗教文化思想也很自然地融进了自己的创作之中。尽管这些作品大多用英文写作,在向西方介绍东方即中国传统文化方面有着特别的意义,然而其根本的价值首先还是在于它们较为系统、深刻地展露了作者本人的思想观念及文化态度。

二、"道家女儿"的命运沉浮

《京华烟云》原译《瞬息京华》,"烟云"也好,"瞬息"也罢,无非是人生匆匆、世事沧桑。而书中所引庄子语录,尽管可以从不同角度去理解,但其基本含义为:道之无时无所不在;世间万事万物都有其一定之规,善恶、美丑、荣辱、贵贱、死生、祸福,如朝去夕来、梦醉旦醒,皆为轮回转换,不可强求,亦难以回避。很显然,这是带有浓郁的宿命论色彩的哲学思想。庄子道学的宿命论思想的确是林语堂体悟人生世事的一个基本出发点。

整部《京华烟云》从1900年秋八国联军进军京华至1938年初春日本侵略军侵占京华,叙述时间近四十年。作品在这风雨飘摇、动荡不息的数十年间,展示了京城姚、曾两富豪之家的生活变迁、命运沉浮。像这样以大时代为背景框架描述大家庭命运变幻的作品,在中国文学史上从古代到现代都不少见,况且《京华烟云》在结构甚至情节方面对《红楼梦》有着比较明显的模仿,并没有显示出自己多少总体性的创新和特色。但《京华烟云》比较强烈地渲染和突出了人类命运的变幻莫测。全书沉浸在一种"人自身之外的伟力"的神秘气氛之中。作品开头即于兵荒马乱之中,姚府由京城举家南逃;最后结尾则是姚府新一代的主人姚木兰一家仍然于兵荒马乱之中由杭州西逃。此部巨著以逃难始,复以逃难终,仿佛这数十年的历史就没有间断过逃难人群的仓皇步履。更耐人寻味的是,作品开头

第十五章 林语堂《京华烟云》的宗教文化意蕴

是姚木兰在逃难中与家人离散,被曾家收留;作品结局则是姚木兰在西行逃难途中又收留了三个孤儿和一个刚出生的婴儿。作品在总体构思上出现的这两组首尾互叠的场景,绝不是偶然的。它包含着作者的某种匠心。实际上它强烈地传达出一个极富象征性的意蕴:人的命运是多么难以把握!历经数十年人间冷暖,备受颠沛流离、骨肉分别之苦的姚木兰,她怀抱着的那个刚刚出生就不知将被命运之舟载向何方的婴儿是多么沉重!——她所面对着的实际上是自己一生巨大的不幸以及对这不幸的巨大困惑。

事实上在《京华烟云》的主人公姚木兰身上正集中体现了浓厚的宿命论情结。从其一生的遭遇来看,她不仅"相信一个人的婚姻是受命运支配的",而且相信人的整个命运都是自己无法支配的。在她身上更多地流露出对命运的一种近乎冷漠的容忍和承受,一种由对命运被动地顺从进而达到积极调理的心态。作品开篇就揭示出命运无常与姚木兰一生遭遇的巧合。姚家全家离京逃难之际,"木兰在选择车辆时,不是看着骡子好坏,而是取决于骡夫的样子",这个偶然的选择竟招致木兰与家人的失散以至于改变了其一生的命运。"在人的一生,有些细微之事,本来毫无意义可言,却具有极大的重要性。事过境迁之后,回顾其因果关系,却发现其影响之大,殊可惊人。这个年轻车夫若头上不生有疮疖,而木兰若不坐另外那辆套着瘦小骡子的轿车,途中发生的事情就会不一样,而木兰一生也就不同了"。作者精心设计的这个开局从一开始就把主人公的命运推向一个难以预测的迷阵之中。木兰自幼同家人离散,虽然一路被人收留,最后幸运地作了儒家信徒曾文朴家的儿媳妇,又得到自家父亲特别丰厚的嫁妆,看起来依然不失富贵荣华之命,但在她的内心深处一直有一种对命运飘忽不定的惊恐和疑虑。正因如此,虽然她受到一些新兴时尚的影响,在同学那里朦胧地了解到基督教"反对传统的有关妇女那套道德教条,和媒妁之言父母之命的结婚制度"等新鲜主张,甚至接受了某些新思潮的洗礼,但是她更多地保持了旧式女性对命运的默认。难怪有人指出,姚木兰仅是"心地善良的富家妇女,并没有达到中国现代新的妇女的思想高度",在她身上最多体现出一种"资产阶级人道主义思想"①。然而,林语堂在姚木兰这个人物身上所倾注的思考绝不仅仅是所谓现代新的妇女的解放或是资产阶级人道主义思想,甚至不是一般的人生沉浮主题,他还有更多的文化思考投入。在姚木兰的人生道路上,时隐时现地穿插着一些看似不太重要但却极富"哲学"意味的经历。

青春梦幻中的木兰在一次香山之游中,意外结识了有志有为的贫寒子弟立夫,并发现这正是自己所爱的人。这次郊游,立夫意外地听到木兰在用凄凉哀怨的调子唱着京戏《李陵碑》中碰碑那一段时所传达出的特别理解:"头生原属可悲,但也美丽。"木兰则意外地听到立夫对最美景物的解释:"那些残基废址最美。"这一组神秘的话题感应在两人心中引出了更深的人生体悟。

随后是在洪水泛滥的时节,木兰随父亲等人去什刹海看大水,面对心中百思莫解的立夫,木兰旧话重提,再次追问他为何"喜爱废基残垒、古堡遗迹",立夫则更深沉地答道:"并不是说那些石头那些砖头本身可爱;是因为那些是古代的遗物。"正当木兰沉浸在对历史变迁、人事沧桑的思索之中,忽然传来一个女孩子采莲蓬时掉下水去淹死了的消息。一旁的表妹红玉"一听,脸就变得惨白"。这件不幸的事情给红玉留下的岂止是极深的印象,她简直再也没能摆脱这种不祥的阴影,直到数年后她自己选择了同样的结局。从采莲女孩到红玉的死,实在是让木兰更觉得命运之神秘难解。不久之后的中秋之夜,作者特地描写"月亮有两圈儿晕",还又借助傅老先生明示:"这是国家不幸的预兆。……这不是个太平时代,只是不知道有什么事情发生罢了。"这更加深了天上人间变幻莫测的氛围。

天象的昭示毕竟遥远,现实中的木兰与立夫感情日深,这给她带来了美好憧憬和极大自信,使她真正感觉到"自我个人的独立存在",体味到她自己是在"自己的一片天地里生活"。事实上,木兰又

---

① 万平近:《林语堂论》,西安:陕西人民出版社,1987年。

很清楚,由于被曾家所救而与曾家三少爷荪亚订下的那层关系是难以改变的,所以在她心里"幸福与忧愁,快乐与痛苦竟如此之相似",即使在欢愉的时候"谁也不敢说木兰是快乐,还是伤心"。刚刚准备抓住命运的缰绳,命运之马就已经奔腾起来。面对即将与荪亚订婚的现实,木兰既茫然不解又似乎深思熟虑,她觉得自己的命运,不管怎么样,恐怕就要决定,在自己还没有清清楚楚地打定主意之前,恐怕就要一步踏上命运之船,终生难再有改变了。她记起了还都是孩子的时候与荪亚第一次见面的情景,"命运真是把他们俩撮合在一块了!好多不由人作主的事情发生,演变,终于使人无法逃避这命运的婚姻!"于是她坦然而又欣然地接受了命运的这一安排,只是立夫说过的"残基废垒"四个字难以挥去。新婚的庆祝尽管极其隆重,但"烟火当然早晚要放完的"。所以当红玉"吵着要千年万年的灯笼"的时候,木兰的婚礼和她的心境一样已经平静下来。

还有一个小小的插曲,就是曾与木兰小时候一起被拐的澹芳在一个偶然的情况下来到了曾家给木兰作佣人,这再次印证了"一切都是天命,天命一定,谁也逃不过的"。澹芳,在大家眼里看来,是"老太爷赏下来伺候木兰的"。可这对木兰来说无疑是又一次震动,使她坚信"万事由天命,我的一生都是这样儿"。

但是木兰并不安于"残基废址"式的生命延伸,而是总想寻求"残基废址"之美。婚后的一次泰山之游,在秦始皇封泰山时建立的无字碑前大家都沉寂了。最后立夫说道:"这个没字的碑文已经说出了无限的话。"木兰读懂了"立夫眼睛上那副梦想的表情"。在这默默无言的巨大石碑上,他们"读到了兴建万里长城的显赫荣耀,帝国的瞬即瓦解,历史的进展演变,十几个王朝的消逝——仿佛是若干世纪的历史大事一览表"。木兰终于在接近这个谜的谜底:"因为石头无情。"一切都会消逝,唯有"那通石碑依然屹立,只因为石碑没有感情。地球旋转,他旋转,和地球一起旋转,又见太阳出来,可是他们依然站在石碑前面"。木兰开始想生,想死,想人的热情的生命,想毫无热情的岩石的生命,也知道这只是无穷的时间中的一刹那,纵然如此,对她来说,却是值得记忆的一刹那——十全十美的至理,过去,现在,将来,融合而为一体的完整的幻想,既有我,又无我。木兰感到"那个谜是创造万物的主宰"。它创造了很怪的人生。木兰对立夫说:"我三度在山上遇到你……第一次那时咱们还都是孩子……现在我们姐妹都做了母亲,你成了父亲,我母亲成了哑巴。"这次泰山之游给木兰留下"永久无法消灭的影响",从石头的无言无情,她懂得了"那些得之不易的刹那,又那么天造地设的机会,她把人生看得更透彻,更清楚了"。

这次泰山日落时刻的遐想和沉思,在数年后女儿阿满惨遭军阀杀害、木兰精神受到巨大创伤之际又重复出现了。这次虽远离那通石碑,身边却有当初作为嫁妆之一的那块甲骨,木兰将其捧在手里说:"古老的东西,四千年了,我生下来之前四千年的东西。"看着这东西,木兰的眼前现实中的一切包括巨大的不幸都"概不关心"了,她的思绪又飞到了追寻神秘的精神哲学意义上。从这里她又想到了"什么是时间,什么是永恒"。而且"她似乎觉得刹那和永恒是一而二,二而一的东西。这些天之命的东西就代表不朽的生命。那些甲骨就象征四千年前生活的帝王皇后,象征公侯的生死,象征战争,死亡,远古对祖先的祭祀"。从泰山石碑到手中的甲骨,木兰真正把人生看透、看清了。木兰经历了又一次新的人生解脱与超越。此后的木兰更加从容、宽怀,不仅轻松地迈过自己婚姻中、生活中的又一些坎坎坷坷,而且,当伟大残酷的民族战争的洪流滚滚而来的时候,木兰与那些"真正的老百姓"一起获得了人类精神的胜利,"失去了自己的个体感",毅然投入这个洪流,扎根到"他们深爱的中国土壤里"。木兰从容镇定地带着她收养的那些孩子们迈步加入了群众,站在群众里她的地位上。

姚木兰人生结局的这种升华明显带有理想化的色彩,其实姚木兰本来就是作者心目中理想的化身,"若为女儿身,必做木兰也!"①这已成为林语堂的人生信念。如果说《京华烟云》通过姚木兰坎坷巧合的一生展示出"浮生若梦"的主题,那么作者在姚木兰这个形象身上提出的文化思考,则旨在营造出一种理想化的人生状态。这种状态在姚木兰身上主要体现在两点:一是对命运的承受,二是对命运的领悟。而这又归结到林语堂对"道"的体悟之中:顺其自然,在顺应中求得把握;宽怀处世,在宽怀中获得坚韧;承受命运的不幸,在承受中赢得感奋和超脱。其实这已经超出了所谓"道"的范畴,姚木兰也远非只是个"道"家的女儿。它融合了林语堂对道、儒、佛以及基督教等多种文化思想的多重理解。他既崇尚"道"的清静无为,又迷恋儒教中庸之道"介于动静之间,介于尘世的徒然匆忙和逃避现实人生之间"的境地,同时又具有执着于佛教认同并承受苦难的精神和基督教宽容怜悯为怀的胸襟。这是林语堂所理解的典型的半东半西的理想化人生。姚木兰是这一理想的形象化体现。

三、"现代庄子"的"一捆矛盾"

姚木兰的形象构造表明,《京华烟云》称得上是一部文化小说,至少它在人物形象的塑造上带有明显的文化载体的意味。姚木兰是林语堂混合东西文化的理想化的载体,而她的父亲姚思安则是另一种文化载体:他既体现着作者对"道"的竭力阐释,又显示出这一古老宗教文化思想与现代文明的深刻冲突。

姚思安是个"现代的庄子"。长期"沉潜于黄老之道,可谓真正的道家高士,从不心浮气躁"。在姚家几十年风风雨雨的历程中,他似乎始终保持着一份独特的清醒。"冷静异常,从容准备,处变不

---

① 林如斯:《关于〈京华烟云〉》,转引自《林语堂文集·第一卷》,北京:作家出版社,1995年。

惊,方寸泰然"。八国联军逼近京城,人心惶惶,他却认为"一动不如一静。他相信谋事在人,成事在人,要听天由命,要逆来顺受"。他对命运是看得很透的,在太太一再责备下才决定南下暂避。离家前还特意关照留下看家的管家:"若有盗贼强人进来抢,不要抵抗,任凭他们拿。不要为不值什么钱的东西去拼老命,不值得。"对待身外之物他一向看得极淡:"你若把那些东西看作废物,那就是废物。"而且他自有妙论:"物各有主。在过去三千年里,那些周朝的铜器有过几百个主人了吧!在这个世界上,没有人能永远占有一件物品。拿现在说,我是主人。一百年后,轮到谁是主人?"所以他对大小事情"全遵照道家哲学,采取无为而治的办法",然而他并非完全沉溺于自然之道。他知道自己是"走在时代前面",且常持"革新之论",善于变通。姚思安的"两大爱好"即是"道教精义和科学"。这个痴迷老庄的人,"一谈到西方和西方深厚的学问,他的眼睛就光棱闪烁。他不会一个英文字母,但是他观察了许多西方的东西,对科学的热心是无量的"。因为"西方的科学现在正窥启自然的奥秘",而与这个奥秘相通的正是道家的"道"。他甚至劝立夫"要学这个新世纪的新东西,忘了我们的历史吧"。及至临终前,他还鼓励立夫完成《科学与道教》的著作,并再写一本《庄子科学评注》,"引用生物学,和一切现代的科学,使现代人彻底了解庄子的道理"。"生命是永久的流动,宇宙是阴和阳,强和弱,积极和消极交互作用的结果。庄子的看法真使人惊异。只是他没有用科学的语言表现他的思想,但是他的观点是科学的是现代的"。当木兰问他:"爸爸,你信不信人会成仙?道家都相信会成仙的。"姚思安愤然说:"完全荒唐无稽! 那是通俗的道教。他们根本不懂庄子。生死是自然的真理。真正的道家会战胜死亡。他死的时候快乐。他不怕死,因为死就是'返诸于道'。"木兰又问:"那么您不相信人的不朽了?"他答:"孩子,我信。……我在你们身上等于重新生活,就犹如你在阿通阿眉身上重新得到生命是一样。根本没有死亡。人不能战胜自然。生命会延续不止的。"

在姚思安身上,从处世哲学到生死观念都是豁然通达的,甚至都是充满现代意识的。他是"半在尘世半为仙","简直像是腾云驾雾恣情遨游一般"地享受人生,"已经达到佛家的物我两忘之境"。林语堂尤为赞赏姚思安力求把传统道家思想与现代科学文化融为一体的情致,以古老道家的自然心态(以及佛家的宽容心境)来接纳现代(主要是西方)文明的种种变革,又以现代文明的先进实践来为老宗教文化的精义做出新的注解和验证。这种蕴涵着作者自身文化体验的人生感悟,显然很大程度上也是一种理想化的模式。问题是姚思安的这种情致在现实社会中多大程度上可以实现呢?正是在这一点上姚思安陷入了尴尬和困惑的境地。

姚思安一生不断地寻"儒、释、道",而实际上带来的是一生的矛盾,是对自己不断追求的不断否定。作品虽然没有细说姚思安是如何从"一个贪酒好色胆大妄为的荡子,一变而成了一个真正道家的圣贤"的,但从他中年之际内心精神发生的变化,可以感受到他是通过信奉道家来否定自己早年荒唐的人生的。不过在这一层否定中又包含着一种新的人生体认:"祸福循环,原是天道","生命荣枯是自然的定律,祸福乃是个人品性的自然结果非人力所能左右"。他从道家理论里找到了人生变化无常的根据。信道多年,由于他的研读道家典籍和静坐修炼,已然超越物我,但却又"对这个红尘世界回心转意",竟买下一个偌大的王府花园,尽情地享受人生,尽管他并不把自己的财富看得特别重要。到了晚年,他自认对子女、家庭的责任已尽,于是毅然决然地削发挂杖,离家远行,作庄子式的逍遥游去了。然而十年之后,足迹遍踏妙峰山、五台山、华山、峨眉山的姚思安竟又飘然回到家中,安然无事地继续享受富贵荣华、天伦之乐。这一次次对道家境界的寻求与背离,在姚思安看来或许也是一种"顺应自然",但它毕竟表现出一种精神理想与现实社会的不相协调,一种理念生存方式与现实人生状态的相互冲突。姚思安这种难以解开的矛盾情结也正是作者林语堂自身"一捆矛盾"的表现。

显然,《京华烟云》的文化价值不仅仅在于表现出富有代表性的几个家庭、几类人物在特定历史潮流之中的变迁沉浮,更为重要的是，作者用"道"这个没有人了解其为何物，"无时不变，但又终归于原物而未曾有所改变"的传统文化的至理精义来迎合变通以至于融解西方现代科学与思想文明，进而构成纯粹完满的"至道"的人生理想形态。作者对这种理想形态的追寻、建构以及无可避免地留下的缺憾和矛盾，生动体现了当时一部分知识分子从人文主义理性精神（秩序与法则）的幻灭到执着于宗教文化思想（顺应自然与满怀同情）的心灵轨迹，体现出他们对时代历史、民族命运关注趋向的内在变化，这一变动所包含的思想文化意义是更为深刻的。从最初对基督教文化的朦胧接受，到反叛基督教教义，而在传统道教、佛教以及儒教的多重组合中确定一种超然圆通的人生哲学，最后又皈依到基督教去获取一种对更为博大幽深的人生理想形态的追求，林语堂也正好走过了其精神探索的三部曲。只是无论是小说三部曲中的人物，还是作者林语堂本人，在接受宗教文化影响、探寻人类精神实质方面，最终都归于一种超然现实的理想化境地，这一点既是林语堂及其主要代表作的思想文化价值所在，同时也正是其局限所在。

（说明：本文凡未注明的引文均出自张振玉译《京华烟云》，作家出版社《林语堂文集》第一卷、第二卷，1995年7月出版。）

第十六章

《空山灵雨》
——融合多重宗教蕴味的人生寓言

一、三种不同的人格类型和审美表现方式

学术界及各种版本的中国现代文学史几乎都一致公认，鲁迅的《野草》是中国现代散文诗开先河的作品。《野草》1927年7月由北平北新书局出版，收入散文诗二十三篇。但从时间上来看，《野草》显然不是中国现代最早出版的散文诗集。1925年6月，上海商务印书馆出版了许地山的《空山灵雨》，收入散文四十四篇，它比《野草》的出版早了两年多，也是一本典型的散文诗集，而且它的影响也不小。文学史家没有把《空山灵雨》作为现代散文诗的开风气之作（至少是开山之作之一），应该说是不客观、不准确的。其后出版的另一本典型的散文诗集是何其芳的《画梦录》，1936年7月由上海文化生活出版社出版，收入散文诗十六篇。尽管这个小册子仅四万余字，但它出版后对散文诗理论与创作所产生的影响也是很深远的，它在1937年与曹禺的剧作《日出》、师陀的短篇小说集《谷》同时获天津《大公报》文艺奖。"五四"以来至20世纪40年代，虽然也连续出现过一些现代散文诗作品，但从典型性和实际影响来看，都不如上述三部作品。

我之所以选择《野草》、《空山灵雨》和《画梦录》这三部作品作为现代散文诗创作的代表进行对比,主要还考虑到他们分别代表了三种不同的人格类型和三种不同的审美表现方式。

《野草》属第一种类型,它是一种由外部聚集种种痛苦的感受,不断向内心深处集中压缩,最终以一种独特而复杂的方式(自我磨难、自我剖析＋世相透视、社会批判)来抒发情感。我理解,《野草》从根本上来说,并不在乎要怎样地启发别人,也不一定要别人理解作者自己不可,他主要是作者的自我折磨、自我剖析,一种对痛苦的自我承受、自我消化。因此,作者的性情和人格魅力实际上是这部作品的根本底蕴。但这种自我折磨的外在因素,即时代社会的意义,确是十分明显的。这也是高长虹所说的"入于心"而"面于外"。长期以来,人们喜欢用"难以直说"来概括《野草》的思想和艺术特征,其实,并非爱情风波、思想苦闷等"落实"之事难以直说,而是很多情绪感受本身就难以直说、无法落实。人们认为《野草》在本质上是诗的,更多的就是看重鲁迅在这部作品中所表露的情绪和感受是异常浓郁、丰富和复杂的。

《空山灵雨》属第二种,与《野草》相反,它是一种由内向外扩散型的人生思考方式,主要是以作家个人的内心感受为基点,以作家明确追求的人生价值观念与文学表述方式为核心(比如文学研究会"为人生"的共同主张和许地山个人善于超越人生的思考模式),向外寻求一种表述问题和解决问题的途径和方法,力图以作家个人所感受到和领悟到的生活真谛,来感染和启发别人,教化和改造社会。《空山灵雨》整部作品的设喻式的结构方式,贯穿始终的以苦为本、以苦为乐的强烈意识,都是与作家的人格类型和审美追求密切相关的。

《画梦录》属第三种,与上述两种类型相比,它更为独特。它是以作家自己内心深处的感受为出发点,再回到作家自己内心深处这样一种自我倾诉、自我言说的方式。这也就是何其芳独创的所谓"心灵的独语",它自始至终以作家的自言自语构成了一种"独语体"

的表述方式。《画梦录》强调自我心灵封闭的意义和价值,向散文的"纯粹性"方面更接近了一步,但在本质上《画梦录》还是期盼得到世人的理解和同情的,并没有真正潇洒到完全不需要别人理解的超然境地。这也正是作家深感苦闷的地方,也是读者难于理解作品的困惑之处。

三种类型,鲁迅的《野草》更具有思想家的精神特质,更具有灵魂拷问的深刻和苛求;许地山的《空山灵雨》更带有文学研究会"为人生而艺术",即问题文学的探求特点,寻找和拯救是作家的价值取向;何其芳的《画梦录》则更接近本原意义上的诗人,更重视情感本身的诉说,更注重理想化的情态,更富有敏感的神经,更有一种自我陶醉的气氛。相比之下,鲁迅的《野草》更注重的是情感本身,因此从中很难理出这种自我陶醉的情绪。

二、一部融合多重宗教玄想的人生寓言

三部散文诗集当中,《空山灵雨》最为清淡、平实,但又最有玄思妙想;三位作家当中,许地山看似最不以才华见长,但他对信念的追求最为执着、最为独特。

《空山灵雨》是许地山唯一的散文集,显而易见,"空"、"灵"二字似乎已经定下了这部作品的思想基调和艺术旨趣。所以,有论者指出:"'空''灵'实乃佛家惯用之词。他以此为集子命名,最能说明他的艺术趣味。"[1]更有论者直接指认《空山灵雨》是"佛教散文",认为"佛教思想,就是他散文的最独特处;而贯穿《空山灵雨》的基调,还是佛教思想";虽然寓言体式"是所有宗教文学作品最常用的形式",但《空山灵雨》"在艺术形式上,主要还是受了印度宗教文学的影

---

[1] 席扬:《许地山散文论》,载《文学评论》,1992年第3期。

响",与佛教有一种特别的"渊源"关系。①

其实早在20世纪30年代,沈从文在他的那篇《论落华生》中就强调过许地山散文与佛教思想的关系以及这种关系的意义:"在中国,以异教特殊民族生活,作为创作基本,以佛经中邃智明辨笔墨,显示散文的美与光,色香中不缺少诗,落华生为最本质的使散文发展到一个和谐的境界的作者之一。"但是从沈从文紧接着强调"这调和,所指的是把基督教的爱欲,佛教的明慧,近代文明与古旧情绪,糅合在一处,毫不牵强地融成一片。作者的风格是由此显示特异而存在的"。在同一篇文章中,沈从文甚至又重复强调了"佛的聪明,基督教的普遍的爱,透达人情、而于世情不作顽固之拥护与排斥,以佛经阐明爱欲所引起人类心上的一切纠纷",这一切的融合才是许地山散文的本质所在,才是确立许地山"在中国,不能不说这是惟一的散文作家"之地位的根本原因。② 遗憾的是,有些研究"许地山的佛教文学"的论者在引用上述沈从文话语时,只保留了沈从文文中强调佛教文化与许地山散文关系的地方,偏偏去掉了沈从文同时强调基督教文化及"近代文明与古旧情绪"等多种文化与许地山散文相关的地方,这就不仅不能"相当公允"地理解沈从文对许地山散文的论述,而且也难以真正公允地讨论许地山散文的本质内涵了。

我认为,《空山灵雨》无论在思想倾向或是艺术表现手法上面,都鲜明地体现出某种程度的佛教文化色彩,这是没有问题的。但问题是《空山灵雨》并不仅仅是作为"佛教散文"而体现出其根本价值的,它同时还包容了多种宗教文化的因素。当年阿英在评论许地山《空山灵雨》的时候就曾指出:"他的小品文的境界,不是一般的,不是完全和现代思想契合的,基于他的思想与生活,反映在他的小品文中的,是一个很混乱的集合体。"至于《空山灵雨》的思想内涵如何"混乱"是另外一个问题,但多种文化思想的"集合体"是符合《空山

---

① 郑炜明:《许地山的佛教文学》,载《北京大学学报》,1993年第6期。
② 沈从文:《论落华生》,载《读书月刊》,1930年第1卷。

第十六章 《空山灵雨》——融合多重宗教蕴味的人生寓言

灵雨》的思想特质的。在《空山灵雨》中体现了许地山对佛教文化、道教文化乃至现实主义人文文化的多重思考和体认。而这种多种文化思想的"集合"性,才是更接近《空山灵雨》的思想本质和思考特征的。

《空山灵雨》中的相当篇什确实是以"生本不乐"的佛教思想为基本色调的。在其"开卷底歌声"中就唱道:"做人总有多少哀和怨:积怨成泪,泪又成川!"其第一篇散文中那只可怜的蝉,永不停歇地一次次往松根上爬,又一次次被雨珠毫不留情地打摔到地上,而且还要遭受蚂蚁、野鸟之类的嘲笑。这无疑是一则人生是苦、苦海无边的寓言。又比如《海》这篇散文,它特意选择了这样一个特殊的场景:"我"和朋友于茫茫大海之中"坐在一只不如意的救生船里,眼看着载我们到半海就毁坏底大船渐渐沉下去",于是一场生死攸关的对话开始了。"朋友"说:"人底自由和希望,一到海面就完全失掉了!"因为"在这无涯浪中无从显出我们有限的能力和意志"。而"我"回答:尽管我们的能力有限,尽管谁也说不准我们将会被海浪抛向何方,但"我们只能把性命先保持住,随着波涛颠来簸去便了"。看着那大船被茫茫大海吞没,"朋友"焦急而空泛地议论着,"我"则劝他弃绝"纵谈","帮着划桨"。"朋友"问道:"划桨么?这是容易的事。但要划到哪里去呢?""我"说:"在一切的海里,遇着这样的光景,谁也没有带着主意下来,谁也脱不了在海上泛来泛去。我们尽管划罢。"《海》是《空山灵雨》中最富有象征意味的篇章之一,"海"的象征意味是十分明显的:茫茫空海犹如人生苦海无边无际,人在这苦海之中真是在微不足道,而且随时都有可能被海所吞没。佛教文化对人生苦难的认同在这里得到了高度象征性的表现。然而文章并没有停留在面对无边苦海的困顿上,而是又突出地强化了"划船"意识:不管遇到何种灾难,力求先保住性命,无论会漂向何方,都要"尽管划罢"。这使我们很自然地联想到其小说《缀网劳蛛》的主题意蕴:"世间没有一个不破的网","所有网都是自己组织得来,或完或缺,只能听其自然罢了"。但网破了就得补缀,"你爱怎样,就结成怎样"。显然,这个主题与《海》的主题是相通的,它们都体现了浸透在许地山人生思考之中的道家哲学:在迷茫中把握自己,在困境中顺其自然,在"无为自然"的境地里达到现实与精神的双重超脱。许地山在《海》、包括在《缀网劳蛛》等许多作品里都苦苦思索着如何摆脱苦海从而达到理想美满境界这一人生的终极问题,他也往往以佛教文化的"苦海"意识为其思考的基点,但他终究没有停留在佛教文化认同苦难以及把理想境界的建立寄托在空幻玄虚的彼岸世界的层面上,而是积极演进佛教文化的"生本不乐",使之走向"以苦为乐",并进而与道教文化"无为而无不为"的人生观念糅为一体,最终在"自然无为"的状态下把握今生现实。《海》中对话的双方"朋友"与"我",显然强调的是"我",而"我"强调的正是这种以"划船"意识来超越"苦海"意识的思考。

　　《债》是《空山灵雨》中又一篇重要作品。它诉说的是一个身处优裕环境却精神极度苦恼的人,他突然产生了一股强烈的"还债"意念,只觉得自己"欠底债太多"。欠债的缘由如他所说:"我看见许多贫乏人、愁苦人,就如该了他们无量数的债一般。我有好的衣食,总想先偿还他们。世间若有一个人吃不饱足,穿不暖和,住不舒服,我也不敢公然独享这具足的生活。"这实在是佛教文化超凡脱俗大慈大悲的一副热肠,就连其岳母听起来也觉得"太玄了!"岳母毕竟是非常现实的,所以在肯定了他的"先天下之忧而忧"的精神之后,竟认真地问他,所欠之债"你要什么时候才还得清呢?你有还清底计划没有?"他没有想,当然也不能答。于是,岳母讲出另一番人生的道理:"这样的债,自来就没有人能还得清,你何必自寻烦恼?……说到具足生活,也是没有涯岸的:我们今日所谓具足,焉知不是明日底缺陷?……生命即是缺乏底苗圃,是烦恼底秧田;若要补修缺陷,拔除烦恼,除弃绝生命外,没有别条道路。……还是顺着境遇做人去罢。"可岳母这一问一劝,使"他底耳鼓就如受了极猛烈的椎击","越发觉得我所负底债更重",终于义无反顾、一去不返地还他的人生之债去了。细读起来,这篇小品有三层意蕴:第一层是"还债人"

第十六章 《空山灵雨》——融合多重宗教蕴味的人生寓言

佛家慈悲为怀的心肠和儒家高度自觉的忧患意识;第二层是岳母所信奉的顺着境遇做人,弃绝非分之想的道家人生哲学;第三层则是"还债人"那种深刻而莫名的基督教的忏悔意识和献身精神,债必须还,而且"舍我其谁"?!尽管这篇小品带有明显的说教色彩,它却浓缩了许地山围绕现实人生的价值所展开的多重宗教文化的思考。虽然这种思考的深度也很有限,但它毕竟以一种开放的姿态探讨了人生价值的多重性。值得注意的是,在这篇作品里许地山并没有对顺其自然的道家人生哲学表示赞同,这与他在许多作品所表达的看法似乎有所矛盾(或借用阿英的话讲是一种"混乱"),但无论如何,它表现了许地山对人生宗教意义的思考是多方面的,是"集合"性的,而把它仅仅归结于佛教文化的范畴显然是不全面的。

在《空山灵雨》中,有些篇章明显偏于强调回归自然、追求本真,进而达到超脱凡尘俗世的境地。《香》是这样阐释佛法的:"佛法么?——色,——声,——香,——味,——触,——造作,——思维,都是佛法;惟有爱闻底爱不是佛法。""因为你一爱,便成为你底嗜好;那香在你闻觉中,便不是本然的香了"。许地山在这里明白无误地把"本然"作为佛法的最高境界,连"爱"都弃却了。《美底牢狱》同样追求一种"听其自然"的美:"所有美丽的东西,只能让他们散布在各处,我们只能在他们底出处爱它们;若是把他们聚拢起来,搁在一处,或在身上,那就不美了。"但是在《愿》里则又表明不仅愿做"无边宝华盖,能普荫一切世间诸有情",愿做"如意净明珠,能普照一切世间诸有情",愿做"降魔金刚杵,能破坏一切世间诸障碍",愿做"多宝盂兰盆,能盛百味,滋养一切世间诸饥渴者",愿有"无量数那由他如意手,能成全一切世间等等美善事",而且更"愿做调味底精盐,渗入等等食品中,把自己底形骸融散,且回复当时在海里底面目,使一切有情得尝咸味,而不见盐体"。这里虽然仍有追求自然本源的意味,但更多地又融进了佛教"普度众生"和基督教舍己献身的博爱精神。《三迁》先是说花嫂子为躲避世俗恶习,带着孩子一迁再迁,从城里到乡下,最后到了深山洞里,终于是彻底避开了世俗,然而花嫂子却疯了。这篇小说本身就是一个矛盾,是一个追寻自然本真反而被其淹没的悲剧。《鬼赞》里的幽魂一面高唱"那弃绝一切感官底有福了!我们底骷髅有福了!"尽情赞美了佛教"灭欲"的超脱:"哭底时候,再不流眼泪","发怒底时候,再不发出紧急的气息","悲哀底时候再不皱眉","微笑底时候,再没有嘴唇遮住你底牙齿","听见赞美底时候再没有血液在你底脉里颤动",而且永远也不再受"时间底播弄",真可谓彻底超越了世俗与时空。然而另一方面幽魂又同声齐唱:"人哪,你在当生、来生底时候,有泪就得尽情地流;有声就得尽量唱;有苦就得尽量尝;有情就得尽量施;有欲就得尽量取;有事就得尽量成就。"这又转入了对儒家执着于现世今生哲学的礼赞,呼唤人们尽情合理地享受人生应有的那"一部分美满"。佛教彻底的"灭欲"与道教有节制的"无欲"又一次"集合"在一起,成为许地山思考人生的两个侧面。

《空山灵雨》的寓言体式无疑增强了作品的宗教文化色彩和思想启发力。一部分作品类似佛经文学"设喻式"加"对话体"的形式,比较玄妙空蒙,往往暗含哲理,启人顿悟,如《暗途》,在简洁的对话中制造了一个喻体:黑暗中行路,与其提着灯把自己亮在明处,不如不要灯,把自己隐在暗处。作品以此巧妙地传达出一种以暗为明、以退为进、以守为攻的人生哲理和姿态,既浅切明了又令人深思。另一部分作品又颇似耶稣基督的那些传教格言,在轻盈飘逸的叙述中发出意味深长的忠告,在亲切关爱的氛围里使人深受感动和启迪。多种宗教文学体式的运用,是《空山灵雨》多重宗教文化的必然体现。因此说,无论从思想性还是艺术性上看,《空山灵雨》实为一部融合多重宗教玄想的人生寓言。

三、认同苦难又寻求解脱与超越的主题

由《空山灵雨》我们看到中国现代作家在融合宗教文化与现实

第十六章 《空山灵雨》——融合多重宗教蕴味的人生寓言

人生的思考中有一个比较集中、比较突出的命题：即认同苦难而又寻求对苦难的解脱与超越。这在那些受宗教文化思想影响较明显、较深刻的作家身上体现得尤为明显。冰心、许地山、丰子恺等作家在中国现代文学史上，不仅显示了宗教文化色彩浓郁的创作特色，而且这种特色于宗教文化的理性思考也具有某种代表性和象征性。冰心虽然以基督教爱的哲学作为最崇高的人生宗旨，但她实际上明白：人类社会本身恰恰是缺乏爱的。冰心并非无视现实社会与人生中的苦难，而是力图用爱来解脱和超越这些苦难。她把爱奉献给孤寂冷漠的"超人"，奉献给无私的母亲和天真的儿童，奉献给纯净的大自然，同时又用爱来鞭挞无情冷酷的社会，鞭挞卑琐自利的小人。其实，爱究竟能否实现，能实现多少，在冰心那里并不是最重要的，最重要的是她坚定地传达出了一个强烈的、不可动摇的信念：有了爱就有了一切，就能化解一切！因此，爱对冰心来说并不是治愈某种苦痛的具体药方，而是一种超越现实苦难的精神寄托。她的那个关于母亲与母亲、孩子与孩子，即人与人从前世到今生到来世都紧紧相连，都应该心心相爱的著名公式，听起来确实有点玄乎，甚至有人会觉得幼稚可笑，但这其中蕴涵着的绝不只是冰心的一片纯真和热诚，更是凝结着她的冷静思考：没有爱就没有了一切，不懂得爱就无所谓苦难，不理解爱的人，也不会真正体会到苦难的味道，爱与苦难并不是相对立的，而恰恰是一体的。

与冰心的这种基督教文化思想的表现形态有所不同，更多受到佛教文化思想影响的许地山等人则首先认同苦难，强调苦难于人生的意义。在中国现代作家之中，认同苦难的意识最强烈的应该说就是许地山，在其思想理论及文学创作中甚至体现出一种难以割舍的"恋苦情结"。"生本不乐"可能说是许地山理论及创作的原点，正是从这里形成了他反观社会和人生的独特视角。看起来，在许地山那里似乎确有一种过于悲观的情思，他在《空山灵雨》的《弁言》里就开宗明义地说："能够使人觉得稍微适的，只有躺在床上那几小时"，可"要在那短促的时间中希冀极乐，也是不可能的事"。这实际上是说,做人就不要希冀,也不可能有安适享乐的生活,以苦为本,以苦为乐,才是人生真谛。这种意识确实深深地浸透在许地山的创作中——尤其要强调的是,这种思想绝不只是出现在其前期作品中,其后期作品诸如《春桃》、《铁鱼底鳃》等,也同样强烈地表达出人生多难、命运莫测的思想。世界的残缺、人生的本源,"不完全的世界怎能有完全的人?"①因此,在许地山那里没有高昂激奋的人生目标,而多是低沉的人生叹息,以及深深的负债甚至负罪感:"我不信凡事都可以用争斗或反抗来解决。我不信人类在自然界里会有得到最后胜利底那一天。地会老,天会荒,人类也会碎成星云尘,随着太空里某个中心吸力无意识地绕转。所以我看见底处处都是悲剧;我所感底事事都是痛苦。可是我不呻吟,因为这是必然的现象。换一句话说,这就是命运。"②

人们有理由认为许地山在认同现实苦难、体认人生本质方面带有相当程度的悲观情调,同时应予正视的是许地山的这种悲观情调的确来源于佛教文化思想的深厚影响,这也是没有问题的,但问题在于佛教文化中悲观意识的本质究竟是什么? 有一种比较普遍的看法,认为"佛教只看到趋向死亡的一面,而不承认新生的一面,只看到个体的毁灭,而没有看到族类的发展,这当然容易得出人命短促,人生是'苦',人就是一大'苦聚'的悲观主义结论"③。"佛教的中心思想是否定人生,第一大命题就是'一切皆苦'"④。"在对社会人生的认识中,佛教以有生为苦恼,认为人生如苦海。自有始以来,人

---

① 许地山:《无法投递之邮件》,见《缀网劳蛛》,北京:商务印书馆,1925年。
② 许地山:《序〈野鸽的话〉》,见《人生空山灵雨》,长沙:湖南文艺出版社,1995年。
③ 罗成琰:《论丰子恺散文的佛教意蕴》,载《湖南师范大学社会科学学报》,1990年第6期。
④ 宋益乔:《佛教思想对许地山早期创作的影响》,载《中国现代文学研究丛刊》,1984年第1期。

第十六章 《空山灵雨》——融合多重宗教蕴味的人生寓言

便沉溺在这可怕的苦海中,生死轮转,一生一灭,永远不得超度"。"佛教对'人'这一命题进行探讨时,是以否定现实生活为前提的。尽管现实生活是那样活生生地摆在眼前,是一个无论如何也抹煞不了的客观实体,但在佛教那里,却认为这一切都是虚幻。它们颠倒本末,把客观存在看作虚无,反过来,却把它们想入非非的虚幻世界视为实有。……本来,它们也是以索回人的价值为起点的,但在它们手里,结果却是,人的最后一点人性也丧失了,而代之以完全脱离人类实体的神性"①。这些论点不仅指出了佛教文化的上述根本缺陷,而且指出许地山等人正是因为与这些缺陷有了明确的区别或自觉的超越,所以才形成了各自的价值。对此,我的看法略有不同。我觉得上述佛教文化的种种缺陷虽然是明显存在的,但却并非孤立存在的,而往往是与它的积极因素并存共生的。佛教文化的确竭力强调人生的苦难和虚无,但在某种意义上说,它其实恰恰包含着启发人们更为轻松、更为洒脱地面向生活的积极意念,而并非绝对消极地指向死灭。认同苦难不等于被苦难吞没。在认同苦难的过程中享受人生,这正是佛教文化的妙处。而许地山等人的妙处则在于他们领悟了这一点。佛教文化,特别是佛教哲学具有浓郁的思辨色彩,苦与乐、生与死、虚与实,往往是糅于一体而并非割裂、更非对立的。对佛教文化的完整体悟是许地山等现代作家在思考、吸取宗教文化方面的真正价值。而对宗教文化整体理解的损伤则会损害这种思考的价值。我认为,过于强调许地山后期创作克服了前期的消沉低落等等,不仅是不确切的,而且无助于阐明他在吸收宗教文化方面的真正价值,以及他创作本身的真正价值。事实上,并非许地山等人对佛教文化的某些消极因素有了多大的改造,而是佛教文化本身的积极因素在引发他们的正确思考。因此,许地山等人在认同苦难、表现苦难的同时,也积极探求摆脱苦难、超越苦难的人生之

---

① 宋益乔:《佛教思想对许地山早期创作的影响》,载《中国现代文学研究丛刊》,1984年第1期。

道。许地山不仅把"生本不乐"作为一种坚韧、容忍的品性修炼,而且在他笔下那些最终能把握命运、战胜命运的人物形象恰恰是那些看起来性情柔弱、顺从命运的人,这其中不能不使人感到对"生本不乐"思想的积极理解的作用。"生本不乐"不只是对苦难命运的消极顺从,它还包含着对苦难命运的积极的怀疑和否定,正如茅盾曾说过的:"他的'彻底'就是他的怀疑的根。"[1]许地山不仅描画出了不可捉摸的命运之网,同时也构造了无可回避的补网哲学。他在《缀网劳蛛》中说,尽管谁也"不晓得那网什么时候会破,和怎样破法",但"所有的网都是自己组织得来,或完或缺,只能听其自然罢了"。对苦难的认同和超越在这里完满地融成了一体。所以那种指认佛教的多苦观"使许地山对人生苦难看得过于严重,以至认为人生除了在梦中的那'几小时'之外,几无乐趣可言",而"这种过于悲观消极的思想,使他看不到摆脱苦难的希望,更看不到人生还有光明积极的一面"的看法[2],不仅过于强调了许地山认同苦难的一面,对其超越苦难的探求认识不足,更重要的是对佛教多苦观本身的积极意义也缺乏应有的认识,这是值得我们认真反省和沉思的问题的根本。

---

[1] 茅盾:《落华生论》,载《文学》,1934 年第 3 卷(4)。
[2] 宋益乔:《佛教思想对许地山早期创作的影响》,载《中国现代文学研究丛刊》,1984 第 1 期。

第十七章

"京味"与老舍创作的文化品格

没有人会否认老舍是"京味"文学的经典代表。

在 20 世纪中国现代文学的历史进程中,老舍的作品最具有这样的双重价值:既是民族的,又是世界的。新加坡学者王润华曾经这样描述:有学者认为有资格说老舍作品的人,首先要能喝北京地道的"豆汁儿"及欣赏"小窝头",并需要和老舍有"共同的语言";但又不尽然,只有爱吃新加坡和马来西亚盛产的被称为热带水果之王的榴莲及欣赏咖喱饭的人,才配谈老舍的《小坡的生日》。喝过"豆汁儿",吃过"小窝头",或懂得北平话的神韵,了解它的幽默,明白它的"哏"的人,都不懂得老舍《小坡的生日》的重点和价值在什么地方,所以《小坡的生日》在中国,始终没有引起中国读者的注意和批评家的好感。[1]

其实,广大中国读者,包括那些喝过"豆汁儿",吃过"小窝头",或懂得北平话的神韵,了解它的幽默,明白它的"哏"的人在内,究竟又有多少人能够真正懂得和理解老舍作品的北京文化意蕴呢?毫无疑问,老舍是最能体现北京文化鲜明特征和精神本质的代表作家,人们从《骆驼祥子》到《茶馆》里留下了那些关于北京风俗民情的

---

[1] 王润华:《华文后殖民文学——本土多元文化的思考》,台北文史哲出版社,2001 年,第 37~38 页。

深刻记忆,人们都不会忘记《离婚》中那位幽默的"你总以为他的父亲也得管他叫大哥"的张大哥,人们怀念着北京丰富胡同十九号老舍故居的"丹柿小院",那里的红门廊、灰瓦房、半人多高的大鱼缸——人们甚至感念着老舍人生的终点——北京德胜门外的太平湖——那是一个世纪乃至永远的伤痛!

但是,老舍所蕴涵的北京文化意蕴有多深厚呢?他所产生的文化影响有多久远呢?我曾多次听到中国现代文学馆馆长舒乙这样概括自己的父亲:老舍是一个北京人,是一个满人,是一个旗人,是一个穷人。我们如何理解这个生长在北京的满人、旗人和穷人呢?这个满人、旗人和穷人对北京又有着怎样的感受和理解呢?

再有,以老舍为代表的"京味"作家与文学史上专门说的"京派"作家还不是一回事情,"京派"并不一定都是老舍那样地地道道的北京作家,也不一定非写北京的人和事不可,"京派"要大气得多,大度得多,宽容得多,丰厚得多。对于这一点,我们又有多少理解呢?认识这一点对我们今天建设与发展北京文学及文化又有什么重要作用和意义呢?

一、北京:从记忆到梦想

出生在北京的作家绝非老舍一人,生活在北京的作家更多,以北京为背景、为题材、为描写重点的作品不计其数,但能够像老舍对北京那样钟情、痴迷、执着的人却是很少的,几乎没有人能像老舍对北京文化那样透着心的熟悉、那样地道的描写,就像湘西对于沈从文、上海对于张爱玲一样,北京对于老舍,那是一个梦想。老舍与北京,是一个人与一座城、与一种文化的关系。正如沈从文的搁笔意味着湘西世界将成为永久的神话,张爱玲的去世标志着十里洋场的大上海将成为永久的记忆,老舍的愤然离去也使古老沧桑的北京的文化及文化的北京成为一个时代的终结。

第十七章 "京味"与老舍创作的文化品格

如果说北京是老舍写作的源泉,那么更应该说北京是老舍生命的源泉。据舒乙统计,老舍作品中提及的二百四十多个北京的山名、水名、胡同名、店铺名,有百分之九十五以上都是真实的,并可根据不同的功能将这些地名分为五种类型:一是象征型,主要为了突显北京的风土人情,最具象征性的有北海、天坛、鼓楼、土城、玉泉山、德胜门等;二是生活环境型,重点是作品主人公居住的地方,多为小胡同大杂院,如小羊圈胡同、兵马司胡同、丰盛胡同、砖塔胡同、堂子胡同以及龙须沟、毛家湾、交民巷等;三是店铺型,从便宜坊、稻香村、柳泉居、春华楼等饭店茶馆,到东安市场、西安市场、护国寺街的寿衣铺、廊房头条光容相馆等商店杂铺,再到白房子、八大胡同等底层妓院,这主要是日常生活的场景;四是来往路线型,主要是作品主人公来往经过的地方和各种特定活动的场所,从城内到城外,几乎构成了一幅精细的北京城乡交通图;五是抒情型,是特别为作品主人公提供的一些与心绪、情感相关联的幽静场所,如北城根、积水潭、西直门外河边等。舒乙在这二百四十多个真实的地名中又浓缩了以北海(这是老舍作品中出现最多的地方,先后被提到五十多次)、小羊圈胡同、中山公园、护国寺、德胜门、西四牌楼、天桥、海淀、新街口、白云观等为代表的前三十个地名,"凡进入这三十地名名单的,最少的也被提到过六次以上。显然,这三十个地方在老舍著作中占据了最突出的地位,可能,它们就是老舍心目中北京的化身"[①]。老舍研究专家宋永毅把老舍作品中这种地名现象称作为"文学地理学",其实更准确地说应该是"文化地理学"。

的确,老舍作品中这些真实的地名是他生活最真切的记忆,它"为老舍的作品增添了强烈的真实感、立体感和亲切感"[②]。这是老舍作品作为"京味"文学经典的重要标志。然而,人们也注意到这样

---

① 舒乙:《老舍作品中的北京城》,见《老舍研究论文集》,济南:山东人民出版社,1983年,第152页~153页。

② 舒乙:《老舍作品中的北京城》,见《老舍研究论文集》,济南:山东人民出版社,1983年,第152页。

一个事实:"老舍生在北京,长在北京,一生六十七年中在北京度过四十二年,最后在北京去世。不过,在他从事写作的四十一年里,大部分时间却并不在北京,只有解放后十七年是真正在北京度过的。不论是在伦敦,在济南,在青岛,在重庆,在纽约,他都在写北京。他想北京,他的心始终在北京。"①这就是说,北京在老舍心中不仅是生活的永恒的记忆,而且是他生命中永远梦想和追求的地方。对老舍来说,北京不仅是真实描写的现实生活,而且寄予着无比的热爱和无限的遐想。老舍笔下的北京人和北京城,看起来是那么真切、那么实在,但字里行间却透露出浓烈的主观情感,充溢着深厚的理想。老舍是最善客观写实的"写家",同时又是最富于情感和理想表达的抒情家。北京在老舍的笔下已经超越了社会地域与风俗人情的记忆的意义,而生成为一种永恒的梦想。

在老舍笔下,北京是具体的,更是完整的;是现实的,更是理想的。老舍多次充满深情地说道:"我生在北平,那里的人、事、风景、味道,和卖酸梅汤、杏儿茶的吆喝的声音,我全熟悉。一闭眼我的北平就完整的,像一章彩色鲜明的图画,浮立在我的心中。我敢放胆地描画它。它是条清溪,我每一探手,就摸上条活泼泼的鱼儿来。"②但老舍在他的名著《四世同堂》当中却又说过这样的话:"生在某一种文化中的人,未必知道那个文化是什么,像水中的鱼似的,他不能跳出水外去看清楚那是什么水。"这表明老舍对自己与北京文化的关系是有着清楚的认识和理性的体悟的,他并没有以那些生活中的记忆以及这些记忆为作品所增添地方色彩而满足,他是与这种地方色彩所带来的荣耀保持着一定距离的,他有着更为深远的追求。诚如赵园所说:"水中的鱼似的,是他所写的北京人;他本人则是跳出水外力图去看清楚那水的北京人。"③这就是为什么北京在老舍笔下

---

① 舒乙:《老舍作品中的北京城》,见《老舍研究论文集》,济南:山东人民出版社,1983年,第151页。
② 老舍:《三年写作自述》,载《抗战文艺》,1941年1月1日。
③ 赵园:《北京:城与人》,北京:北京大学出版社,2002年,第12页。

经常是一个整体、一个象征、一种文化,而绝不是某一条胡同、某一个茶馆、某一条河、某一座山。北京完全融入到老舍的血液之中。老舍在《想北平》一文中说:"我真爱北平。这个爱几乎是要说而说不出。我爱我的母亲。怎样爱?我说不出。""我所爱的北平不是枝枝节节的一些什么,而是整个儿与我的心灵想粘合的一段历史,一大块地方,多少风景名胜,从雨后什刹海的蜻蜓一直到我梦里的玉泉山的塔影,都积凑到一块,每一小的事件中有个我,我的每一思念中有个北平,这只有说不出而已"。北平"它是在我的血里,我的性格与脾气里有许多地方是这古城所赐给的。我不能爱上海与天津,因为我心中有个北平"。

二、平民精神:北京文化的底蕴

在老舍的梦想和追求中,有一种重要的东西,这就是平民精神。北京人身上所体现出的那种平民精神在老舍作品中随处可见,这种平民精神有一种宽容性和亲和力,它随意自然,纯朴实在,大大咧咧,对谁都一团和气,但骨子里又有一种自尊、刚毅和高傲。这种精神不仅在老舍笔下许多人物身上都有表现,而且首先在老舍本人身上就有着充分的印证。据王蒙先生清楚的记忆,在"文革"腥风血雨的大批判会场上,老舍批谁全都称对方"您",语调是平缓儒雅的。[①]我认为,对于老舍作品中的平民精神,除人们以往主要谈及的有关内容之外,还有三个方面是应该引起重视的。

首先是对人的看法。在老舍的作品中,对与错,正义与邪恶,善良与奸诈是泾渭分明的。但是老舍在对待人的态度上却是比较复杂的。他在《我怎样写〈老张的哲学〉》中说:"我恨坏人,可是坏人也

---

① 傅光明:《老舍之死采访实录》,北京:中国广播电视出版社,1999年,第5页。

有好处；我爱好人，而好人也有缺点。""我只知道一半恨一半笑的去看世界"。① 这并不意味着老舍是非含混，而是体现了老舍的一种温情和宽厚的人道主义立场。在老舍的笔下，像虎妞这样从外貌到内心都比较丑陋的人物，尽管她有很多令人厌恶的地方，但她也有令人理解和同情的地方。老舍在对市民世界进行揭露和批判的时候，总是透着一种宽厚与温和，他的幽默讽刺没有鲁迅那样深刻辛辣，没有张天翼那样尖刻锐利，也不同于钱钟书那种智慧典雅的风情，老舍的幽默就是北京人最常见的那种损你一下，不温不火，虽是批评了你，但又绝对让你下得了台，心里很有数，但嘴边留点儿情。这就是一种北京平民精神的体现，这是老舍对北京平民精神的一种自觉追求。

第二是满人秉性。舒乙及老舍家人多次回忆起老舍临死前所流露出的那种独特的眼神，那是在老舍作品中所常能见到的一种眼神，那是底层市民遭受屈辱而又宁折不弯的眼神，那是一种无助的无奈的自卑而又自信的眼神，据说这种眼神更多地显示了满人的秉性。老舍在新中国成立后最著名的话剧作品《茶馆》中刻意塑造了一个吃皇粮的旗人典型常四爷，这是一个意味深长的人物形象。对老舍来说，这是他创作生涯中第一次正面塑造的满族人物形象。常四爷刚直正派，热情诚恳，而且透着一股生命的活力，他一生都保持着满族人耿直倔强的性情，从不屈服于邪恶势力和不幸命运，"一辈子不服软，敢做敢当，专打抱不平"。同时，他还特别具有正义感，他是旗人，但对于大清国的灭亡，他不是悲叹和惋惜，而是看透了这是历史发展的必然："该亡！我是旗人，可是我得说句公道话。"老舍刻意描写了常四爷在世事沉浮、社会动荡的时代，能够不断锐意进取，甚至成为一个自食其力的劳动者。这些，都显示了在旗人当中也是大有忠义之士的，满族文化本身也是有着坚实的生命力的。但是，这样一个常四爷，却依然摆脱不了走向毁灭的悲剧命运，其中，留给

---

① 老舍：《老牛破车》，见《我怎样写〈老张的哲学〉》，人间书屋，1937年。

人们的思考是深广的。

　　第三是宗教精神。在人生道路和创作道路上深受宗教文化思想启迪和影响的现代作家是不少的,但像老舍这样真正接受洗礼,当过宗教徒的作家却并不多见。因此,当老舍曾经是个基督教徒这一事实被证实以后,学术研究界有不少人基于老舍本人对这一事实很少提及并一再援引老舍夫人所言"老舍只是崇尚基督教与人为善和救世的精神,并不拘于形迹"[①],来强调这一事实对老舍似乎并不重要;也有一些学者反复强调老舍与基督教的关系始终是一种"若即若离"的关系,认为老舍自己绝不相信宗教[②];还有的学者注重判明老舍是何时何地对基督教接受与扬弃的。在我看来,上述这些观点是略有偏颇的。我认为,应该正视老舍曾经是一个基督教徒这一事实,并充分认识到这一事实对老舍整个的人生和创作道路的重要性。历史证明,老舍早年的这一经历对其一生所坚持的民主和人道思想,对其一生所深切理解的北京文化和热衷于反映的平民世界,对其文学创作的艺术风格的形成,在某种程度上都具有决定性的意义。20世纪30年代中期即有人指出,老舍的创作风格是"幽默和宗教性融合的作品"[③],这是极有见地的看法。事实上老舍从来没有机械地接受基督教的思想,也从来没有简单地扬弃它。可以说,老舍温文宽厚的一生都在阐释着宽容、同情、舍己、博爱的宗教精神,以致他最终投湖自沉、以死殉志,都不无蕴涵着某种无可言说的悲壮的宗教情结。更为重要的是,我们应该注重老舍究竟是在什么基础上、以什么角度接受并切入宗教文化思想的?他又是以何种方式来阐发宗教文化思想的?老舍于1922年上半年在北京正式受洗礼加入基督教,时年二十四岁的老舍正经历着人生的悲观期,他自说"自十七八到二十五岁,我是个悲观者"。无论老舍当时入教的原因

---

　　① 赵大年:《老舍的一家人》,载《花城》,1986年第4期。
　　② 朝戈金:《老舍——一个叛逆的基督教徒》,载《内蒙古大学学报》,1988年第1期。
　　③ 王斤役:《舒舍予》,载《人世间》,1934年第4期。

多么复杂,有一点是明确的和突出的,这就是惨痛的人生遭遇。与同样长期生活在北京的冰心不同,老舍经历了从精神到物质的太多的人生苦难,这使他难以用空灵虚幻的目光去寻求爱和理想。相反,他不能不用沉重凄楚的目光紧紧盯住眼前的现实人生。加入基督教,接受宗教文化思想的影响,在老舍来说首先是基于自己深刻痛切的生命体验。老舍作品中众多的基督教徒的艺术形象是十分引人注目的,这些基督教徒的"入教动机包括:没有工作,只能投靠教会;想占便宜,借洋教赚钱;闲着无事,又没有朋友,故上教会打发时间;为众人众教所弃,只有基督教把他当'人'看,故入教;认为在基督教里,可寻得平安,故衷心服膺教义;想做好事帮助人,故参加教会活动等等。至于对教义的见解,在这群基督教徒身上反映得很少"①。从这里我们可以看出,虽然这些教徒入教的具体动机各不相同,但根本动因只有一个,即从现实出发,改变现实的人生境况。其实,这些教徒形象的入教动机,何尝不是从一个独特的侧面解释了作者老舍本人的入教动机以及他如何接受宗教文化思想的呢?在老舍与基督教的关系中,我们再三感受到一个问题的关键,即老舍虽然一度正式成为基督教徒,但他却始终以自己现实人生的体验,以自己对社会现实的理解去消化和接受基督教的文化思想。基督教的教义经过老舍现实主义目光的审视,不再是那种空泛的理想化的理念了,而是溶化在老舍对现实社会和现实人生的理解之中,转变为一种实实在在的、世俗化平民化的思想。老舍通过基督教精神体悟到了人生的崇高、悲壮、激越、悠远的境界,但他更多地把它们落到了实处。因此,老舍的作品虽并不具有过于浓郁的宗教色彩,相反都是一些朴实的平民生活,但它却常常引发人们从宗教的精神境界去思考更为宽阔深刻的人生命题。

另一方面,老舍对中国文学与北京文化里缺乏真宗教、真信仰

---

① [台湾]艾华:《试论老舍的宗教观》,载《中国现代文学研究丛刊》,1989年第1期。

的状况是甚为忧虑的。老舍曾竭力呼唤用宗教精神来开启中国的"灵的文学"。他一再赞崇但丁及其《神曲》,"尽管你一点也不信天堂地狱,但是你没法不承认但丁的伟大。他把天堂地狱与人间合到一处去指导人生"。"读了《神曲》,明白了何谓伟大的文艺。论时间它讲的是永生。论空间它上了天堂,入了地狱。论人物,他从上帝圣者魔王贤人英雄一直讲到当时的'军民人等'。它的哲理是一贯的,而它的景物则包罗万象。它的每一景物都是那么生动逼真,使我明白所谓文艺的方法是从图像到图像,天才与努力的极峰便是这部《神曲》,它使我明白了肉体与灵魂的关系,也使我明白了文艺的真正的深度"①。老舍深深地为中国文学缺乏"灵"的感染力而遗憾,因此,他在自己的作品中着力颂扬甘于"舍己"、勇于"牺牲"的品性与精神,并刻意营造惩恶扬善的"地狱"与"天国"等意象。无论是对但丁及《神曲》的特别赞誉,还是对《新约》中《启示录》的大力推崇,归结为一点,即老舍渴求将一种纯净崇高的意念,一种威严的神灵的力量,一种虔诚的宗教精神注入中国文学之中,进而开启现代中国人的良心之门,推动中国社会的发展与进步。他在自己未完成的长篇小说《蜕》里满含激情地写道:"大时代所以为大时代,正如同《神曲》所以为伟大作品:它有天堂,也有地狱;它有神乐,也有血池;它有带翅的天使,也有三头的魔鬼。……只有在大时代里的英雄,像神灵附体似的因民族的意志而忘了自己,他才能把原始的兽性完全抛开,成为与神相近的人物。……先死的必然称'圣'——用个宗教上的名词;因为他的血唤醒了别人对大时代的注意与投入。"②在这里,我们不仅为老舍所一再强调的"天堂"、"地狱"、"天使"、"魔鬼"等意象而注目,而且再次感受到老舍所理解、所阐述的宗教精神,实际上已经超越了宗教内涵的本义,他把宗教文化精神转化为

---

① 老舍:《大时代与写家》,载《宇宙风》,1937年第12期。
② 舒济、舒乙编:《老舍小说全集·第五卷》,武汉:长江文艺出版社,1993年,第199页。

自己深切体悟到的现代中国社会所急需的献身精神和开拓意志。这一点一直在很深的层面上左右着老舍本人创作的情感流向。还应特别注意的是,老舍这种注重宗教文化的现实价值,把宗教精神具体化、市民化、时代化的观念,在现代作家中是颇有代表性的。甚至可以说它体现了中国现代作家对宗教文化的基本态度。

老舍喜欢和善于描写底层市民的性格和命运,并不仅仅因为老舍自己来自底层市民,更重要的是因为老舍从底层市民身上看到了北京文化的底蕴。从老舍对人的基本态度,对满人秉性的执着和对北京底层市民宗教文化精神的感受,都可以看出,老舍不是一般意义上的"北京市民社会的表现者与批判者",而是北京市民文化精神本质的揭示人与守望者。

三、"京味":小说中的文化与文化中的小说

孙犁的小说使白洋淀出了名,老舍的小说给北京增添了无尽的魅力。"老舍使京味成为有价值的风格现象的第一人"①,老舍给"京味"文学定了位——这已经成为学术界的共识。

从小说中的文化性来说,老舍使"京味"文学具有一种独特的魅力,甚至是一种魔力,这种魔力首先就是对北京文化的阐述。北京文化是非常丰富的,但它的基调是宽厚、深广、雄浑,不管怎样改朝换代,它都透着一股天子脚下、皇上身边的那种从容不迫、四平八稳,尤其是它对其他文化有一种天然的吸引力、包容力和同化力,无论是哪方文化,到了北京,就会在不知不觉之中有一种对北京文化的认同与归顺。最经典的例子就是老舍在《正红旗下》描写的那位老王掌柜,他本是胶东人士,"在他刚一入京的时候,对于旗人的服装打扮,规矩礼节,以及说话的腔调,他都看不惯、听不惯,甚至有些

---

① 赵园:《北京:城与人》,北京:北京大学出版社,2002年,第333页。

反感。他也看不上他们的逢节按令挑着样儿吃,赊着也得吃的讲究与作风,更看不上他们的提笼架鸟,飘飘欲仙地摇来晃去的神气与姿态。可是,到了三十岁,他自己也玩上了百灵,而且和他们一交换养鸟的经验,就能谈半天儿,越谈越深刻,也越亲热"。"他不再是'小山东儿',而是王掌柜,王大哥,王叔叔。他渐渐忘了他们是旗人,他变成他们的朋友"[①]。这就是北京文化的亲和力,它在不动声色之中,潜移默化之际让你归顺,让你神往,让你五体投地。老王掌柜"越想家,越爱留在北京。北京似乎有一种使他不知如何是好的魔力"。老舍对北京文化的这种精彩阐述,直到今天依然得到无数在北京的外乡人的深深认同,多少北京的外来者,他们对北京有一千种不满,有一万个意见,但是要让他们离开北京,那是万万不可能的。

再从文化中的小说来看,虽然老舍的小说在人物形象的塑造、风俗民情的描写和语言艺术的表现等方面,充分显示了"京味"的鲜明特色,但是老舍小说的个性特色也是明显受到北京文化的影响和制约的。就拿语言来说,老舍小说的北京方言是老北京中下层市民阶层文化的结晶,是小胡同、大杂院文化氛围的体现,它有着独特的文化历史的韵味:醇厚质朴、谦和温婉、机智幽默,在语感上是光华明亮的,在语速上是不紧不慢的,所谓"嘣响溜脆"、"甜亮脆生"的一口"京片子",通常被看作是北京人的身份证。读着老舍小说纯正的北京方言土语,毫不怀疑老舍最有资格代表北京人和北京城的文化,你看看他的小说《老字号》里的那段文字:

  多少年了,三合祥是永远那么官样大气:金匾黑字,绿装修,黑柜蓝布围子,大机凳包着蓝呢子套,茶几上永远放着鲜花。多少年了,三合祥除了在灯节才挂上四只宫灯,垂着大红穗子,没有任何不合规矩的胡闹八光。多少年了,三合祥没打

[①] 舒济、舒乙编:《老舍小说全集·第八卷》,武汉:长江文艺出版社,1993年,第328页。

过价钱,抹过零儿,或是贴张广告,或者减价半月;三合祥卖的是字号。多少年了,柜上没有吸烟卷的,没有大声说话的;有点响声只是老掌柜的咕噜水烟与咳嗽。①

的确,多少年了,老舍小说的北京方言土语始终像老字号"三合祥"那样纯正地道,但是,老舍之后,直至近年来的一些"京味"小说,虽然还是"京味",但是与老舍为正宗的那种"京味"相比,就不同了,味儿变了。主人公虽还都是北京人,但那是老北京的后代或出身、成长在北京的新北京人,他们的生活环境和文化氛围也变了,离小胡同远了,离大杂院远了,"三合祥"没了。你听听张辛欣小说《北京人》中人物的对话,听听陈建功小说《鬈毛》里那帮哥们儿的那通穷侃,再听听王朔诸篇小说的语言,人物满口的"潮"、"帅"、"砍"、"棒"、"份儿"、"盖"、"狂"、"野"等新北京话,用作家自己的话来概括,就是"一点正经没有"。这在某种程度上体现了北京文化的发展变化。无论如何,这种新方言是鲜活的,是有表现力的,用《鬈毛》主人公的话说:"他们说的全是实话,决不假模假式地装孙子。"这种坦白、率真、毫无讳饰的特点,或许正是当代新北京话的魅力,是对老舍语言的发展。而这些在根本上体现的是文化对文学的影响。

在此值得提到的还有新京味小说的代表作家王蒙,他的小说语言的变化主要是从1987年初创作的《来劲》开始的,此后,王蒙小说的语言一改承接老舍北京方言的那种从容不迫,而显示出一种以词语的膨胀、重叠、模糊以及语言节奏的短促、急迫、紧张为特点的表达方式,可谓妙语连珠、好词不断、酣畅淋漓。在《来劲》这篇小说中,语言已经不再仅仅作为表达某种确定内容的形式和符号了,语言本身的内涵和作用膨胀起来、凸现出来,它足以与同一意思相关或矛盾的尽可能丰富的词汇相加起来,增加语句内涵的深度和广度。在这里,语言的重叠并不是同等内容的重复和相加,而是不同

---

① 舒济、舒乙编:《老舍小说全集·第十卷》,武汉:长江文艺出版社,1993年,第328页。

内容的变幻和扩散。在作品中,人名、地名、时间、空间、性别、事件等等,一切都是重叠的,就是说一切人在一切地方都可能发生一切事情。这种层层相叠的多重语言结构,极大地丰富了作品的表达层次和深广的蕴涵。语言本身的膨胀使语言失去了原来的确定性,变得模糊起来。而这种模糊性又大大增强了作品的暗示性和联想性,语言越不精确,暗示性就越大,联想因素就越多,作品也就越接近真实,越能揭示生活的本质。王蒙语言的这种变化显然是表现生活的需要。从老舍到王蒙,小说语言风格的演绎,说到底是生活的发展,是文化的发展。至于后来王朔等人小说的"新京味"语言,则更在本质上显示了生活与文化的变异。

老舍集"京派"与"京味"于一身,在很大程度上成为一种标志:土生土长的北京人,地道北京生活的描画,纯正方言口语的传承,鲜活民俗风情的展现等等。的确,找不到比老舍更有代表性的"京派"、"京味"作家了。

然而,"京派"不一定都是北京作家,事实上,"京派"是由大量"外乡人"构成的。从文学史的发展来看,20世纪30年代形成的"京派",其诗人、散文家、小说家、剧作家以及批评家的主要代表冯至、废名、陈梦家、方玮德、林徽因、孙大雨、孙毓棠、林庚、曹葆华、何其芳、李广田、卞之琳、梁遇春、方令孺、朱自清、吴伯箫、萧乾、沈从文、凌叔华、芦焚、汪曾祺、丁西林、杨绛、李健吾、朱光潜、梁宗岱、李长之等,乃至被许多学者推为"京派"首要代表的周作人,他们绝大多数都是"外乡人",尤其是沈从文、萧乾、汪曾祺、孙毓棠、朱光潜、朱自清、周作人等"京派"最为主要的代表都是"外乡人"! 即使从整个"京派"的发展历程来看,真正与北京有地缘关系的"京派"作家也是很少的。正是如此众多的"外乡人"的积极投入与建设,"京派"才成其为一个流派,才构成自己独到的追求与风格。"京派"由绝大多数"外乡人"构成,或许这本身就显示了"京派"的一个重要特色:宽厚、谦和、海纳百川。

在有关"京派"的学术研究中长期存在着一个困扰:这就是"京

派"的界定难以厘清,"京派"的范围很难划定。究竟哪些人属于"京派"？和"京"的关系密切到哪一步才能入"派"？典型的例子如"九叶"诗人,他们在抗战时期西南联大成名成派,他们与北京及周边几所著名大学有着深厚的渊源,但他们与"京派"的关系又始终是远距离的。他们到底算不算"京派"？学术界将其纳入"京派"的大有人在,将其分出"京派"的也不在少数,还有人折中一下,提出广义的"京派"与狭义的"京派"加以调和。在我看来,这种现象或许再次体现了"京派"自身的本质特征:大气、大度、包容性广、接纳性强。

正因为这个由多数"外乡人"构成的"京派"的宽泛性与复杂性,我认为作为一个"派",它的主要标志与价值,不是以单纯的文学特征来衡定的,而更多的是体现出它的一种文化姿态与立场。诚如有专家指出的那样:"京派"的立场,"是中国文化与中国文学的创造与繁荣的立场,而不是新旧文化与新旧文学的立场,它们关注的中心主题,是文化的兴旺发达,是文化的创造活力,以及文化的丰富程度与水准,这是他们进行一切文化批判与文化估价的潜在主题"[①]。"京派"的审美追求不只是某些个性化的或地域性的色彩与味道,它更注重人与整个社会、与大自然的整体关系。"从审美情趣上看,'京派'小说家几乎没有一个人不心仪陶渊明,这种选择使他们在自己的作品中也表现出对田园牧歌情调的倾心向往……但他们的田园牧歌风的小说比西方的自然派作品更讲求自我的逃遁,更讲求情感的客观投影,因而有某种类似非个人的性质,'万物与我为一'的理想正是它的注脚"[②]。从文化批评的角度来看,"京派批评家的文学视野所关注的,主要的不是社会或历史的进程与规律,而是个体的人,是主体对生活的体验与领悟。……在京派作家的文学功用观中,人的因素也占据着极为重要的地位——文学对社会施加影响同

---

① 黄健:《京派文学批评研究》,北京:三联书店,2002年,第75~76页。
② 许道明:《京派文学的世界》,上海:复旦大学出版社,1994年,第269页。

样是通过人,通过对国民的每一个个体的人格塑造来达成的"。"'人'——个体的'人',就成为流派批评的文学本质论与文学功用论的交汇点,成为他们将自己的社会关怀与文学理想联系起来的重要枢纽(或者中介环节)"①。

从上述京派的审美情趣与文化态度大体可以看出,他们(多数人有着客居北京的经历)一方面深受北京文化的吸引和恩泽,另一方面又对北京文化有着更为宽广、更为深沉、更为丰富、更为主体性的理解和阐释,而这两个方面又形成一种深刻的有机的互动。由此,"京派"超越了"京味",甚至也超越了一般意义上的"派"。

最后,不能不说到"京派"与"京味"的关系,学术界基本认同"京派"不完全等于"京味"的说法,我认为甚至可以说"京派"完全不等于"京味"。有材料表明:"张恨水的不少作品尽管京味十足,天桥、大栅栏、小胡同,如此等等,留给人们以深刻的印象,再给他乔装打扮,但谁都会认出他不是京派作家。而多数的京派作家,他们是因着创作了不少绝无半点京味作品而饮誉文坛的。"②如众所周知的沈从文的《边城》、废名的《竹林的故事》、萧乾的《梦之谷》等,可以说,这是一个悖论,但又是一个很有启发的命题:从 20 世纪 30 年代的"京派"直到今天的"京味",一旦过于追求自我与个性,过于看重地方色彩与风味,它的局限也就充分表露出来,尤其是眼前的那些"京味"十足的作品,在那些纯正的京版语言、刻意表现的京城市民社会生活及风俗民情的背后,透着一种单薄和虚弱——它缺乏那种宽厚的人性关怀,那种深层的文化意蕴,那种犀利的社会批判——而这正是"京派"文学的文化底蕴。

在这个悖论中,协调得最好的可能就是老舍了。

---

① 黄健:《京派文学批评研究》,北京:三联书店,2002 年,第 188 页。
② 许道明:《京派文学的世界》,上海:复旦大学出版社,1994 年,第 4 页。

第十八章

京派作家的文化观

所谓"京派",是指20世纪30年代主要在北平活动的一批从事新文学创作的小说家、诗人、散文家和文艺评论家,有周作人、冯至、废名、陈梦家、方玮德、林徽因、孙大雨、孙毓棠、林庚、曹葆华、何其芳、李广田、卞之琳、梁遇春、方令孺、朱自清、吴伯箫、萧乾、沈从文、凌叔华、芦焚、汪曾祺、李健吾、朱光潜、梁宗岱、李长之等。

这些作家历来被文学史视为一个文艺群体,但实际上他们只有一些比较松散的文艺小圈子,既没有正式结社,也没有共同发布过任何文学宣言,并且不同的文艺小圈子之间也没有特别密切的联系。其中比较有名的文艺圈有:以周作人的苦雨斋和《骆驼草》杂志为中心的作家,主要成员有周作人、废名、冯至、梁遇春等;由林徽因主持的被称为"太太的客厅"的沙龙,主要成员有林徽因、叶公超、闻一多、陈梦家、何其芳、卞之琳等,主要是留学欧美的知识分子,不少原来是"新月派"的成员;由朱光潜主持的"读诗会"沙龙,主要成员有朱光潜、梁宗岱等,主要也是留学欧美的知识分子;以《大公报·文艺副刊》为中心的圈子,主要通过副刊编辑会聚合,沈从文、萧乾是主要召集人。这些文艺小圈子存在着一定的交叉,比如卞之琳、何其芳既经常光顾"太太的客厅",也是"读诗会"上的重要成员;废名既经常出入周作人的苦雨斋,也频繁进出西式沙龙。但总体来说,京派作家的内部差异非常明显,这首先体现在所受教育不同而产生的差异,像苦雨斋文艺圈中的作家传统士大夫的味道比较浓一些,其他西式沙龙中的作家就比较洋化一些,后者的活动也掺杂了较多的西方元素。其次也体现在代际不同产生的差异,京派作家中既有较早参与新文化运动的周作人、废名、冯至等作家,也有20世纪30年代成长起来的卞之琳、何其芳等新一代青年作家,代际之间在文学观念、审美趣味与个人追求等方面都有显著的不同。

这样一个松散的团体,为什么后人却认为他们具有相似的文学风格和审美追求呢?为什么直到今天,文学史研究始终将他们认定为一个流派,一个整体?大量资料表明,有关京派的研究成果甚丰,但京派这一文学流派的命名问题,却始终没有引起足够重视,或者说从来未有过统一的认识。在我们看来,理清这一问题对准确把握整个京派文学的本质内涵恰恰是具有关键作用的;而要解决这些问题,首先就得回到问题产生的原点,即京派作家界定的标准。

一、"京派"与"外乡人"

有关京派作家的界定是学术界一直争议的问题,争议的焦点聚集在究竟哪些人属于京派?和"京"的关系密切到哪一步才能入"派"?学术界意见纷纭,莫衷一是。试举其中几个比较典型的例子如下:

一是张恨水。张恨水20世纪30年代就生活在北京,创作了《春明外史》、《金粉世家》、《啼笑因缘》等小说,不仅北京城妇孺皆知,而且红遍上海、南京等地。这些作品表现的都是北京市民的生活,但相当多的学者坚决不把他纳入京派作家,称"张恨水的不少作品尽管京味十足,天桥、大栅栏、小胡同,如此等等,留给人们以深刻的印象,再给他乔装打扮,但谁都会认出他不是京派作家"[①]。

---

① 许道明:《京派文学的世界》,上海:复旦大学出版社,1994年,第4页。

二是老舍。老舍土生土长在北京,将一生都倾注于表现北京市民世界,以北京为背景、为题材、为描写重点的作品不计其数,但像老舍对北京那样钟情、痴迷、执着的人却是很少的,几乎没有人能像老舍对北京文化那样透着心的熟悉、那样地道的描写。老舍与北京,是一个人与一座城、与一种文化的关系。然而,却很少有人认为他是京派作家的重要代表,甚至认为他是京派作家的也不多。

三是"九叶"诗人。这批诗人与抗战时期的西南联大有着深厚的渊源,抗战胜利后也与北京及周边几所著名大学关系密切,像穆旦、袁可嘉都在朱光潜主持复刊的原京派杂志《文学杂志》上发表过作品。但他们毕竟形成于上海和云南,不在北京,且与原来京派作家的关系是远距离的。

上述这些作家算不算京派?学术界将其纳入京派的有之,将其分出京派的也有之,提出广义的"京派"与狭义的"京派"加以调和的也有之。然而一个客观的事实是,有关京派文学的权威选本,如吴福辉编选的《京派小说选》(人民文学出版社1990年版)和戴光中编选的《大学名士的清谈——"京派"作品选》(华东师范大学出版社1994年版),都没有提及张恨水、老舍和"九叶"派。

而那些被大多数文学史纳入京派的诗人、散文家、小说家、剧作家以及批评家的主要代表,他们几乎都是"外乡人"!1934年,京派与海派论战最剧烈的时候,鲁迅在化名"栾廷石"发表的《"京派"与"海派"》中指出:"所谓'京派'与'海派',本不指作者的本籍而言,所指的乃是一群人所聚的地域,故'京派'非皆北平人,'海派'亦非皆上海人。"①1938年,沈从文这样回忆京派的文艺活动:"北方《诗刊》结束十余年……北平地方又有了一群新诗人和几个好事者,产生了一个读诗会。这个集会在北平后门慈慧殿3号朱光潜先生家中按时举行,参加的人实在不少。北大有梁宗岱、冯至、孙大雨、罗念生、周作人、叶公超、废名、卞之琳、何其芳诸先生,清华有朱自清、俞平

---

① 鲁迅:《"京派"与"海派"》,载《申报·自由谈》,1934年2月3日。

伯、王了一、李健吾、林庚、曹葆华诸先生,此外尚有林徽因女士,周煦良先生等等。"①这里提及的作家几乎都不是北京本地人。

实际上,从整个京派的发展历程来看,真正是北京本地人的京派作家很少,大多数来自五湖四海:周作人是浙江人,朱光潜是安徽人,废名是湖北人,沈从文是湖南人,李健吾是山西人,梁宗岱是广东人,冯至是河北人,林徽因是福建人,何其芳是四川人,王了一是广西人……这些作家的成长背景和知识结构有那么大的差异,他们在作品中复活的也往往是各自家乡的风情民俗、儿时记忆,为何会被归入同一个"北京"的文学流派呢?大量描写北京的张恨水不算京派,在北京出生的本土作家老舍不算京派,倒是一些在北京描写自己家乡风情的外乡作家——如写《故乡的野菜》的周作人、写《边城》的沈从文、写《竹林的故事》的废名——倒算京派!这不是一件很奇怪的事情吗?

如果我们再深入考察京派这一流派的形成,更觉得它的形成与众不同。在现代文学史上的诸多流派,如文学研究会、创造社、语丝社、湖畔诗社、沉钟社、中国诗歌会等等,都与具体的文艺社团紧密联系,都有自己的共同的艺术宣言或主张。而与京派作家相对立的海派作家,表面上似乎松散,实际上则是一个比较独立的文艺小圈子,主要成员施蛰存、杜衡、穆时英、刘呐鸥等,是同一个文艺圈里的成员。这些现代文学流派形成的特征,却是京派所根本没有的!这是非常耐人寻味的。

这是不是说,现代文学史上实际并不存在京派这一文学流派呢?不,我们认为它是存在的,但同时我们也认为,这一流派的形成有其独特性,不像其他文学流派那样受到人事交往的巨大影响和牵制,它的形成及命名,更多的是来自这批作家在文化观上的共通与近似,这是京派作家之所以被人们视为一个文学流派的关键所在。

---

① 沈从文:《谈朗诵诗〈一点历史的回溯〉》,载香港《星岛日报·星座》,1938年10月1日至1938年10月5日。

正是在这样一种相近、相通的文化观的巨大影响下,京派作家内部因生活经历、知识背景、审美倾向的不同而存在的差异被融合、被忽略了。也正是由于京派是出于这样一种高度的文化自觉而形成的,不受限于某个具体的文艺圈子,所以京派能够海纳百川,坚持多年,拥有比其他文学流派更为丰厚、更为深广的内蕴,产生了深远的影响。可见,如果忽略了京派的文化观的话,我们就难以准确了解京派本身了。那么,京派的文化观主要包含哪些方面呢？我们认为,它主要由三个方面构成:一是自然人性观,二是古典审美情结,三是中立包容、沉稳宽厚的文化姿态。

二、京派作家的自然人性观

在现代文学史上,海派与京派双峰并峙。海派文学源自现代工商业大都市,注重表现大都市的"文明病"和都市男女躁动迷惘的心灵状态,往往展示电影、jazz、摩天大楼、飞机、汽车等现代工业产物,表现现代都市生活所特有的喧闹、繁忙、速度、色彩以及沉湎于其中的享乐、淫逸情绪。乡村生活几乎不在他们视线中,即使提及也多少带有一丝轻慢。京派文学则相反,更多源自乡村生活,具有特别强烈的牧歌情调,多表现对村野世界的向往和对都市文明的反讽。

可以说,京派作品中始终呈现着这样两种鲜明对立的世界：一是乡村世界,一是都市文明。京派作家笔下的乡村世界是：故乡的习俗,田间坟头的民谣；竹林掩映中的茅舍,清澈的菱荡,傍着河岸的古柳和农家；吊脚楼的灯光映照着河中绰约的帆船,有水手点燃废缆来照路上岸；沿着青翠幽静的山峦,一条清冽的河缓缓流过,守着这河、这山的,有一条小船、一个老人和一个少女……京派作家对自然村野的审美表现体现了一种田园牧歌式的情怀。他们对于都市文明的表现则明显带有一种批判的眼光,实际上也是为了衬托自身对乡野世界的向往。这也许非常奇怪,京派作家大多是高层知识分子,但他们的审美趣味崇尚的却是乡土情怀,"乡下人"往往是他们颇为得意的自称。沈从文就这样明确说过:"请你试从我的作品里找出两个短篇对照看看,从《柏子》同《八骏图》看看,就可明白对于道德的态度,城市与乡村的好恶,知识分子与抹布阶级的爱憎,一个乡下人之所以为乡下人,如何显明具体反映在作品里。"①周作人在评论废名小说《竹林的故事》时也流露出这样一种对田园生活的向往:"我不知怎地总是有点'隐逸的',有时候很想找一点温和的读,正如一个人喜欢在树荫下闲坐,虽然晒太阳也是一件快事。我读冯君的小说便是坐在树荫下的时候","冯君所写多是乡村的儿女翁媪的事,这便因为他所见的人生是这一部分"②。

这两种世界的不同,实际上流露出了京派作家共有的一种自然人性观,他们认为:人的自然本性纯朴而善良,只有亲近自然、贴近乡野的人性才是和谐完美的,而人的恶与丑陋是过于喧嚣杂乱的现代社会以及虚矫的现代文明造成的。所以京派作家用饱蘸情感的笔,复活了关于故乡的记忆:大自然怀抱中宁静和谐的生活,善良淳厚的优美人性;粗糙的灵魂、单纯的情欲,新鲜而奇异;热烈的放荡,粗俗的撒野,映现出没有被文明污染的真情实性。他们笔下的乡村世界,在温和与宽容、青春与衰老中,有苦亦有乐,有血亦有泪,有爱亦有憎,然而并不现出生的黯然与狰狞,有的是生的一份欢喜、一份坦诚、一份庄严、一份期待、一份对命运的默默承担。相对于古朴、宁静的乡村世界,是鄙俗、喧嚣的都市世界;相对于女性、老人和儿童稚拙、无机心的世界是男性、上等人虚伪、冷漠、尔虞我诈的世界。在后一个世界中,有自作聪明的市民、故作姿态的绅士、高深莫测的教授、怯懦庸碌的官僚、俗不可耐的太太和矫揉造作的小姐等。

京派作家之所以形成这样一种奇异的自然人性观,有多方面的原因,最重要的无疑是以下两点:

---

① 沈从文:《沈从文小说习作选·代序》,良友图书印刷公司,1936年。
② 周作人:《竹林的故事·序》,北新书局,1927年。

第一,这与他们当时远离政治中心和商业中心有关。20世纪20年代末期,国民党政府迁都南京,整个国家的中心南移,大批作家也南下上海等地,原先作为国家中心的北京遗落为国防的边陲。迁都的一个影响就是,"没有工业和其他支柱产业的北平,文化教育遂成为最重要的事业,成为城市的命脉。……1931年,北平的高等学校26所,几占全国之半"①。1933年左右,胡适、徐志摩、闻一多、沈从文等南迁的作家,先后重返北平任教。他们重返北平的一个原因是他们不堪纷繁芜杂的现代都市生活,不喜欢频繁论争的上海文坛,而希望到一个安静的地方做学问、专心创作。文化积淀深厚、重点高校众多的北平,于是再次成为吸引他们的地方。一批刚从欧美留学归国的作家,如林徽因、朱光潜、李健吾等,在国外受过专门的学术训练,倾向于回国后能在一个相对安静的环境里继续做学问,北平对他们来说自然也是比较明智的选择。还有卞之琳、何其芳、李广田、常风、林庚等新一代的校园作家,就读于北京高校或刚刚毕业,也自然而然地成为京派的重要成员。

正是由于远离政治中心和商业中心,远离混乱不息的论争,京派作家在北平这个"大学城"才容易沉静下来思考有关宇宙和人的终极问题。关注人本身,特别是探索人性问题,成为京派作家共有的特点:"京派批评家的文学视野所关注的,主要的不是社会或历史的进程与规律,而是个体的人、是主体对生活的体验与领悟。……在京派作家的文学功用观中,人的因素也占据着极为重要的地位——文学对社会施加影响同样是通过人,通过对国民的每一个个体的人格塑造来达成的。""'人'——个体的'人',就成为流派批评的文学本质论与文学功用论的交汇点,成为他们将自己的社会关怀与文学理想联系起来的重要枢纽(或者中介环节)"②。因为对大都市有着深刻的拒斥,他们不约而同地将对理想人生、美好人性的向

---

① 杨东平:《城市季风》,北京:东方出版社,1994年,第140页。
② 黄健:《京派文学批评研究》,北京:三联书店,2002年,第118页。

往寄托在了自然上:"从审美情趣上看,'京派'小说家几乎没有一个人不心仪陶渊明,这种选择使他们在自己的作品中也表现出对田园牧歌情调的倾心向往……但他们的田园牧歌风的小说比西方的自然派作品更讲求自我的逃遁,更讲求情感的客观投影,因而有某种类似非个人的性质,'万物与我为一'的理想正是它的注脚。"①

第二,对传统文化的崇尚与追随,也是京派作家形成自然人性观的一个重要原因。京派作家大多是学者出身,对传统文化表现出极大的热忱,并且对传统文化的吸收也有共通之处,那就是:他们比较注重古代文化中的道家和禅宗,普遍崇尚自然、注重内心体悟。周作人在《中国新文学的源流》中把新文学分为"载道派"和"言志派"两类,早已表明了对儒家文化的排斥。"五四"退潮以后,他逐渐退出社会论战,埋头于苦雨斋中,隐逸思想就更重了。他为废名的长篇小说《莫须有先生传》写序,大段引用《庄子》来评价废名,认为废名"文章已近道",并认为庄子的话是"关于好文章的理想",②道家思想的影响是非常清晰的。沈从文的作品在描写人与命运与社会冲突过程中表现出来的顺其自然、心情淡泊,道家文化的影响是不言自明的。而废名本人就著过一本名为《阿赖耶识论》的佛学著作(该书一直到 1998 年才由辽宁教育出版社出版)。就小说创作而言,从 1925 年出版的短篇小说集《竹林的故事》,到 1928 年出版的短篇小说集《桃园》,再到 1932 年出版的长篇小说《桥》,代表了废名小说创作所经历的三个阶段,也展现了废名小说禅宗意味的不断加重、田园风情不断增浓的过程。长篇小说《桥》在废名所有的作品中,被认为是"最具禅意的一部"③。这部长篇其实是废名以往小说创作的连缀和延续,故事还是从《柚子》就开始的那个爱情故事,场景也类似竹林、桃园、菱荡那些幻美迷蒙的场景,但人物的性格和命

---

① 黄健:《京派文学批评研究》,北京:三联书店,2002 年,第 269 页。
② 周作人:《莫须有先生传·序》,开明书店,1932 年。
③ 罗成琰:《废名的〈桥〉与禅》,载《中国现代文学丛刊》,1992 年第 1 期。

运更具抽象化,更多投入了作者自身的心理体验,诚如朱光潜所说:《桥》里的"主要人物都没有鲜明的个性,他们都是参禅悟道的废名先生"①。正是因为《桥》融入了"妙悟"、"静观"、"明心见性"、"直指人心"等佛教思想,并运用语句的"跳跃"和"断绝"来构成大片想象空间,精心营造出唐人绝句的意境,才体现出那种安于自然、悠寂闲适和宁静淡远的乡土田园之美。

必须指出,传统文化中的道家和禅宗这两支思想脉络,与京派的自然人性观有着非常接近的地方,但它们所指向的历史语境是有一定区别的。道家和禅宗所面对的,是以农业文明为基础的传统中央集权制度;京派的自然人性观所面对的,则是以现代工业为基础的正在转型的现代国家。所以京派自然人性观的价值,不仅在于他们延续了传统文化的某些精髓,更在于他们从所面对的新的历史语境出发,对传统文化做出了某些创造性的重释和革新,为传统文化的现代转化做出了积极贡献。

三、京派作家的古典审美情结

20世纪30年代,当"左翼"文学、意识流小说、心理分析小说、新感觉派等世界文学思潮在上海文坛轮番登场时,北平文坛特别是京派作家群则显得步履从容,略显"滞后",他们的创作实践和理论研讨普遍存在着一种浓厚的古典审美情结。

这里所说的"古典",比较宽泛,不专指古典主义,而是针对当时风行世界的现代主义文学思潮的"现代"来说的。京派兴起的时期,正是现代文学如日中天的时候,达达主义、超现实主义、表现主义、未来主义等20世纪新生的文学流派横扫欧美,诗歌中的艾略特、奥顿,小说中的伍尔夫、乔伊斯、"左翼"小说、日本新感觉派小说、心理

---

① 孟实(朱光潜):《桥》,载《文学杂志》,1937年第3期。

分析小说,都风靡一时。这些文学思潮和文学创作虽然主题不同,风格各异,但普遍表现出来的一种倾向是对传统文化的叛逆与重估,充满了狂热、虚无、歇斯底里。尼采在数十年前"重估一切价值"的叫喊,在现代文学中得到了淋漓尽致的呼应。这股现代主义狂涛巨浪的涌现,既有文学内部发展的原因,也是第一次世界大战重创西方文化的结果。一战的悲惨结局,使欧美社会占主流的人道主义思想和启蒙主义思想遭受重创和扭曲,各种虚无主义的思潮汹涌澎湃,在美国、法国、希腊、意大利、俄罗斯等地掀起一股非理性的文学巨流。

　　这种风潮在20世纪20年代就已经波及中国,郭沫若即为受影响者中最著名的一个。创作《女神》时期的郭沫若,不但深受惠特曼浪漫主义的影响,而且受到了同时代的表现主义和未来主义的感染。①郭沫若不少惊世骇俗的行为,与这批现代主义者多有共通处。比如,1924年,法国老作家法朗士去世——当时有人认为他仅次于托尔斯泰,超现实主义者出版小册子《一具死尸》加以庆祝:"跟你一样的人,尸体啊,我们不喜欢他们!"(艾吕雅)"随着法朗士的消失,可以说是人类的奴役的消失。这一天,人们埋葬了狡猾、传统主义、帝国主义、投机主义、怀疑主义、现实主义和毫无心肝,希望这一天成为节日!"(布勒东)"刚刚死掉的这一位(……)轮到他化为灰尘!作为一个人,他留下的已没有什么,但一想到:无论如何他曾经存在过,就让人愤慨!"(阿拉贡)②1928年,郭沫若撰文批判鲁迅:"我们再不要专事骸骨的迷恋,而应该把阿Q的形骸与精神一同埋葬掉";"(鲁迅——引者注)蒙蔽一切社会恶"、"麻醉青年",是"反动的煽动家",比"贪污豪绅还要卑劣";"他是资本主义以前的一个封建余孽。资本主义对于社会主义是反革命,封建余孽对于社会主义是

---

　　① 参见罗钢:《历史汇流中的抉择——中国现代文艺思想家与西方文论》,北京:中国社会科学出版社,1993年,第129~144页。
　　② 转引自[法]昆德拉:《帷幕》,上海:上海译文出版社,2006年,第182~183页。

二重的反革命。鲁迅是二重性的反革命人物。以前说鲁迅是新旧过渡时期的游移分子,说他是人道主义者,这是完全错了。他是一位不得志的 Fascist(法西斯蒂)!"①郭沫若比布勒东、阿拉贡这批作家大几岁,但大致是同代人,都有相近的气质和情绪。进入 20 年代末期,现代主义潮流在上海得到了更为热情的呼应,《无轨列车》半月刊在 1928 年 9 月的创办以及其对法国现代主义文学的译介,为中国拉开了一个现代主义文学发展的新序幕。刘呐鸥、戴望舒、施蛰存、杜衡、徐霞村等作家汇集在《无轨列车》的周围,积极探索现代主义创作,成为倡导现代主义的一个集团。

与海派不同,现代主义虽然也影响了京派的少数作家,如废名、何其芳、卞之琳等,但在他们的创作实践都被压缩到了微弱得难以辨认的程度,并且他们对现代主义的吸收主要停留在技术层面上,而拒斥现代主义文学那种虚无、绝望、狂热的思想。与海派作家追赶新潮的兴趣相比,京派作家普遍鄙薄浮躁时髦,更看重中西的古典作品。他们的创作实践也体现着这样一种倾向:周作人的小品文平和、冲淡、清新、典雅,既有六朝文章和晚明小品的韵味,也有古希腊文学的理性节制和启蒙主义的人道主义的情怀;废名的小说中既有唐人绝句的意境,也有屠格涅夫的优雅;卞之琳、何其芳、李广田、林庚、曹葆华等人的诗篇,更是融合了晚唐诗、南宋词与象征主义的韵味。

京派作家多以师生关系为联结纽带,如周作人之于废名、梁遇春、沈从文之于萧乾,他们在讲坛上传授知识,在聚会中交换观念,精神资源是相近的。中国的经典作品中,他们比较看重《论语》《庄子》、六朝文章、晚唐诗、宋词、晚明小品等,偏重于散淡唯美的作品;西方的经典作品中,他们比较看重古希腊文学、莎士比亚、卢梭、屠格涅夫、契诃夫、乔治·爱略特等。这些都是前现代主义的文学作

---

① 郭沫若:《文艺战线上的封建余孽》,载《创造月刊》第 2 卷第 1 期,1928 年 8 月。

品，没有现代文学那种虚无和狂热。朱光潜就这样说过："我从许多哲人和诗人方面借得一副眼睛看世界，有时能学屈原、杜甫的执着，有时能学庄周、列御寇的倘徉凌虚，莎士比亚教会我在悲痛中见出庄严，莫里哀教会我在乖讹丑陋中见出奥秘，陶潜和华兹华司引我到自然的胜境，近代小说家引我到人心的曲径幽室。"①上面提到的都是中西的经典作品。京派作家追求的是内在的精神契合，而不是外在的先锋符号。那些刚留学归国的作家，对中国古典文化的热爱更加突出。梁宗岱 1931 年致信徐志摩："我五六年来，几乎无日不和欧洲底大诗人和思想家过活，可是每次回到中国诗来，总无异于回到风光明媚的故乡，岂止，简直如发现了一个'芳草鲜美，落英缤纷'的桃源，一般的新鲜，一般地使你销魂。"②林徽因也如此，在卞之琳的回忆中提到："林徽因一路人，由于从小得到优越教养，在中西地域之间、文化之间，都是来去自如，也大可以在外边出人头地，但是不管条件如何，云游八方后还是一心早回到祖国，根不离国土，枝叶也在国土上生发。她深通中外文化，却从不崇洋，更不媚外。她早就在《窗子以外》里说过一句'洋鬼子们的浅薄千万学不得'。她身心萦绕着传统悠久的楼宇台榭，也为之萦绕不绝，仿佛命定如此。"③他们在创作中也积极汲取古典文学的营养，废名就说过："就表现的手法说，我分明地受了中国诗词的影响，我写小说同唐人写绝句一样，绝句二十个字，或二十八个字，成功一首诗，我的一篇小说，篇幅当然长得多，实是用写绝句的方法写的，不肯浪费语言。"④

  京派作家的古典审美情结，还表现在他们在中西文化交汇的语

---

  ① 朱光潜：《从我怎样学国文说起》，见《我与文学及其他》，开明书店，1943 年。

  ② 梁宗岱：《论诗》，见《梁宗岱批评文集》，珠海：珠海出版社，1998 年，第 20 页。

  ③ 卞之琳：《窗子内外·忆林徽因》，张曼仪：《中国现代作家选集·卞之琳》，北京：人民文学出版社，1995 年，第 128 页。

  ④ 废名：《废名小说选·序》，北京：人民文学出版社版，1957 年，第 2 页。

境中,始终以中国古典文化为主体来接受西方古典文化的影响。那些以沙龙为场所碰撞思想、交流观念的京派作家,一方面比较容易关注西方文学发展的语境,同时又对中国传统文化有很深的了解和眷恋。他们的古典审美情结不是单一地来自传统文化,也不是生硬地吸取西方流行元素,而是建立在对中西文化广泛吸收的基础上。比如卞之琳、何其芳、李广田、林庚、曹葆华等诗人,在诗艺上都借鉴了艾略特的作品。他们的诗歌也把都市生活纳入文学表现中,但并不像新感觉派那样"汇集着大船舶的港湾,哄响着噪音的工场,深入地下的矿坑,奏着JAZZ乐的舞场,摩天楼的百货店"[1],而只是着力于表现故都的红墙、灰瓦、黄色落叶、土色道路、过街驼铃、沿街叫卖等传统意象。他们借鉴的只是西方的现代主义诗歌技巧,最终诗人想要表达的还是传统情绪。同样的情况也出现在京派的小说创作中。如废名的《桥》,不少学者都指出这部长篇小说中隐藏着许多现代主义小说的意识流动、视角转换等手法,但小说本身呈现的是一种中国风格的诗意和禅趣,现代主义的手法非常隐晦,不加仔细甄别是根本看不出来的。究其原因,是因为京派作家非常注重自身的文化身份,在中西文化交汇的语境中始终贯彻以中国古典审美趣味为主体的基本立场。废名就这样说过:"在艺术上我吸收了外国文学的一些长处,又变化了中国古典文学的诗,那是很显然的。就《桥》与《莫须有先生传》说,英国的哈代,艾略特,尤其是莎士比亚,都是我的老师,西班牙的伟大小说《吉诃德先生》我也呼吸了它的空气。总括一句,我从外国文学学会了写小说,我爱好美丽的祖国的语言,这算是我的经验。"[2]京派的这样一种文化自觉,无疑是非常可贵的。

前述的自然人性观和古典审美情结,都属于京派作家文化观的内在蕴涵,现在我们再阐述其文化观的外在形态,即中立包容、沉稳

---

[1] 施蛰存:《又关于本刊的诗》,载《现代》第4卷第1期,1933年1月。
[2] 废名:《废名小说选·序》,北京:人民文学出版社,1957年,第2页。

宽厚的文化姿态。这主要表现在以下两方面：

第一，京派作家普遍比较中立包容。周作人虽是新文化运动的元老，"五四"时期参与过对复古派的论战，但兴趣主要在学术上，传统士大夫从容不迫的气质特别明显。这就是为什么他不像鲁迅一样奔赴上海，而选择留守古都北平；这也是为什么他虽曾在《语丝》上与"现代评论派"作家唇枪舌剑，却能够尽释前嫌，力邀胡适北上任教。这种保持中立、包容异己、向往自由的倾向，同样出现在沈从文、杨振声等人身上，也同样出现在留学欧美归国、热衷学术研究的林徽因、朱光潜等人身上。京派作家一向很少介入论争，所办刊物也很少登载评论文章，基本以文学创作和学术研究为主。1930年创刊的《骆驼草》一般被认为是京派文学兴起的标志，它刚创刊，远在上海的鲁迅致信友人章廷谦，认为这份自称要延续《语丝》传统的小刊物实际上丧失了《语丝》的"活泼"，缺乏观点鲜明的介入现实社会的姿态。[①] 1934年以林徽因为召集人成立的学文社及《学文》杂志，也采取了一种不问世事的姿态，主要刊载学术论文和创作，是相当学院精英化的杂志。同年由卞之琳主编的《水星》杂志，仍然只发表创作，不发表时事评论。1933、1934年影响甚大的京派与海派论争，上海作家如鲁迅、苏汶、曹聚仁、胡风、姚雪垠等都积极参与，京派作家除了沈从文积极应对之外，其他作家都采取了一种远观的中立态度。

第二，京派作家的作品比较沉稳宽厚。京派作家没有海派作家那种狂热、浮躁、歇斯底里的情绪，他们不美化人生和现实，但承认人生自有一种价值和意义，对生活和世界抱有一种理解的善意，而与海派文学中弥漫的那种及时享乐、人生虚无的观念完全不同，显得沉稳而又宽厚。沈从文笔下的湘西世界呈现出一种田园牧歌式的宁静、长河泛舟式的舒缓，同时又具有一种原始萌动的生命力，有

---

① 鲁迅：《致章廷谦信（1930年5月24日）》，见《鲁迅全集》第12卷，北京：人民文学出版社，2005年，第235页。

永恒的承诺和美好的誓言,气魄宏大。废名小说中构建的唐诗意境清新隽永,让人久久回味。周作人的小品文中弥漫着一股浓厚的人道主义情怀,对喜怒哀乐、鸟兽虫鱼、花草树木等都抱有一种宽容的同情;萧乾的小说和游记淋漓尽致地表达了对人世疾苦的深切悲悯与感怀;凌叔华的小说则借儿童的视角表达对整个世界的包容和期待……这些作家真切地关心世界,坚持人性的价值,他们的创作中充满了对世界万象的关怀和期待,他们的作品使人沉稳深思,而不是心浮气躁。

京派作家这种文化姿态的形成,受到了两个方面的滋养和浸染,一是学院文化,一是北平文化。

新文学的发生从一开始就与北京的学院文化密不可分。钱理群曾撰文指出学院文化与现代文学在"发生学"上的血肉联系:"1917年初蔡元培就任校长以后对北京大学所进行的一系列教育改革,与新文化运动的发动,几乎是同步的,改造后的北京大学自然成了新文化运动的中心。""当年蔡元培先生登高一呼,很短的时间内,陈独秀、李大钊、胡适、鲁迅、周作人、钱玄同、刘半农等一大批五四新文化运动、文学革命的倡导者,影响一个世纪的民族精英都云集于北京大学,这固然是由许多具体的人事关系促成,有一定的偶然因素;但也标示着时代知识分子精英的新的选择与流动趋向"[①]。"五四"前后,北京特定的学院文化培育了一大批著名的教授作家,他们中的大部分虽然都在新文化运动退潮后南下,但留下的一部分人以及相关的文学与文化品格,为后来京派文学的兴起打下了基础。1928年迁都南京以后,当国民政府在南方大力发展工科、实用教育时,北平高等教育界却采取了通才教育的教学模式,加之自由主义教育以及重视研究的风气,北平的大学酝酿着一股沉潜的学风。北平大学文学系在课程设置和建设上也特别重视文学写作实

[①] 钱理群:《现当代文学与大学教育关系的历史考察》,载《中国现代文学研究丛刊》,1999第1期。

践以及西方文学的介绍,还将新文学引入了大学讲坛。此外,京派作家多以高校为聚合点,师生关系是其聚合的基本纽带,同人刊物则是其创作的试验园。这种相对封闭的文艺圈关注的东西集中在学术和创作上,人际关系相对单纯。这样,京派作家身居文化古都,浸染于经院学风,更容易产生从容宽厚的文化心态和浓厚的艺术独立意识。

北京(平)文化的影响也是十分重要的。北京作为辽、金、元、明、清五朝古都,大气、大度、包容性广、接纳性强,整座城市弥漫着深厚的文化底蕴和浑融的古典气息。无论是结构对称、方正典重的宫殿街衢,还是四合院式的规整严实的平民建筑,都给人一种中古社会的从容迂缓的稳定感,展示了一种东方情调的人生境界。这些作为"外乡人"的京派作家在来到北平这座历史古都后,都有一个从陌生到接纳的过程。周作人在他晚年的《知堂回想录》中,就回忆起他刚来北京时,感受到北京街道上牌坊的那种气魄,数十年念念不忘。[①] 沈从文是在北京构筑他的湘西世界的,著名的《边城》就完稿于北京,这些小说创作之所以那么大气、壮阔,远远超出湘西世界的本来面目,已有研究指出这实际上暗含着北京文化的影响。[②] 对于何其芳、卞之琳等年轻一代诗人而言,北平的古墙、街道、槐树、四合院等直接成为他们的诗歌意象,他们时刻思索着有关北平这座城市的记忆和忧伤。林徽因、凌叔华等女作家也在散文中不断提到对北平的爱,特别是人情的宽厚、建筑的肃穆和民俗的淳朴。不难看出,这些外乡人在习惯北平生活的过程中,不知不觉地浸染了北平文化那种博大而又纯良的养分。

综上所述,京派作家不是一个严密的文学团体,在创作实践中

[①] 周作人:《道路的记忆一》,见《知堂回想录(下)》,石家庄:河北教育出版社,2002年,第595~596页。
[②] 钱理群:《一个乡下人和两个城市的故事——沈从文与北京上海文化》,见《钱理群讲学录》,桂林:广西师范大学出版社,2007年,第34页。

也存在着一定差异,但相近的文化观还是使他们形成了一个独特的文学流派。把握这一文化观对我们准确理解和认识京派作家的历史定位及其现实影响有着不容忽视的重要意义,也为我们解决京派作家的界定问题提供了相当充足的理由。

顺便提到的是,在完成以上分析后,我们就能比较容易地理解老舍、张恨水以及"九叶"诗人之所以会被文学史研究者下意识地排除出京派作家的行列,主要是因为他们的文学创作与京派的文化观有着较大的差异,而不是其他原因。

第十九章

京派及地域文学的文化意义

作为地域文学研究的一个重要方面,较之前些年海派文学研究的丰富成果而言,京派文学在近几年内引起了学术界比较集中的关注,也取得了相当多的成果。但是,无论京派还是海派,越是对它们进行深入研究,越是可以发现这样一个新的问题,那就是它们不仅仅是作为一个文学流派而存在的,它们与特定的历史背景、社会思潮,尤其是文化底蕴,都存在着密切的关联。因此,文学流派的价值和意义不仅仅在于体现出地域文学的某些特质,它们还有新的研究空间,这就是文化资源的开掘与发现。京派与海派文学更加深厚和丰富的资源在于文化,京派与海派得以不断生存发展的主要原因在于文化的创新与流变,认识到这一点对我们重新探究作家作品的意义,重新进行地域文学及文学流派的定位,重新梳理文学史与学术史的脉络,都有着新的重要的启发。

在此,首先有必要简略回顾一下包括京派、海派文学在内的地域文学研究的主要过程。20世纪80年代以来,由于单个作家作品和社团流派的研究已经积累了相当的成果,因此,地域文学研究明显地受到学术界越来越广泛的重视。其中以湖南教育出版社在1997年推出的"20世纪中国文学与区域文化"系列丛书为标志性成果,包括"江南士风与江苏文学"、"'山药蛋派'与三晋文化"、"黑土地文化与东北作家群"、"湖南乡土文学与湘楚文化"、"现代四川文学的巴蜀文化阐释"等。此外,与之相关的成果还有"陕西文学与三秦文化"研究、"齐鲁文学"研究、"吴越文学"研究、"闽粤文学"研究、"燕赵文学"研究以及"京派与海派文学"研究等等。在上述研究成果中,最突出的特点就是将文学与文化联系在一起,充分注意到了文学的文化背景和文化特点,拓展了文学的视野,丰富了文学的内涵。然而,也正是在这一点上,反映出地域文学研究的一个重要缺失,甚至可以说是偏颇,这就是将地域文学与地域文化对应起来,过于强调一方水土与一方文学的固有关系。而事实上,文学与文化的关系是异常复杂的,这种关系不仅有相对程度的稳定性,而且还有相当程度的流变性。文化不仅仅构成了文学的一些背景和特点,更重要的意义在于,文化是文学的深层底蕴与资源,文化的流变与文学的流变还有着深刻的互动性。近年来京派文学的研究在这一方面显示了某种代表性的意义,本文力图通过京派文学研究中呈现出的问题来进一步探讨地域文学的文化资源与文化意义。

一、京派作家的文化姿态

本文作者不久前在北京首都图书馆作了一次有关京味儿文学与北京文化的讲演,随后,《北京晚报》登出了讲演的内容,并加上一些小标题,其中第一个小标题就是"老舍不是京派作家"。为此,本文作者在网上遭到了广泛的质询:"老舍不是京派作家,谁是?难道你是!"看起来,老舍是一个京派作家似乎是不容置疑的,但事实上这的确是一个问题,而且是一个很复杂的问题。老舍作为"京味儿"文学的代表作家,这是没有什么歧义的,但学术界却很少有人把老舍当作是京派作家的主要代表,甚至有人根本不认为老舍是京派作家,这也是事实。那么老舍究竟是不是京派作家呢?这就关系到京派文学的文化蕴涵的复杂性。应该说,京派文学至少包含着两个不同层面的文化内涵:其一是北京底层社会的平民文化,在这个意义上讲,老舍对北京市民群像的生动描写,对北京市井风情的多方刻画,包括纯正地道的北京方言土语的成功运用,特别是作家投入在作品中对于北京的那一腔深情,是用力最多的,也是最鲜明、最出色的,所以他当然是京派作家;其二是北京上层社会的精英文化,尤其是 20 世纪 30 年代在北平以大学教授、留学欧美知识分子所组成的学院派和文化沙龙,他们追求传统诗意、田园牧歌、乡土情调,这一文化阶层的主要代表是周作人、俞平伯、废名、林徽因、朱光潜、李健吾、沈从文等人,从这个层面上讲,老舍又不是京派作家,更不能算是京派文学的代表作家。由此可以看出,老舍是不是京派作家,是从不同文化层面上来考量的,不能单向度、简单化地说老舍是或者不是京派作家。老舍是不是京派作家其复杂性不在老舍本身,而在于文学与文化关系的复杂性。

不仅仅是老舍个人,整个京派文学的界定在学术界长期以来都是一个极有争议的问题:"京派"的界线何以确立?"京派"的范围何以划定?究竟哪些人属于"京派"?和"京"的关系密切到哪一步才能入"派"?"京派"文学与"京味"文学到底是什么关系?如"九叶"诗人,他们在抗战时期西南联大成名成派,他们与北平及周边几所著名大学有着深厚的渊源,但他们与"京派"的关系又始终是远距离的。他们到底算不算"京派"?学术界将其纳入"京派"的大有人在,将其分出"京派"的也不在少数,还有人折中一下,提出广义的"京派"与狭义的"京派"加以调和,但至今学术界关于"九叶"诗人是不是"京派",依然和老舍是不是"京派"一样各执一词。再有一个经典的例子就是张恨水。张恨水 20 世纪 30 年代生活在北平,先后创作了《春明外史》、《金粉世家》、《啼笑因缘》、《美人恩》、《斯人记》、《天河配》、《落霞孤鹜》、《艺术之宫》、《京城幻影录》、《夜深沉》等多部以北京为背景的作品,不仅生动表现了北京市民的生活,而且也具有相当浓郁的北京风俗民情,张恨水成了北京城上下妇孺皆知的作家。尽管如此,学术界许多学者却从不把他看作是京派作家,甚至有学者这样明确地说:"张恨水的不少作品尽管京味儿十足,天桥、大栅栏、小胡同,如此等等,留给人们以深刻的印象,再给他乔装打扮,但谁都会认出他不是京派作家"。①

像张恨水这样以写北京故事出名的人不算京派作家,像老舍这样在北京土生土长的人不算京派作家,像"九叶"诗人这群与北京及相关大学关系密切的人也不算京派作家,那么,究竟谁才算京派作家呢？这样的质疑显然是不无道理的。我们先放下这些歧义不说,有一点是明确的,有目共睹的,那就是被学术界、被文学史纳入京派的作家,包括诗人、剧作家、小说家、散文家和批评家几乎全都是"外乡人":周作人是浙江人,废名是湖北人,沈从文是湘西人,朱光潜是安徽人,李健吾是山西人,梁宗岱是广东人,冯至是河北人,林徽因是福建人,王了一是广西人,何其芳是四川人,此外,还有孙大雨、罗念生、叶公超、卞之琳、林庚、曹葆华,以及朱自清、俞平伯等等,这些被学术界划在京派圈子里的人,绝大多数都不是北京人。关于京派作家的籍贯问题,当年鲁迅就曾指出:"所谓'京派'与'海派',本不指作者的本籍而言,所指的乃是一群人所聚的地域,故'京派'非皆北平人,'海派'亦非皆上海人。"②鲁迅所指出的是一个基本事实,但这个基本事实是怎样形成的呢？为什么那些非北京籍的外乡人会被认同为是京派作家呢？笔者认为,这里的关键在于,作为一个文学流派,京派的特点和底蕴来自于复杂的文化因素,而其中最重要的是北京文化的一些根本特点与学术界认定的那些非北京籍的京派作家的审美追求达成了契合与共鸣。北京文化的宽厚、包容与多层空间,北京文化的同化力与亲和力,北京文化特有的自然情调和乡土气息等,所有这些与京派作家的审美追求和文学姿态融为一体,特别是京派作家所普遍具有的自然人性观和古典审美情结,也都与北京这个千年古都的文化底蕴息息相通、一脉相承。因此,判定京派作家的标准,就不再是作家个人的籍贯,也不是作家创作的

① 许道明:《京派文学的世界》,上海:复旦大学出版社,1994年,第4页。
② 鲁迅:《"京派"与"海派"》,载《申报·自由谈》,1934年2月3日。

素材,甚至也不是作家创作的地域风情,而是一种超然于这些之上的更广大、更驳杂的文化自觉。这就是关于京派文学界定所产生分歧的复杂而深层的原因。这一点启发我们,地域文学的研究空间和着重点,应该向文化方面拓展,应该更关照文化的复杂性所形成的意义,既不能就文学谈文学,也不能简单地把地域文化看作是地域文学的唯一参照,因为,文化的复杂性远远超过了地域性。

二、京派文学的文化资源

京派的问题与歧义还不仅仅在于它的界定方面,就一个流派所具有的特点来说,京派也是比较独特的,它与中国现代文学史上其他流派有着明显的不同。以文学研究会为主体的"为人生而艺术"的流派,以创造社为主体的"为艺术而艺术"的流派,以《语丝》同人为主体的任意而谈的散文流派,以新月社为主体的"新格律诗派",以湖畔诗社为主体的追求"纯诗"的小诗派,以及浅草－沉钟社、东北作家群、中国诗歌会、象征诗派、现代诗派、新感觉派、七月派和"九叶"诗派等等,所有这些群体之所以成为流派,最鲜明的特点一是有自己明确的艺术追求和共同的文学主张,二是与具体的社团有着较为密切的组织联系,至少二者具备其一。而京派却没有这样的特点,它从形成到发展都是非常松散的,甚至根本没有一个固定的组织形式,从来没有正式结社,也没有发表过任何共同的文学宣言。在被称之为"京派"的作家当中,倒是确有一些各自独立的小圈子:如周作人、废名、冯至、梁遇春等人以苦雨斋和《骆驼草》为中心的作家群;以林徽因、叶公超、闻一多、陈梦家、何其芳、卞之琳等欧美留学生为主的"太太的客厅";还有同样是以欧美留学生为主的朱光潜、梁宗岱等人的"读诗会";再有就是以沈从文、萧乾等为主要召集人的《大公报·文艺副刊》作家群等。但这些小圈子是自然形成的,是非常随意而松散的。京派作家内部的这些小群体无论在传统底蕴、教育背景、文学情趣、审美追求和文化姿态上，都有明显的差异，并没有在某些方面构成集中的、鲜明的、共同的文学主张或审美追求，而且，京派作家内部的这些群体之间还存在着相当程度的交叉活动，从人员构成到文学活动都相当混杂。总之，学术界通常称之为"京派"的作家，实际上是由前后不同时期的几部分作家汇合而成的，它既有新月社解散以后遗留下来的一部分作家，又有20年代末30年代初一部分从北京南下之后又北归的作家，还包括像老舍、张恨水这样一些在北京时间比较长的一些作家。难怪京派作家的界定很难划分，相对一个严密和整体意义上的流派来说，京派作家的确是太松散了，无论是内部还是外部的情形都太复杂了，与其他文学流派的差异太大了。

京派文学的这种组织形态和形成过程又说明了什么问题呢？既然如此松散、如此复杂，为什么长期以来学术界又始终将它看作是一个流派呢？我们想，这里的原因还是要从文化上面去考虑。我们以往考察一个文学流派，甚至是界定一个流派的主要标准，除了组织形式以外，主要是看它提出了什么样的共同的文学主张以及在实践中是如何体现的，这当然是有道理的。但是仅仅注重这一点，是否能够全面和准确地去把握各种不同的文学流派呢？是否会影响我们对那些情形复杂的文学流派的观察和判断呢？比如京派，它虽然没有严密的组织形式，也没有共同提出过鲜明的文学主张，而是由比较宽泛的、复杂的文化姿态使他们形成一个整体或流派的，但正因为此，京派拥有了复杂的、丰富的文化资源，这些资源，不仅仅是作家创作的背景、素材、语言等等，而且包括他们的文化生活与文化活动，比如各类文化沙龙，比如他们的一些职业行为，像编辑各类不同的报刊，还比如他们在大学任教过程中所从事的文学和文化活动，甚至还有他们共同生活的北京（北平）这个独特的文化空间对广大京派作家家乡故土情结的促动和引发等等，这些看似松散的东西，实际上正是形成京派作为一个流派的共同因素。

无论对于京味文学还是京派文学来说，老舍的《骆驼祥子》都应该是一部具有经典意义的作品,但是,专门针对于京派来说,更具有广泛而深远意义的可能是比《骆驼祥子》更早的《骆驼草》。从 1924 年初的《骆驼》到 1930 年改名的《骆驼草》,这是周作人等人创办的一个所谓"纯文艺"的杂志。在该杂志上经常撰稿的作者除周作人外,还有俞平伯、废名、徐祖正、冯至、梁遇春、徐玉诺等人,这个一共只刊发了二十六期、存活不到半年的刊物,却对京派的思想理念和文学姿态有着深刻的影响。无论从刊名"骆驼",还是刊发的作品都比较明确地传达出这样几则信息:一是坚持精英文化的立场,走纯文学之路,保持学院派的风格;二是主张中西文化的交融与整合,尤其注重对中西文化传统的承接;三是表现出明显的自由主义文化气息和个人主义的浓郁色彩。这些理念和姿态对京派作家尤其是学院派为主的作家圈的创作有着明显的引导作用,在周作人、俞平伯、废名等人的作品里,常常流露出浓郁的个人情怀,穿插着大量的民俗掌故,即使对外国文学的翻译,也是字斟句酌,讲究文词的漂亮和严谨,以至于缜密的考辨则成为某些人的癖好。尽管《骆驼草》存在的时间不长,经营的人也不多,供它生长的园地也不开阔,但是它对京派作家冲淡自然的风格的形成,对坚持本真的文学意义的探求,以及对广大京派作家包括后来一些年轻的京派作家如何其芳、李广田、卞之琳等都起到了意味深长的影响作用。从办刊的角度来说,除了《骆驼草》,京派文人还先后创办了《学文》、《水星》、《大公报·文艺副刊》、《文学杂志》等,也都形成了自己独有的特色。这些刊物的追求和特色以及围绕办刊的各项活动,也都构成了京派作家形成整体风格的文化资源。

京派文学的又一个重要文化资源是文化沙龙,其中最有声色的就是以林徽因为代表的"太太的客厅"和朱光潜为代表的"读诗会"。林徽因作为京派文学的一个成员,其实她更重要的角色意义在于她不仅仅是一位作家,还是一位博学多才的学者、一位擅长交际的文化名人。20 世纪 30 年代,总布胡同三号的"太太的客厅"是京城最有名的文化沙龙之一,其中聚集的不仅仅是太太们,更有周培源、金岳霖、钱端升、张熙若、陈岱孙、沈从文、萧乾、卞之琳等哲学家、政治学家、经济学家、物理学家、作家、编辑、大学教授及大学生等等。在这样的文化沙龙里，各个不同领域的学术交流，各种治学方法与思路的碰撞，包括不同的人生体验和相互之间的情谊，带来了比较开阔的视野，比较深层次的思想沟通，比较严肃的学术精神的培育。这种文化氛围和它所形成的深度，同样对京派文学、京派作家有着一种无形的影响。当然，作为京派内部各种圈子交叉活动的一个例证，"太太的客厅"除了思想交流之外，也办刊物，也做实际事情。1934年春创刊的《学文》月刊就是在"太太的客厅"里形成的。它的主要作者有林徽因、叶公超、闻一多、饶孟侃、陈梦家、杨振声、卞之琳、何其芳、废名、沈从文、余上沅、钱钟书等。该刊除了发表小说、诗作等文学作品之外，还多发长篇学术论文，注重实绩，反对虚浮，讲究本职，情感与理性兼容，古今中外贯通。文学与学术的交融是这个刊物的一大亮点，也体现了京派同人诸如林徽因这样的兼作家与学者于一身的重要特色。可以说，"太太的客厅"及《学文》月刊在更为宽泛的意义上体现了京派文学的文化姿态和审美追求。

朱光潜在1933年7月回国任教于北京大学之后，在自己的住所慈慧殿三号开办的"读诗会"是京派文人的又一个文化沙龙。参加者主要有北大、清华的一些教授，如梁宗岱、冯至、孙大雨、罗念生、周作人、叶公超、废名、沈从文、卞之琳、何其芳、朱自清、俞平伯、王了一、李健吾、林庚、曹葆华、周煦良、林徽因等。从名单上再次可以看出，其中相当一部分人和"太太的客厅"和《骆驼草》杂志的常客都是交叉的。"读诗会"是真的读诗，主要读欧美的诗作，是西方文艺沙龙移植到中国来的一个经典范例。后来在抗日战争期间，"读诗会"的主持人朱光潜在大学的课堂上朗读"英诗金库"中华兹华斯的长诗《玛格丽特的悲苦》时，突然感慨万分，哽咽无语，继而泪流双颊，快步走出教室，留下满屋的学生一片愕然和震惊。这一情景给当时的学生，也给后来所有了解这一情景的人留下了永远的震撼。这就是京派文人的经典情结，不了解这一点就很难认识到京派文人

第十九章 京派及地域文学的文化意义

的内心境界。除了读诗之外,"读诗会"也读散文,也讨论小说和戏剧,也发表评论,交流翻译心得,体现了京派作家追求自由生发、自由讨论的文化理想和生存策略。宽容、隐忍、相互鼓励、相互论争,构成了"读诗会"主要的文化氛围。这对后来许多京派作家表现出一种自由主义的创作态度甚至是政治态度都有深远的影响。

此外,围绕《大公报》的《文艺副刊》也形成了一个文艺沙龙,开始的地点就是《文艺副刊》的编辑沈从文的住所达子营二十八号,参与者多是《文艺副刊》的作者如巴金、朱光潜、靳以、李健吾等和一些文艺青年。这个沙龙后来进一步扩大为以《文艺副刊》出面召集的聚餐会,周作人、胡适、闻一多、梁思成、杨振声、俞平伯、朱自清、叶公超等人也加入进来。这个沙龙的一个独特之处,就是典雅、沉郁的古典主义审美情调成为众人的追求,这从又一个侧面进一步促进了京派作家的整体风貌的形成。从文化资源的角度来看,《大公报·文艺副刊》沙龙还有一个独特的贡献,就是它设立了一个"文艺奖金",并在全国范围内展开文学评奖,主要奖励小说、散文和诗歌三种体裁的作品。为此,编辑部成立了阵容庞大的评奖委员会,除北京之外,上海、武汉、天津等地也设有评委,还规定了严格的评奖条例和工作程序。最终,芦焚的小说集《谷》、何其芳的散文集《画梦录》和曹禺的话剧《日出》分别获奖。《大公报·文艺副刊》的这次评奖是"五四"新文学以来第一次具有全国影响的文学评奖活动,它对扩大新文学作家作品的影响,丰富新文学的创作风格,深化新文学的创作内容,激励新文学的创作激情,创新新文学的创作机制,都有着重要而独特的意义和作用。

再回到文学创作的层面上来。京派作家文学创作的独特之处,往往与其独特的文化背景有关,沈从文在京城创作的《边城》就是一个典型的例子。沈从文往往被看作为湘西文化的代言人,他笔下的湘西世界是他对中国现代文学的重大贡献,并使之"走向世界"。但有一个基本事实越来越受到人们的重视,这就是,沈从文是在"京城"创作的"边城"! 事实上,没有京城以及上海、南京等这些所谓文明大都市的人生体验,是很难如此深切地唤起沈从文对湘西故土的那一腔热忱和深情的。沈从文对"边城"的描写,也处处蕴涵着对文明都市的失望和焦虑。因此,从某种意义上讲,《边城》的文化底蕴在京城。再有,沈从文常常被人们称之为"文体家",他的小说也被称作为"诗化小说",一般说到这些特征,人们都会将其与湘西的淳朴自然和田园诗意联系起来,但其实还有另一个重要原因,那就是沈从文当年在京城参与了新月诗社的活动,并成为新月社的一员。1931年,陈梦家所编《新月诗选》收入十八位新月诗人的诗作,沈从文作为其中一位赫然在册,诗选收入了沈从文的诗作七首,仅比收入作品最多的徐志摩少一首,比闻一多还多一首。陈梦家本是新月社中人,他对沈从文诗作如此看重,至少表明这样两点:一是沈从文诗作的水平是很高的,二是沈从文诗作在风格上堪称新月诗作的代表。在这里我们再次可以得到这样的感受:沈从文的"湘西世界"里不仅流淌着作家故土的血脉,而且也接受着京城新月的光照。此外,还有周作人《故乡的野菜》、《乌篷船》、《苦雨》、《北京的茶食》等小品,废名的田园小说,林徽因等人的意识流小说等等,也都让人感受到来自京派文学深处的那股复杂而厚重的文化意蕴之流。

在京派文学的大背景里,还有通俗文学和"左翼"革命文学的存在,还有京城里的大学教育对包括京派文学在内的整个新文学发展的推进作用等等,所有这些共同构成了京派文人的文化资源。由此可见,京派文学绝不仅仅是文学的事情,也绝不是从文学这一个角度能够讲清楚的,它是由深厚而多元的、复杂而多变的、丰富而多彩的文化因素所形成的,文化资源、文化气息、文化底蕴是京派文学从内到外全方位体现出来的基本特性。

三、地域文学研究的文化空间

京派文学的文化意义启示我们,从地域文学到地域文化的研究,一个最重要的环节,就是首先要把特定地域的文化根基、文化特点和文化资源查清楚、弄准确。特别要注意的是地域文学中的"地域"与"文学"不是简单的说明关系,而是包含着多重不平衡的复杂的形态。由地域文学向地域文化的延伸,更凸现了文学研究获得了新的更广阔的空间和资源,但其中也有几个问题是应该特别加以注意的。

一是地域性与全球性的复杂关系

我们强调文学和文化的地域性,原本突出的是文学和文化生成的特定环境、独特基础,也就是与其他地域所不同的那些东西,包括本土一些原生态的资源和特色,但是对这方面的强调并不意味着孤立地看待某一特定地域的文化、文学的固有特点。因为,地域是相对整体相对全球而言的,也就是说,地域性和全球性实际上是两个相互参照的关系,它们不是割裂开来的,而是融为一体的。地域性是个客观存在,而所谓"全球性",则是建立在许多的地域性基础之上的。如果失去了全球性这个整体的重大的参照,地域性自身的价值也就无从谈起,尤其是新世纪之交以来,网络媒体的发达、信息全球化的迅猛发展,地域性已经越来越在全球性的观照之下呈现自己的价值。以往那种相对封闭的、远离其他区域的、甚至比较原始的、野性的地域文化和文学越来越被全球化的浪潮卷入到一个新的发展阶段。当然,这并不是说,在越来越全球化的今天,地域性就没有价值了。诚如有学者所说:"且不说人的生物学的共同性必然导致人们去不断地追索和探求人类的普遍性,就是信息交流的日趋现代化也不可能让某一地域文学在广泛而又频繁的文化交往中不越来越多地具有人类性。然而,地域文学的存在却是事实。《隋书·文学传序》说:'江左宫商发越,贵于清绮,河朔词义贞刚,重乎气质。气质则理胜其词,清绮则文过其意,理深者便于时用,文华者宜于咏歌。此南北词人得失之大较也。'"[1]就拿西部文学来说,无论对于中

---

[1] 畅广元:《地域文学的文化根基》,载《小说评论》,1996年第6期。

国文学来讲还是对于世界文学来讲,中国的西部文学都是独有特色的,那里的人物,那里的风情,那里以黄土高坡为基本形态的自然景观,以通达、幽默、悠闲、散淡为特色的人文景观,所有这些都最大程度地展示了地域性的特质,它有着深厚的传统,有着继续生存的强大基础和不断发展的巨大潜力。但是,中国的西部文学和文化就其精髓和实质而言,并不是独一无二、独此一家的,它不但有与中国其他地域文学与文化相通的地方,而且还有与世界文学与文化相通的东西。比如说,对神秘主义的浓厚兴趣,对宗教的虔诚与执着,还有对人性原始冲动的描写和对人之命运的深切关注等等。因此,对地域性和全球性来说,我们不仅要看到它们各自不同的东西,更要看到它们相互依存的关系,它们在依存中发展,在发展中显示各自的特色。

二是稳定性与流变性的多层互动

对于地域文学和地域文化而言,它们之所以有重要的价值和意义,首先在于它们在长期的、特定的社会历史发展进程中,形成了自己稳定的特点,构成了自己相对稳固的发展模式,像京派和海派文学及文化,不管它们各自形成历史的长短如何,也不管它们所在地域的形态和内容有多大差距,作为一方文学和文化的特点来讲,京派和海派是相对稳定的,这也正是我们对地域文学和文化包括一些文学流派关注和研究的立足点。但是如果我们过于看重地域文学和文化的稳定性的特点,就不仅会妨碍我们更深入地探讨地域文学和文化的本质内涵,甚至会走向一种偏差和局限,这是因为地域文学与文化在形成自己稳定特色的过程中也是在不断流动和变化的,是不断地会注入新的内涵甚至和其他地域的文化与文学相互渗透的。还是用京、海两派为例,京、海两地的文学与文化,在各自的社会历史环境中形成,它们各自的特点,所形成的相互之间的差异是相当明显的,这也是京、海两地文学与文化稳定性即固有特色的主要体现。但是这种固有的稳定性并不意味着它们是不变的,事实上它们是互通、互动的。比如,笔者在一次参加复旦大学与上海市联合举办的复旦论坛上,惊奇地发现京、沪两地学者在概括各自地区文化特征的时候,不约而同地都把"海纳百川"作为首要的特点。冷静想来,这种概括并不是京、海两地文化特点的偶然巧合,而是两地文化在发展流变中所形成的必然的契合。尽管上海没有北京的历史悠久,没有北京的人文积淀深厚,但在上海为期不长的历史发展过程中,海纳百川恰恰是它得以强劲发展的重要动力。而就具体的作家和文学流派而言,他们深受自己所属特定地域的文化熏陶,形成了自己先天而来的那种固有的特性,但这种特性显然不是固定不变的,随着作家人生足迹的拓展,人生体验的丰富,随着文学流派在不同历史阶段的发展变化,作家和流派原有的那些固定的特性,也在不断发生着变化。正如孙犁和他的创作永远能让我们在第一时间就想到白洋淀那片水乡的风光,但是当我们通读孙犁整个的文学创作,包括"荷花淀派"作家们的创作,我们又会深切地感到白洋淀那绝不是孙犁的全部,甚至也不是"荷花淀派"的全部。

也就是说,地域文学和文化所具有的稳定性和固有色彩,并不是它最根本的价值,它的价值在于不断更新、不断发展、不断变化,但无论怎么变,我们总能在其中找到它的起点和原点,找到它精神的故乡。

三是文学性与文化性的多重交叉

对地域性来说,文学与文化虽然同根而生,但它们之间的差别是深刻而巨大的,然而两者之间,又存在着一定的关联。从地域文化的角度来说,它的"形成的根源之一是自然地理环境,既然自然地理环境有极大的稳定性,那么地域文化也应该同时具有极大的稳定性和长期性"。同时,地域文化还有"很强的传承性,绝不可能在较短时间内消失和改变。即使一个社会的政治制度改变了,由长期的自然地理环境所制约的'文化基因'也会长期存在,这就是地域文化的顽强的生命力所在"①。然而,地域文学的特性却有所不同,虽然地域文学的形成也与特定地域的自然地理环境有关,但是地域文学更多的是由作家的个人生活体验、作家的个人艺术特质所形成的,而这种体验和特质的形成,在依赖特定地域、文化包括自然地理环境的基础上,又有一种穿越性和穿透力,包括作家的人文素养和精神提升,往往是远远超越了特定的地域文化的,是穿透了特定地域的自然地理环境的。地域文学与地域文化不是一种完全对应的关系,文化的蕴涵要宽于文学,而文学的个性又会超越文化,文学一旦形成自己的个性与特质,就不是地域文化能够简单给予解说的。而作家与地域文化和地域文学的关系也不是完全对等的,一个作家总是生长在某一地域,不可避免地受到地域文化的滋养,但他的人生足迹往往是流动的,他对思想资源的吸取更是不受地域限制的。正如有人所说徐志摩的诗对桥情有独钟,那是因为他家乡的桥特别多、特别美。在我们看来,人们不会简单认同这个说法。徐志摩家乡的桥再多再美,如果他没有去过康桥,他没有在康桥度过那一段令他难忘而心醉的日子,那么在徐志摩的诗中,是不可能有那些优美的桥的意象的。尽管我们在徐志摩万般依恋的康桥的身影和康河的柔波里,似乎能够看到他家乡的那些小桥流水,但徐志摩笔下的康桥显然已经是另一番景象、另一番意境了。此外,地域文化还有一种特定的倡导方向,有其独特的背景内涵,比如"地域文化倡导对大地的归依,对大自然心存'我是尘土,必将归于尘土'的虔诚,收敛人类凌驾征服自然的狂妄,聆听自然的声音,与地域共生共荣。人类只有与外界和睦相处,才能找回丧失已久的内心宁静"②。而地域文学则不一定都在地域文化倡导的这一方向上去创作,地域文学有更具体更个性化的存在方式。相对来说,地域文化更具有整体

---

① 李敬敏:《地域自然环境与地域文化与文学》,载《文学评论》,2002年第4期。

② 朱伟华:《地域文化与地域文学之断想》,载《山花》,1998年第3期。

性,更具有稳定性和长期性,而地域文学则更具有具体性、个体性和变动性,就这地域文化与文学的根本关系而言,从哲学的高度来看,既"不能低估,也不可高估,正如19世纪伟大的哲学家黑格尔所说:'自然是人类在他自身内能够取得自由的第一个立脚点',但人类'不应该把自然界估量得太高或者太低','地理的基础'应该是而且也仅仅是民族文化精神滋生的'一种可能性'"[1]。

最后还想说一点的是,对当下某些在经济利益驱动下的所谓"地域文化建设",应该保持冷静的思考和判断,现在许多地方都在用文化搭台,让经济唱戏,这里的关键是你的文化自身有没有戏唱?如果文化自身没戏,那么这个台能搭好吗?由此推想,地域文学也会不可避免地卷入到地域文化建设的热潮当中,事实上许多地方的地域文学已经陷入工程式的地域文化建设框架里了,如何保证地域文学自身的独立价值,并且真正发挥文学的作用,是至关紧要的,也是首当其冲的。

但愿这是多余的话。

---

[1] 王祥:《试论地域、地域文化与文学》,载《社会科学辑刊》,2004年第4期。

第二十章

20世纪中国文学进程中的"北京"

20世纪中国文学研究包含了诸多层面,其中"城市"越来越引起研究者的重视。20世纪中国文学与两座城市关系密切,这便是北京与上海,两座城市以不同的面貌从不同方向共同影响了这一时期的文学进程。与上海相比,对北京的研究无论从深度还是广度上看,都比较欠缺和薄弱,需要大力推进。本文将在关注相关研究的基础上,梳理出一条北京与20世纪中国文学的关系脉络,探讨20世纪中国文学进程中"北京"的具体作用,以期引出更为深入的研究,推动相关研究领域的进展。

一、新的研究热点:城市与文学

城市与文学关系的研究并不是一个新话题,本雅明的《发达资本主义时代的抒情诗人》可算是这一领域的开山之作,它新颖而比较详细地论述了巴黎这座城市对波德莱尔创作的影响。实际上,作家与城市的密切关系,近于波德莱尔与巴黎这对组合的还有不少,例如狄更斯之于伦敦、雨果之于巴黎、陀思妥耶夫斯基之于彼得堡、卡夫卡之于布拉格、乔伊斯之于都柏林等等。在中国文学史上,这样的例子同样很多,汉代、唐代的长安与洛阳,宋代的汴州与杭州,明清两代的北京与南京,以及20世纪的北京与上海,这些城市对当时甚至后来的作家都产生了极大的影响①。当代作家毕飞宇也曾表示:"城市对于文学的意义更大一点,因为从中外文学史来看,文学的基本土壤或者说依托,就是城市,城市的崛起,必然要带来文学的某种不幸,但文学说到底,它又是城市文化的一部分。"②这段话不一定全面,但是很耐人寻味。尽管有诸多史实材料摆在眼前,但在相当一段时间里,学术界有关城市与文学关系的研究并没有紧跟上来,这种缺憾不能不说比较严重地影响到人们对于中国文学史的看法和叙述,简言之,就是"过于注重乡村和田园,而蔑视都城与市井"③在文学发展中的地位与作用。

20世纪90年代以来,中国现代文学研究界相继出现了一些重要的"城市文学"研究成果,这与该学科重视新理论、新观念的引进,特别是与中国现代文学自身发展的特点有关。诸如赵园的《北京:城与人》(1991年)、吴福辉的《都市漩流中的海派小说》(1995年)、李今的《海派小说与现代都市文化》(2000年)、李欧梵的《上海摩登——一种新都市文化在中国1930~1945》(2001年)等,以及一些重要的学术论文,如张英进的《都市的线条:三十年代中国现代派笔下的上海》、张旭东的《上海的意象:城市偶像批判与现代神话的消解》、杨剑龙的《论上海文化与20世纪中国文学》等等,成果可谓丰硕。然而,这些成果在研究对象上的偏向也是显而易见的,即研究上海文学或文学上海的较多,研究北京的则太少。目前看来,对于上海近现代文学文化的研究已经达到了一个相当高的水平,甚至形成了一种专门的学术——上海学;与之相比,对于北京近现代文学

---

① 孙逊、葛永海:《中国古代小说中的"双城"意象及其文化蕴涵》,载《中国社会科学》,2004第6期。

② 艾莲:《改革开放30年中国城市文学发展论略》,载《成都大学学报》,2008年第5期。

③ 陈平原:《"五方杂处"说北京》,见《北京:都市想像与文化记忆》,北京:北京大学出版社,2005年,第549页。

文化的研究在整体上还处在一个起步的阶段,这与北京在一百多年来中国文学进程中所发挥的实际作用很不相称。

北京与上海,是中国现代文学史上具有历史意义和标志性特征的"双城"。两座城市相比,却又显示出极为不同的历史景观与城市气质。它们一个接近传统,一个更加摩登;一个是政治中心,一个是商业都会;一个幽闲清妙,一个光怪陆离;一个拥有六百多年皇朝故都的雍容气派,一个周身充满了资本新贵的得意与自信。"双城"之一的北京,孕育了新文学,引发了新文化运动,为现代文学的发展提供了独特而广阔的场域,直接或间接地改变了现代文学的发展方向和基本面貌。不仅如此,从现代中国的宏观视角来看,北京这座城市几乎同时汇聚了中国的过去、现在与未来,"在这里,该过去的并不真正过去,该发生的也未必准时发生"①;北京的"现代化进程更为艰难,从抵抗、挣扎到追随、突破,其步履蹒跚,更具代表性"②;"如果说上海的现代意义来自于其无中生有的都会奇观,以及近代西方文明交错的影响,北京的现代意义则来自于它所积淀、并列的历史想象与律动"③;它显然"更能体现古老中国在面对西方文化激烈冲击时的困惑与挣扎。从大历史的角度解读这一两百年来中国的命运,北京是个很好的缩影,她比起上海来更典型"④。北京的研究价值毫无疑问是巨大的,并不亚于上海,随着城市研究在中国现代文学研究中的深入拓展,北京迟早会吸引研究者们的目光,展现出它独特、深厚的历史与学术魅力。

---

① 王德威:《序二》,见《北京:都市想像与文化记忆》,北京:北京大学出版社,2005年,第2页。
② 陈平原:《序一》,见《北京:都市想像与文化记忆》,北京:北京大学出版社,2005年,第12页。
③ 陈平原:《"五方杂处"说北京》,见《北京:都市想像与文化记忆》,北京:北京大学出版社,2005年,第2页。
④ 陈平原:《想象北京城的前世与今生——答新华社记者问》,载《北京师范大学学报》,2005年第4期。

第二十章　20世纪中国文学进程中的"北京"

近年来,北京与中国近现代文学文化关系的研究有渐热的趋势,"北京学"的说法已经出现,一些有价值的学术成果也相继出版面世,譬如陈平原、王德威主编的《北京:都市想像与文化记忆》(2005年)一书,便较为充分地展现了"北京学"的研究现状及其影响。然而,该书由于是众人合集,又旨在展现"北京学"的多个方面,涉及的学术方向过于繁杂,学术思路与研究方法也多有不同,因而对北京与20世纪中国文学这一课题的研究便显得较为薄弱、零散,即使是已收入的相关论文也大都是旧作,令人稍感失望。

　　北京与文学,或者说,城市与文学,我们究竟研究些什么呢?这是一个理论层面上的问题,就目前的研究状况来看,基本上有这样两种思路,即"文学中的城市"和"城市文学",两者的区别在于:"后者:是立足于城市题材与形态自身,揭示城市文学的发生、发展、流变过程以及其内在构成规律,基本上属于传统的文学研究或文学史研究;而前者并不局限于城市题材与城市文学形态,它更关心城市所造成于人的城市知识,带来的对城市的不同叙述,以印证于某一阶段、某一地域的精神诉求。"①造成这种不同的主要原因是"城市文学研究,强调的是城市之于作家的经验性,但是,在文学与城市的关系中,城市文学之于城市,也绝非只有'反映'、'再现'一种单纯的关系,而可能是一种超出经验与'写实'的复杂互动关联"②。换言之,城市不仅造就了城市文学,城市文学又反过来塑造了城市的形象,这种形象也许更接近于这座城市的本质;而且时间越久远,这种塑造的功能便越发明显且重要,尤其是在一座城市发生巨大变化甚至被毁弃之后,人们便只能通过相应的城市文学来想象它、记忆它。对于北京与文学的关系及其研究而言,以上解读显然是极为适用的。本文在研究北京与20世纪中国文学的关系时,综合借用了上

---

　　① 张鸿声:《"文学中的城市"与"城市想象"研究》,载《文学评论》,2007年第1期。
　　② 张鸿声:《"文学中的城市"与"城市想象"研究》,载《文学评论》,2007年第1期。

述两种研究思路,并不强求理论的严谨,重在认识、发掘北京作为一座城市、一个话题、一段记忆、一类文化、一种思想资源在20世纪中国文学进程中的作用与影响,当我们在下文提及"北京"、"北京文学"时,其意义包含了以上诸多方面。

二、北京与20世纪中国文学的节点

北京与20世纪中国文学的关系史经历了五个重要的关节点,这五个点不仅是20世纪中国文学进程的推动力,而且清晰地表现出了这一文学进程中"北京"所具有的主要内涵与多元面貌。这五个关节点是:第一,19世纪末,中国社会发生深刻变化,西方思想文化加速进入中国,北京这座古都开始向现代迈进;第二,1917年"五四"文学革命在北京发生,宣告了一个新的文学纪元的开始,其意义极为重大而深远;第三,1928年中华民国政府定都南京,改北京为北平,北京失去了中国政治中心的地位,而文学开始进入平稳发展的时期;第四,1949年中华人民共和国定都北京,北京再次成为中国的政治中心,这给文学的发展带来了巨大的冲击;第五,1976年文化革命在北京被终止,改革开放随后实施,中国社会再次经历重大变化,文学走上多元发展的道路。

(一)

学术界普遍认为,19世纪末,特别是中日甲午战争之后,中国社会开始进入一个新的历史时期。作为清帝国的皇都,北京与上海、天津等开埠较早的中国城市相比,落后的形象一目了然。"柏油马路和坎坷不平的石板路、土路纵横交错,现代公共交通工具电汽车和人力车、为数不多的近代工业和手工业同时并存,自来水和井水、电灯和豆油灯同时使用"①。一批新文人大都在远离这座帝都的地方进行着他们各自的事业。尽管如此，北京文化界依然呈现出了一些新面貌。在报刊出版方面，1901年《京话报》开始出版发行，这是北京最早的白话报刊，也是近代北京第一份销量逾万的报纸，对后来的白话文运动不可谓没有影响；1905年，《北京女报》出版，这是中国最早的妇女报刊之一，虽然它的内容不一定摩登，但对开启新的时代风气毕竟有些作用，该报还曾引起慈禧太后的注意。

20世纪开始后十来年的北京，还不能说是全国的文化中心，但完全可以说是全国的教育中心，是新式高等教育的中心。1898年"百日维新"，清政府成立了京师大学堂，旨在引进西式高等教育，培养新型人才。1905年，清政府废除科举，引起社会体系的结构性变动，饱读诗书的文人们失去了进身的途径和阶梯，不得不另寻出路。科举制度虽然结束，但是国家和社会依然需要人才，如何培养和选拔人才？现代形式的大学在这一过程中发挥了重要作用，其地位得到了迅速提升。文学革命前的北京，就已拥有全国最好、最著名的高等学府，例如国立的北京大学、北京师范大学、清华大学，私立的燕京大学、辅仁大学等等，这些大学师资雄厚，社会影响巨大，既吸引了全国各地优秀的青年才俊踊跃报考，又招徕了众多饱有才学的新旧文人前往任教，思想活跃、藏龙卧虎的大学校园，不仅为中国的新文化、新文学培养了人才，还直接引发了"五四"新文化运动和文学革命。

这一时期的北京文坛，最受人瞩目的当属林纾和严复的翻译。林纾翻译的西洋小说，以其文笔优美、传神，故事新鲜、有趣，迅速成为畅销书，不仅提高了小说在中国文坛的地位，还起到了传播新思想的客观效果。严复翻译的多为西方思想学术论著，更加直接地介绍了西方社会与学术界的新思想、新思潮，深刻地影响了一大批新文化人，为新文化的登场积蓄了力量。

---

① 纪良：《近代北京城市的变迁》，载《北京社会科学》，1990年第2期。

(二)

1917年的北京文化界发生了两件大事,其一是蔡元培出任北京大学校长,其二是陈独秀携《新青年》北上发展,两件事极大地影响了中国现代文学文化的格局与发展趋势。

蔡元培主政北大后,采取"思想自由、兼容并包"的治校方针,新旧文化在校园里共同自由发展,好坏强弱自现;蔡元培还致力于培养塑造知识分子的独立精神和责任意识,积极倡导美育对于养成青年人人格的重要性[①]。同年初,陈独秀被聘为北大文科学长,他主编的《新青年》杂志亦随其北上发展。不久,两篇倡导白话文、提倡文学革命的文章便刊登在《新青年》上,虽然没有立即引起革命式的反响,但是文学革命的大幕就此拉开了。

1919年5月4日,北京十三所院校的青年学生三千余人,为了抵制北洋政府的卖国行为,勇敢地走上街头,参与集会和大游行,火烧了赵家楼曹汝霖住宅,引起了全国性的震动。这场爱国学生运动直接推动了新文化、新思想的传播,为新文学的发展创造了良好的社会环境。文学革命时期,可谓是这座城市在20世纪中国文学史上最辉煌、作用最大的一段时期,它不仅直接引发了"五四"新文化运动和文学革命,而且培育了新文学、新文化未来发展的中坚力量,陈独秀、胡适、鲁迅、周作人、钱玄同、刘半农、冰心、朱自清、李大钊、沈雁冰、闻一多、徐志摩……这批精英知识分子成为中国现代文化起步并不断向前进步的历史动力。这一时期的北京文坛如雨后春笋般地冒出了众多文学社团及刊物,例如新潮社、文学研究会、语丝社、新月社、未名社、沉钟社、《新青年》、《晨报》副刊、《京报》副刊等等,它们的存在清晰地描画出了新文学最初的轨迹,紧紧地将北京与新文人、新文学及新文化联系在了一起,共同开创了中国文学史

---

① 陈平原:《触摸历史与进入五四》,北京:北京大学出版社,2005年,第117页~156页。

的新纪元。北京这座古老的城市首先也是因为这段短暂而辉煌的时期,才被染上了伟大的现代色彩。

(三)

1928年,国民党名义上统一全国,以南京作为首都,将北京改称"北平",北京从时代的风口浪尖上跌落了下来。虽然没有完全失去文化中心的地位,但是上海作为新的文化中心的崛起抢走了北京的风光,在上海喧嚣热闹、剑拔弩张的文坛的映衬之下,北京文坛更显得安静了。然而,安静不是静止不前,20世纪30年代的北京文坛同样在进行着新的追求与创造。这一时期的北京(北平)文坛被"京派"占据,其主要成员除了文学革命遗留下来的几个老人以外,还出现了众多才华横溢的新面孔,沈从文、朱自清、朱光潜、林徽因、废名、杨振声、叶公超、李健吾、冯至、萧乾、卞之琳、何其芳等等,他们为中国现代文学增添了夺目的光彩。虽然被称为"京派",但这一"派"的内部却至少有两种力量,两种力量的不同之处似乎比相同之处更加明显,他们的年龄阅历有差距,留学背景迥异,思想状况及文艺趣味各不相同,是什么把他们联系到了一起呢?

京派研究已是学术界的一大热点问题,但是研究中仍有不足,京派内部的两种力量、两个团体是不是能够被和谐地当作一种流派来对待,仍然需要深入而客观的研究。有的学者将其演绎成前、后期京派来加以把握,这未必完全符合事实。一个派别两个团体,将他们连接在一起的,首先还是因为他们生活、工作于这座城市——北京。人们往往以用朱光潜提出的一种观念来概括,即"静穆"[①],这种以德国古典美学思想为根本,又吸收了西方20世纪初的直觉主义美学,以及一些中国传统美学因素而形成的审美品格,不仅是京派赖以成为文学史现象的重要依据,同时也是他们对于中国现代文

[①] 朱光潜:《说"曲终人不见,江上数峰青"》,见《朱光潜全集》第8卷,合肥:安徽教育出版社,1993年,第396页。

学的一项重要贡献,值得深究。

1937年,抗日战争全面爆发,北京首当其冲,大量作家文人纷纷避乱南下,北京文坛陷入前所未有的寂静之中。沦陷时期的北京文坛虽然相对隔绝,但是文学活动与成就并非不值一提,就以周作人的散文而论,其写作技法的炉火纯青,对京派审美品格的进一步发挥,以及独特、成熟的文体风格等等,都不容忽视。其次,沦陷时期的北京文坛还出现了一位天才诗人——吴兴华,他的那些结合了中西诗艺、才华卓越的现代诗,在中国现代诗史上完全可以被归入最好的行列,但历史过于诡谲的风云变幻,竟使吴兴华的名字至今没有进入文学史的叙述之中。沦陷时期的北京文坛也充满了各种各样的复杂混沌,1942年"色情文学"风潮的出现就是一个例子,而当时的北京文人对这股风潮并没有采取抵制、清除的决绝态度,而是令人诧异地加以引导和提倡,他们希望借此赢得社会大众的好感,在特殊的政治环境中获得某种文化主导权,这种状况在20世纪中国文学史上是十分罕见的。

(四)

1949年10月1日,中华人民共和国成立,北京再次成为中国的首都。新政府高度重视文化事业,北京自然地再次成为国家的文化中心,而且这种"中心性"在历史上是空前的。政府成立了各级各类专门管理文化事业的部门机构,例如文化部、中华全国文学艺术界联合会、中国作家协会,以及文代会,通过这些向下深入到区县的文艺职能部门,政府非常有效地管理着全国的文艺工作,使之直接为建设新的国家服务。

作为这些部门机构的集中所在地,北京的角色已经超越了通常意义上的文化中心,它不仅是中心,在某种意义上说就是全部。新的文艺指导方针从这里发出,新的文艺观念和口号从这里提出,新的文化运动和风潮从这里传向全国,北京与文学的关系从来没有这样紧密。但另一方面,北京与"文学"的关系也从来没有这样疏远,它们似乎都变成了社会主义新国家这台大机器上的一个小部件,像其他所有部件一样采取一种步伐运行,人们看到的不是北京而是一座新首都、中央政府所在地,看到的也不是文学而是由政府提供的一种工作。我们很难在这一时期找出具有明显北京特色的东西,祖国山河一片红,古老而年轻的北京淹没在红色的海洋里,如果非要找出这一时期北京带给文学的东西,那也许正如当年著名的在京作家浩然的两部小说所言——"金光大道"上的"艳阳天"。

在红色激情的涌动之下,北京城正经历着自其建城以来从未有过的大手术、大改造,城墙被拆,街坊被打通,街道被拓宽,古城面貌发生了巨大的变化,新的城市规划完全以政治意识形态为指归,皇皇帝都成为人民共和国的新首都。大批新社会的建设者涌进北京,这座城市有了新的主人,原有的城市品格逐渐被消解,四合院变成了大杂院,胡同文化被大院文化取代。老舍的《龙须沟》从一个方面清楚地记录了这段城市改造的历史。

与北京城市空间的大改造、大变动相配合,一大批作家文人与知识青年被迫离开他们生活、工作和接受教育的城市,下放到山村荒野。对文学自身来说,这谈不上是好是坏,它显示了一个时代的特色;但对于北京(及上海)这样的大城市来说,这种集体性的"离开"特别明显地影响到了它在现代文学发展中的地位和功能,因为离开的不仅是文化人,更是文学文化赖以发展的资源和动力。

(五)

1976年,困扰中国十年的"文化革命"从北京到全国被毅然终止,仿佛是噩梦乍醒,中国社会从政治亢奋状态中脱身出来,在短暂的反思之后迅速走上了新的发展道路。这一时期,北京文坛最引人瞩目的现象就是京味文学的重新崛起,它象征着北京城的回归,象征着文学的回归。何谓京味文学?这是一个似乎不需要回答、但是回答起来又很困难的问题。京味文学的崛起与老舍这位伟大的先行者密切相关,与同时期的文化热、寻根文学思潮密切相关,这两个相关是京味文学的基本共识。赵园在《北京：城与人》一书中，用散文式的笔调、感悟式的批评方法，做出了迄今为止最为详细的"京味"之概念分析，展现了京味文学多姿多彩的众生相：理想态度与文化展示、自主选择与自足心态、似与不似的审美追求、极端注重笔墨情趣、非激情状态、雅俗之间的平民趣味、幽默与伦理观念等等[①]。京味文学是北京为20世纪中国文学添上的一抹最具地域风味的色彩，是它在这一时期对于中国现代文学最突出的贡献。汪曾祺、刘心武、陈建功、邓友梅、刘绍棠、韩少华，以及后来的王朔、刘一达等等，这些京味作家成就各异，水平不一，成长背景不同，但是都孜孜不倦地描画出了他们眼中、心里的北京，在整体上形成了一股重要的文学创作潮流。京味文学在现代文学史上的地位尚未落定，其艺术成就与魅力仍然处于历史时间的检验之中，但有一点可以肯定，那就是在多年以后，人们将会从他们的作品中去寻找一个时代北京的形象与记忆。

这一时期，北京文坛还应提到的是话剧创造方面的成就，这与京味文学有关但又有所超越。京味话剧是京味文学的组成部分，在北京人民艺术剧院的舞台上继续焕发光彩，同时，以小剧场为标志的先锋话剧的兴起，是近十多年来北京文艺界的另一个引人瞩目的现象。先锋话剧的意义已经超出了话剧本身，它直接带动了北京文坛乃至整个艺术界的先锋探索意识，北京给不太为人接受的先锋艺术提供了最佳的展示舞台。从某种意义上说，先锋话剧具有和朦胧诗一样的历史地位，显示了北京这座城市独特而多元的魅力，及其对艺术发展的整体贡献。

世纪末的北京，可能再一次失去了它的个性，在声势浩大的全球化浪潮之中，北京文化正面临着危机。"再见吧，胡同"[②]，当老作家汪曾祺无限惆怅、又无可奈何地说出这句话时，更多的人可能对

[①] 赵园：《北京：城与人》，上海：上海人民出版社，1991年，第18～70页。

[②] 汪曾祺：《胡同文化》，见《汪曾祺散文》，北京：人民文学出版社，2005年，第133页。

此不以为然,甚至无动于衷。北京再次走到了一个与文学很接近又很遥远的地步,历史竟如此相似又如此不同,等待北京文学的将会是什么呢?

三、北京对于20世纪中国文学的意义

北京之于20世纪中国文学的意义与影响,可以概括为以下四个方面:第一,促进了现代文学的雅俗互补;第二,创造了一种独一无二的文学风格——京味儿;第三,延续了中国传统文化的因素;第四,给现代文学带来了很强的政治色彩。四个方面,尤其是前三个,具有一种相互启发、彼此承接的特点,共同显示了北京对中国现代文学发展方向的具体影响。

雅与俗,是中国现代文学发展中的重要问题,现代文学破除文言的格套,倡导白话,这本身是向"俗"的方向发展;但它又极力反对以娱乐和消遣为主要目的的大众通俗文学,提倡为人生的、以解决社会问题为己任的严肃文学,这又是向"雅"的方向前进,现代文学就是在这种雅与俗的相互牵扯之中发展而来的。我们的"现代"文学不仅有鲁迅、周作人、沈从文这样的"严肃文学"作家,还有徐枕亚、张恨水、金庸这样的通俗文学作家,当然还有老舍、张爱玲这样被公认为雅俗结合的作家,"现代"文学显然是一个复杂多元的存在。现代文学究竟包不包括通俗文学写作,至今仍然是研究界争论的主要问题之一。钱理群、温儒敏、吴福辉合著的《中国现代文学三十年》修订版(1998年)与原版(1987年)的一大不同,就是在现代文学史的每一个"十年"之中添写了一章关于通俗文学的内容;2000年范伯群出版了一部规模宏大、内容完备的通俗文学史——《中国近现代通俗文学史》,并获得了现代文学研究界的重要奖项——王瑶学术奖。这些现象表明,在近十年来,通俗文学研究越来越受到研究界的重视,通俗文学已经进入了学者们的研究视野,并取得了

重要的研究成果。然而,上述现象其实也说明,通俗文学还只能以一种特殊、单独或曰孤立的面貌出现,它仍旧没有融入到现代文学史的整体叙述与研究中去,《中国现代文学三十年》的那种处理方式明显地表现出研究界对通俗文学模棱两可、不置可否的态度。

北京对于中国现代文学创作的主要影响之一,便是打破了雅俗之间的隔阂,跨越了雅俗的分野。百年以来,北京始终是中国的高等教育中心,这里大学林立、人才辈出,知识水准堪称全国一流,形成了一种精英色彩浓重的"学院文化"。大学常被称为"象牙塔",与市民社会的"十字街头"相对,学院文化是雅文化的代表和集中体现,表现在文学创作中,就是鄙视、反对市民趣味,坚持启蒙精神,语言文字典雅或风格化,崇尚思想的深度和锋芒,比较喜欢探索艺术的先锋性等。总之,从头到尾、由内而外体现出一种精英意识。这便构成了北京对中国现代文学之"雅"的巨大影响,如果没有这样强盛不息的学院文化,只有乡土文化、海派商业文化和政治文化等,中国现代文学文化的面貌将会失去很多光彩。另一方面,北京是一座大城市,大城市都有它自己的市井文化,市井文化就是俗文化,是一座城市之"俗"的全面体现,这是极为普遍的城市现象。北京的不同之处在于,它能将自身极具个性的市井(俗)文化与学院(雅)文化融合起来,二者并不相冲突,又能有所交流与推进,这似乎已成为北京这座城市的标签。这种局面对中国现代文学文化的雅俗互补产生了巨大作用,是北京对20世纪中国文学的深入影响的表现。

再从具体的作家作品来看,北京文学既有极雅的,又有极俗的,但更多的则是雅俗互补的,一个最重要、最鲜明的例子就是老舍及其文学创作。老舍生长于北京民间市井,身上沾染着浓重的北京市井文化的气息,但他又是一位新文化熏陶培养出来的现代作家,"为人生"的文学信念深深地植根在他的创作追求之中,他的文学作品是一种雅俗互补的经典范例,这一点已经得到了文学史的认可。北京文学更大规模的雅俗融合出现在20世纪80年代的京味小说创作热潮中,从那些作品里我们看到的是俚俗的北京市井生活,听到的是地道的"京片子",但参与其中的作者几乎没有一位放弃了文化批判的努力和尝试,他们的作品大都带着一种具有文化关怀色彩的人文精神。

京味小说不仅是重要的北京文学现象,其本身也形成了一种独一无二的文学风格——京味儿,这便是北京对于中国现代文学的又一个重要贡献。毫无疑问,京味文学的确极为鲜明地表现了一座城市对于文学的独特贡献,在中国文学史上似乎还没有第二个相同的例子。上海对现代文学影响巨大,却没有出现一种能够称之为"海味"或"沪味"的文学风格。尽管京味文学如此突出,但对它的研究却有亟待提高之处,主要是以往的研究大都是情感真挚的一味赞扬,这未免将对象过于理想化、片面化了。纯粹市井气的京味也许并不那么讨人喜欢,更谈不上令人赞赏,真正生长于北京、熟悉北京市井文化的作家文人也未必都对"京味儿"一往情深。老舍曾多次不无批评地谈到北京人的生活态度,譬如:"二百多年积下的历史尘垢,使一般的旗人既忘了自谴,也忘了自励。我们创造了一种独具风格的生活方式;有钱的真讲究,没钱的穷讲究。生命就这么沉浮在有讲究的一汪死水里。"[①]虽明言是旗人,但若理解成是对老北京人的看法基本上也是可以的,这显然是在毫不客气地数落北京人贪图享乐、好面子、虚荣心重、自以为是。刘心武、陈建功和王朔等京味作家,对北京的那些纵横交错的、标志性的胡同就没有什么好感,胡同在他们眼里代表着北京的落后与破败,俨然是阻止北京向前发展的障碍与心魔。因此,我们在面对"京味儿"时,还要客观一些、全面一些,多一些批评的精神和眼光。京味本身也一直在发展中,老舍笔下的京味和20世纪80年代作家笔下的京味就大有不同,正如北京这座城市在迅速地发生变化一样。京味所蕴涵的艺术感受绝不限于幽默、市井风情、平民趣味等等,京味恐怕还应该包括一种宽广博大的和平之美、静穆之魅,这与这座城市的整体风格是一脉相

---

① 老舍:《正红旗下》,见《老舍小说全集》第8卷,武汉:长江文艺出版社,1993年,第300页。

承的,正如郁达夫对北京城的整体印象——"典丽堂皇,幽闲清妙"①,这八个字里的北京风格无疑也应该是"京味"的一部分。这一部分又与20世纪30年代的京派文学大有关联,正是通过这一文学团体执着、稳定的审美追求,和平静穆之美才能在总体上偏于激进的中国现代文学中占有重要的、不容忽视的一席之地,使其成为北京城市文化本身的一个重要的方面,可以说,"京派"在北京文学发展史上,相当程度地改造与革新了北京地域文化的面目。

  北京不同于上海,这不同里包含着诸多方面,其中之一就是传统与现代的不同。北京相对上海来说显然更加传统,无论从城市环境、开放程度,还是从文化氛围、历史沿革等各个方面来看,莫不如此。这便构成了北京对于中国现代文学的另一个重要影响——传统因素的影响。中国现代文学是以反传统为标榜的文学,反传统、反封建是它的出发点,也是它的根本特征,在这一激进主义潮流的推动之下,悠久、辉煌的中华传统文化内部许多很有价值的精华连同没有价值的糟粕被一起扔掉了,从"五四"发端一直到"文革"达到高潮,这种极具破坏力的文化观念始终是时代的主流。北京虽然是文学革命的发祥地,却具有深厚而持久的传统文化底蕴,一直以来它都在以传统气质滋养着年轻气盛的现代文学,这在京派文学那里表现得尤为突出,这一流派对"五四"的激进主义思潮进行了一定的反驳,对其谬误与缺陷具有弥补的作用,使中国现代文学文化的发展不至于走向偏激的歧路。土生土长的京派后起作家萧乾曾批评"五四"文坛是"一个疯人院:烦闷了的就扯开喉咙呼啸一阵;害歇斯底里的就发出刺耳的笑声;穷的就跳着脚嚷出自己的需要;那有着性的苦闷的,竟在大庭广众之下把衣服脱个精光",可见他对"五四"新文艺缺乏好感,而提倡文学的出路在于"一份冷静些的力量"②。

---

  ① 郁达夫:《北平的四季》,见《北京乎》,北京:三联书店,1992年,第322页。
  ② 萧乾:《理想与出路》,见《萧乾选集》第4卷,成都:四川人民出版社,1984年,第35页~36页。

北京不仅是元、明、清三朝的帝都,跨越了六百余年的历史风云,而且在进入20世纪以后,仍然几次充当了国家的首都、政治中心,发挥着至关重要的政治功能,这样的历史状况使北京具有浓重的政治氛围,这也难以避免地成为它对于现代文学的主要影响之一。鲁迅曾说:"北京是明清的帝都,上海乃各国之租界,帝都多官,租界多商,所以文人之在京者近官,没海者近商……'京派'是官的帮闲,'海派'则是商的帮忙。"①所言虽不一定全对,但就京、海两地城市功能之比较而言,确实是一语中的。北京文学与政治文化的接近是其本质特色之一,北京在很多中国人的心目中象征着高高在上的国家政权,绝大多数有关北京的记忆与想象都与政治文化或者代表政治的某些象征物密不可分,在北京发生的、有关于北京的故事也大都难以完全避开政治的因素。它们或者直接描写政治事件及这些事件对社会人心的影响,或者喜欢在文字中表达某种政治情感和态度,在北京作为国家的政治中心时,这种特色就更加明显而牢固。虽然像有些学者研究的那样,整个20世纪的中国文学本身都与政治文化异常接近,但如果从城市文学的角度来看待这个问题,长期作为政治中心的北京无疑是其中最为重要、最值得研究的问题之一。

"北京与20世纪中国文学"是一个大课题,从理论到史实都有待于进一步的研究与发现,我们的目标与其说是"借此重构中国文学史图景"②,不如说是提倡一种研究中国现代文学的视角,希望还原文学史的细节与全貌。未来的远景是相当值得期待的。

谨以此文纪念以北京为发祥地的"五四"新文学与新文化运动九十周年!

---

① 鲁迅:《"京派"与"海派"》,见《鲁迅全集》第5卷,北京:人民文学出版社,2005年,第453页。
② 陈平原:《"五方杂处"说北京》,见《北京:都市想像与文化记忆》,北京:北京大学出版社,2005年,第547页。

第二十一章

建构现代文学研究的新坐标

一、直面文学史真实的一次"对话"

陈思和的《"五四文学":在先锋性与大众化之间》一文发表后,很快引起了现代文学研究界较大的反响与呼应,其中,吴福辉的《当新旧文学界限的坚冰被打破》以自己的深度解读,最先对陈氏的观点给予了卓有新意的补充与积极的推进。陈思和在人们思考与争论已久的问题上,撕开了一个裂口,拎出了一系列有关现代文学自身蕴涵与研究范式方面的重要问题;吴福辉则对这些问题做了进一步的梳理和深入细致的辨析,既对陈思和引入的"主流"这一概念及其相关问题做了精当的修补,又细化了对"先锋"与"常态"这一对关系的理解。应该说,以此次"陈、吴对话"为代表,形成并继续形成一种新的现代文学研究视角和模式,其特殊意义是显而易见的。

我首先感到陈、吴这两篇论文有一个共同特点,那就是:论者都能够超越个人的"思想偏见",直面文学史的真实。陈思和认为:"我对'五四'新文学有很深的感情,但是要重新阐释'五四'文学传统与整个20世纪常态文学发展的关系,仍然要在观念上有所突破……'五四'就像茫茫黑夜中的一盏路灯,它照到的地方是核心,是精华,应当珍惜,但毕竟只能是一小部分,而照不到的那些地方非常广阔。文学史本来是多层次、多元化且极为丰富的状态。"吴福辉也强调:必须"消解新旧文学的厚障壁,来重新阐释中国 20 世纪文学的历史"。这两位学者都承认在"五四"文学传统之外,还有其他文学形态存在,表现了一种超越个人理念、追求历史真实的严谨态度。此种态度在参与讨论的吴晓东、罗岗、辜也平等人的论文中也体现得非常明显,这表明了现代文学研究的一种成熟姿态。

在我看来,陈、吴二文,实为 20 世纪 80 年代"重写文学史"及"20 世纪中国文学"这一重要概念的深入和继续,并且跃出了这一框架,在一个新的层面提出了具有新质的命题。"重写文学史"提出后,强力刺激了中国现代文学研究的发展。其中,陈平原、钱理群、黄子平等人提出的"20 世纪中国文学"概念,对近代、现代、当代文学进行了重新整合。这个概念非常重要,但它主要是从现代文学的"外部"展开的,缺乏能够有效处理现代文学"内部"矛盾的理论配合。随着研究的不断深入,这一概念的一些弱点也逐渐显露出来了,特别是它似乎已经成为一种相对固定的思维模式。近年来现代文学研究的成果很多,但没有太大的突破,这在很大程度上与缺乏新的理念和研究模式有关。一般来说,现代文学的研究分为两种形态,一种是历时研究,侧重讨论现代文学的历史发展;一种是共时研究,侧重探究现代文学的内在组成结构。如果说,"20 世纪中国文学"这一概念,从历时角度打通了中国近代、现代和当代文学,重新定位了现代文学的位置;那么此次"陈、吴对话"则另辟蹊径,从共时角度解剖了现代文学的内在结构,在一个更为开阔的平台上呈现出现代文学应该包容的内涵以及学术界对现代文学研究应有的视野和胸襟。两者结合,对建构一个崭新的、相对完整而科学的现代文学研究模式具有重要作用。

二、共时视角下的"先锋"与"常态"

从共时角度,陈思和把现代文学分为"先锋"("一般通过激烈的文学运动或审美运动,一下子将传统断裂,在断裂中产生新的模式或新的文学")和"常态"("以常态形式发展变化的文学主流")两种。吴福辉进一步深化了这一命题,把"先锋"分解为"主流状态的先锋"与"非主流状态的先锋";把"常态"分为"生长的常态"、"没落的常态"、"文化积淀的常态",使这一模式更加细密也更具可操作性。

与传统与现代、本土与西方等提法相比,这个研究模式既避免了某些划分上的牵掣,又深化了对某些现代文学现象的认识,最明显的是对鲁迅认识的深化。"陈、吴对话"着重提到了如何在新的研究模式下认识鲁迅的问题。的确,任何新的现代文学研究范式,如果不能对鲁迅进行有效阐释,其实用性都是可疑的。鲁迅的思想异常复杂,向来难以只用一种理论完全阐释:如果用人道主义理论去阐释,就无法理解"过客"为何要"诅咒"善心帮助他的小女孩(《过客》);如果只用存在主义理论去阐释,则无法理解"我"为何会被祥林嫂的三个问题吓倒(《祝福》)……究其原因,在西方人道主义、存在主义等思潮,是按照历史逻辑演进的,在中国却同时传入并盘根错节地纠缠在一起,就像是落在中国土地上的外来物种,自身发生改变的同时,也改变了中国的生态环境。这种现代转型中国的活生生的"纠缠"被鲁迅敏锐地捕捉到了(或者说鲁迅被这种"纠缠"捕捉到了),现代中国的体验、想象与思想在鲁迅身上纠缠在一起,并被他以独特的敏感表达出来。所以要清晰把握鲁迅的思想异常困难,这使我们不得不考虑一种全新的研究模式,避免从单一的视角出发研究鲁迅。在这点上,"先锋"及"常态"研究模式显然有其优点。"先锋"是由诸多复杂思想组成的,有一些思想是可以进入主流,被制度化,转变为"主流状态的先锋"乃至"生长的常态"的;有一些则是激进的、个人化的,永远只能处在"非主流状态的先锋"阶段。陈思和指出,鲁迅《狂人日记》有"救救孩子"的启蒙呼吁,也有"我也吃人"的存在论反思,形成了悖论。在我看来,这种"悖论"也许不合文本的逻辑,但非常符合历史的逻辑,鲁迅的"悖论"叙事正是现代中国的生存真实。悖论的生存,夹杂着肉体与精神、启蒙与反启蒙、希望与绝望的紧张,鲁迅的思想因而扭曲多节、晦涩多义。这就是"先锋"与"常态"的研究模式带给我们的一个洞察和解释。

三、认知本体中的"精英"与"大众"

"五四"新文学,实际上是一种新式的精英文学。正如陈思和所说,以往的现代文学史研究大都倾向于"以'五四'的先锋文学精神为标准来衡量文学史",忽略了"常态"文学与"先锋"文学的"共在","常态"与"先锋"没有形成互动的结构。这种研究思路是当前社会科学研究的一种发展趋势,历史学者葛兆光就反省了以往"思想史"写作的精英化倾向:在研究中,总是一个思想家接着一个思想家,大众的"一般知识、思想与信仰的世界"则排斥在外。他认为,这个大众的知识、思想与信仰世界的延续,不但是精英思想家的起点,而且构成了一个思想的历史过程,不应该被排斥在思想史的视野之外。葛兆光的《中国思想史》在学界引起了很多争议,并且思想史和文学史是不同的门类,但这种倡导同时关注精英与大众的研究思路,两者是一致的。

借用张艺谋电影《英雄》中的称谓,我们可以把大众形象地称为"无名"。在"五四"新文学的历史中,他们的轮廓、审美趣味及思维方式都是模糊不清的,只能从"五四"新文学对鸳鸯蝴蝶派的批判中、从张爱玲小说中看见他们的暗影。但他们始终是存在的,并且一直对"五四"新文学造成暗含的紧张。"五四"新文学与其他现代文学的互动一直存在:强烈的批判中,有继承;刻意的反叛下,有影响;明确的支持里,有分歧……"主流状态的先锋"、"非主流状态的先锋"、"长生的常态"、"没落的常态"、"文化积淀的常态",虽然像茎、叶、花一样各不相同,但都是文化之根长出来的同一株植物。比如,创造社的张资平,是新文学初期的重要作家,是"主流状态的先锋",但他也撰写了大量通俗的长篇性爱小说,成了"没落的常态"。这是经济利益的驱使,而经济利益背后就站着沉默且始终在场的"无名"。如果忽略为"无名"创作的文学,不仅不能认知文学史的真面目,甚至难以准确认识"五四"新文学本身,——没有对他者的准确认知,就难以准确认知本体。

此次"陈、吴对话"提出的研究模式不仅颇具创新性,而且也极具启发性和挑战性,比如吴福辉专门提出的"文化积淀的常态"这个概念就既新颖独特,又蕴涵着对以往多种认识的融会贯通。吴福辉认为:

(1)"生长的常态"与"没落的常态"的读者是市民;

(2)"文化积淀的常态"的读者是农民,他们"主要的文学享受是树荫下纳凉的聊斋鬼狐故事和三国水浒的历史英雄故事,再就是过年、过节的看大戏,看熟的戏文可由唱本、戏本来重温"。

这概念不仅提得非常好,而且在如何理解其内涵上还为我们开启了很大的空间。为直观起见,我把对"陈、吴对话"的个人理解转换成下图:

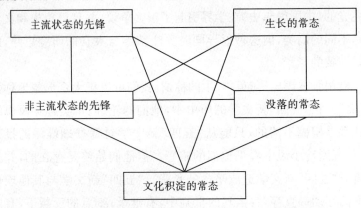

图中的不同板块之间存在着三种关系:(1)转换关系。比如,"主流状态的先锋"可以转换成"生长的常态","生长的常态"可以转换成"没落的常态";(2)互斥关系。"非主流状态的先锋"与"生长的常态"、"没落的常态"互斥,"主流状态的先锋"与"没落的常态"互斥;(3)继承关系。比如,"主流状态的先锋"可以吸收"非主流状态的先锋"的营养,"生长的常态"可以吸收"主流状态的先锋"的营养。

我们可以看出,"文化积淀的常态"非常独特,与"没落的常态"和"生长的常态"区别很大。它作为历史中沉淀的一种文化遗产,自然不存在排斥谁或转换谁的问题;而其他文学形态,则往往得吸收它的营养。比如属于"文化沉淀的常态"的《水浒传》,《林海雪原》、《铁道游击队》这类"常态"受它的影响,施蛰存的《石秀之恋》这类"先锋"也受它的影响。又如《红楼梦》,巴金的小说和鸳鸯蝴蝶派的小说也都受它的影响。甚至,"过年、过节的看大戏"不只影响农民,鲁迅也不能免。刘家思在《绍兴目连戏原型与鲁迅的主体意识》中指出,《颓败线的颤动》中那几段精彩的文字:"这颤动点点如鱼鳞,每一鳞都起伏如沸水在烈火上;空中也即刻一同振颤,仿佛暴风雨中的荒海的波涛……惟有颤动,辐射若太阳光,使空中的波涛立刻回旋,如遭飓风,汹涌奔腾于无边的荒野",与绍兴目连戏中"女吊"的表演惊人的相似。[①]可见,"文化沉淀的常态"虽属于"常态"的一种,却又是非常特殊的一种,它在新的研究模式中究竟起了怎样的作用,还需要我们做进一步的讨论。

此次"陈、吴对话",对现代文学研究界重新建构文学史研究模式无疑是一次新的强有力度的推进。我相信,"陈、吴对话"开启的一些话题,在今后一段时间还会引发更为深入的讨论和争鸣,"陈、吴对话"及其引发的思考,很有可能带来现代文学研究的又一次具有本质意义的变动。从这个意义上看,"陈、吴对话"值得关注和参与。

---

① 刘家思:《绍兴目连戏原型与鲁迅的主体意识》,载《中国现代文学研究丛刊》,2006年第5期。

第二十二章

"新国学"讨论及其向度之观察

从 2005 年 1 月起,《社会科学战线》连续 3 期刊载了王富仁长达 14.5 万字的论文《"新国学"论纲》。同年 4 月,该文又全部登载于《新国学研究》第 1 辑(人民文学出版社,2005)。该文的发表,引起了学术界的注重,许多学者先后撰文呼应,如:李继凯的《"新国学"与"新文学"》(《陕西师范大学学报》2005 年第 5 期)、李怡的《生命体验、生存感受与现代中国的文化创造——我看"新国学"的"根据"》(《社会科学战线》2005 年第 6 期)、梁归智的《"新国学"与"红学"——读王富仁〈"新国学"论纲〉札记》(《社会科学战线》2005 年第 6 期)、江凌的《试论国学和"新国学"》(《山东农业大学学报》2006 年第 2 期)、严家炎的《从"五四"说到"新国学"》(《甘肃社会科学》2007 年第 1 期)、陈方竞的《"新国学"建构与中国现代文化——关于王富仁先生〈"新国学"论纲〉的思考》(《甘肃社会科学》2007 年第 1 期)、钱理群的《我看"新国学"——读王富仁〈"新国学"论纲〉的片断思考》(《文艺研究》2007 年第 3 期)等。后来王富仁又在《文艺研究》2007 年第 3 期发表了《"新国学"与中国现代文学研究》,就"新国学"的提出与中国现代文学研究之关系作了进一步的阐发。此外,汕头大学的"新国学研究中心"从 2005 年 4 月开始,先后推出了多期《新国学研究》专辑。事实上,"新国学"这一理念已经开始付诸实践了。自晚清维新运动以来,"国学"始终是中国知识分子关注的一个话语场,各种不同观点、不同派别的群体在这里频繁发生交锋。这种对"国学"的关注,超出了学术本身,而与地域、民族、国家存在着密切的联系①。此次"新国学"讨论,乃是一百多年来国学论争的一种延续。由于此次"新国学"讨论涉及的方面较广,探究的问题较深,并且"新国学"还是刚刚提出的理论,实践也刚刚展开,其发展还有待观察。因此本文拟不一一展开,只是着重梳理它的几个主题,并结合《新国学研究》的具体实践,略加评述②。

一、逆潮而动——"新国学"提出的背景及目的

(一)对中国现当代文化研究地位的确认

在《"新国学"论纲》中,王富仁明确声明:"'新国学'不是一种学术研究的方法论,不是一个学术研究的指导方向,也不是一个新的学术流派和学术团体的旗帜和口号,而只是有关中国学术的观念。它是在我们固有的'国学'这个学术概念的基础上提出来的,是使它适应已经变化了的中国学术现状而对之作出的新的定义。"③其"新"主要体现在:把"国学"这一以往只研究古代文化的概念延伸到了当代。王富仁认为,"五四"以后生成和发展起来的中国现当代文化,特别是由陈独秀、李大钊开其端的"中国现代革命文化",以鲁迅为

---

① 有关清末民初"国学"讨论比较细致的研究,可参看罗志田:《国家与学术:清季民初关于"国学"的思想论争》,北京:三联书店,2003年。
② 需要说明的是,有关"新国学"的提倡一直时断时续。1999年,著名红学家周汝昌也从红学研究的角度提出了建构"新国学"的动议,参龙协涛:《红学应定位于"新国学"》,载《北京大学学报》,1999年第2期。考虑到两次讨论在内涵上差异较大,本文基本不涉及周汝昌的这一动议。
③ 王富仁:《"新国学"论纲》,见《新国学研究》第1辑,北京:人民文学出版社,2005年,第1页。

主要代表的"中国现代社会文化",由从事外国文化的翻译、介绍和研究的学者和教授创造出来的"中国现代学院文化",都应纳入到"国学"中来。这是"新国学"最基本也是最核心的观点。

从知识社会学的角度来看,"新国学"的提出是有其现实指向的。钱理群敏锐地注意到了这一点:"'新国学'是一个理想主义的概念,同时又是一个含有内在的现实批判性的概念。"①实际上,它针对的是当前学术领域中的两类知识群体:一是20世纪80年代末期逐渐兴起的"国学派",特别是新儒家学派;二是"西化派"。在王富仁看来,这两派的兴起是有其历史背景的:"'全球化'给中国社会带来了前所未有的繁荣和发展,但也给中国社会带来了前所未有的震动和危机。'西语热'提高了新一代知识分子的外语水平,但也造成了部分人对本民族语言的轻视;'西学热'加强了中国知识分子对'西学'的了解和对西方人文化心理的理解,但也造成了对'中学'的漠视和对中国人文化心理的隔膜。不难看出,正是在这种文化情势下,使另外一部分中国知识分子开始把目光主要转向了中国古代的历史和文化,并感受和触摸到了研究中国古代历史和文化的价值和意义。'国学'这个学术概念再一次出现在中国内地,并酝酿出了一个新的'国学热'。'现代热'—'西学热'—'国学热',这就是文化大革命结束之后中国文化、中国学术演变的三部曲……"②

这两派学者的兴盛,对内地曾经盛极一时的中国现当代文化研究产生了巨大冲击。王富仁就在《"新国学"与中国现代文学研究》中阐述了"新儒家学派"重返内地之后,对中国现代文学研究的巨大冲击:"中国现代文学学科还是不是中华民族文化主体结构中的一个组成部分呢?还体现不体现中华民族文化的总体特征呢?还有没有中华民族文化的精华存在呢?所有这些问题,在'国学'出现在

---

① 钱理群:《我看"新国学"——读王富仁〈"新国学"论纲〉的片断思考》,载《文艺研究》2007年第3期。
② 王富仁:《"新国学"论纲》,见《新国学研究》第1辑,北京:人民文学出版社,2005年,第119~120页。

大陆学术界之后,都成了悬浮在中国现代文学学科的上空而无法得到明确回答的问题。它向中国社会所暗示的东西较之它直接表达的东西要多得多,整个一代青年知识分子都是在这种暗示中成长起来的。曾几何时,整个中国社会都把文化改革的希望寄托在作为它的尖端的中国现代文学学科、特别是鲁迅研究上,而现在,整个社会都把自己的怨恨发泄在中国现代文化和中国现代文学、特别是鲁迅的身上。'国学'也激活了'国粹'。所有那些在自己存在和发展的过程中遇到了实际困难的中国固有的文化或文学的门类,都在'国粹'的名义下有意与无意地回避掉了在自己存在和发展过程中所遇到的实际困难以及克服这些困难的现实努力,而将责任推卸到一个世纪以前发生的'五四'新文化运动以及鲁迅等新文化运动的发起者对中国传统文化的批判上。"[①]严家炎也针对国学派对"五四"新文化的批判,提出了同样批评:"在我看来,说'五四''全盘反传统',在三个层面上都是不恰当的:第一,这种说法把儒家这诸子百家中的一家,当作了中国传统文化的全盘。第二,'五四'猛烈批判的'三纲',只是儒家学说中的一部分,不能把'三纲'当作儒家学说的全盘。第三,儒家内部,历来都有主流部分和非主流的部分,汉代的王充,明代的李卓吾,清代的黄宗羲、戴震等,就是儒家内部非主流的'异端',正如清末邓实所说,他们是历代帝王不喜欢的'真正的国粹'。'五四'继承了他们,不正是继承了'国粹',何来对传统文化的'全盘否定'与'断裂'呢?"[②]

王富仁对"西化派"的批判,则是在肯定他们"扩大了中国知识分子的文化视野,为中国文化的发展开辟了新的发展道路,也大大地革新了中国的学术"的同时,指出他们在面对西方学术时缺乏主体性:"但只有这种知识层面的革新,中国文化的发展变化还可能是

---

① 王富仁:《"新国学"与中国现代文学研究》,载《文艺研究》,2007年第3期。

② 严家炎:《从"五四"说到"新国学"》,载《甘肃社会科学》,2007年第1期。

浮面的,外在的变化大于内在的变化,形式的变化大于内容的变化,言词的变化大于人格的变化,并且一遇挫折,便生变化,'觉今是而昨非',呈现着学术无'根'、飘浮多变的状况。"①李怡也认为:"无论是简单地输入'西学'还是自卫式地捍卫'国学',都不应该成为我们的选择。在这样的过程中,起着关键性作用的应当是中国知识分子的创造能力,也就是说,面对现代中国的新问题发言,具有发现和解决现代中国人生存与生命问题的能力,这才是现代中国学术的真正目标,是'国学'之于现代文化的'新'。在我看来,实现这一目标的前提便在于中国知识分子必须真正返回到自己的生命体验与生存感受当中,并以此(而不是其他外在的概念)作为文化创造的根据。现代中国学术忽视生命体验与生存感受的问题,既属于现代中国学术流变、现代文化发展中长期存在的痼疾,又直接折射出了十余年来中国学术思想界的深刻危机。"②我们将在后面详细分析"新国学"有关主体性的讨论。

"新国学"倡导者之所以批判这两派学术团体的缺陷,其目的是明确的:就是要在"新国学"这样一个更广大的学术层面上重振现当代文化在中国学术中的地位:"中国现代文化和中国现代文学是一个革命时代的文化与文学,是由旧蜕新时代的文化与文学,这是它的独立性,也是它对中国文化的独立贡献,只有在'国学'这个整体中意识到它的独立性,才能够既不扭曲自己,又能够意识到它在整个中国文化发展的独立意义和价值。它不等于整体,但却是整体的一个有机组成部分。"③下面这段话最能说明其动机所在:

在这里,我想提出这样一个尖锐的问题:我们的研究对象,

---

① 王富仁:《"新国学"论纲》,见《新国学研究》第1辑,北京:人民文学出版社,2005年,第9页。
② 李怡:《生命体验、生存感受与现代中国的文化创造——我看"新国学"的"根据"》,载《社会科学战线》,2005年第6期。
③ 王富仁:《"新国学"与中国现代文学研究》,载《文艺研究》,2007年第3期。

我们的中国现代文化、中国现代文学、中国现代知识分子，真的像我们想象的那样乏善可陈、不足挂齿、在西方文化和中国古代文化面前羞愧难当吗？我认为，只要抛开所有的所谓"理论"，直接面对历史本身，我们可以清清楚楚地感到：中国的20世纪是一个空前伟大的世纪，20世纪的中国文化是一种空前伟大的文化，20世纪的中国文学是一种空前伟大的文学。正是在20世纪，中国文化完成了一个极其危险、极其艰难、也极其伟大的转变，完成了一个从春秋战国以来中国文化的最伟大的转变。这是一个有着几千年的文化传统、有着占世界四分之一人口的庞大民族在面临如狼似虎的西方帝国主义的武装侵略时不能不实现的转变，是一个民族在现在和未来的生存和发展的过程中不能不首先实现的转变。在这个转变的过程中，我们的国家没有被灭亡，我们的文化没有被埋葬，我们的语言没有被遗忘，我们的感受能力没有被窒息，我们的思想能力没有被扼杀，我们没有必要像美洲的黑人、印地安人一样在自己的文化消失了几个世纪之后再去寻找自己的民族文化之"根"。我们的"根"依然在我们的现实生活中。这个文化的转变不是在全体民众一致同意的情况下通过举手表决一次性实现的，不是通过全体中国知识分子的共同谋划、共同努力有计划、按步骤地实现的，甚至也不是依靠所有首先具有了世界知识的外国留学生的集体意志、团结奋斗而较为顺利地实现的，而是通过极少数有正义感、有责任心、有首创精神、有追求意志的知识分子的前赴后继、艰苦卓绝的努力而实现的。这个文化的转变在更大程度上首先是文学的转变，"五四"新文化运动在更大程度上是一个文学革新的运动，中国现代文学所体现出来的文化精神几乎就是这个文化转变的基本精神，这使中国首先产生了一个足以与当时世界各国的杰出文学家相媲美的文学家鲁迅，一个不论在哲理的深度还是在艺术创新的能力上都不亚于萧伯纳、罗曼·罗兰、高尔基、德莱塞、夏目漱石等世界级作家的文学家鲁迅。几乎只有中国,一个从中世纪向近现代文化转变的伟大文化运动是发生在一座大学的校园之内的,并且是发生在这座大学的文学院之内的。我们有什么必要为中国现代知识分子、为中国现代文学感到羞愧呢?在这里,我们必须追问自己,我们的羞愧情绪到底是从哪里产生出来的呢?不难看到,我们对"五四"新文化运动的失望情绪恰恰是在上世纪90年代之后才郁结成"瘤"、汇流成"潮"的。在这时,发生了变化的难道是作为历史事实的"五四"吗?难道是作为思想家、文学家的鲁迅的作品吗?我们发现了哪些前代人所不了解的重要史料而导致了我们对"五四"新文化运动、对鲁迅的整体感受的改变呢?没有!实际上,历史并没有改变,发生了改变的恰恰是我们自己,是我们自己在经历了中国社会历史的巨变之后已经找不到自我人生的目的和方向,已经找不到自己研究活动的价值和意义,或者明明知道其价值和意义之所在而已经没有力量去争取、去获得。①

(二)如何处理不同文化群体的矛盾

需要注意的是,在批判"西化派"和"国学派"的同时,王富仁、钱理群、李继凯等人也对现代学院文化、现代社会文化、现代革命文化之间的冲突进行反思,对如何处理不同文化群体之间的矛盾做了阐述。

王富仁的观点主要有二:一是反对政治越界:"政治权力一旦被引入正常的经济关系和文化关系,不但政治权力可以瓦解正常的经济关系和文化关系,同时经济关系和文化关系也会瓦解正常的政治关系:由'双赢'变'两伤'。我把这种将政治权力引入经济关系和文

---

① 王富仁:《"新国学"与中国现代文学研究》,载《文艺研究》,2007年第3期。

化关系中的现象称为政治主体性的越界行为。"①二是"和而不同"："不同的学术领域、不同的思想倾向、不同的学术派别、不同的学术成果在'新国学'这个民族学术的整体中泯灭了彼此的差别、成了一个浑融的整体,但这绝不意味着我们每一个知识分子及其学术的研究活动是没有任何独立的价值和意义的,也绝不意味着知识分子之间就没有必要进行任何形式的学术争论。在这里,存在的是人类以及一个民族学术存在与发展的基本形式和途径问题。"②

钱理群则从反省"中国知识分子自身的精神弱点"这一角度入手,强调要"建立一种健全的思想、文化、学术发展的格局和秩序"："它要确立的原则有二:一是任何一种思想、文化、学术派别在拥有自己的价值的同时,也存在着自己的限度,它不是惟一、完美的,因此,自我质疑、自我批判精神是内在于其自身的;一是任何思想、文化、学术派别都需要在和异己的思想、文化、学术派别的质疑、批判、竞争中求得发展,但这绝不是相互歧视、压倒、颠覆和消灭,而是可以在论争中相互沟通,实现彼此的了解、同情和理解的,不是分裂,而是互动;而要做到这一点,就必须有两个拒绝:一是只追求自己的有缺憾的价值,拒绝任何将一己一派的思想、文化、学术观念绝对化、正统化的诱惑;二是始终坚持用自身的思想、文化、学术力量获得自己的价值和发展,而拒绝任何非学术的力量对思想、文化、学术的介入。这样,才能根本保证思想、文化、学术的真正的独立性与主体性。这就是我们在总结现当代思想、文化、学术发展史时所得出的历史经验教训。"③

李继凯也认为:"因为文化追求的不同而发生争议甚至互相攻

---

① 王富仁:《"新国学"论纲》,见《新国学研究》第 1 辑,北京:人民文学出版社,2005 年,第 105 页。
② 王富仁:《"新国学"论纲》,见《新国学研究》第 1 辑,北京:人民文学出版社,2005 年,第 140 页。
③ 钱理群:《我看"新国学"——读王富仁〈"新国学"论纲〉的片断思考》,载《文艺研究》,2007 年第 3 期。

击是难以避免的,但却是为了更好地申明和彰显自己的文化追求,同时也是对对立性的文化派别的教训或激励。政治派别(如国共两党)'你死我活'型的冲突尚可化解,文化流派'殊途同归'型的争论更可以时时转化为'对话',并成为文化创造的重要机制和途径。"①

二、以今化古——"新国学"的学科设想

近代以来,章太炎、钱穆、胡适等人都先后对"国学"下过定义。这些定义虽然存在细微区别,但大体上都是把"国学"解释为中国固有的、传统的学术文化。相对于"新学"来说,它指"旧学";相对于"西学"来说,它指"中学"。其学科构成主要包括文学、哲学、历史学、考古学、文献学、语言学等;其中最主要也最重要的,则是以儒家文化为代表的意识形态层面的传统思想文化,它可以说是"国学"的核心。

王富仁剖析了这一概念的起源及其弱点:"'国学'是在20世纪初年,为了将中国学术同西方学术区别开来而产生的一个学术概念。再早有晚清知识分子开始使用的'中学'和'西学',但那时的'中学',主要意指由宋明理学家系统化和条理化了的传统儒家的伦理道德学说,而'西学'则主要意指当时中国知识分子更加重视的西方现代科学技术成果。正是在这样一种理解的基础上,晚清知识分子将'中学'概括为'道',而将'西学'概括为'器',被后来人称为'复古派'的官僚知识分子坚持的是重'道'轻'器'的文化观念,并以这样的观念拒绝和排斥西方现代的科学技术成果,而被后来人称为'洋务派'的官僚知识分子则在强调'器'的作用的前提下主张学习西方的现代科学技术,用西方现代科学技术的手段达到'富国强兵'

---

① 李继凯:《"新国学"与"新文学"》,载《陕西师范大学学报》,2005年第5期。

的目的。可以说,正是'中学'、'西学'这两个概念的划分,将中国的学术推进到了一个全新的历史发展阶段。我们看到,直至现在,代替'中学'这个概念的'中国文化'和代替'西学'这个概念的'西方文化',仍然是中国学术的两个关键词,构成了中国现代学术的基础构架。我们学术上的几乎所有重大分歧,当发展到一定程度,就会归结到'中国文化'和'西方文化'及其关系的问题上来,并且一旦回到这个基本问题上,彼此的对话就中止了,就没有进一步讨论的余地了。我认为,我们现当代学术研究所遇到的很多问题,都与从那时就已经形成的这个基础的学术构架有关。学术研究的大忌就在于基础概念的模糊,而这两个基础概念本身就是极为模糊的。"①

他认为"新国学"应该是:"参与中国社会生存和发展的一个学术整体……是由在中国社会从事着各种不同领域的各种不同的研究工作并以各种不同的形式参与这个学术整体的中国知识分子的研究成果共同构成的。"②

那么,王富仁设想的"新国学"的学科构成是哪些呢?

"国学"这个学术概念在迅速扩大着自己影响的同时也遇到了其他学术领域及其专家与学者的公开的或心理的抵抗。这样的学术领域至少有下列三类:一、中国现当代诸学科。中国现当代历史、中国现当代文学史、中国现当代艺术史、中国现当代教育史、中国现当代经济史等等,等等,都已经是中国文化历史的一个时期,这个时期的文化也自然而然地成了中国历史与文化传统的一个有机组成部分。它们都程度不同地受到西方文化的影响,但这并不能影响它们作为中国历史与文化传统的一个有机组成成分的基本性质,这些学科的学术研究成果属

---

① 王富仁:《"新国学"论纲》,见《新国学研究》第1辑,北京:人民文学出版社,2005年,第1~2页。
② 王富仁:《"新国学"论纲》,见《新国学研究》第1辑,北京:人民文学出版社,2005年,第127页。

于不属于"国学"?在这些学科从事学术研究的专家和学者是不是"国学家"?这不但是一个概念的问题,同时也是一个如何感受、理解和评价这些学科的学术研究的问题,是如何感受、理解和评价这些学科的知识分子的问题;二、数学、自然科学研究领域。数学、自然科学研究的薄弱,是中国古代文化的一个特点,也是一个弱点,数学、自然科学诸学科几乎都是在首先接受了西方数学、自然科学现成成果的基础上重新起步的,但所有这些学科,都是中国现代教育的有机构成成分,所有这些学科的专家和学者,在中国现代社会、中国现代文化的发展过程中都起到了举足轻重的作用。时至今日,把数学、自然科学完全视为"西学"已经是极不合理也极不实际的,而把数学、自然科学完全排除在"国学"之外则更不合理、更不实际;三、具有现代逻辑系统的诸学科。哲学、美学、文艺学、教育学、政治学、经济学、法律学、社会学、文化学、文化人类学、心理学等等,等等,在中国古代都有其思想的根底,其文化的资源兼容中西,但其专门的研究则是在西方同类学科已有的基本概念系统的基础上重新起步的。这些学科的研究既具有直接实践性的品格,也具有理论抽象性的品格,在中国现代学术中占有较大的比重。"国学"自然是一个国家、一个民族的学术,就不能将这些学科排斥在自己的范围之外。①

由此可见,他设想的"新国学"的学科构成有以下四部分:(1)旧"国学";(2)中国现当代诸学科;(3)数学、自然科学研究领域;(4)具有现代逻辑系统的诸学科。这囊括的范围比"国学"大了许多。这样庞大的学科覆盖面,使得有些论者觉得难以接受,江凌就认为:"王先生的意图是好的,但一旦用'新国学'取代了'国学'概念,也就是用当代学术总汇取代'国学'的概念,'国学'的范围实际上就漫无

---

① 王富仁:《"新国学"论纲》,见《新国学研究》第1辑,北京:人民文学出版社,2005年,第121~122页。

边际了,从而'国学'这个概念也就不复存在了。"①

在此,我们关注的是以下与学科研究本身紧密相关的问题:"新国学"是采取何种姿态打通中西的?这个学科设想在实际操作层面上是否可能?它目前实际涵盖的学科是哪些?它注重的是哪方面的研究方法?等等。

综合所见的"新国学"讨论以及推出的五辑《新国学研究》来看,其目前的发展有两点值得注意:

(一)注重中国现当代文化的研究,并以此为基点,向中国古代文化研究拓展

这表现在:参与"新国学"讨论的专家学者,以中国现当代文化研究专家居多;五辑《新国学研究》中的论文,也以中国现当代文化研究居多,像陈方竟的《断裂与承继:对"五四"语体变革的再认识》、李春雨的《中国近现代中长篇小说连载一览》、董晓萍的《牛津大学藏西人搜集出版的部分中国民俗书籍》、周星的《百年中国电影现实题材综论》、李贵苍的《华裔美国人文化认同的几种理论视角》等。而部分研究中国古代文化的论文,也多是由出身中国现当代文化研究的专家撰写的,如王富仁的《孔子社会学说的逻辑构成》、《老子哲学的逻辑构成》、《从孔子到孟子》、赵园的《刘门师弟子》、《明清之际的所谓"有用之学"》、杨义的《感悟通论》等②,这使得他们的研究具有强烈的"以今化古"的特色。王富仁甚至认为:"中国现当代文化是较之中国古代文化更加丰富和复杂的文化,它不但包括像鲁迅、胡适这样一些现代中国人所创造的'新文化'成果,同时也包括像孔子、老子这样一些古代人创造的'旧文化'成果。所有这一切,都在

---

① 江凌:《试论国学和"新国学"》,载《山东农业大学学报》,2006年第2期。

② 《新国学研究》中也有由古代文化学科出身专家撰写的论文,但不多,如李山的《周初诗歌创作考论》、李青的《楼兰鄯善魏晋南北朝时期绘画与雕塑艺术源流考论》等。

我们现当代的社会上存在着,流行着。现当代的中国人是在感受、理解、接受所有这些文化成果的过程中形成自己的文化心理和知识结构,并在这样一个文化心理和知识结构的基础上进行着自己的文化创造的。"①这种"以今化古"的研究模式,是有其自觉性的,就是强调研究者自身的"主体性"。王富仁在《孔子社会学说的逻辑构成》的开篇,还为此类阐释的模式进行了理论论证:"研究,首先是在两个主体之间进行的,其一是研究者,其二是研究对象。这是两个主体,而不是一个主体。假若研究者不具有自身的主体性,假若研究者没有自己独立的价值观念体系,研究者自身就不具有确定性,他也就与研究对象构不成确定的关系,研究活动也就无法进行。"②应该说,这种"以今化古"的研究模式,是"新国学"研究中最具争议也最具创新性的部分。

(二)比较偏重于人文科学方面的研究,社会科学和自然科学方面的研究有待加强

在前面关于学科设想的引文中,王富仁提到了"哲学、美学、文艺学、教育学、政治学、经济学、法律学、社会学、文化学、文化人类学、心理学等等",并认为这些学科是"具有现代逻辑系统的"。这个定义没有把作为"社会科学"的政治学、社会学、经济学等,与作为"人文科学"的哲学、文学等区分开来。这就意味着"新国学"在区分社会科学与人文科学之间的差异方面还未来得及展开更精细的探究。通观"新国学"讨论以及五辑《新国学研究》中的论文,涉及的几乎都是人文科学方面的内容,很少社会科学方面的内容。五辑《新国学研究》中,可以归入社会科学研究的,不过是熊金才的《独立董事制度移植的文化悖论》、董晓萍的《牛津大学藏西人搜集出版的部

---

① 王富仁:《"新国学"论纲》,见《新国学研究》第1辑,北京:人民文学出版社,2005年,第57页。
② 王富仁:《孔子社会学说的逻辑构成》,见《新国学研究》第3辑,北京:人民文学出版社,2006年,第1~2页。

分中国民俗书籍》等几篇。吴文藻、费孝通、吴景超、何清涟以及作为其学术背景的马林诺夫斯基、弗里德曼、凯恩斯、萨缪尔森等社会科学家的强大存在,暂时还没有进入"新国学"的视野。①

20世纪80年代,唐德刚在《胡适杂忆》中批评了胡适对社会科学的忽视:"胡先生谈话时总是用'人文科学'这一名词。我很少听到他提起'社会科学',更未听到他提过'行为科学'这一名词。……但'社会科学'在人类知识史就等于是工业史上的'原子能'。"②所论或许偏激,但不无道理。比如,晚期鲁迅之所以接近马克思主义,就有这方面的原因。鲁迅原先接受的所谓"托尼学说",基本属于人文科学的范畴;而马克思主义则是社会学公认的三大先驱之一(另两个是韦伯、涂尔干),它在解释人类社会的深度方面,自然不是尼采、托尔斯泰这类学说能比拟的。加强在这一方面的研究力度,应该成为"新国学"今后发展的一个努力方向。其次,所有的论文几乎没有涉及胡先骕(作为植物学家的胡先骕)、夏纬瑛、李扬汉、竺可桢、钱学森等现当代自然科学家,也没有涉及《本草纲目》《天工开物》《齐民要术》《中国科技史》等古代和现当代的自然科学典籍。虽然王富仁认为:"时至今日,把数学、自然科学完全视为'西学'已经是极不合理也极不实际的,而把数学、自然科学完全排除在'国学'之外则更不合理、更不实际。"③这一倡议并非不可行。比如,人文与自然科学皆长是西方哲学的一个传统,著名哲学家罗素、巴什拉、福柯等都是其中佼佼者。目前,部分现当代文化学者的著作也涉及了科

---

① 社会学科的出现及发展,直至对人文学科形成挑战,在西方也是近代的事。从18世纪的经济学开始,社会学、政治学等社会科学陆续建构。双方在西方学术史上最富戏剧性的冲突,发生在20世纪60年代的法国,详情可以参看[法]多斯:《从结构到解构——法国20世纪思想主潮》,北京:中央编译出版社,2004年。

② 参唐德刚:《胡适杂忆》,桂林:广西师范大学出版社,2005年,第117~122页。

③ 王富仁:《"新国学"论纲》,见《新国学研究》第1辑,北京:人民文学出版社,2005年,第121页。

技史的内容。但由于我国人文知识分子历来缺乏科学传统,并且在当前学院文理分科、互相隔膜的现状下,"新国学"倡导者如何将这一学科设想付诸实施,其艰巨性是可以想象的。

三、求知何为?——"新国学"的价值预设

把学术作为一种事业者,必有"求知何为"的大困惑。韦伯指出,虽求知者宣称"学术没有预设",但实际上他们跟宗教徒一样是有预设的。这些预设就如数学的公设,不能证明,却是理知的基础。其中最关键的是价值预设:"学术得出来的成果,有其重要性,亦即'有知道的价值'。"韦伯强调,这个预设"无法用学术方法证明"[①]。在《"新国学"论纲》中,王富仁也以一种深重的焦灼感,用相当篇幅探讨了这一问题:

> 在当前,有很多对中国现当代学术的反思和批评,但我认为,归宿感的危机和由此而来的自我意识形式的混乱则是影响中国学术继续发展的关键因素。
>
> ……实际上,我之所以认为"新国学"这个学术观念对于我们是至关重要的,就是因为,只有这样一个学术观念,可以成为我们中国知识分子文化的、学术的和精神的归宿。因为只有在这样一个学术观念中,我们才能发现和认识自己的存在价值和意义,也能发现和认识与我们从事不同领域的学术研究活动或具有不同思想倾向、不同学术传统的中国知识分子的存在价值和意义。在这里,我们彼此之间不但没有势不两立的敌对关系,而且是有机融合为一体的。我认为,它就是我们中国学术的"道"体。在过去,我们有的学者将自己的研究成果直接纳入

---

① [德]韦伯:《韦伯作品集I·学术与政治》,桂林:广西师范大学出版社,2004年,第174页。

到西方文化(实际上是西方一个特定民族的特定文化派别)中意识其意义和价值,有的学者将自己的研究成果直接纳入到中国古代文化(实际上是中国古代的一个思想学说)中意识其意义和价值,有的学者将自己的研究成果直接纳入到国家的政治实践中意识其意义和价值,有的学者将自己的研究成果直接纳入到弱势群体的物质利益中意识其意义和价值……实际上这些意识形式都带有一种虚幻性,是一种颠倒了的价值评价形式。一个中国马克思主义者的著作首先不是写给外国马克思主义者阅读的,一个中国新人文主义者的著作不是写给西方新人文主义者阅读的,现代新儒家学派的著作不是写给古代旧儒家知识分子阅读的,一部中国知识分子的政治学著作不是直接写给政治领袖阅读的,而大量弱势集团的社会成员则是不阅读学术著作的。它们的价值和意义只能通过他们在中国现代文化环境和学术环境中所发挥的实际影响作用才能切实而有力地感觉得到。而"新国学"就是我们意识中的这样一个学术整体。一个我们在其中可以获得价值和意义感觉的"道"体。①

这段话最引人注意的地方,就是提出了"道体说",把学术的价值与本民族社会实践紧密联系。在《"新国学"论纲》中,类似的论述是随处可见的:"构成学术事业的内在动力是什么呢?我认为,是对本民族社会实践关系的一种关切。"②"只有通过这个我们都参与其中的'国学'这个学术整体,我们才能较近合理地感受、理解和评价我们自己存在的价值和意义,才能较近合理地感受、理解和评价我们每个民族成员存在的价值和意义。任何一个人都首先不是为另外一个或一些民族而生存、而成长的,而是首先为自己、为自己的民

---

① 王富仁:《"新国学"论纲》,见《新国学研究》第1辑,北京:人民文学出版社,2005年,第134～138页。
② 王富仁:《"新国学"论纲》,见《新国学研究》第1辑,北京:人民文学出版社,2005年,第155页。

族而生存、而成长的,不首先通过对一个人在他所存在的社会整体和文化整体中价值和意义的认知,我们就无法实际地感受到他对于整个世界、整个人类的价值和意义"①。"我们研究的是各自不同的问题,但我们共同构成的却是一个民族语言体系、民族知识体系和民族思想体系,构成的是一个我们称之为'新国学'的学术整体"②。

  在此基础上,王富仁对"西化派"的批判获得了一个坚实的支点,即民族的"主体性"。在王富仁看来,"西化派"最大的问题就是忽视知识创造的"主体性":"文化经过中国近、现、当代知识分子的头脑之后不是像经过传送带传送过来的一堆煤一样没有发生任何变化。他们也不是装配工,只是把中国文化和西方文化的不同部件装配成了一架新型的机器,零件全是固有的。人是有创造性的,任何文化都是一种人的创造物,中国近、现、当代文化的性质和作用不能仅仅从它的来源上予以确定,因而只在中国固有文化传统和西方文化的二元对立的模式中无法对它自身的独立性做出卓有成效的研究。"③

  这个批判引发了钱理群、李怡、陈方竞等学者的共鸣。钱理群就认为:"在我看来,作为具体的学术观点,'新国学'自然有许多可

---

  ① 王富仁:《"新国学"论纲》,见《新国学研究》第1辑,北京:人民文学出版社,2005年,第125页。这些观点,与日本的鲁迅精神继承人竹内好存在共通之处:"现实上世界政府是不存在的,文化的问题亦然。只有不同民族的文化来参与,通过交流而创立世界文化,除了这一应有的世界文化形态之外,实体性的世界文化史不存在的。""所谓现代文化,就是在现代这个时代里欧洲的近代文化在我们自身的投影。我们必须否定以那样的方式存在着的自己。为什么呢?因为我们是作为从自己内部创造世界史的创造者而存在的。我们必须不依靠他力支撑自己,而是自己塑造自己。"参[日]竹内好:《近代的超克》,北京:三联书店,2005年,第280页,176页。
  ② 王富仁:《"新国学"论纲》,见《新国学研究》第1辑,北京:人民文学出版社,2005年,第158~159页。
  ③ 王富仁:《对一种研究模式的置疑》,载《佛山大学学报》,1996年第1期。

议之处,但其所提出重建民族学术'整体性'与'独立性',作'体系性'重构的任务,却是非常重要而及时的,其方法论的意义是不可忽视的。"① 这些学者在两个方面推进了王富仁的观点:

一是反思当今"学院文化"在主体性上的缺失,呼吁重构其主体性。陈方竞的论文就是从这一角度切入的:"我认为,王富仁的《'新国学'论纲》的一个主要支点即着眼于当代学院文化的建设,针对的是中国学院知识分子的学术观念存在的缺陷,以及由此对中国文化和中国学术正常发展的影响。……我认为,看到这一点是十分重要的,即在我们的认识中,与中西文化相联系的中国现当代文化的发生和发展,一旦离开了对中国社会文化的主体境遇感受,离开了中西文化整体比较中的精神主体建构和创造,中国现当代文化与中西文化的关系就会发生'主体'的位移,表现为'主体'向在自身'结构'中显示其意义的中国古代文化或西方文化的偏移。"②

二是从美学经验的范围,推进了对当今文化研究的主体性缺失展开批判:

> 回顾近二十年来(特别是十余年来)的这些主流的文学文化理论,我们就会发现一个值得注意的趋势,这就是其中相当多的精力都放在了辨析我们与西方诗学、西方理论的关系之上,一系列与"西学"密切相关的基本概念成为了人们梳理和阐述的主要内容。如果考虑到自现代以来中国文学文化理论产生的世界性背景,这样的追溯当然是有价值的,然而在另一方面,我们却也必须正视这样一个事实,即我们关于文学的判断同时与文学创作本身渐行渐远,我们的诸多文化学说与当代中国人的实际生存状态大相径庭;我们注意的是当代思想在"超

---

① 钱理群:《我看"新国学"——读王富仁〈"新国学"论纲〉的片断思考》,载《文艺研究》,2007年第3期。

② 陈方竞:《"新国学"建构与当代学院文化建设》,载《文艺研究》,2007年3期。

越"具体文学实践意义上与西方文化、西方诗学潮流的沟通、对话,但忽略了对中国当下实际的感受、体验与把握。

……西方文化的"外部"指标不足以完成中国自己的文化现代化建设,这在根本上是因为西方文化的主体区别于现代中国文化的主体,而中国文化的主体需要绝非异域文化所能够替代表达;同样,作为古代中国文化的主体的人的需要也不会混同于现代中国文化主体的人的要求。现代中国文化发展的希望在于现代中国人生命感受与自我意识的表达,只有坚持了这样的原则,我们才能自然生长出属于现代的我们的政治学、经济学、哲学、美学与文学,我们的新文化才能不再被他人视作西方文化的简单的附庸,当然,也不会被视作古代文化的简单的附庸。一种新的生存生命体验和新的自我意识也最终保证了西方文化——中国古代文化不再处于简单的二元对立状态:西方文化并不是作为中国古代文化的颠覆者而出现在现代中国的,而中国古代文化也不是作为西方反抗者而确立自身价值的。文化的对抗性思维并不是文化发展的有利状态。在作为创造主体的人的精神建构成为我们的主要目标之后,一切外来的文化,一切古代的文化都可以成为我们自由选择的对象。我理解,这样的打破"二元对立"模式的现代中国学术就是王富仁先生所倡导的"新国学"。①

至此,"新国学"的思路及倾向已经体现得非常清楚,那就是:

一是借助打通中国现当代文化与古代文化的联系,以及揭示西化派和国学派的缺陷,批判当前学术界中轻视现当代文化的倾向,重构现当代文化在中国学术研究中的地位。

二是借助把中国现当代文化划分为革命文化、社会文化、学院文化,以及强调民族文化的主体性地位,批判当前学术界中轻视所

---

① 李怡:《生命体验、生存感受与现代中国的文化创造——我看"新国学"的"根据"》,载《社会科学战线》,2005年第6期。

谓"社会文化"(即鲁迅及"左翼")的倾向,重构鲁迅及"左翼"在中国学术研究中的地位。

尽管"新国学"是一个新的提法,但它的基本思路及倾向是非常清晰的,它的内涵是十分丰富的,它的不少具体论述也是非常精辟的。这对于我们反思当前中国学术的"内部结构",具有极其重要的启发作用。

四、延伸讨论——"新国学"与"全球学术"

在"新国学"讨论中,钱理群的《我看"新国学"——读王富仁〈"新国学"论纲〉的片断思考》对许多问题的把握都非常敏锐。其中,最应引起我们注意的是,他在结尾特别指出:目前的讨论局限于"一个民族内部的思想、文化、学术的建构问题",还没有涉及当前的全球化背景。他对进一步推进"新国学"的讨论提出了建议:

> 我们已经一再谈到了在我们讨论作为"中华民族学术"的"新国学",以及相关的精神归宿的问题时,都有一个全球化的背景,《论纲》也已经谈到,当我们在自己的民族学术的整体中获得自己存在的意义和价值时,"同时也获得了在世界范围内的价值和意义,因为中国也是世界的一部分,并且还是一个很大的部分"。这就涉及王富仁试图以"新国学"命名的"中华民族学术"和全球(东方世界和西方世界)思想、文化、学术的关系。由于《论纲》所讨论的是一个民族内部的思想、文化、学术的建构问题,因此,对这一问题只是稍有涉及,而未作正面讨论和展开,这是可以理解的。但这却是一个不可忽略的问题,否则是会产生某种疑虑的。

之所以这样提出问题,是因为我在和韩国学者讨论王富仁先生的"新国学"概念时,他们就明确表达了这样一种疑虑:在中国大谈"大国的崛起"时,王富仁先生提出"新国学",要"重建民族学术的整体观念",这两者之间,是否存在着某种联系?根据我对王富仁先生思想的理解,我不认为这两者之间存在着类似的逻辑,但我认为韩国学者的疑虑,却是一个重要的提醒,就是我们在思考、讨论民族思想、文化、学术格局和观念的重建时,必须明确自身的界限。如王富仁所说,传统的"国学"观念中,是存在着"明显的排外主义色彩"的,那么,"新国学"明确地与这样的"排外主义"划清界限,也是题中应有之义。因此,我希望王富仁能再写专文,集中讨论"全球化背景下的新国学",对以"新国学"命名的"中华民族学术"和"全球(东方世界和西方世界)学术"的关系,有一个更系统、深入的阐释。①

这个建议非常敏锐,是很有实际意义的。从目前来看,"新国学"的讨论的确是致力于清理中国"内部"的学术结构问题,还未转过身来对中国学术与世界学术之问题进行深入的思考。而这一点,无疑是"新国学"讨论应该继续深入的地方,唯其如此,"新国学"才能拥有更大的发展空间,也才能真正完善自身的历史定位。

在这方面,我们首先需要面对的是这样一个问题:如何解决学术的"民族性"与学术的"普适性"之间的冲突?

前面已述,"新国学"为学术提出了一个"民族性"的价值预设:(1)"构成学术事业的内在动力是什么呢?我认为,是对本民族社会实践关系的一种关切。"②与此同时,王富仁还提出了另一个价值预设:(2)"学术的意义就在于认知,对于中国知识分子而言,不论对西方以及西方文化持有什么样的具体态度,都必须建立在认知的基础上,都必须是感受、了解、思考、研究的结果。放弃了认知,就放弃了

---

① 钱理群:《我看"新国学"——读王富仁〈"新国学"论纲〉的片断思考》,载《文艺研究》2007年第3期。
② 王富仁:《"新国学"论纲》,见《新国学研究》第1辑,北京:人民文学出版社,2005年,第155页。

学术。"①(1)所说的,实际上是学术的"民族性";(2)所说的,实际上是学术的"普适性",因为把"认知"列为"学术的意义",就不免会限制了地域、民族、国家等"外部力量"的作用。在《"新国学"论纲》中,王富仁主要强调(1),但对(2)也给予了一定程度的重视。在笔者看来,这两个价值预设虽然有融合的一面,也有冲突的一面,而且这种冲突可能比想象中的大得多。

"民族性"的知识与"普适性"的知识在什么情况下会发生冲突?没有人会认为,翻译成英语的诸子百家、唐诗宋词跟汉语中的诸子百家、唐诗宋词是一回事,因为不同的语言中蕴涵着不同民族的精神体验;没有人认为,中国人和日本人读黄遵宪的《哀旅顺》和《台湾行》的精神体验会相同,因为这些诗词中蕴涵着强烈的民族感情;没有人会认为,西方人和东方人对《红楼梦》的观感会相同,因为《红楼梦》中蕴涵着中国人独特的人生哲学。诸子百家、诗词、小说、戏剧等等,沉淀着一个民族的心路历程,同一个民族的利益与感情紧密联系,是一个民族区别于其他民族的重要媒介。在社会人类学中,这叫作"地方性知识",属于人文科学的一部分。

不同的民族都有自己的历史(包括科学史),也可以有各自的莎士比亚、鲁迅;但是,人类只有一个牛顿,只有一个凯恩斯。这就是说,自然科学和社会科学都具有强烈的"普适性",很难为地区、民族、国家限定;一旦被限定,这门科学的品质就会受到威胁。没有人会认为英语和汉语中的数学、物理、化学有什么不同,——民国时期的许多学生如李政道、何兆武、顾准等都是通过外语教材学习数学、物理、化学的。牛顿、爱因斯坦、达尔文的学问,我们就很难归为哪国的"国学"。数学、物理、生物学等自然学科的创立及发展,凝聚着英国、美国、德国、印度、中国、阿拉伯等国科学家的心血;政治学、经

---

① 王富仁:《"新国学"论纲》,见《新国学研究》第1辑,北京:人民文学出版社,2005年,第5页。

济学、社会学等社会科学也是如此。① 可以说,任何一种学术"内部"都具有其"自治性"。其强弱随不同学科而变化。大概来讲,从数学、物理、化学等以还原论为基础的自然科学,到群体生物学、社会生物学等以整体论为基础的自然科学,到政治学、经济学、社会学等社会科学,再到文学、伦理学、政治哲学等人文科学,其自治强度是递降的。自治性的根源就在"求真"的品性及其检测机制。在此面前,任何权力和权威都得低头。这也就是为什么纳粹科学家炮制"德国科学"和前苏联炮制无产阶级生物学,被后世嘲笑的根本原因。这些是自然科学、社会科学与人文科学的不同之处。

  从"地方性知识"来看待事物,与从"普适性知识"来看待事物,差异是很大的。比如,从社会人类学的角度来看"国学"现象,那就不是中国一国才有的事。事事不如人时,就不得不努力学习,赶上对方;在这过程中,有些人特别强调精神上的独立性。这种心态的群体表述(特别是民族国家),就是"意识形态","国学"运动不过是其表现之一种。现代民族国家模型,或曰资本主义社会模型,或曰理性化社会模型(韦伯语),自威尼斯、荷兰、英国、法国演变下来,借拿破仑战争横扫欧洲,并向全球扩张,所向披靡。顺之者昌或不昌,但逆之者必亡,在这种生存压力下,各国就卷入了"变法图强"的轨道。此乃人类史的进化奇观。而落后国家向现代民族国家演进时,必有数十年或上百年的"国学"运动。以俄罗斯的"俄罗斯灵魂"为支点,往上数十年,是德国的"德意志文化";与俄罗斯同时,有日本的"大和魂",西班牙的"西班牙魂",下走数十年至今,则有"中华文化"……民族国家的"国学"运动之此起彼伏,亦人类思想史之奇观。所以,黑格尔、费希特、别尔嘉耶夫等大哲,与钱穆、陈寅恪等一样,

---

① 实际上,王富仁《中国现代文化指掌图》(人民文学出版社2004年版)中的《文学·自然科学·社会科学——由法布尔〈昆虫记〉引发的一些思考》一文,就从鲁迅掌握的科学知识出发,专门讨论了自然科学对人文知识分子的重要性。鲁迅不但通经史文学,而且粗通物理、化学、植物学等自然学科,这样的知识储备,在当时算是比较惊人的了。

都是各国第一流的"国学家"啊!

此外,地方性知识背后蕴涵的价值与普适性知识背后蕴涵的价值,在许多时候是互相制约的,而不是融合的。这种对立不见得是坏事。比如,为什么托尔斯泰、罗曼·罗兰、茨威格等人文知识分子能够批判自己民族的不义?其动力何在?这是因为:人文知识分子在人类乃至地球生命的共同价值中获得了超越并批判地域、民族、国家的支持。随着人类的进化,人类越来越形成这样的观念:在地域、民族、国家的背后,有人类;在人类的背后,还有一整个地球生命,这也就是今日生态主义运动蓬勃兴起的原因之一,——英国科学家罗夫洛克甚至提出了著名的"盖娅生态圈假说"(盖娅是希腊神话中的"大地之母")。这一全球性的价值,或者体现为哲学思想,或者体现为神学信念,乃是制约今日民族国家价值"一家独大"的强大存在。

王富仁这样表述"新国学"的内在结构:

> ……学术以及其中的每一个学科都有其独立性,但又都是在一个社会整体中产生和发展的,这个社会整体也在有形与无形中影响着自己的学术及其发展状况。各个学科乃至各个学者的研究活动都与这个社会整体相互联系着,彼此也构成特定的关系,并由这些错综复杂的关系将所有领域的学术研究及其活动连接为一个整体。在这里,具体的研究活动是在参与这个学术整体的过程中表现出自己特定的价值和意义的,这个学术整体则是在参与这个社会整体的过程中表现出自己的价值和意义的。①

笔者完全同意这一论述,但同时感到,这一论述如果扩大到全球学术来讲,也是成立的,甚至更有意义。比如,为什么社会学、人

---

① 王富仁:《"新国学"论纲》,见《新国学研究》第 1 辑,北京:人民文学出版社,2005 年,第 123~124 页。

类学都强调直接参与观察,把懂得当地语言,与当地人共同生活当作一项硬性指标,反对依靠他人收集资料的"坐在扶手椅上的学者"?这是因为自然科学在追求客观知识上做出了典范。为什么康德、海德格尔、萨特等哲学家被迫向认识论和伦理学退缩?这是受到了当时飞速发展的自然科学影响的一个结果,与照相机逼迫绘画向印象派、超现实主义退缩是一个道理。人类的"超级大脑",与一个民族的大脑一样,是互相分工的,也是互动的,这就是王富仁所说的学术的"整体性"。如果忽视这点,就看不见整个大脑的运作:摄像的出现,淘汰了绘画的古典主义;牛顿力学的出现,造成了现代哲学的转型,乃有休谟和康德的出现;没有自然科学的逼迫,存在主义的兴起就缺乏一定的基础。不但"地球在动","生命在变",思想也在进化的"超级大脑"中变化,只不过"一个事物越庞大,它的运动就越缓慢"。[①] 由此可见,"新国学"这种"地方性知识"与"全球学术"的关系是极其微妙而复杂的。

目前,围绕"新国学"所展开的讨论还处于刚刚起步的阶段,许多问题还不明朗,许多难点还有待深化,还需要诸多学者的积极参与。但笔者相信:有关"新国学"讨论的建设性价值,将随着讨论的不断深入愈来愈显现出来。

---

① [法]德日进:《一个古生物学家眼中的人类前途》,见《德日进集》,上海:上海远东出版社,2004年。

第二十三章

"底层写作"与"左翼"文学传统

一、"底层写作"的兴起及其时代背景

近几年来,"底层写作"这一文学名词越来越多地出现在国人眼前,国内的文化团体也积极发起关注底层的文学活动,如北京市文联近年就发起了"首都文艺家边村行"活动。被归入"底层写作"的文学作品,小说如刘庆邦的《神木》、曹征路的《那儿》、阎连科的《丁庄梦》,报告文学如陈桂棣、春桃的《中国农民调查》以及"打工诗歌"等,都引起了国内文坛的瞩目,甚至引发了较为剧烈的论争。

学者刘东撰文评论"打工诗歌",认为它展示了不同于学院派诗歌的生活经验,将对文学创作、文学观念直至文学体制构成挑战(《贱民的歌唱》,《读书》2003年12期)。评论家张清华也认为"底层写作""给我们当代诗歌写作中的萎靡之气带来了一丝冲击,也因此给当代的诗人的社会良知与'知识分子性'的幸存提供了一丝佐证。在这一点上,说他们延续了一个真正的现实主义的写作精神也

许并不为过"①。

但也有一些评论者出于对以往极"左"思潮的担心,对"底层写作"这一提法比较警惕。有的评论者认为,"底层写作"是一个经济学和社会学上的命名,但现在许多倡导者往往赋予它在道德和美学上的优越性,这可能导致把"底层写作"当作文学创作的标准。文学是以作品本身说话的,在作品面前,"底层写作"和其他写作都在一个平面上,不存在谁高谁低。还有的评论家则担心"底层写作"会被市场利用,沦为一个商品符号。

不管是赞扬还是批评,这些评论都表明:"底层写作"已是一个客观存在的、不容忽略的文学现象,我们不能不加以关注。"底层"是一个模糊概念,但我们每个人都能清楚地感受到"底层"的存在。它指的是经济地位、社会地位上处于弱势的社会群体。一切处于社会边缘的弱势群体,都可以看作"底层",其数量是比较庞大的。仅就打工者而言,中国现在就有1.3亿,占总人口的12.5%,这在中国历史上是没有前例的,在世界历史上也绝无仅有。这么大的社会群体出现了,并发出了自己的声音,是不能够忽视的。不倾听这些群体的声音,我们如何能够了解中国?没有这个群体的经验,我们如何谈论"中国经验"?不关注这个群体的文学,我们如何能够谈论完整的"中国文学"?

"底层写作"的出现不是偶然的,它是我国社会发展变化的结果。我国从20世纪80年代强调"发展是硬道理",90年代强调"可持续性发展",再到今天大力提倡"科学发展观",这说明政府在关注发展的同时,也非常关注发展带来的问题。在经过二十多年年均高达9.6%的GDP增长以后,我国已经成为世界第四大经济体。但是,高速发展也伴生了医疗改革、教育改革、地区差距、贫富差距、社会保障不足等一系列重大社会问题,"效率"和"公平"这两个价值观

---

① 张清华:《"底层生存写作"与我们时代的写作伦理》,载《文艺争鸣》,2005年第3期。

之间的关系有待重新进行阶段性调整。因此,如何凸现公平和共享改革发展成果,成为"十一五"规划的重点。2000年以后,整个社会对弱势群体的关注力度大大加强了。正是在这样一种形势下,前几年爆发了自由主义与"新左派"的论争以及"纯文学"的论争,使思想界、文艺界重新关注文学与现实、文学与政治的关系。这一思潮转变对中国文学产生的两个具体影响,就是"底层写作"的兴起及对"左翼"文学传统的重新审视。两者实为一个硬币的两面。

二、"左翼"文学对"底层写作"的借鉴意义

值得注意的是,无论是"底层写作"本身,还是对"底层写作"的评论,都大量引用了现代文学特别是"左翼"文学的话语资源,可以看出"底层写作"与"左翼"文学传统有着千丝万缕的联系。前些年被淡忘的"左翼"文学,似乎在大量关于"底层写作"讨论中被重新激活了。例如,曹征路的小说《那儿》是"底层写作"中争议比较大的一篇。小说描写了一个有正义感的工会主席,他力图阻止企业改制中国有资产的流失,最后失败自杀。小说主人公是一个孤独的四面受挫的工人领袖:他反对"化公为私"的改制,与厂领导等产生了强烈矛盾,不断上访;他是工会主席,是"省级劳模副县级领导",难以与一般工人交流,无法领导他们去反抗;他的家人也屡屡劝阻他去反抗。最终,他身心交瘁,只能自杀身亡。《那儿》中那种悲壮的英雄主义色彩以及叙事的方式,可以看出与"左翼"文学存在一定联系。历史记忆与现实处境的对比,使得这篇小说在阐释上具有了相当广阔的空间。许多评论把它称为"新左翼",当作"左翼"文学重新崛起的标志。

"左翼"文学运动是20世纪二三十年代兴起的,并在40年代得到了强健的发展,关注底层、为弱势群体呼吁是其重要特色。小说家如丁玲、萧红、萧军、张天翼、沙汀、艾芜、柔石、胡也频、洪灵菲、叶

紫等,诗人如穆木天、杨骚、任钧、蒲风等,都是其代表作家。像鲁迅、茅盾、巴金等小说家,虽然一般不归入"左翼"文学,但实际上他们的许多作品也具有比较强烈的"左翼"色彩。"左翼"文学的出现,拨正了"五四"以来过于注重知识分子生活的题材限制,继承了20世纪20年代鲁迅开创的"乡土文学"关注底层民生的这一面,并把关注的底层从农民拓展到工人,为文坛带来了新鲜、刚健的气息,体现了一种心忧天下的写作态度。"左翼"文学促进了广大知识分子关注底层、批判强权、呼吁社会公平和正义,产生了比新文学第一个十年更多的具有批判现实主义成分的作品。这一时期,"左翼"作家不仅流派众多、名家迭出,而且直接参与政治运动,表现出一种为弱者呼吁不平、向强权挑战的道德崇高感与社会责任感。可以说,"左翼"文学延续和发展了"五四"新文学中较为积极的一面,为后世留下了丰富的文学遗产。因此,如何在当下的现实环境中,研究和总结"左翼"文学的经验与教训,对继承"左翼文学"传统,丰富和完善"底层写作",具有非常现实的意义。当然,所处的环境、肩负的任务和面对的读者到底不一样,"底层写作"不可能完全照搬20世纪的文学形式和文学理念,但以史为鉴,是可以避免走很多弯路的。

在我们看来,当年"左翼"文学在三个方面上是可供"底层写作"借鉴的:

第一,继续发扬"左翼"文学的"政治性"写作传统。

近二十年来,文坛流行着一种试图把"审美性"和"政治性"分离开来的倾向。这种倾向是对以往极"左"文学思潮的反拨,是可以理解的,但它并不正确,也不符合新文学的发展实际。"服从政治"的"政治"与我们所说的文学的"政治性"是不一样的:"服从政治"的"政治"指的是一时一地的政治策略,是具体的"政治";而我们强调的"政治性"则是指任何作品应该具有的品质。根据马克思主义的观点,任何一部作品都必然具有政治性(不管是作者"服从政治"的还是不"服从政治"),但不是所有的作品都"服从政治",这个区别很重要。不少论者在要求文学要脱离政治时,往往把两者搞混了。

第二十三章 "底层写作"与"左翼"文学传统

历史告诉我们:"政治性"本来就是文学的根本属性之一,可能比"审美性"还要产生得早。作为中国古典文学源头之一的《诗经》,从成型之日起,就与当时政治和外交紧密相扣;只要阅读过阿里斯托芬的古希腊喜剧的读者,马上就会发现这些戏剧议论时事,直接参与雅典的政治运作,是城邦政治的产物。政治活动在古希腊人心目中具有无比的重要性,古希腊城邦法律规定,不参加政治领域活动的公民必须受到惩罚,恰恰是强烈的政治性造就了古希腊戏剧那恢宏的、为后人难以企及的文学魅力,这是后世与私人领域相连接的私密性文学所难以具有的。"政治性"乃是人之存在不可否认的一维,所以"政治性"会影响文学的"审美性"的说法,既没有历史根据,也没有学理根据。英国作家奥威尔说过:"回顾我的作品,我发现在我缺乏政治目的的时候,我写的书毫无例外地总是没有生命力的,结果写出来的是华而不实的空洞文章,尽是没有意义的句子、辞藻的堆砌和通篇的假话。"①在讨论"底层写作"的时候,这段话是有警醒作用的。

因此,"底层写作"的出现,是中国文学发生转变的一个重要征兆,标志着文学"政治性"的重新复苏。作家阎连科在三年时间里,先后七次走进"艾滋病村"搜集材料,写成了反映"艾滋病村"生活的长篇小说《丁庄梦》。他就明确道出他与"左翼"文学的精神联系:"文学当然不应该承担过分的责任,这是几十年文学发展的教训,但如果文学到了什么也不再承担时,文学也就不再是文学,而是流行文化。如今劳苦人已经从文学中退了出去。我们从文学中很少看到对底层人真正、真切的尊重、理解、爱和同情。这个问题在近年的长篇创作中尤为突出,像萧红那样的写作已经几乎绝迹。"②

第二,继承及发扬"左翼"文学在文艺形式探索上的多样性。

---

① [英]奥维尔:《奥维尔文集》,北京:中国广播电视出版社,1997年,第97页。
② 阎连科:《活着不仅仅是一种本能》,载《南方周末》,2006年3月23日。

近二十年来,国内文坛对"左翼"文学的评价并不高,认为它们艺术水准偏低,审美意味不强。这些批评的一个弱点是忽视了"左翼"文学在形式上的多样性及其文学探索的文学价值,把"左翼"文学传统狭隘化了。学者钱理群就对此提出过批评:"在我看来,左翼作家(左翼知识分子)的一个最本质的特征就是鲁迅所说的永远'不满足于现状',由此而形成了其永远的批判性(反叛性,异质性,非主流性)。而这样的批判、反叛必然是全面而彻底的:不仅表现为一种激进的思想倾向,政治立场,而且也反映在对既成的艺术秩序的反叛与不循常规的创造。因此,前述'左翼文学不注重艺术形式'的说法完全是一种成见与误解:左翼文学的一个本质特征即是它的艺术上的'实验性'。"(《端木蕻良小说评论集》)

的确,为弱者呼吁,关注社会公平,是"左翼"文学的核心理念以及总体倾向,但这并不等于形式,实际上"左翼"文学具有多种多样的形式,正如钱理群所说的"左翼文学的一个本质特征即是它的艺术上的'实验性'"。国外的"左翼"文学,有雪莱的浪漫主义诗歌《西风颂》、马雅可夫斯基的未来主义诗歌、奥登的现代主义诗歌《在战时》及《西班牙》、布莱希特的试验话剧《四川好人》及《阿波罗魏的发迹》、海明威的小说《丧钟为谁而鸣》、马尔克斯的"魔幻现实主义"小说《百年孤独》、略萨的"结构现实主义"小说《绿房子》等,其形式之多样,成就之高,都是世界文坛所公认的。同样,中国的"左翼"文学也并不像许多人理解的那样,是铁板一块,而是多种的文学类型的组合体。比如,上海的"左翼"文学与解放区文学就存在着比较大的差异。上海"左翼"文学,大量借鉴了意识流小说、现代主义等西方文学形式的营养,解放区文学则注重吸取民族传统的营养,两者形成了不同的文学形式。把茅盾的《子夜》、萧红的《生死场》、叶紫的《丰收》与赵树理的《小二黑结婚》等"左翼"小说放在一起,我们就能看出那种对"左翼"文学的单一化理解是多么错误!比较起来,当前的"底层写作",在内容上比较雷同,在形式上也比较单一,缺乏探索文学形式的激情。文学的内容和形式是统一的:没有了内容的形式,就没有了灵魂;脱离了形式的内容,则丧失了承载人心的躯壳。如何在发扬"政治性"写作的同时,继续推进"左翼"文学对文学形式的探索,无疑是"底层写作"需要注意的地方。

第三,在文艺大众化方面,"左翼"文学运动可以为"底层写作"提供经验教训。

文艺大众化是贯穿"左翼"文学运动始终的重大问题。20世纪30年代,中国"左翼"文学团体先后进行过三次大规模的关于文艺大众化的讨论,就中国文学是否应该大众化、中国文学能否大众化、文艺大众化是否伤害文学本身的艺术、文艺大众化应该怎样才能够实现等问题进行讨论。"左翼"作家们意识到,只有实现文学的"大众化"才能启迪大众、发动民众。因此,如何让大众从感情上真正亲近文学,让文学实现大众化,成为"左翼"文学关注的问题。尽管文艺大众化运动并未完成预期的任务,但它影响了众多作家及其创作,在促进文学和大众互动的关系上做出了独特的贡献。

三、"写底层"和"底层写"的表达困境

目前,"底层写作"存在很多问题,一个比较普遍的疑问就是:底层是否能够完全自由地表述自己?评论家张清华把"底层写作"分为两类,一类是"写底层",一类是"底层写"。这两类中,"写底层"无疑是当下"底层写作"的主体,我们读到的绝大部分作品都属于这一类。在中国,底层缺乏表述自身的资源和机会,他们就像是马克思评论的法国小农那样:"不能代表自己,只能让别人代表自己",作为一种群体性表述的"底层写作"很少出现过。写出"朱门酒肉臭,路有冻死骨"的杜甫,写《卖炭翁》的白居易,都不属于底层群体。作为群体性的"底层写作",是新文学诞生以后才出现的。新文学兴起后,现实主义成为文学主潮,确切点说,是批判现实主义成为主潮。现代文学的大多数作家(包括那些属于现代主义团体的和属于浪漫

主义团体的），都具有强烈的批判现实、关注底层的倾向，如鲁迅的《阿Q正传》、许地山的《春桃》、艾芜的《人生哲学的第一课》、萧红的《饿》等，或揭示了底层民众的生存现状，或表露了底层民众的心声。但他们大多属于"写底层"这类，"底层写"始终很少。随着社会的发展变化，今天的中国社会趋向多元化，具有更广的宽容度，也容许更多的声音，底层获得了越来越多的发展空间，思考自身，写自身。"底层写"的作品正不断出现在世人面前。现在，一些期刊设置了打工栏目，网上也有专门的"打工文学网"等。其中，以打工者的诗歌最为活跃，近年以来策划出版的《中国打工诗歌精选》，网络上的"打工诗歌"也非常活跃，"底层写"的影响正在加大。尤其耐人寻味的是，2002年4月，打工人员在北京成立了"打工青年艺术团"，不到两年的时间里已经成了一个"北京农友之家文化发展中心"。他们在《天下打工是一家》的CD宣传语中说："这是一个沉默的群体，他们不能表达自己。而'打工青年艺术团'却能通过文艺发出了我们自己的声音。"有许多评论家表示怀疑：这类底层写作是完完全全的底层表述吗？在多大程度上做到了真正的自我表述？不少人不约而同提及，20世纪60年代的"新民歌运动"曾试图将工农兵推到创作主体的位置，还努力培养了胡万春、黄声笑等"工人作家"，但实际上他们的作品传达的并不是底层的声音。而像《红岩》、《高玉宝》那样的作品，则实际上是其他力量参与的结果，实行起来需要很高的成本，并且难以说是纯粹的"底层写"。因此，认为底层能够完全表述自己的想法，肯定过于乐观了。

只要熟悉"左翼"文学运动，都会知道这不是新问题，而是"左翼"文学运动发展过程始终面对的问题。"左翼"文学是如何解决这些问题的？它的努力是否成功？它的不足之处又在哪里？对这些进行及时的梳理和研究，对今日的"底层写作"是非常重要的。

社会的转型、民族的振兴、社会的公平以及个性的解放，乃是中国现代化的四大主题，也是中国新文学的四大主题。随着中国加入WTO，高速融入世界经济，社会公平的问题也日益引起世人瞩目。

"底层写作"乃是顺应时代召唤而生的,"底层写作"良莠不齐,总体水平有待提高,但这不能成为我们否定它的理由。试想一下:我们能因为"五四"时期新文学的幼稚,而断定它日后不能成长吗?"底层写作"的不成熟,只能说明我们整个社会更需要关注它,为它的茁壮成长尽量提供充足条件。这是我们应该做到的,也是能够做到的。

第二十四章

"20世纪中国文学"整体观的
理论困境与实践难题

一、"中国新文学整体观"的提出

自20世纪80年代中期"20世纪中国文学"的学科概念和"中国新文学整体观"的研究思路(以下简称"整体观")提出以来,从理论上打通中国现当代文学,进行整体性研究早已成为学术界的共识,这一共识带来了两个明显的变化。第一个明显变化是,相继出现了一批以"打通"为己任,从整体着眼,从宏观入手,跨越1949界限,构建20世纪大文学史的学术成果。这方面的学术成果主要是一批冠名为"20世纪"或"现当代"的文学史论著(以下简称《通史》),这些《通史》大体有三种研究路向:一是按照"20世纪中国文学"的理论构想,主张打通近代、现代、当代,把"20世纪中国文学"作为一个不可分割的有机整体来把握,以进行综合性研究。这是比较普遍的做法。这一方面的著述主要有孔范今主编的《20世纪中国文学史》,黄修己主编的《20世纪中国文学史》,唐金海、周斌主编的《20世纪中国文学通史》。二是仍然沿用"中国新文学史"或"中国现代文学史"的既有学科概念,但是以开放性的姿态把当代文学纳入到其框架中来,强调这一体系的历史延展性和内在精神联系,以此来统合当代文学,打破人为的"现代"、"当代"划界,建立"中国新文学的整体观"。这一方面的著述主要有朱栋霖、丁帆、朱晓进等主编的《中国现代文学史(1917~1997)》。三是折中的研究路向,华中师范大学几位学者又提出以"现代中国文学"的观念作为打通的方式,认为,"现代中国文学"从表面上看可以说是对以上两种方式的综合,但其内在的理论思路则是抓住中国文学的现代转型做文章,因此,"现代中国文学"就可以理解为"现代转型中的中国文学",所谓近、现、当代文学,不过是中国文学现代转型的不同阶段和形态,其中有一种历史和逻辑的联系。主要著述有周晓明、王幼平主编的《现代中国文学史》。以上学术成果在形成过程中有两个显著特点:一是这些成果几乎都是面向21世纪课程教材,具有教科书性质,是来源于教学需要并应用于教学过程的产物;只此一端就可以见出它们对高校青年学生挣脱以往教科书模式束缚,以全新的眼光去接触文学史实体的解放发蒙之功。二是这些成果都采取集体协作的编写方式,少则几人,多则逾三十人,王晓明的《20世纪中国文学史论》虽然属于个人主持,但也集中了许多研究者的智慧和心力。这些学术成果不论是在文学观念上,还是在研究方法上,都体现了著作者们旨在打破线性时间限制、注重整体内在联系的尝试和努力,取得了较为明显的实践效果。尽管"打通"的方式各有差异,成果的水准不尽一致,但这一理论构想所引发的文学史观念的突破性变化,研究思路的不断革新,研究空间的深入拓展,以及由此带来的"打通"热潮,足以说明它在导引学科研究方向、昭示学科研究前景、推动学科研究发展方面具有很强的理论张力、实践动力和启示意义。"整体观"的理论构想所带来的另一个明显变化是,有的研究者走出自己的研究阵地,成功实现了学术视野的扩张或转移。或从现代返观近代,或由当代进入现代,还有的把研究视野扩大到20世纪。陈平原、陈思和、赵园、程光炜等就是其中的代表。而以研究现代著称的杨义,已经游刃有余地在整个中国文学领域展示了自己的研究实力,除现当代文学外,涉及楚辞、李杜诗、古代小说、叙事学等领域。

"整体观"的研究思路,促使人们重新认识包容着丰富复杂的文学现象的演变过程及其内在联系,并由此审视既往的研究惯性,从而深刻地改变了文学史的研究格局。

但是,"整体观"的理论优势和取得的学术成果是问题的一个方面,而问题的另一个方面在于,"整体观"的理论构想与研究的具体实践是两个层面的东西。以往的文学史过于看中1949年这一政治分界线,造成文学史叙述过于依附社会政治史和权力话语,而不是追求文学史本来面貌的完整呈现,过于强调政治教化功能,而不是注重文学史学术建构,这自然带来一定的学术偏离。但如果认为有了"整体观"的理论构想,打造几本"通史",20世纪文学就可以实现真正意义上的"一体化",可能也是一种认识上的偏差。即使是现代文学与当代文学也是差异很大的两个时段,二者的"打通"不是一个简单的一加一的关系,要使之完全衔接和吻合并不容易,所以把现代文学与当代文学简单相加和机械罗列不等于就是"整体观"。事实上,20世纪中国文学整体观研究存在着明显的理论和实践的脱节问题,理论提倡、研究努力与实践达标之间尚有较大难度和一定距离。

首先,具体到学科研究的操作层面,从研究队伍方面就没有完全实现打通,原先分属于现代或当代文学学科的研究者们,不少仍然固守已有的研究领域,各自为战,缺乏对相邻学科的密切关注和相互之间的有效沟通,还未能真正达到信息畅通、资源共享的程度,未能形成整体的研究合力和学科的互动优势,这在很大程度上制约了现当代文学研究整体水平的提高,影响着学术视野的拓展。而且,某一以现代文学为主要研究对象的学者,在自己的领域研究越深入,越有自己的心得,就越容易忽视或影响到对当代文学的研究和重视,造成研究观念和知识结构上的封闭;反过来,这也是以当代文学为主要研究对象的学者所面临的问题。比如,以某一研究领域见长的著名学者牵头,集合一批学者协同作战,这是编写"通史"的普遍做法。这固然是由于"打通"的共识使这一批不同专长的研究者从四面八方走到一起来了,也与"通史"编撰任务的艰巨和研究者各自的专业局限有密切关系。在如此高度统一的集体项目中,每个人的学术个性很可能被淹没,而专业局限则可能带到编写过程中,这样就容易造成"通史"各部分水平参差不齐,导致现当代两部分内在精神联系的隔膜和"通史"学术观念的模糊。正是因为如此,首倡这一概念的钱理群和陈思和在编撰新的文学史的时候采取非常慎重的态度。在"20世纪中国文学史"将要大量出现的时候,钱理群、温儒敏、吴福辉编写的《中国现代文学三十年》,仍然沿用"现代文学"的名称。他们认为,"尽管这些年学术界不断有打破近、现、当代文学的界限,开展更大历史段的文学史研究……的建议,并且已经出现了不少成果","但由于本书的教科书性质",以及现有的学术研究格局,"以'三十年'为一个历史叙述段落,仍有其存在的理由和价值"①。陈思和的《中国当代文学史教程》也沿用"当代文学史"的说法,意在按照这个思路做20世纪中国文学史研究的准备工作。还有一个有说服力的例子是,当初首倡"20世纪中国文学"的钱理群、黄子平、陈平原三位著名学者,曾经立下撰写20世纪中国小说史的宏愿,但至今为止,只有陈平原的第一卷(近代部分)早已完成并获得好评,第二卷以下千呼万唤未出来。个中原因,陈平原说:"除有客观环境的制约,更重要的是,诸君都有较强的学术个性,在一起交谈很愉快,合作起来却不容易,尤其是希望写成一部'有整体感'的著作时更是如此"②。笔者理解,"较强的学术个性",恐怕更多的是与各位学者在各自领域里研究较深、过于热爱、难以割舍有关。笔者丝毫无意对三位著名学者的研究成就置喙,只是想以此指出,现当代文学两支研究队伍在学术研究领域的打通、互融,对于推动20世纪文学整体观研究的实质性进展是多么重要。

---

① 钱理群等:《中国现代文学三十年·前言》,北京:北京大学出版社,1998年。
② 陈平原:《20世纪中国文学三人谈》,北京:北京大学出版社,2004年,第148~149页。

再则,在落实"整体观"理论构想的"通史"编撰过程中,依然存在着一定的认识误区和实践难题。"整体观"的宏观理论构想只是研究实践的前提,前提下的主体——通史主编者创造性的观念统摄才是真正的关键,关键的操作——通史编撰者对具体文学现象的整体把握则是落实的保证。例如,一般认为,当代文学是现代文学的延伸、转折和发展,既然如此,这种延伸是量的扩大,还是质的提高?这种转折的正面影响和负面效应有哪些,这种发展的共同资源和经验教训是什么?再如,中国现代文学史上不少作家、文学思潮、流派、社团等具体文学现象,并没有因为1949年的重大政治事件而出现对"现代"的彻底断裂和告别,而是程度不同地融入了当代文学的发展进程,对当代文学有着或明显或潜在的影响,有的甚至关乎20世纪后半期中国文坛的兴衰。那么,1949年后,这些作家的心理倾向和创作风格是如何变化的?这些文学思潮的影响模式是怎样延续的?前后有无明显差异?要回答这些问题,如实反映这些具体文学现象的真相和全貌,准确梳理和描述他们在整个20世纪中国文学史上的来龙去脉和文学成就,做出整体评估,就不能笼统地把不同时期的具体文学现象按"现代"加"当代"的时间顺序排列起来,使"通史"成为"流水账";更不能不考虑这些具体文学现象的前后沿革,人为地以1949年为界,腰斩其内在的整体精神联系,造成"通史欠通"。笔者认为,对这些不同时期的具体文学现象,以"20世纪"的名目进行时间框定和体例统一固然重要,因为只有这样才谈得上"整体观",但是,对这些具体文学现象来说,厘清其发展的逻辑关系要比时间长短的框定更重要,内在精神和整体意识的贯穿要比外在体例的统一更重要。换句话说,只有考虑到这些具体文学现象的历史发展和逻辑关系,考虑到其内在精神和整体意识,并以全局的观念统摄这些具体文学现象,以清晰的思路贯穿这些具体文学现象,才能使这些"零碎"的具体文学现象成为一个不可分割的有机"整体",才能超越现当代之间的鸿沟和界限,进行真正意义上的学术梳理和"打通",才是科学的发展观和整体观。因为这些具体文学现象的"现当代"是一个有机的整体,是构成20世纪大文学史体系的基础单位。不管是"现代"成就高,还是"当代"影响大,或是现当代等量齐观,这一"整体"是一个事实存在,并没有截然分开。事实上,目前所看到的相当一部分以"20世纪"、"现当代"、"百年"为名的文学通史和研究文章,"流水账"模式和"通史欠通"现象依然存在。这种"流水账"模式和"通史欠通"现象,在"跨代"作家个案研究方面表现得更为明显。设想一下,如果在"通史"编撰实践上,对"跨代"作家的个案研究尚停留在现、当代论述分离和内在联系割裂的阶段,何谈20世纪文学的整体观研究,更不用说真正意义上的"通史"了。认识到这一点或许是更为重要的。

二、"跨代作家"时间体例上的整合难题

20世纪中国文学整体观的主要指归,是有效沟通和整合现、当代文学的历史联系,实现两个发展阶段的一体化,这一理论构想最重要的价值和意义也在这里。但在具体的文学史编撰实践中,恰恰在这一关节点上遇到了难题,例如在"通史"编撰中对"跨代"作家个案(现、当代联系)的处理就是如此。这里所说的"跨代"作家,简而言之,就是横跨中国现、当代文学两个时段的作家。一指其自然生命和文学创作活动延续到1949年以后很长时间,甚至一直延续到八九十年代;二指其在"现代"成名,"当代"仍然处于文学圈子里且有显在的文学影响。"跨代"作家是一个相当大的群体,从文学创作和文学活动影响的均衡性看,赵树理、艾青、丁玲、孙犁等在"跨代"作家中无疑更具有典型性。

在宏观的20世纪文学史叙事框架中,不少"跨代"作家仍然被分置于现、当代两个时段单独论述,缺乏内在贯穿和有效整合,且厚现代薄当代。现代部分重点讲述的作家到了当代部分被轻描淡写地一笔带过,有些甚至付诸阙如,造成当代部分乏善可陈,现、当代

比例严重失衡,一个整体的作家显得虎头蛇尾。与此相联系,孤立地看待或片面地放大作家当代某一时段、某一方面的问题,扬现代,抑当代,作简单的价值判断,忽视了作家文学活动的整体性和全貌。这种现象在已经出版的"通史"中是较为普遍的。钱理群等人的《中国现代文学三十年》和洪子诚的《中国当代文学史》,虽然是时段不同的两部专著,但因为它们的教科书性质和权威性,以及撰写者的影响力,可以当作是一套"通史"来读。在《中国现代文学三十年》中,赵树理、艾青与鲁、郭、茅、巴、老、曹一样是专章讲述的。赵树理一章用了二十五页两万余字的篇幅(含创作年表),详细评介了他的文学史意义、小说内涵与人物塑造、艺术形式等,这个时期赵树理是被称做代表解放区文艺方向的"人民艺术家"的。到了《中国当代文学史》中,赵树理部分成了两节七页(其中一节谈赵树理的"评价史",占三页约二千五百字)不到六千字,涉及创作的部分只有短短一页不足千字的简单介绍,而此时的赵树理是被称做与郭、茅、巴、老、曹齐名的"语言艺术大师"的,"赵树理的魅力,至少在我所接触到的农村里面,实在是首屈一指,当代其他作家都难于匹敌"[①]。从现代的"人民艺术家"到当代的"语言艺术大师",赵树理的创作滑坡可能会有,如孙犁所说,赵树理这个时期的小说,确是"迟缓了,拘束了,严密了,慎重了","多少失去了当年青春活泼的力量"[②]。但不至于有如此落差,这是文学史的事实。因此在内容安排上显然与现代反差太大,容易造成读者的误会,以为当代赵树理的创作似乎真的没什么分量了。陈思和的《中国当代文学史教程》对赵树理的创作观念和艺术追求给予较高评价,还详细地解读了其中一篇小说的"民间立场",但也只有八页七千余字的篇幅,对赵树理的大部分当代作品未作全面分析。同样的情况也出现在艾青身上。在《中国现代文学三十年》中,艾青一章用了十二页一万余字,对诗人的历史地

---

① 康濯:《试论近年间的短篇小说》,载《文学评论》,1962年第5期。
② 孙犁:《谈赵树理》,载《天津日报》,1979年1月4日。

第二十四章 "20世纪中国文学"整体观的理论困境与实践难题

位、诗歌的独特意象即主题、忧郁的诗绪、诗的艺术与形式都有精辟的论述。称其为中西诗学相融合这一历史归趋的代表。在《中国当代文学史》中,艾青的50年代和归来以后的诗作介绍不到两页约一千五百字,《中国当代文学史教程》有关艾青的当代部分只有不到一页约九百字的篇幅。以上属于按原有学科构架分段写作的文学史,作家的现当代越界对话和沟通当不是文学史家考虑的重点,篇幅设置多少或许有各自的设想。但是当一部以沟通和整体观研究为己任的"通史"也这样处理的时候,就只能说明理论提倡和实际操作之间确实有一定误区或困难。这表现在:

大部分"通史"虽有一个20世纪的整体框架,但对"跨代"作家的现、当代两个时段仍然按时间顺序自然排列,分置论述,且内容过于偏重现代。如有的"通史"对艾青是分置安排的,1949年以前用了七页的篇幅单独叙述,1949年之后仅占一页左右。有的"通史"在上卷介绍了赵树理的生平和现代部分的创作面貌,下卷当代部分则孤立地分析了《登记》、《三里湾》,前后割裂,显得有点突兀。对艾青也是分置安排的,上卷1949年以前用了五页的篇幅单独叙述,下卷1949年之后仅只有一小段介绍。有的"通史",赵树理的现代部分用了一节四页篇幅,当代部分只在一节概述里提到两句。对艾青的现当代同样是分置安排的,上册1949年以前用了六页的篇幅单独叙述,下册1949年之后则只用了一页左右介绍。有的"通史",用了一页介绍山药蛋派,一页介绍赵树理的生平和《小二黑结婚》,当代部分基本没有涉及。相比之下,对于艾青现当代诗歌创作,这部"通史"处理得要比其他几部文学史好一些,不仅现当代部分内容安排适当,对诗人生活和创作的发展脉络梳理得比较清晰,而且对诗人的内在精神气质和创作变化,也整合得比较成功,在几部文学通史里,可以说是做得比较好的为数不多的一个成功例子。赵树理、艾青是现代文学史中专章讲述的作家,是"跨代"作家中创作相对均衡的作家,在现当代部分内容安排上尚有头重脚轻(一种说法,无意贬低当代文学)的失衡感觉,其他"跨代"作家如丁玲、孙犁、冰心、丰子恺等就更难以避免。如对丁玲的评介,除一部"通史"上编在贯通论述时用了一页(共八页)篇幅介绍其当代创作《杜晚香》外,其余通史几乎都对当代丁玲的文学活动和创作没怎么涉及,更缺乏对现当代的贯穿性评价,未能把丁玲的"现当代"文学活动和创作作为一个有机整体进行客观公正的考察。在上述通史中,分置在当代的丁玲只剩下1957年被错误批判这件事,而这一点也是一笔带过。这种处理,必然造成当代的遮蔽,当然很难窥到作家的全貌和整体,更不用说弄清其现当代的内在精神联系了。至于当代部分讲述较多的作家,现代部分较少涉及,其原因主要是这些作家现代时段还没有什么建树,无法论及,但也不是没有。有一部"通史"在"延安文学"一章里用一页简单介绍了孙犁1949年前的创作,却用了三页的篇幅分析孙犁50年代创作的《风云初记》;这部"通史"以及后来出版的另一部"通史",都用了两页详细介绍姚雪垠的《李自成》,而对他的现代创作很少提到,事实上姚雪垠抗战时期的短篇作品以及后来的长篇小说《长夜》是现代文学史上比较有影响的作品。忽视现代部分是看不到作家文学活动的发展脉络的,更无法还原一个作家的全貌。

有的"通史"试图把个别作家的生平与创作整合起来,对他们的现当代进行贯穿论述和评介,但当代部分只是现代部分的附骥,而且体例上也有些前后纠缠。如有的"通史"在对丁玲、赵树理的现当代创作进行一体化评介时,分别把他们定位在"左翼文艺创作"和"延安文学"的名义下。丁玲的当代部分举的例子是短篇小说《杜晚香》,且只占八页中的一页;赵树理当代部分的例子举的是《登记》、《三里湾》,也是占八页中的一页,而且都是附在现代部分后面的,很像是现代部分的附骥。这样的命名和处理很难涵盖两位作家的创作全局,也难以说清楚两位作家从现代过渡到当代以后创作的变化和发展,无论如何有些勉强和不协调。问题的关键在于厚此薄彼。是先入为主地厚现代薄当代,才会在"通史"中对丁玲的当代文学活动和创作涉及很少,甚至评价很低,完全忽略了其与现代的整体内

第二十四章 "20世纪中国文学"整体观的理论困境与实践难题

在联系和丰富意义,造成在有些通史著作中丁玲连一个重要作家都勉强。事实情况是,丁玲晚年的文学回忆录《魍魉世界》、《风雪人间》,被专家认为"可以永远作为子孙后代的历史教科书"①。特别是《风雪人间》中的《牛棚小品》,被王蒙认为"丁玲描写她与陈明同志的爱情,竟是那样饱满激越细腻温婉,直如少女一般,令人难以置信,但这是真正的艺术的青春。一个确实政治化了的人绝对写不出那样的小品"②。个性主义的自我坚守与政治革命的精神诉求大体平衡,而以"革命"为重,这才是真实的丁玲。从这一角度看,丁玲的"当代"分量应该不轻,那么在"通史"研究中不考虑这些明显事实因素而想当然地压缩"当代"丁玲的比重,甚至完全负面评价,肯定不是科学的态度、实事求是的态度。是简单片面的价值判断,才会影响到对丁玲的知人论世和整体观照。当然,丁玲晚年复出后,鉴于历史的惨痛教训,很忌讳有人说她的创作是"暴露黑暗"的,个中原因,有"怕授人、授自己人以柄,为再来挨一顿棍棒做口实"③的因素,也就是"心有余悸"。正如她自己在日记中所说:"文章要写得深刻点,生活化些,就将得罪一批人。中国实在还未能有此自由。《'三八节'有感》使我受几十年的苦楚。旧的伤痕还在,岂能又自找麻烦,遗祸后代。"④所以,丁玲苦心孤诣地以歌颂性的小说《杜晚香》作为自己复出时的公开"亮相",以作家是"政治化了的人"⑤之类的话作为自己复出后的文艺观点,半是以前以"革命"和政治为重的惯性

---

① 袁良骏:《丁玲研究五十年》,天津:天津教育出版社,1990年,第179页。
② 王蒙:《不成样子的怀念》,北京:人民文学出版社,2005年,第141~142页。
③ 丁玲:1981年6月4日《致宋谋》,见《丁玲全集》第12卷,石家庄:河北人民出版社,2001年,第176页。
④ 丁玲:1978年10月8日日记,《丁玲全集》第11卷,石家庄:河北人民出版社,2001年。
⑤ 丁玲:《作家是政治化了的人》,见《丁玲文集》第6卷,长沙:湖南人民出版社,1984年,第230页。

使然,半是现在以"谨慎"和策略为主的顾虑使然。这样,在广大读者期待她去倾诉自己的苦难和冤屈,去揭露极"左"带来的深重灾难时,她却一再强调文艺与政治的密切关系,过于靠拢现实政治,这在当时思想解放大潮中不免有"左"的嫌疑。但是,如果因此就得出丁玲过"左"的结论,并认为"当代"丁玲微不足道,那就忽略了丁玲作为中国女权主义的代表作家的价值和意义,忽略了她精神世界和创作的多面性和丰富性。所以,简单地判定丁玲晚年"左",而不重视她的"当代",是不够中肯、也是不够准确的。

有的《通史》提出了以长河意识、博物馆意识统摄20世纪中国文学史,并对这些观念作了颇有新意的阐释,与其他几部"通史"相比,无论是文学史观念还是编撰实践,更为接近"整体观"的理论构想。可惜,在对"跨代"作家的处理方面流于简单化、主观化,相当一部分"跨代"作家的当代部分遭到腰斩,忽略了其文学活动和创作的丰富性和整体性。除了上面提到的对艾青现当代诗歌创作的整合比较成功等少数例子外,总体上仍然没有摆脱扬现代抑当代的倾向。如对赵树理、孙犁、丁玲等重要"跨代"作家的当代部分,几乎没有提及多少。一般认为,新中国成立后的文学由于受到过多的政治运动的干扰,总体成就不如前三十年,像鲁迅、茅盾、巴金、老舍、曹禺这样的大家都是新中国成立前出现的,新中国成立后没有再出现鲁迅这样的大师。在小说领域有重大建树的茅盾、巴金、沈从文50年代以后已"江郎才尽",其他就更不用说了。笔者基本认可这一判断。但是,即使是这样,作为"通史",也要把作家当代的"失"和现代的"得"综合考虑进去,方是实事求是的整体观。更何况有些作家,或在新中国成立以后延续了一段现代的辉煌,如老舍、赵树理、孙犁等,或新时期以其他文艺形式从事文学创作,也取得了一定的成就,如孙犁晚年的散文,丰子恺"文革"时期的民间写作,冰心晚年的杂文等,岂可一概忽视?

三、"跨代作家"创作风格的一致性问题

20世纪中国文学整体观所要求的有效沟通和整合,不只是把现、当代文学两个不同时段作简单的相加,还应该发现、找出其内在的贯通点和联系带,注重其本来就有而被人为割裂的连续性和整体性。"跨代"作家作为"通史"编撰中最为重要的基础研究对象,更应该这样做。但在"通史"编撰的具体实践中,仅着眼于对"跨代"作家做时间和体例上的连接与缀合,对作家创作中一以贯之的内在因素——文学观念和创作风格的前后一致性和稳定性并没有给予应有的关注,却是比较普遍出现的又一问题。

20世纪是一个极为动荡不安的世纪,一些"跨代"作家的文学活动、思维惯性和创作态势经过了1949年政治巨变和以后的政治运动,前后会有很大的波动起伏,这种波动起伏使有的作家的文学观念和创作风格在漫长的文学活动中前后会产生明显差异和变化,并不意味着他们的文学观念和创作风格就会与以前彻底划清界限,完全没有关系。忽视这些差异和变化,可能会忽视其文学活动和创作的丰富性和独异性;只看到这些差异和变化,就会掩盖其文学观念和创作风格的前后一致性和稳定性。由此看来,打通文学史,将作家的现当代作为一个整体进行贯通论述,确有一定难度。但是,文学史上确有一些艺术追求和创作风格较为稳定和均衡的"跨代"作家如赵树理、艾青等,在进行整体论述的时候,相对来说容易找出其内在一致性和连续性,进行整体观照。即便是丁玲这样经历极为曲折、命运极为坎坷的作家,其文学观念和创作追求也不是羚羊挂角,无迹可寻。笔者认为,要科学、历史地评价作家,避免孤立分割,以偏概全,以点代面,不仅要打破作家文学活动的现当代分割状态,重视作家文学活动的丰富性和独特性,还要看到作家一生文学观念和创作风格的内在一致性和稳定性,即作家现当代文艺观的内

在整体性关联,这才是实事求是的"整体观"研究视角。忽视和把握不准作家的内在稳定性和一致性,有些甚至干脆绕开,是难以在"跨代"作家的文学史定位或整体意义评判上有大的作为的。丁玲可以说是"跨代"作家中非常有代表性的人物,她的一生,从 20 年代作为"昨日文小姐"扬名文坛,30 年代在鲁迅影响下为"左翼"文艺而呐喊,到作为"今日武将军"在毛泽东旗帜下为工农兵文艺而实践,再到 1957 年以后遭难的二十余年间,直到复出文坛的 80 年代,文学活动几乎贯穿了整个 20 世纪,走过的文学道路、人生历程与中国现当代文学进程密切同步,互相感应,由此产生的文学观念和文学追求,当然会有些波动,但终其一生,是有其内在的逻辑性和一贯的心理依据的,并没有因为"现"、"当"代过渡或命运的大起大落而出现本质的改变。"要创作必须深入地知道人间苦,从这苦味生活中训练创作的力。文艺的花是带血的"①。这是早在办《红黑》杂志时就有的文学观念,显然是文学研究会文学为人生的主张的翻版,表明了在正式从事创作之前,丁玲的文学观念就已经有了激进的"左翼"的色彩,这实际上昭示了她未来要走的文学之路。文学创作要"用大众做主人"②,"是战斗的武器"③,这是丁玲走上"左翼"和革命之路以后的文艺观。文艺不能偏离"毛泽东的文艺方向",这是丁玲到了解放区和新中国成立以后 50 年代的文艺观。始终衷心拥护《讲话》精神,甚至认为作家是"政治化了的人",这是丁玲复出以后的文艺观。丁玲晚年最重要的文学活动是创办《中国》大型文学杂志。她说:"我办刊物,确实是想通过它,让文学创作,特别是刚踏上文坛

---

① 袁良骏:《丁玲研究资料》,天津:天津人民出版社,1982 年,第 132 页。
② 丁玲:《对于创作上的几条具体意见》,见《丁玲文集》第 6 卷,长沙:湖南人民出版社,1984 年,第 4 页。
③ 丁玲:《刊尾随笔》,见《丁玲文集》第 6 卷,长沙:湖南人民出版社,1984 年,第 662 页。

的青年人的创作,能走正路而不走弯路,更不走邪门歪道。"①从同一篇文章中看,她所指的"正路",就是"思想路线,政治路线都正确","弯路",大概是担心作家不能"正确理解创作自由,正确理解党的号召与行政干预是不同的"。也就是说,每一个时期,丁玲都以饱满的政治热情认同和从事于共产党所领导的革命文艺事业,并坚定不移地投入其中,其自觉性、主动性非一般作家可比拟。作为一名受过"五四"精神洗礼的女作家,丁玲的创作一开始个性色彩和主体意识就非常突出,这种个性色彩和主体意识表现为个性主义的自我坚守,《梦珂》、《莎菲女士的日记》可以为证。成为"左翼"和革命作家以后,又有着浓厚而强烈的社会革命的政治诉求,《水》、《田家冲》可为代表。但多数时候,丁玲的写作并不是单一的,她总是努力让自己的主体意识与革命需要协调起来,因此作品常常呈现出个性主义的自我坚守与社会革命的政治诉求的合流。这种合流在她日后漫长而多艰的曲折历程中,可能会因时代环境的左右或个人心态的波动而出现某种冲突、某种偏重,形成暂时的此消彼长,但革命作家的身份会让她自觉或强制性地选择与自己主流价值追求相符的那一面,有意识地压抑前者,即个性主义的自我坚守让位于或弱化于对社会革命的政治诉求。所以,当我们从她的某一时段的文学活动和文学创作看到的是她偏重于社会革命的政治诉求一面时,并不意味着她就彻底放弃了个性主义的自我坚守。从早期("左联")的莎菲、阿毛、韦护、美琳,到陕北时期的陆萍、贞贞,土改时期的黑妮,到晚年复出以后创作的《在严寒的日子里》、《风雪人间》、《魍魉世界》、《杜晚香》等作品,这些都反映了丁玲创作的政治性和革命性色彩,也反映了她对生活真实和人性世界的清晰认识和深度理解。

丁玲的创作与政治是紧密联系的,但即使在延安,她也没有一味沉浸在"解放区的天是明朗的天"的盲目乐观中,她以特有的艺术

---

① 杨桂欣:《我所接触的暮年丁玲》,北京:中国广播电视出版社,2004年,第160页。

良心和勇气,敏锐地觉察到,革命事业中有许多与革命目标不相适应的甚至是消极的、落后的、愚昧的东西。于是有了在当时被指责为不合时宜的小说《在医院中》和险些给她招来大祸而终于还是招来大祸的杂文《"三八节"有感》。其后的《太阳照在桑干河上》是丁玲实践《讲话》精神的最佳范本。但仔细阅读就会发现,她在小说里深刻地揭示了从农民翻身到翻身农民这一过程的艰难和曲折,揭示了小农意识的顽固和愚昧,特别是独具慧眼地发现了黑妮与顾涌这样的有独特内涵的形象,潜藏着作家对真、善、美的真切艺术感受和永恒人性追求。这表明丁玲在"掌握住毛主席的文艺方向"的大前提下,仍然不由自主抑或有意识地给个性主义的文艺观留下足够的空间。丁玲在谈到文艺与政治的关系时说:"我们不能脱离政治,但这不是说,政治搞什么,文学便搞什么。不要把关系看得这么简单。我们曾经写过一些东西,都是紧跟政治,政治需要什么,就写什么,不全是从心里出来的。文学和政治是并行的,都是为人民服务为社会主义服务,殊途同归,相辅相成。优秀的文学作品对政治是一种推动,甚至是启发。"[①]应该说这真实地反映了她一以贯之的文艺观。

丁玲晚年的文学作品《魍魉世界》、《风雪人间》,虽然过于简略,但仍然有比较明显的直面现实生活阴暗面的因素,与她的这一稳定的文艺观密切相关。她一生创作的大量作品摆在那里,就是明证。所以看不到晚年丁玲与现代丁玲的这种内在精神关联,就不能有一个清晰、完整的认识,就不是整体观的研究。这里还有一个例子,就是冰心,20世纪80年代,冰心写了一系列抨击时弊的杂文,其笔锋之犀利令人惊讶,以至于有人认为其写作风格与早年提倡"爱的哲学"的冰心仿佛判若两人。其实,只要将冰心的现当代联系起来考察,是不难发现其中的内在逻辑性的。"五四"时期的冰心是"问题小说"的主张者和践行者,是为人生而写作的作家,其主要特征是对

---

① 丁玲:《根》,见《丁玲文集》第6卷,长沙:湖南人民出版社,1984年,第410页。

封建势力、社会现状的不满和反抗;找到了这个原点,她晚年创作的金刚怒目也就可以理解了。相似的情况也出现在孙犁身上。孙犁是一位一贯以发现人性美、歌颂人性美著称的作家,在他晚年所写的一系列随笔里,却常常发出对人心卑劣和人性异化的感慨,这很容易被认做是衰年变法。其实,以超然的姿态冷静地观察"文革"时期人性的异化,只是以诗意的笔触本色地描摹战争年代人性的美好的一种深化和补充,其平淡自然、含蓄而又耐人寻味的婉约风格前后整体上是一致和稳定的,并没有太大的落差。

四、通史编撰的观念统摄问题

　　行文至此,还必须简要谈一谈与通史编撰密切相关的观念统摄问题。因为上文提到,通史主编者创造性的观念统摄才是落实"整体观"理论构想的真正的关键。"20世纪中国文学"的理论构想是将晚清部分纳入到其整体框架中的,因此,近些年来,受海外汉学家研究晚清现代性的学术成果的影响,一些研究者非常关注现代性与20世纪中国文学的关系问题。有的认为现代性是20世纪中国文学的主潮,有的认为"'20世纪中国文学'命题的提出,并不是一个历史分期问题,而是一种现代性的思想表述"[①]。或者干脆把现代文学表述为"现代性文学"[②]。不论研究者心目中的现代性的含义是什么,得出的结论又如何,其主要目的在于以"现代性"的观念统摄20世纪中国文学,以"现代性"作为打通近、现、当代文学的方法。但是,正如"整体观"的理论构想不能代替具体的通史编撰实践一样,"现代性"的研究视野也难以涵盖鲜活生动的所有文学现象,"现代

---

① 旷新年:《现代文学与现代性》,上海:上海远东出版社,1998年,第18～19页。

② 王一川:《汉语形象与现代性情结》,北京:首都师范大学出版社,2001年。

性"仅仅是为"整体观"的研究实践提供了一种学术视角。

论及中国现代文学的起始,过往的研究认为,只有"五四"运动才给中国人带来真正的思想自觉和文学自觉,进而开启了中国现代化的大门,因此也才有了"现代"文学。因为"五四运动以石破天惊之姿,批判古典,迎向未来,无疑可视为'现代文学'的绝佳起点"[1]。这种结论的合理引申自然是,只有从"五四"运动起,"中国人才有了对现代性的自觉追求"[2]。但是,以往的研究有独尊"五四",而不注重近代乃至更长时段文学长河的整体流脉向"五四"的演进的倾向,或者忽视新文学诞生前几十年近代文学的酝酿和准备期的过渡作用,这样,"五四"运动这一起点就显得孤立化、唯一化了,失去了历史发展的土壤和根系,这是比较片面的。

再一方面,那种过于强调近代文学特别是晚清的作用,在挖掘出晚清"被压抑的现代性"[3]之后,认定"晚清时期的重要","先于甚或超过五四的开创性"[4],甚至得出晚清是现代文学起点的结论,则又是剑走偏锋,因为它对"五四"和现代文学本身的重要价值和意义估计不足。"没有晚清,何来五四?"[5]如果是指晚清向"五四"的推进和过渡意义,当是没有疑问的;如果是指"五四菁英的文学口味其实远较晚清前辈为窄"[6],换句话说,是指现代性追求的路径在晚清具有众声喧哗的丰富性和求新性,到了"五四",就日趋窄化、狭隘了,则是从一个极端走向另一个极端,即以晚清的现代性压抑"五四"乃至现代文学的现代性,这也不是科学的实事求是的文学史观。

一直以来,我们的文学史观念习惯于在两个极端游走,非此即

---

[1] 王德威:《想象中国的方法》,北京:三联书店,1998年,第6页。
[2] 郭志刚:《"穿越时空":论文学的现代性》,载《北京师范大学学报》,2003年第5期。
[3] 王德威:《想象中国的方法》,北京:三联书店,1998年,第3页。
[4] 王德威:《想象中国的方法》,北京:三联书店,1998年,第3页。
[5] 王德威:《想象中国的方法》,北京:三联书店,1998年,第3页。
[6] 王德威:《想象中国的方法》,北京:三联书店,1998年,第11页。

第二十四章 "20世纪中国文学"整体观的理论困境与实践难题

彼、一拥而上的跟风现象比较严重。我们曾经在相当长的时间里以政治和社会革命的观念统摄过文学史,现在又出现以"现代性"观念统摄文学史的某种趋向。毫无疑问,文学史是需要观念统摄的,问题的实质在于,我们的研究缺乏主体独立感悟的自觉性和学术研究的原创性。比如当下颇为热闹的有关文学"现代性"的研究,当然是有必要的,但在我们尚未完全理解"现代性"的真正含义,尚未完全弄清文学中的"现代体验"和文学的"现代功用"的区别,以及"现代性"与"现代主义"的不同的情况下,就以"现代性"的观念来统摄文学史,实际上是难以解决20世纪中国文学研究中存在的诸多问题的。而在具体研究中,"现代性"又常常被理解为"西方性",或者与"西方性"潜在相通,这就难免有些偏颇了。以至于连极力强调"现代性"的王德威本人也要说:"'现代性'终要成为一种渺不可及的图腾,在时间、理论及学术场域的彼端,吸引或揶揄着非西方学者。"①这在"通史"编撰实践中是非常耐人寻味的现象。

上述问题,在"通史"编撰和进行"跨代"作家个案研究时,有的是分别出现的,有的是交叉出现的。可见,"整体观"的研究实践仍然面临着不少尚未妥善解决的难题,正如整体观倡导者及许多著名学者所说的,文学"通史"的构建任重道远。但是,笔者要指出的是,文学史本身没有任何问题,问题还在于我们以什么样的研究观念和方法去准确把握它。所以,重写文学史的口号固然重要,更重要的是必须如实描述文学史的本来面目。最近发表的陈思和的文章《"五四"文学:在先锋性与大众化之间》与吴福辉的回应文章《当新旧文学界限的坚冰被打破》(简称为"陈、吴对话")提出了从文学发展的"先锋性"和"常态性"辩证互动的视角阐释20世纪中国文学的新的研究模式。这一新的研究模式尚在讨论和尝试中,从理论层面看,它主张直面文学史的真实性和本原性,呈现文学史的多元化和丰富性,可以视为对20世纪80年代"重写文学史"及"20世纪中国

---

① 王德威:《想象中国的方法》,北京:三联书店,1998年,第9页。

文学"这一研究观念的深入、继续和超越。如果说"20世纪中国文学"这一观念是从历时角度打通了中国近代、现代和当代文学，重新定位了现代文学的位置；那么"先锋性"和"常态性"辩证互动的研究模式则是从共时角度把现代文学分为"先锋"（陈思和描述为"一般通过激烈的文学运动或审美运动，一下子将传统断裂，在断裂中产生新的模式或新的文学"；吴福辉进一步深化和细化为"主流状态的先锋"与"非主流状态的先锋"）和"常态"（陈思和描述为"以常态形式发展变化的文学主流"；吴福辉进一步深化和细化为"生长的常态"、"没落的常态"、"文化积淀的常态"）两种。这一新的研究模式不仅从历时角度打通了中国近代、现代和当代文学的历史联系，而且从共时角度解剖了现代文学的内在结构，在一个更为开阔的平台上呈现出现代文学应该包容的内涵以及学术界对现代文学研究应有的视野和胸襟。同时，与"现代性"的研究观念和模式一样，这一新的研究模式也从另一个角度提供了阐释"20世纪中国文学"的多种可能性。

综上所述，从"重写文学史"、"20世纪中国文学整体观"的实践，到文学"现代性"观念的引进和应用，再到"先锋性"和"常态性"辩证互动的讨论，这些观念和模式的不断提出，证明着20世纪中国文学史建构经历了艰难中的探求、探求中的艰难这样一个发展历程。"20世纪中国文学整体观研究"既是一个理论问题，更是一个实践难题，而理论或观念又是不断更新和发展的，因此，不论是"重写文学史"，还是"20世纪中国文学整体观"，不论"现代性"，抑或是"先锋性"和"常态性"辩证互动，一种理论或观念的出现是很难毕其功于一役、解决全部文学史的实践难题的。正因为是难题，才需要和值得不断探求和创新，20世纪中国文学整体观研究的根本价值，或许就在于此。

第二十五章

关于中国现代文学学术史研究的几点思考

中国现代文学学术史的思考与建构,已经成为现代文学研究走向纵深的一个标志。从现代文学史的研究到现代文学学术史的研究,这一发展与跨越,是带有根本性和全局性的。从王瑶先生的《中国新文学史稿》等奠定了现代文学学科的研究基础,到今天已有难以统计的各种中国现代文学史的学术著作和教材面世。从20世纪80年代中期钱理群先生等提出"20世纪中国文学"的概念以来,以现代文学为中心的文学史研究从理论到方法也明显取得了突破性进展,其中更为引人注目的成就是近代文学研究与当代文学研究的空前活跃。在这样的学术背景下,学术界出现了积极建构现代文学学术史的呼唤,这本身就体现了现代文学研究的成熟与活跃。有关中国现代文学学术史的研究,目前已经出现了一些很有水平的成果。从深度上讲,陈平原的《中国现代学术之建立——以章太炎、胡适为中心》,在突破以往文学史研究的格局和框架,提升文学史研究的学术水平等方面显示了独到的见解;从广度上讲,目前由北京出版社出版的,以季羡林先生为学术顾问的"20世纪中国文学研究"丛书,总揽20世纪以来整个中国文学研究的全局,以一个世纪的学术眼光来梳理中国文学几千年历史长河的沉浮流变,显示了宏阔的学术视野。面对正在不断兴起的现代文学学术史的研究热潮,我想谈几点浅陋的想法。

一、学术研究的姿态问题

学术研究的姿态从根本上说就是以什么态度和方式来对待学术研究。这里面有两点值得强调：其一，文学史写作到底是以"文学"为前提还是以"史"为前提？事实上，无论我们怎样重视文学的社会历史背景，文学史写作当然应该坚持以文学为前提，以文学本身的价值为前提，否则根据什么来区分"重要作家"和"次要作家"？而按照文学价值的不同，"重要作家"和"次要作家"总是客观存在的，没有一定的文学标准，文学史就变得没有意义，文学史的学术价值就无从确认，文学史就会变成一般意义上的文化史或文坛编年史。现在的一些现当代文学史往往对作家的罗列过于细致，以至于许多显然并不重要或不够分量的作家都榜上有名，各有座次，不少文学史著作"史"的含量越来越厚重，学术性的眼光越来越淡薄，这是应该引起注重的。文学研究越来越繁荣当然很好，但是历史要求我们，文学史的写作必须越来越薄，随着20世纪中国文学概念的提出及其研究的深入，整个中国文学几千年历史贯通一体的研究框架已经摆在我们的面前。这里尤其需要的是具有独特的学术眼光。学术史研究是对文学史研究的更高层次的理论观照，尽管许多作家作品都可能有它个性化的魅力，都有它在文学史上存在的某种价值和理由，但通过学术史的建构，应该确立一种比较高的同时也是比较一致的学术评判标准，只能把那些在某些时段真正有价值的作家作品留下来，凸现出来，以对历史做出我们后人应有的交代。其中包括应该以真正的学术眼光来遴选一部具有很高学术水准的作品选。其二，对文学史写作背景的质疑：或虚无主义倾向，或民族主义倾向。围绕着文学史写作背景的学术判断，历来有两种倾向值得怀疑：一种是虚无主义的倾向，追求所谓"纯文学的介入"和"纯文学的境界"，实际上这种追求到达一定程度明显地表现出缺乏时代历史底蕴的局促,如完全用解构主义等手法来分析作品,在消解了某些非文学因素的同时,也往往把文学自身的意义消解掉了。另一种是民族主义的倾向,民族国家借助文化包括文学来加强和巩固自身的存在,文学史往往成为民族国家意识形态的重要组成部分,这是可以理解的。但应该清楚地看到,民族主义与文学的人学倾向之间是存在着相当距离的,过于强调民族主义精神,就有可能导致对文学自身的粗暴干涉和删改。今天,20世纪50~70年代的意识形态的民族主义文学史已经得到了较为深刻的反省,但是非意识形态文学史写作中的民族主义则很少得到注意。

二、如何评判文学本身的学术价值

学术界普遍注意到陈平原对李欧梵《上海摩登》一书的高度评价,该书以"一种新都市文化在中国1930~1945"为副标题,显示了与以往经典文学史写作的明显区别,特别是该书研究的主要对象——上海的百货大楼、咖啡馆、歌舞厅、跑马场、亭子间等都市洋场特定的商业场所或文化空间,《东方杂志》、《良友》画报等大众阅读刊物,以及电影院、电影明星、电影观众等大众文化产物——是与以往文学史研究以经典文本为主要对象很不相同的。陈平原郑重地把它列入北京大学"文学史研究丛书"之一,该书有多少学术性呢?又在多大程度上符合我们所谓规范中的文学史写作呢?其实,陈平原包括学术界看重的是李欧梵该书拓展了20世纪中国文学研究同向文化研究的途径。在我看来,李欧梵以具体细致的文化考察拓宽了文学研究的主要对象——文本的外延和内涵,对究竟什么才是文本,做出了自己独特的判断,这是更有现实意义的。在李欧梵的文化背景和学术视野之下,诸如新感觉派作家和邵洵美等人的文学史价值得到了更为充分甚至是重新的认识,对《东方杂志》、《良友》画报等刊物的文学史意义也给予了极有说服力的论证。总之,文化与文学的交融与沟通,这就是李欧梵的学术态度和眼光。这使我联想和反思起我们自己对文本理解和认识的某种片面化和机械性的态度,比如,我们不会或很少会把影视剧作品中演员的角色体验与"学术性"联系起来,更不会把它们与"文本"联系起来。其实,在文学作品(包括文学历史和文化名人等)向影视剧作品的转换过程中,重视演员对所扮演角色的真切体验和深切感悟,并由此来反观文学作品本身的价值和意义,这是一个非常独特新颖的研究视角。可以有数不清的人在研究吴荪甫、骆驼祥子、周朴园、祥林嫂以及徐志摩、林徽因等作家作品,但是在荧屏和舞台上扮演这些作家作品的却是极少的几个甚至就是那么一个人。认真听听他(们)对自己所扮演角色的体悟,是重要的、独特的,是有学术价值的。文本不一定就是作品和研究论著,随着信息化时代的到来,文本的开放程度已经远远超过了语言文字本身。在当今语言艺术被大量转换为视角艺术的情形下,死守着文字文本显然就是十分被动的了。

三、如何真正回到文学自身

回到纯文学中来,回到纯文本中来,这是学术界长期追求的方式和目标之一。这对于净化文学史研究的纯度,切实注重文学本身价值和意义的开掘,而不是过多地使文学史纠缠甚至陷入到诸如思想史、哲学史、文化史、宗教史、社会史等里面去,的确也是非常重要的。但是近些年来,随着现代文学研究的不断深入和不断扩展,明显出现了一些新的研究视点和研究热点,除了现代文学研究向近代文学甚至古代文学不断拓展和挺进之外,期刊杂志、社团流派、新闻出版、民风世俗等都成为学术界热切关注的话题。近几年来许多现代文学的博士学位论文,几乎将有关期刊杂志和出版机构的研究一网打尽,"小城中的故事和故事中的小城"这类的论文题目,成为将文学、社会学、人类学、民俗学、历史学融为一体进行研究的典范,还有许多论文和论著把研究的重点放在文学史上的一些人事关系上等等。事实上,正是对一些史实和人事关系的深入辨析和进一步厘清,正是对那些看起来似乎远离纯文学文本的边缘问题的深入研究,才使我们得以更准确地甚至是重新地理解和认识到纯文学文本的某些独特价值和意义。关于这一点,曹聚仁所写的《中国学术思想史随笔》也可以给我们另一方面的启发。曹聚仁本人是把学问甚至学术看得很杂的,经史子集、诸学各派、文史考据、文坛掌故,甚至连"仲尼是不是私生子的问题"都在他的"学术"视野之内。但我们并没有因为他的"杂"而觉得他的研究没有学术性,相反,正是在他那种广博驳杂的梳理中,让我们更清楚地感受到学术的"纯"。曹聚仁对待学术的态度有一点特别值得我们思考:就是注重历史的延续、发展和演进,以一种变通的思路来看待学术的本质。他在《三谈清末今文学》中先以上海和淮扬文化的变迁为例,指出"扬州衰落,上海继起,社会经济的大变动,影响所及,政治、文化、艺术都有了全面性的剧变。四十年前,日本汉学家到了扬州,辗转访求王念孙、引之这两位经学大师的后裔,结果,只找到了一位七十多岁的老妇人,她是一个文盲,当然不知道她的曾祖、祖父是怎么一个通儒了"。又接着指出:"洋务运动,有一句很响亮的口号,叫作'坚甲利兵'"。即是说洋人的轮船大,钢板坚,大炮口径大,所以我们吃亏了;但那一批阿Q觉得,物质文明,洋人利害,不要紧,可是精神文明,我们中国行,吃点亏不要紧呀!于是又有了一句响亮的口号,如张之洞所说的:"中学为体,西学为用。"说明白来,清末的今文学派,他们也正是挂了孔圣人的羊头,卖维新变法的狗肉。他在《启蒙期之思想进路》中又举了梁启超的例子:"梁氏本不喜桐城派古文,幼年为文,学晚汉魏晋,颇尚矜练。到了办《新民丛报》,自行解放,务为平易畅达,时杂以俚语、韵语及外国语法,纵笔所至不检束。年轻知识分子,争相仿效,号新文体。老一辈表示痛恨,讥为野狐禅。可是,他的文章条理明晰,笔锋常带情感,对于读者,自有一种魔力!这也就埋伏着新文学革命的种子了。"曹聚仁这种沟连历史内蕴,看重历史发展的学术眼光,在我们当今构建现代文学学术史的进程中是应该深以为鉴的。

四、对"现代性"的提法保持清醒

最近一段时期以来,由于学术界对中国社会的现代性问题非常关注,因此,现代文学界也对所谓的"文学现代性"给予了格外关注。这本来是比较自然的,但问题在于:第一,文学的现代性与社会现代性是相等的吗?是同步发展的吗?尤其值得注意的是,现在在一些对现代性的有关提法中普遍包含着唯现代性为上的色彩和倾向,而在文学现代性的实际操作中,则是唯西方文学的既有形态为尊,所谓文学的"现代性"在实际操作中成为了文学的"西方性",对概念的这种暗换是应该警醒的。第二,文学的发展存在着一个终极的目标和境界吗?进入"现代性"阶段的社会当然会产生一种不同于以往社会的文学,但这种区别是否就是文学的优越之处呢?这也是大可怀疑的事情。这种唯现代性为高的看法,其实多少带有一些进化论的色彩。而文学恰恰和进化论没有什么太大的关系。所以,"文学史写作=现代性文学"的提法并不一定是准确的和正确的,特别是对于将文学的"现代性"当作现代文学学术史建构的理论导向,则更应该保持冷静而理智的头脑。

此外,像陈思和提出的关于中国当代文学史的"潜在写作"的问题,秦弓提出的中国现代文学史学科建设需要"比较文学史眼光"的问题,以及业已出现的关于"中国现代文学史编撰史"、"中国现代文学接受史"的写作问题等等,都已经为中国现代文学史研究空间的扩展,为中国现代文学学术史的建构,提供了独到的见解和新的尝试。我们有理由相信,从中国现代文学史向中国现代文学学术史的跨越发展和研究将会不断地取得新的突破。

第二十六章

关于中国现代文学史"重构"的几个问题

近年来,关于中国现代文学史"重构"的呼声很高也很多,可以说这是自20世纪80年代以来又一次规模较大的关于文学史建构的集中探讨。那么究竟如何来看待这个既是理论性又是实践性的问题呢?这个问题的讨论对我们当下乃至今后的研究和教学有什么重要的意义呢?

中国现代文学学科的设置是从新中国成立之后即开始进行的,迄今已走过了半个多世纪的路程。而中国现代文学史的建构,早在20世纪20年代末、30年代初就已展开了,至于对中国现代文学史历史地位的思考甚至是伴随着"五四"新文学的发生而同步行进的。胡适、鲁迅、郑振铎、周作人等新文学先驱,从"五四"新文学一开始就注重探讨现代文学的源流等问题,可见现代文学史的建构,与现代文学的发生、发展是一体化的。这既体现了现代文学自身的时代特点,又显示了"五四"以来中国现代作家的高度自觉。历史资料表明,从1922年胡适的《五十年来中国之文学》,到陈子展的《中国近代文学之变迁》(1928)、谭正璧的《中国文学进化史》(1929),周作人的《中国新文学之源流》(1932),以及王哲甫的《中国新文学运动史》(1933)、李何林的《近20年中国文艺思潮论》(1940)以及朱自清二三十年代在大学授课的讲义《中国新文学研究纲要》等,这些最初的一批关于新文学历史定位的研究与思考的著述,奠定并形成了现代文学史建构的基本框架;随着新中国的成立,五六十年代王瑶的《中国新文学史稿》、刘绶松的《中国新文学史初稿》、张毕来的《新文学史纲》、叶丁易的《中国现代文学史略》等最早的一批现代文学史专著或教材,确定了现代文学学科的基础,进一步巩固了中国现代文学史的建构;唐弢等主编的《中国现代文学史》横跨六七十年代,集个人与集体的力量和智慧,最大限度地展示了当时的学术水平,也最大程度地表现了当时的历史局限,这是一部具有重要过渡意义的文学史著作,它的现代文学史观承前启后,它既是学术著作又被广泛当作教材使用,有着重要而深刻的影响。

  上述几个历史阶段所形成的文学史的思考和建构,到80年代中期终于被钱理群、陈平原、黄子平还有陈思和等人相继提出的"重写文学史"的呼声所打破,其实重写文学史的要求并不是钱理群、陈思和等人的个性显现,而是最真实地体现了时代发展对文学史书写的基本要求;90年代以后,在更大的范围内出现了现代文学史建构的多重视角,以及在重写文学史呼声之后一批新的文学史著述,其中具有代表性的有钱理群、吴福辉、温儒敏的《中国现代文学三十年》(1998修订本),朱栋霖、丁帆、朱晓进的《中国现代文学史(1917~1997)》(1999),郭志刚、孙中田的《中国现代文学史》(1999修订本),孔范今的《20世纪中国文学史》(1997)等,至此为止,现代文学建构再次形成了比较稳定的格局。

  新世纪之交,特别是最近几年来,全球信息化的巨大影响,加速了国内外学者文学史观念的快步更新,加上新史料的不断发掘,关于中国现代文学史的建构面临着又一次新的冲击和刷新,中国现代文学史的建构呈现出新的发展态势,这集中体现在以下三个方面:一是时间上的纵向贯通,这不仅要求现当代文学一体化,也不满足于对晚清和近代文学历史渊源的追溯,甚至把整个中国文学贯穿一体,力图建构整体性的中国文学史观和宏大的文学史构架;二是空间上的横向拓展,极力主张打通新旧文学各自为政的格局,要求把通俗文学、旧体诗词的创作和研究一并纳入现代文学史的建构之中,甚至要求把海外华文文学也纳入到现代文学史研究的范围之内;三是在深度上,从文学史向学术史的提升,近年来,关于现代文学研究之研究的成果,包括学术史的梳理,研究史的书写,史料学再次受到空前的重视,以及编撰史和接受史的建立,这些确已表明现代文学史进入学术史研究的阶段已渐成熟。但是,围绕上述三个方面的问题,还存在着明显不同的看法,甚至是激烈的争论。深入探讨这些问题,是关系到能否把现代文学史的建构引向深入并推进到一个新高度的关键所在,本文即针对这三个方面的问题谈一些不成熟的看法。

一、关于纵向时间贯穿的问题

中国现代文学史在其发展过程中一再拓展和放大,向当代文学和近代文学延伸,向古代文学领域延伸,向整个中国纵向大的文学方面延伸。文学史时间的贯通,看起来是文学史范畴的问题,是文学史所包含的内容的宽窄问题,是文学史发展脉络的问题,但实际上并不简单如此。文学史的起止范围、分期、划段历来涉及文学史的观念问题,无论文学史视野的拓展还是凝聚,其实质都体现了是在什么样的观念之下来定位一段文学的历史价值和现实意义的问题。王本朝在《中国现代文学史的反思与重构:学科还是意义?》中就"新国学与中国现代文学","重绘中国文学地图",打通古代、现代和当代文学等诸多问题进行了讨论,并分析了它们的意图与意义:"它们有着扩大意义空间,确立学科地位,重建学术责任的意图和目标。就意义而言,是为了拓展中国现代文学史的研究对象和内容,扩大新文学史的地理时间;就学科定位而言,主要是为了使中国现代文学拥有更为准确而持久的学术归类,将新文学研究纳入新国学领域;就文学研究价值而言,是希望能与中国当代社会发生更为紧密的精神联系,重建学术研究的社会责任,让一个承担着学术和思想使命的中国现代文学,再次如人们期待的那样,在当下与历史、学术与思想之间建立真实而内在的联系,使文学研究能够重新履行已经逐渐丧失了的对文学和社会的解释力,在文学的历史事实上和当代价值之间实现新的融合与超越,让文学研究能够成为通向个体生命、民族国家和审美文化的价值认同和自觉实践。"①如果说,三十年现代文学的历史价值需要在整个中国文学发展的历史长河中来确定的话,那么我认为还远远不仅如此,还应该在世界文学的视野下来看待中国现代文学的价值和意义。我曾经为北京师范大学出版社主编过一套"走进经典"丛书,起初我从自身专业的习惯出发,排列了一大串中国现代著名作家的名字:鲁迅、郭沫若、茅盾、巴金、老舍、曹禺、沈从文、冰心、萧红、张爱玲、钱钟书、艾青、孙犁等等,但是当我面对世界各国的著名作家的时候,中国现代作家的这个名单就使人相当尴尬和犹豫了,当俄罗斯只选择了托尔斯泰,法国只选择了巴尔扎克,德国只选择了歌德,英国只选择了狄更斯,美国只选择了海明威,日本只选择了川端康成,印度只选择了泰戈尔的时候,面对此种情形,中国现代作家应该列入几位呢?能够列入几位呢?这非常清楚地表明,我们不能只站在自己的学科范围内考虑问题。我坚定地认为,文学史只能越写越薄而不是相反,文学史在时间上的拓展应当是为了更好地凝聚视野而不是无限放大,这是历史的要求,而历史从来都是无情的。

我们再看看有关现代文学史视野扩大、时间打通的具体问题,比如所谓现代当文学一体化的问题。丁帆在《关于建构百年文学史的几点意见和设想》一文中就指出:"中国当代文学史(1949~2009)的研究却面临着价值混乱,许多作家作品、文学刊物、文学现象和文学思潮亟待重新定位定性的重大难题。因此,呼唤'大文学史'和'大文学史观',用一个中国现代文学的整体观来进行百年文学史的

---

① 王本朝:《中国现代文学史的反思与重构:学科还是意义?》,载《兰州大学学报》,2009年第6期。

整合,已经是我们刻不容缓的历史使命与任务,要说'创新',这才是最大的创新!"①关于现当代文学的打通、现当代文学合二为一,这是在 20 世纪 80 年代重写文学史呼声前后就已经提出来的问题。这看起来是一个重要的理论性问题,但实际上这更是一个实践性的问题,现当代文学的打通,这个问题在理论层面上的解决并不困难,从人到事,现当代文学存在着千丝万缕的联系,从文学自身的发展来看,1949 年中华人民共和国的成立,这一重大的政治事变,改变的是社会的性质、国家的命运,而很难成为两段原本就连接在一起的文学的截然分界线。现当代文学本来就是一个密不可分的、有机融合的整体,那种在特定时代历史下人为划开的简单做法很容易被超越。这一点在理论上形成共识并不困难,困难的是实际操作层面,实际情况是,无论在研究还是教学的具体环节中,现在没有人反对现当代文学的一体化,困难的是现当代文学究竟如何打通、如何融合、如何一体化? 现在全国绝大多数大学里的文学院或中文系,现当代文学在组织形式上都是合二为一的,更何况现当代文学本来就同属一个二级学科,但这就解决问题了吗? 现当代文学至此真正打通了吗? 果真如此,丁帆等学者就不会那样大声疾呼了。实际上,在实际操作层面,现代文学还是现代文学,当代文学也还是当代文学,这从课程设置、教材编写、人员分工等实际情况来看,至今都是分得一清二楚的,即使在许多学校,现、当代文学是一门课程,也出现了许多现、当代文学合在一起的教材,但是现代文学和当代文学还是分开来讲授的。仅仅现、当代文学的实际贯通,在实际操作层面都如此困难,更不要说向近代和整个古代文学延伸了。

除了上述实际层面操作的困难以外,也还存在理论上的认识问题。吴福辉在《"主流型"的文学史写作是否走到了尽头? ——现代文学史质疑之三》这篇文章当中就提到了这样的一个问题:"当年提

---

① 丁帆:《关于建构百年文学史的几点意见和设想》,载《文学评论》,2010 年第 1 期。

出'二十世纪中国文学'和'重写文学史'时在学术界引发的轰动,还如在目前。当然,因为历史条件的不同,我们这次的变动已经不可能再有那种效应了。两者确有联系,但第一,那次的背景,实际上是为了消解政治文学史和革命文学史。这次则是经过了一段'现代性'文学史的建构后,逐渐发生了破绽,而才自然萌生建立更上一层楼的文学史叙述的欲望的。第二,那次的消解是一次历史的'早产儿',即在改革的动机、欲求长久存在,而改革的具体准备并未完全做好的情境下,提前发生的。有点'消解了再说'的味道。这就难怪对新概念的解释匆促上阵,而运用新概念、体现新概念的文学史书写却长期阙如。"①应该看到,就现、当代两段文学而言,的确有着内在的必然联系,甚至是本质上的一体化趋向,打通它们,的确有助于我们在一个更完整的历史发展的过程中,来看待现当代文学的整体特性。但这并不是说,现当代文学,这两个不同阶段的不同点就不存在了,事实上,现当代这两段文学,各自的不同点,同样是带有本质意义的。比如"五四"时期文学的思想启蒙和1949年以后文学的思想教育是完全不同的,还有许多横跨现、当代两个时段的作家,他们的思想和创作,是有着深刻的差异的,无论是那些复杂的现象,还是看似简单的一个人,这都不是用一体化能够简单整合的。只能说,该合就合,该分就分。

近现代文学的关系也是如此,近些年来,从国内到海外,不少人都强调"没有晚清,何来五四",如果说这个提法,主要针对我们以往的文学史书写太不重视晚清而言,是有积极意义的,晚清文学无论从思想资源来看还是从诸多的文学尝试来看,都的确是"五四"新文学发生和发展的重要基础和契机,我们研究现代文学,不考虑晚清文学的前奏,是不完整的,也是不正确的。但这并不意味着,研究现代文学必须过于强调晚清文学的作用,如果过于强调晚清文学的价

---

① 吴福辉:《"主流型"的文学史写作是否走到了尽头?——现代文学史质疑之三》,载《文艺争鸣》,2008年第1期。

第二十六章 关于中国现代文学史"重构"的几个问题

值,那实际上,也就失去了其自身发展的逻辑意义,如果非要说"五四"的源是在晚清,那么晚清的源又在哪里呢?这样穷追不舍下去,哪里是源头呢?!这同样是一个理论上容易说清楚而实际操作上难以解决的问题。

至于整个中国文学大文学史观的问题,我认为,这是个方法论的问题,是个宏观的视野问题,是一个理解中国文学整体背景的问题,而在实际操作当中,我们不可能什么问题都从中国文学的"大局"去着眼。即使是中国古代文学内部不也是严格分段地来考察、研究的吗?先秦、两汉、唐宋、元、明、清,这些段落加在一起,叫中国古代文学,但我们不可能一口吃掉整个中国古代文学,总是要一段一段地去看待和研究,每一段都有自己独特的东西,每一段都有别的阶段无法替代的东西。回到现代文学,它在整个中国文学的历史长河中,只有三十年的历史,差不多是最短的一瞬,但这一瞬有没有特别需要注意的东西呢?它有没有作为一个独立阶段存在的价值和意义呢?如果有,那不就与其他前后的阶段如晚清、如当代区分开来了吗?在当下,"打通"、"贯穿"的呼声甚高的情况下,我更愿意借助"回到"这个词来说一句:回到现代文学。

当下,以现代文学为主体的文学史著述达到数百种之多,其中,"中国现当代文学史"、"现当代中国文学史"、"20世纪中国文学发展史"等以"打通"为特色的文学史的著述就不下数十种,已达到相当饱和的程度了,现代文学史还要怎样书写呢?现代文学还能怎样建构呢?我以为现代文学史的建构(叫作重新建构也可以),最重要的是在扩大了认知范畴之后,在拓展了文学视野之后,在认清了历史发展的前后逻辑关系之后,应该回过头来,切实把握中国现代文学的本质内涵与特点,真正确立现代文学的经典,切实梳理现代文学的风范,真正建构现代文学自己的传统。否则,如果一味追求"多元标准"、追求包容一切,就很可能出现温儒敏指出的存在于当前现代文学研究当中的一个重要现象与问题:"基本的价值标准放弃了,表面上似乎包容一切,结果呢,此亦一是非,彼亦一是非,公说公有理,婆说婆有理,连起码的学术对话也难于进行,只好自说自话。过去是一个声音太过单调,全都得按照某种既定的政治标准来研究,学术创造的通道被堵上了;现在则放开了,自由多了,但如果缺少基本的评判标准,'多元化'也只落下个众声喧哗,表面热闹,却无助于争鸣砥砺,还会淹没那些独特的学术发现。"①

二、关于横向空间拓展的问题

如果说,在上一个问题里凸现的是文学史"重构"在时间上的打通,以期获得一种历史发展的纵深,那么,空间的拓展,则是当下文学史"重构"中具有更多呼声的话题,这突出表现在如何处理新旧文学之间的关系,如何看待越来越多旧体诗词的创作这一现象,以及如何面对和把握海外华文文学创作这一特殊情景等等,这些问题如果不能得到认真的思考并及时加以解决,将直接影响现代文学研究的发展和格局,甚至动摇现代文学研究的基础。

先说第一个点,新旧文学的关系问题。其实,这里的所谓"旧文学",并不是上一个问题所说的中国古代文学,而是指与新文学一直同时并存,并驾齐驱的通俗文学。要求把通俗文学纳入新文学的研究、纳入20世纪中国文学史的研究的呼声近年来一直很强烈。比如,李天福在《通俗文学:20世纪中国文学史不可偏废的元素》这篇文章中提出:"只有破除传统的'中心',消解传统的'正宗',以巴赫金式的平等对待'大众文学'和'精英文学'的美学立场去开展文学史研究,方能呈现文学发展史的全貌——雅文学史和通俗文学史的二元统一。由此,通俗文学便成了科学的文学史研究范式不可或缺

---

① 温儒敏:《谈谈困扰现代文学研究的几个问题》,载《文学评论》,2007年第2期。

的内容。"①他从文学通俗化的角度、从文学大众化运动所构成的文学发展的通俗化历史的角度来强调应该将通俗文学和以往所谓"五四"传统的精英文学并行看待,共同构成20世纪中国文学史的基本元素。陈波在《论通俗文学的合理性》一文当中也指出:"当我们追溯到人类文学发展历史中去看待问题的时候,或许能暂时撇开'五四'时期离我们太近而无法审视的局限。任何文学作品的流传与留传都不是某一时段某一意识形态所能决定的,当我们看到尘封书架上大量的革命文学作品时,我们或许更应该将一部作品的好坏交给历史,交给大众读者去评断。毕竟,无论严肃文学如何鼓吹文学的崇高理念,强调其艺术性,强调它对人性的解剖,对社会人生的洞悉,它始终无法脱离文学作为文学必须的'意味'。"②在强调通俗文学应该进入现代文学史书写的话题之中,苏州大学范伯群先生、汤哲声先生等人的努力是最为执着的,也是最有成效的,当然这里首先要说明一点,就是范伯群、汤哲声等在通俗文学前面都加上了"现代"二字,这表明他们不是把通俗文学简单地看做是旧文学的。我认为这两个字加得好,事实证明,与"五四"新文学同步以来的通俗文学,无论从时间上还是内容上,都的确是具有现代意义的,正如汤哲声所强调的:"通俗文学入史使得我们关注的视角必须发生改变,治史者应该特别关注文学市场的变化。其实现代文学本身就具有很强的市场意识,只是长期以来被文化观念和创作观念遮蔽住了。关注文学市场就要求我们注意到作家的身份的确立和社会生活的关注。"③范伯群则更关注现代通俗文学与整个现代文学史整体格局的问题:"首先是中国现代文学史的起点是否要'向前位移'问题,这

---

① 李天福:《通俗文学:20世纪中国文学史不可偏废的元素》,载《求索》,2007年第1期。
② 陈波:《论通俗文学的合理性》,载《滁州职业技术学院学报》,2007年第4期。
③ 汤哲声:《中国现代通俗文学的"现代性"和入史问题》,载《文学评论》,2008年第2期。

实际上是一个古今演变与文学史重新分期的大问题。现在有几位中国现代通俗文学史的研究者提出,通俗文学从古典型转化为现代型的标志是1892年开始连载、1894年正式出版的《海上花列传》,认为韩邦庆的《海上花列传》是现代通俗小说的'开山之作'。"①此外,还有诸多学者,普遍关注通俗文学的合理性与合法性的问题,其基本的意思在于,缺失了通俗文学的进入和研究,那么中国现代文学史乃至20世纪中国文学史的地位和研究,就存在合不合法、合不合理的问题。当然,不同的看法也不少,其主要意思是强调,"五四"新文学及其研究格局的确立,就是建立在排斥包括通俗文学在内的所谓旧文学(还有旧体诗词等)的前提基础之上的,如果把通俗文学和所谓旧文学纳入到新文学的范围中来,那么新文学及其研究格局也就解体了。这种看法也就是被指责为固守着"二元对立"的僵死的观点。

其实,关于这个问题的讨论和争辩,已经有相当一段时间了,但我总觉得讨论和争辩的双方,似乎都各执一端,缺乏一种彼此之间的呼应和观照,甚至在我看来,问题的双方就没有构成真正的冲突,是各自在各自的轨道上行进着。比如,强调通俗文学及其研究的重要性、合理性、合法性,这本来就是对的呀,这有什么问题吗?在中国新文学也就是所谓现代文学甚至是20世纪中国文学发生、发展的过程中,通俗文学也从未间断过自己的发展。用许多学者列举的许多确凿的事实来看,在相当长的时日里,通俗文学发展得比新文学红火得多,有那么多的人对通俗文学感兴趣,自然,也就有了宽广的研究基础,但问题在于,通俗文学的发展和研究一定要和新文学的发展研究"融为一体"才具有合法性和合理性吗?不和新文学融为一体它自己就不合法、不合理了吗?这至少在事实上是说不通的,你新文学不理我,你新文学反对我、排斥我,我通俗文学不照样

---

① 范伯群:《现代通俗文学研究将改变文学史的整体格局》,载《苏州教育学院学报》,2009年第1期。

第二十六章 关于中国现代文学史"重构"的几个问题

发展得很好吗？为什么非要和你新文学融为一体呢？问题的另一方面是新文学的建构者和确立者们，他们从新文学的确立和发生开始，就是以反对旧文学、反对文言文为重要目标的，先不要说这个目标对不对，这个目标能不能实现，是不是实现了，从"五四"以来至今，新文学也就是现代文学建构者们，事实上是以排斥旧文学也包括通俗文学为自己的建构范畴的，并以此来强调现代文学的合理性和合法性的。如果说从刚才列举的反对者的角度来看，新文学的建构者这么多年的反对和排斥并没有能够消除所谓旧文学特别是通俗文学的合理性和合法性，那不就是等于表明所谓的"新""旧"文学，大路朝天各走一边，各自可以拥有自己的发展道路和发展空间吗？我总想，以这样的景观来构成20世纪中国文学的格局，不也是可以的吗？难道非要两股道拧到一起不可，非此即彼吗？说实话，我自己不太赞成《中国现代文学三十年（修订本）》（1998年北京大学出版社版）中把新文学和通俗文学交织在一起的叙述方式，它在现代文学的三个十年之中，每个十年的文学发展基本按照小说、散文、诗歌、戏剧然后加上通俗文学五路并进的方式来叙述，我认为这种方式并没有真正有效地解决有关新旧文学关系的问题。我觉得比较简单的一种理解，就是在20世纪中国文学发展的广阔时空中，现代文学走现代文学的路，通俗文学走通俗文学的道，这两者有各自的起伏跌宕，不存在彼此之间必然的关联，也不存在二者之间必须的比照分析。两者的研究也可以在不同视角和不同的层面展开，没有必然的逻辑要将现代文学和通俗文学放在同一个层面展开。新文学和通俗文学是一个飞机的两翼，是一个车子的两轮，我非常赞同这个看法，只是多说一句，飞机的两翼不能合成一翼，汽车的两轮也不能并成一轮，左翼就是左翼，不能替代右翼，右轮就是右轮，也不能替代左轮，这两者，你是你，我是我，不存在你中有我，我中有你的关系，可以多元共生，但不必多元共融，你我是不同的。

再说旧体诗词的写作，眼下旧体诗词的写作人丁兴旺、势头很火，在这一情景中特别是相当一部分新文学作家在"五四"以后也写下了大量的旧体诗词,为此,有人专门分析了其中原因:"一是古诗词这种文体自身具有生存下来的生命力,这是古诗词能够在现代时期生存下来的前提条件;二是新文学作家自身的原因,这是古诗词在这个特殊的背景下存在的关键;三是新诗本体存在的缺陷和新诗建设过程中经历的多重困惑,这是古诗词存在的外部条件。"[①]其实,无论新文学作家写不写旧体诗词,旧体诗词从来就没有间断过自身的发展,这其中的道理非常简明,中国几千年古典诗词的深厚根基,登峰造极的辉煌成就具有强大的生命力,这种生命力不会因为"五四"以来新诗的出现而中断,这是一种很正常的发展态势,它与现代新诗的发展不相矛盾,也不必将现代新诗与旧体诗词非纠缠到一起去研究不可。写旧诗的人可以越来越多,包括刚才所述,一些写新诗的人也在改写旧体诗,但这并不能说明这就是新诗的萎缩,也不能说明这标志着旧体诗再次替代了新诗的地位,在历史发展的长河中,新诗旧词并存而生的情况比比皆是,不足为奇。再说,旧体诗词研究也没有一定要把新诗作为参照,而写作历史不足百年的新诗研究为什么一定要把旧体诗词纳入自己的研究框架呢?宽容有两层意思,一是包容,二是容忍,而容忍就是允许他者有自己的发展空间,允许他者有自己的研究格局。历史是客观的,也是宽容的,而非此即彼的思维往往是人们比较主观的想法。

至于海外华文文学的问题,其实没有多大的讨论空间,因为问题比较明显。有学者近来连续发表文章,应该说把这一问题讲得比较清楚了:"曾有研究中国现当代文学的学者主张把世界范围内用华文创作的所有作品都包括到中国现当代文学史中来,写一部完整的中国现当代文学史。无疑,这不仅事实上做不到,而且包含着我们自己也不曾意识到的,却会被别的国家和民族误解为大国沙文主

---

① 谭旭东、卢力刚:《"五四"后新文学作家古诗词创作探因》,载《甘肃社会科学》,2006年第6期。

义的意念。"①"海外华文文学学科要走向成熟,必须更好地解决三个基础性的问题,第一是弄清楚海外华文文学要研究些什么,第二是明确由谁来研究海外华文文学,第三是搞明白为谁而研究海外华文文学。海外华文文学,不能当作中国现当代文学的一部分来研究;相反,要关注它的既不同于中国文学而又介于中国文学和世界文学之间的那种身份,以及这种身份所包含的海外华人面临中西文化冲突时如何从自身的生存经验出发融合中西文化矛盾,从而获得不可或缺的精神支柱的独特经验"②。"他们的作品反映的不是中国的社会问题,也不是中国人在中国社会生存面临问题时所产生的感受和思考。他们对中国的怀恋主要是一种文化乡愁,而其追求的方向则是想融入他们现在所移居的国家,建立起与居住地相联系的文化认同。他们内心也有矛盾,但只是在争取建立新的国家认同过程中的矛盾,这与林语堂等上一代中国人移居美国却不加入美国籍,最终还是要回归中国的情况是明显不同的"③。我是赞同这一看法的,至于有些学者强调:"海外华文文学是一种世界性的特殊文化载体的文学,一种新的汉语文学形态。这种新的文学形态,既不同于中国本土文学,也有别于东西方各个国家的主流文学。其特殊性主要表现为它的世界性和跨文化性,有它自身的活力和张力。"④我认为,海外华文文学自然有其独特的价值和意义,也在世界文学发展进程中占有一席重要的地位,但那是另外一回事情。海外华文文学自身的价值和意义,与中国现当代文学关系不大,甚至就其本质意义上说,

---

① 陈国恩:《华文文学学科建设的三个基本问题》,载《南方文坛》,2009年第1期。

② 陈国恩:《3W:华文文学的学科基础问题》,载《贵州社会科学》,2009年第2期。

③ 陈国恩:《海外华文文学不能进入中国现当代文学史》,载《中国现代文学研究丛刊》,2010年第1期。

④ 饶芃子:《全球语境下的海外华文文学研究》,载《南方文坛》,2009年第1期。

它与中国现当代文学就没有关系。旧体诗词、通俗文学跟中国现当代文学是两股道上跑的车,但那是在所谓民族国家的范围内进行的事情,而海外华文文学则应该另当别论了。

三、关于文学史向学术史提升的问题

上述两个方面的现象和问题集中反映了当下中国现代文学史"重构"的新态势,究其本质来说实际上体现了两点欲求,一是力图建构一种更为完备、更为宏伟、更为丰富、更为开阔的文学史叙述,二是加强学科的建设,拓展学科的容量,扩大学科的视野,增强学科的辐射力和影响力。但在我看来,就中国现代文学史建构本身的实质意义而言,最重要的应该是凝聚目光,调准现代文学自身的焦距,提升现代文学自身的学术含量,同时如何更加历史地来看待现代文学。

首先,20世纪中国文学是一个宏阔的概念,在这一概念之下,各种文学形态的确是多元共生的,在所谓的新文学及现代文学之外,通俗文学、旧体诗词甚至海外华文文学等等都在这个大的历史时空下各自演进着,与现代文学及其研究相伴而生,而近代文学乃至古代文学和当代文学研究也都以自己的框架和格局相继进行着。在这样一种纷繁的情况下,如何更清晰地厘清现代文学自身的含义,更为准确地定位现代文学自身的价值,我认为这是所谓"重构现代文学史"所应该首先面对和重视的问题,只有真正重构现代文学自身的价值意义,才能更好地看到它与通俗文学、旧体诗词乃至海外华文文学之间存在(或不存在的)某种特定关系,才能更好地将现代文学研究与近代文学、当代文学乃至古代文学研究更加有机地结合在一起。从1917年文学革命正式兴起到1949年又一个新的历史阶段的开始,这大体三十年的文学历程,作为"五四"新文学或中国现代文学(也就是不同于旧体诗词,不同于通俗文学,更不同于海外华文学,也不同于近代文学和当代文学)的基本历史阶段、基本面貌和基本特质,应该确定下来。现当代文学学科,应该把现代文学这一历史阶段作为一个重要的、相对独立的历史过程来更加充分地认识和研究。1949年以来的当代文学,也应该像现代文学那样,逐步形成一个确定的历史内涵,这是现当代文学学科的两个支点和落脚点,是现当代文学学科的主干,其他诸如旧体诗词、通俗文学、近代文学和古代文学等既可以作为现当代文学研究的重要参照,更可以单独进行研究,但不一定非和现当代文学融为一体,"重构"不一定要叠加,厘清则是为了更好的"重构"。

第二,中国现代文学作为一个成熟的学科,它的"重构"更多的考虑应该是自身学术价值的提升,应该用更严格的学术史的眼光来梳理和观照现代文学自身的一系列根本问题,比如现代文学生成和发展的学术背景、思想背景、政治背景乃至社会经济背景是什么?现代文学在其发生发展过程中,形成了哪些真正值得称之为经典的东西,这些经典在整个中国文学的历史长河中处在什么位置,在当下还有什么重要的影响和意义?中国现代文学的存在,究竟给整个中国文学的发展带来了哪些新质?形成了哪些属于自己的所谓新的传统?在这样的基础上,用学术的眼光来判断和梳理现代文学与通俗文学、旧体诗词、近代、古代、当代文学之间究竟有哪些本质联系。所谓从文学史向学术史的提升,就是说学术史研究应该是对文学史研究更具有学术眼光,更具有历史沉淀,也更具有时代穿透力。我想在这里再次强调一下关于学科建设的问题,学科建设有各个学科自身不同的特点,对于中国现代文学这样一个经过了近一个世纪的发展和半个多世纪的建设已经相当成熟的学科来说,它更为需要的是提升自身的学术性,用更精准的眼光来审视自身的内涵,而不是更多地涵括多项内容和扩大外延,其中有一项很重要的工作就是应该加强研究之研究,不仅要更严密地梳理文学史的发展脉络,而且要更严肃地梳理文学史研究的发展过程;不仅认真总结文学史发展过程中的经典现象和经典作家作品,而且要认真总结文学史研究进程中的经典成果,清除研究中的泡沫。在此我想谈一谈黄修己先生推出的《中国现代文学研究史》这部著作。关于中国当代文学研究之研究的成果,近年来出现不少,但是像黄修己这部《中国现代文学研究史》如此深入、如此系统、如此集中于中国现代文学本身研究的著述还是不多的。黄修己概括了"五四"以来数代人对现代文学研究的主要贡献,其一是创建了现代文学的批评模式;其二是建构了现代文学的历史框架;其三是建立了现代文学自身的新的学科;其四是创立了学术上不断创新的学风。可以说这几点是对现代文学学科从创立到发展主要成就的准确概括,但其中有一点是我想特别强调的,这就是学科建设虽然是几代人的相继追求和共同努力,但其中真正有学术价值的、有创新发现的往往是某些学者个人坚守着的独立思考的学术风范,没有这种个人的独立思考和发现,学科建设和发展其实是空的。我曾经听到黄修己先生在一次学术会议上概括他自己和他那代学人的一种研究的情态,他用两个字来概括,这就是"孤往"。我认为这是学术研究包括学科建设非常宝贵的一种精神品格,而这一点对学科建设来说是尤其重要的,没有一个个学者坚守独立思考的"孤往"精神,很难想象众人皆起、一拥而上的学科建设能产生多大的学术价值。

第三,越来越历史地看待中国现代文学,中国现代文学的历史化,是一个越来越不可以逆转的必然趋势,对此,即没有值得担心的地方,也没有可惜的地方。有些人似乎觉得现代文学历史短似乎是一个不足,尤其是相比较中国当代文学而言,现代文学不仅短,而且越来越短,因为当代文学每过一年就增加一年的历史,而现代文学则永远定格在那亘古不变的三十年。如果我们的学科建设和文学史研究看重谁的历史长谁的历史短,谁的内容多谁的内容少,那就比较简单了。包括文学在内,一段历史的根本价值不是由时间的长短来决定的,也不是由内容的多少来判断的,而是由它在历史上的特殊位置和它所做出的特殊贡献所确定的。现代文学短短三十年的历史,却处在中国文学历史发展长河中古今中外纵横交错的一个关键点上，它有着其他文学历史阶段所无法替代的重要性和独特性，这一点在此无需赘述。现代文学的历史化并不令人担忧，相反，是它更加成熟的表现。因为历史化，我们能够更准确、更客观地看待现代文学的复杂过程和重要现象，尽管在这方面还有许多所谓的"禁区"，包括一些作家的日记、档案还未正式公开发表和出版，但毕竟这种情况越来越少。历史化为现代文学研究提供了具有真正学术意义的筛子，使现代文学史研究真正具备了越写越薄的可能性。因为历史化，我们可以更加清楚地看待现代文学发生发展的历史原因，看到它对当代文学的实际影响，甚至可以看到它在将来文学发展中的命运。因此，我们应该用历史的眼光来看待现代文学历史化的过程，不仅仅是抱着"历史的同情心"，更抱着一种历史的进取心，就是说以一种更加积极的心态来看待现代文学的历史化现象。

正因为现代文学离我们越来越远，这使得从动态的文学史向静态的学术史的提升具备了条件和可能，我们有条件更加冷静并客观地看待已经逐渐固化的现代文学，在这种审视中应始终持有一种大胆淘汰的精神。现代文学作家有许多已至百年诞辰，各种纪念活动层出不穷，如此大量的作家作品究竟有多少可以经受时间历史的检验？在这个问题上，俄罗斯文学为我们提供了很好的借鉴，当下俄罗斯文坛出现了一种重新定位托尔斯泰的风潮。一些研究者对托尔斯泰颇有微词，认为陀思妥耶夫斯基更具有文学史研究的价值。这种大胆存疑和淘汰的态度同样适合中国现代文学的研究。当我们具备真正的世界眼光时就知道自己的文学还有多少东西。现代文学三十年作家作品究竟沉淀下来那些学术传统，最重要的文学品格体现在什么方面，真正的生长点是什么，这些都值得我们冷静地思考和看待。我们既要看到其对前人的继承，也更要注意其对我们、对未来有哪些影响。但是也非全面历史化、固态化。应注意提升的分寸和适度，避免将一些不够学术史分量的东西提升上来。

与现代文学越来越历史化相适应，我们在研究中也应该越来越增强历史化的意识，越来越保持理性和清醒的姿态，这也是不容易做到的。比如我们对鲁迅的研究依然存在许多难以摆脱情感层面的东西,如何真正在历史的发展进程中看待鲁迅的历史价值,如何在历史发展进程中看待鲁迅的现实意义,我相信,只要我们对包括鲁迅在内的现代作家和现代文学的研究,是客观的、准确的,符合历史状况的,那么鲁迅和现代文学的价值也就真正确立起来,并且是经得住历史检验的。

第二十七章

关于中国现代文学谱系研究的几层探索

从文学史到编撰史,从学术史到接受史,文学研究越来越向系统性、具体性和深刻性方面发展。在这样的背景下,谱系学愈益受到了学术界的重视。谱系学的特点就是在纵横交错、四方融汇、相互关联之中,清晰地梳理着事物发展的流脉,准确地把握着事物之间的互动关系,立体地观照着事物多层面的复杂关联,深刻地揭示着事物自身的本质。作为一个引人关注的新的课题,文学的谱系学研究有着独特的学术价值和现实需求。

一、文学谱系研究的必要性与重要性

20世纪的中国文学研究,已经进入到一个相对而言比较充分和成熟的阶段,新文学发展的历史,也随着各种文学史的叙述,呈现出逐步深化、完整化、系统化的趋向,各种新的研究资料的开掘也都为20世纪中国文学研究提供了更为开阔的平台。但是就研究方法和观念而言,从单纯的作家作品研究到宏观的文学史研究,再到学术史、接受史的提炼和探讨,依然处于不断完善的过程当中。在这种背景下,谱系学研究的引入正值其时,如果缺少谱系学的观念和方法,一些边缘而具体的文学作品和现象就容易在宏大的历史叙述当中被忽略,一些研究的具体材料就难以在更高的层面显现出其价值和意义,而文学史研究也往往容易陷入或是过分单一具体、或是过于宏大抽象,非此即彼"二元对立"的窘境。因此,探寻一种行之有效的、适合中国文学自身发展规律特点的研究方法和谱系样式,是极其必要且重要的。

近年来随着西方尼采、福柯的学说在中国内地学界的深入研究,"谱系"这一概念开始广泛出现在各类人文社会学科的研究著作和论文当中,特别是对于西方"谱系学"理论的大量译介和运用,反映出人们打破以往将历史看成是一个既定的、有目的性、连续性的过程,期望在具体历史情境中去探索不同社会的冲突、博弈关系,重新解释历史的努力。根据福柯自身对于"谱系学"的解释,他所谓的"谱系学"就是要"将一切已经过去的事件都保持在它们特有的散布状态上;它将标示出那些偶然事件,那些微不足道的背离,或者,完全颠倒过来,标识那些错误,拙劣的评价,以及糟糕的计算,而这一切曾经导致那些继续存在并对我们有价值的事情的诞生;它要发现,真理或存在并不位于我们所知和我们所是的根源,而是位于诸多偶然事件的外部"①。以往的历史研究把历史看成是一个具有本质意义、连续性的东西,我们可以从中推演出历史的起源和发展脉络,但是"谱系学"则注重历史背后的断裂、差异和偶然性,反对一味地追问历史规律和逻辑性,关注世界中一些的边缘存在和历史本身的丰富性。简而言之,福柯的"谱系学"是对于历史的一致性和规律性的反拨和拒斥。

与西方的"谱系学"不同,中国自古以来就有着自己关于谱系的知识,并且已经在中国古代文学、史学、哲学的研究当中被广泛运用,体现了中国古代对于谱系的理解和对于世界的认知。根据汉语

---

① [法]米歇尔·福柯:《尼采·谱系学·历史学》,苏力译,载汪民安、陈永国编:《尼采的幽灵:西方后现代语境中的尼采》,北京:社会科学文献出版社,2001年,第121页。

大词典出版社 1993 年版《汉语大词典》对于"谱系"一词的考察,中国对于谱系一共有三种解释:第一种是记述宗族世系或同类事物历代系统的书,《隋书·经籍志二》曾有"今录其见存者,以为谱系篇";第二种是指家谱上的系统。明代归有光著《朱夫人郑氏六十寿序》,中间写道:"至于今四百余年,谱系不绝",清代顾炎武《同族兄存愉拜黄门公墓》诗云:"才名留史传,谱系出先公",章炳麟在《驳康有为论革命书》一文中:"而文化语言,无大殊绝,《世本》谱系,犹在史官,一旦自通于上国,则自复其故名,岂满洲之可与共论者乎?"第三种解释则是指物种变化的系统。

相较于现代西方福柯的那种强调发现历史的复杂和差异性、解剖政治、分析权力的"谱系学"而言,中国的谱系研究更加注重历史性、秩序性、考据性,通常是为了加固传统礼教、秩序和价值观,突出某种伦常观念和文化理念,使其更好地延续传承,强调文化上的一致性和连续性。同样是以历史本身和其中的事物为对象,西方的谱系研究强调其中的断裂、差异性,中国的谱系研究则看重其中的联系性、关联性。这其实是对于认知的两种态度和方法:一方面,一般的"谱系"是指事物在历时的演变过程或共时的相互关联中,同根同源、共生互养而又共同发展、相互影响的系统;另一方面,这个系统的生成、发展过程中,又充斥着边缘性、偶然性、异质性的因素,这些因素同样决定了历史和事物系统最后的形成和形态,两种谱系的研究方法实质上都是一种对于还原历史的努力。

福柯在他的《知识考古学》当中,曾经指出:"那些被称为观念史、科学史、哲学史、思想史还有文学史的学科,不管它们叫什么名称,它们中大部分已有悖于历史学家的研究和方法。在这些学科中,人们的注意力却已从'时代'或者'世纪'的广阔单位转向断裂现象。"[1]对于文学史,他尤其强调:"今后,文学分析不是将某一时代的

---

[1] [法]米歇尔·福柯:《知识考古学》,谢强、马月译,北京:三联书店,1998 年,第 2 页。

精神或者感觉作为单位,也不是'团体'、'流派'、'世代'或者'运动',甚至不是将作者的生活和他的'创作'结合起来的交换手法中作者所塑造的人物作为单位,而是将一部作品、一本书、一篇文章的结构作为单位。"①

　　就文学史来说,中外文学史叙述的传统,就体现了福柯所谓的以"团体"、"流派"或是"运动"为单位的特点。勃兰兑斯的《十九世纪文学主潮》,就是顺着这个谱系研究思路出发,对欧洲19世纪的"流亡文学"、法国浪漫派、青年德意志等文学流派、社团、运动进行了脉络清晰的梳理和分析。同样,这种谱系在中国文学研究上的运用也是有传统的,例如中国传统的"学案"式书写,可以说是一种侧重文学谱系的研究,如《明儒学案》、《宋元学案》等,以学派为基础,以人物为个案,将各个学说流派的来龙去脉以及演变情况,分析清楚。文学评论方面,南北朝时期钟嵘的《诗品》对于诗歌题材和作家艺术流派的探讨品评,宋代吕本中作《江西诗社宗派图》以及方回对江西诗派一祖三宗的追认等,也可说是从谱系的角度来进行的文学研究。这些研究反映出文学自身发展的状况与过程,同时其背后也掺杂了谱系研究者自身的文学旨趣和审美标准。因此,除了描绘并确定文学发生、发展的源流和脉络之外,还给文学鉴赏和批评确立一种趣味标准和审美标准,因此,在注重考据、资料的同时,文学谱系本身的得以确立,也带有着很大的主观性,同样反映出其建构过程中各种差异性因素相互作用、相互博弈的结果。

　　如果按照福柯的意思,上述传统的文学史研究方法,都存在着过于强调宏大叙事和广阔单位而失真的问题,但是如果只是如福柯所描述那样,单纯强调一个个孤立的文本和作品,完全丢失掉传统谱系研究的思路和方法,难免会陷入"只见苍蝇、不见宇宙"的窘境。尤其就中国文学史的特点来说,思潮、运动、流派社团的作用,往往

---

① [法]米歇尔·福柯:《知识考古学》,谢强、马月译,北京:三联书店,1998年,第4页。

会影响到单个作家的创作和作品的产生,这些作家作品一方面有着独特的个性和价值,另一方面他们又从来不是割裂孤立的。如何在保持对个体现象、文本作品的真实理解、认识的同时,能从具体文本作品出发,还原文学史的历史脉络,这才是文学谱系研究应该努力的方向。

文学谱系研究不同于我们通常熟知的文学史建构,文学史主要以时间为线索,梳理出文学发展的历程,而对文学中的一些很重要的细节和相互关系,就难以给予多方位的观照,这不免影响文学本身的丰富性和复杂性。文学谱系研究则是以文学自身的问题为中心,就好比家谱以姓氏为中心一样,对家族的记录尽可能详细。文学谱系研究也要尽可能地还原文学自身的细枝末节,以凸现文学的历史感和现实性。

文学谱系研究与作家作品、文学思潮、社团流派的研究也不相同,文学谱系的研究是以一个更宏观、更综合、更深邃的视角来研究中国文学,通过文学自身的逻辑关系,打通各个阶段、各种文体、各种现象之间的界限,把文学史、作家作品、文学思潮、社团流派的各种研究综合起来,使整个中国文学研究呈现出一种既有宏观视野,又不乏微观分析的研究模式。如在中国近现代文学史上对"鸳鸯蝴蝶派"文学谱系的研究,围绕"鸳鸯蝴蝶派"的命名,以新旧文学的冲突为中心,广泛涉及相关作家作品的评价、思潮论争的辨析、社团流派的定位,以及文学出版的机制和读者群体的划分等等。这就以一个具体的文学问题为展开点,构成了一幅涉及多个层面的相关问题的丰富画卷,这种以问题为中心的谱系研究还打破了"雅俗二元对立"的研究方式,从而给整个中国文学研究带来了一种互动互补、多元共生的模式。

文学谱系研究能为人们提供更贴近文学自身的线索,在纷繁复杂而又具有演化规律的文学现象中,看到多种文学概念的交融与创新,以及不同文学作家、作品的源流、传承与发展。同时,文学的谱系研究还能为文学鉴赏和批评确立一种趣味标准和审美标准。综上所述，文学谱系研究的意义和价值主要有以下三点：

一是重绘中国文学的历史图景。在中国文学的发展进程中，诞生了许多优秀的文学作品，当代学界学人虽然编撰了许多文学大系，包括文学史的撰写和作品选的选编，但并没有很好地反映出文学从古至今的发展流变过程，也没有很好地确立文学经典的价值体系，反而显出比较凌乱、繁冗的缺点，文学史越写越长，作品选越编越厚。而中国文学谱系的建构，就是立足于追根溯源、去粗取精，寻找文学自身的内在关系，在社会历史价值和文学审美价值的双重视角下，重新构建中国文学经典的图谱。

二是促进中国文学整体观的实践。中国文学谱系的研究，对于推进中国文学的整体观的实践，具有重要的意义。中国文学谱系的建构，有助于打破各个阶段文学各自为阵尤其是新旧文学二元对立的局面，从整体着眼，加强对中国文学内在渊源的勾连与疏通。中国文学整体观的确立，对具体的研究与教学，乃至对文学的创作和出版发行，都会起到崭新的积极的作用。

三是推动文学经典的传播，扩大中国文学的影响力。中国文学谱系的建构，本身就是对文学发展历程的梳理和提炼，不仅仅是对于文学作品的编选，还有对文学思潮、社团流派、作家的人生体验等方面的多重阐释。作为文学谱系最为直观的代表，一部成功的文学大系，应该是厚重且精练的，能够真正为读者所熟知并接受的。研究文学谱系就是为了凝聚目光，熔铸真正的文学经典，扩大文学在当下的影响，促进中国文学经典在中外读者中的接受与传播。

在我们以往的文学研究中，或者由于意识形态的不同，或者由于审美观念的各异，总会有一些文学问题被遮蔽。而文学谱系的研究以特定的文学的具体问题为中心，更关注文学内在的相互关系，因而往往能够挖掘那些被隐藏、被埋葬的"文学遗迹"，使那些趋于碎片化的"文学遗迹"能够重新出土，可以补充文学史书写的缺失，让文学的面貌和特征，变得更加丰富，更加个性化，更具历史感和真实性。

需要强调的是,在中国文学研究中,除了文学史叙述以外,各种文学作品选本及文学大系的编撰,在建构中国文学谱系的努力中显示了独特而重要的作用,如《昭明文选》对于各种形式文学作品的辨析整理,茅坤《唐宋八大家文钞》对唐宋散文的编选,钟嵘《诗品》对于诗歌的品评划分、姚鼐的《古文辞类纂》对古代散文的编选,以及《中国新文学大系(1917~1927)》对于新文学第一个十年理论、创作的整理编选等。从以往的研究成果和经验来看,以作品选本及文学大系为切入点来建构中国文学研究的谱系,具有独特的效果及较高的学术价值和应用价值。

二、《中国新文学大系(1917~1927)》的启示

一些"文学选本",虽然不是"发展史",但由于它是按照文学产生的顺序或文学旨趣相近排列的,因之也具有了"潜史"的功能,通过认真考察和辨析,能够隐约捕捉到整个文学发展的沿革和脉络。在中国文学发展历程中,除了文学史叙述以外,各种文学作品选本及文学大系的编撰,同样表现出建构中国文学谱系的努力。赵家璧主编,1935年至1936年由上海良友图书印刷公司出版的《中国新文学大系(1917~1927)》,是"五四"新文学产生以来影响最深远的一部文学总集。鲁迅、胡适、茅盾、郁达夫、朱自清等中国新文学理论、创作的奠基者也参与到这项编纂工作来。《中国新文学大系(1917~1927)》的历史眼光和谱系意识,全面、完整同时又充满个性的编选体例,也如同古代一些总集、诗文选一样,对于之后的新文学研究产生了极大影响,乃至影响到了中国新文学谱系的形成和架构。

(一)《中国新文学大系(1917~1927)》的谱系意识

1935年,上海良友图书印刷公司的赵家璧组织编撰《中国新文

学大系(1917~1927)》,此时距离"五四"新文学运动的发生不过十余年的时间。这期间固然出现了一些对于新文学作品单个的论述和反思,但是从整体上宏观上出发,对于新文学发生、发展的源流、脉络的梳理,尚付之阙如,虽然有胡适《五十年来中国之文学》(1923)、谭正璧的《中国文学进化史》(1929)、王哲甫的《中国新文学运动史》(1933)、伍启元的《中国新文化运动概观》(1934)这些最早对于新文学、新文化运动的叙述,但是从文学谱系建构的角度来看,这些文学史叙述还很难充分、全面展现出新文学运动发生、发展的历史图景,也不能完全提炼出其区别于中国古代文学的思想观念和文本特征。这说明,文学史的书写是需要时间沉淀的,在新文学刚刚发生才十多年,并且还在继续发展变化的背景下,文学史显然不足以承担起新文学谱系建构的任务。胡适在《中国新文学大系(1917~1927)》的《建设理论集·导言》中开篇便指出:"中国新文学运动的历史,我们至今还不能有一个整个的叙述。"①在他看来,这其中很重要的一个原因,便是"时间太逼近了"。

《中国新文学大系(1917~1927)》展现的则是一种更加完整的谱系意识。在《建设理论集》和《文学论争集》当中,对于晚清以来从理论到实践,一系列的文学观念和思潮都有较为全面的总结和思考,可以说起到了正本清源的作用。胡适主编的第一卷《建设理论集》,他在《导言》当中,对于晚清直至"五四"这一段时期,白话文、新文学产生、发展的脉络有清晰的溯源和整理。胡适认为,从晚晴姚鼐、曾国藩为代表的桐城派提倡应用文,告别骈俪诗赋,到冯桂芬、王韬、郑观应、谭嗣同、梁启超的政论文,再到吴汝纶、严复、林纾、周氏兄弟等人的翻译活动,实际上已经包含了新文学文体解放、平易畅达等因子,开始敲响了古文学的丧钟。但是在给予这些晚晴以来进步的文学观念以充分肯定的同时,他也总结了这些文学观念、实

---

① 胡适:《中国新文学大系·建设理论集·导言》,上海良友图书印刷公司,1935年,第1页。

第二十七章 关于中国现代文学谱系研究的几层探索

践失败的原因:"他们的失败,总而言之,都在于难懂难学。文字的功用在于达意,而达意的范围以能达到最大多数人为成功。"①然后才引出王照"官话字母"的主张、劳乃宣"简字全谱"的主张以及赵元任、钱玄同等人的"国语罗马字"主张。从这些思想主张发展到"五四"白话文运动,再从白话文运动,发展到新文化运动中的各种理论包括活的文学、人的文学、进化的文学观的提出,这其中的历史发展逻辑脉络一目了然,十分清晰,充分反映了以"启蒙"、"进化"、"现代"等观念为代表的新文学本质品格和特征。这样一种注重新文学自身思想观念、文学旨趣源流、传承的谱系意识,在《中国新文学大系(1917~1927)》其他几卷的导言当中也有充分体现。有学者就认为:这些导言"执笔者不仅亲自参加了第一个十年的文学运动和创作实践,非常熟悉头十年的历史,而且代表了不同的倾向与流派,在导言中显示出了他们不同的文学观,对其后现代文学的研究产生了深远的影响。当然,他们又是当时之硕儒巨擘,因此所撰各集导言,便成了很好的历史总结,对于现代文学史的研究,有着特殊的价值"②。

更为重要的是,《中国新文学大系(1917~1927)》自身的编写体例,决定了它不仅仅是对于文学观念、创作的简要介绍,还是新文学历史发生、发展脉络的梳理,大量的文献、作品的编选,可以充分展现新文学本身发展的复杂性、曲折性,依然以《建设理论集》、《文学论争集》为例,两卷的主编者胡适和郑振铎不仅收入了陈独秀、胡适、傅斯年、钱玄同、刘半农等新文学阵营的大量文章,同时也收入了林琴南、严复、胡先骕、梅光迪等人的反对文章,展现了历史的真实面貌。新文学的发生不是一蹴而就、一帆风顺的,其间的断裂、分歧、论争恰恰构成新文学自身谱系中重要的环节与特征,正如有学

---

① 胡适:《中国新文学大系·建设理论集·导言》,上海良友图书印刷公司,1935年,第5页。
② 徐鹏绪、李广著:《〈中国新文学大系〉研究》,北京:社会科学文献出版社,2007年,第87页。

者指出的:"正是通过这种'否定'力量,五四的'新青年'们力图建立起一种新的'文学'的主体同一性。这种新的文学主体最显著的特征就是与传统文学的断裂和区别。"①这也是《中国新文学大系(1917~1927)》编撰者们谱系眼光和意识的体现。

(二)《中国新文学大系(1917~1927)》的谱系特征

文学谱系的描绘与建构,同时强调宏观视野和微观细节的展现,兼顾理论探索和创作实践。新文学发生早期的文学观念固然重要,但是文学本身的复杂性和丰富性,需要文学作品作为佐证和最生动的说明。《中国新文学大系(1917~1927)》作为最早的中国现代文学选集,一共十卷本,其中理论占两卷,而文学作品卷占七册,史料占一卷。《中国新文学大系(1917~1927)》之所以长期以来得到学界的肯定,有两个基本的、重要的原因:

一是每一卷前的导言,集中体现了新文学的整体追求和价值取向。文学谱系的形成首先注重的是源流、宗谱、相互之间传承影响的关系,虽然十卷本各自导言部分的撰写人不同,且各自有着明显不同的文学风格,但是在某些涉及新文学自身谱系建构的问题上,这些导言作者的观点却保持了一致,以文学谱系最为重要的源流问题为例,几位编撰者例如茅盾、朱自清等人都把新文学的起点指向了《新青年》杂志,茅盾在《小说一集·导言》部分写道:"民国六年(1917),《新青年》杂志发表了文学革命论的时候,还没有'新文学'的创作小说出现。"②第二年发表在《新青年》上的鲁迅的小说《狂人日记》,则被视作新文学的小说创作实绩;朱自清在《诗集·导言》中也认为:"胡适之是第一个尝试新诗的人……新诗第一次出现在《新青年》四卷一号上。"可以看出,无论是文学思想观念还是文学作品

---

① 罗岗:《解释历史的力量——现代"文学"的确立和〈中国新文学大系(1917~1927)〉的出版》,载《文史天地》,2001年第5期。
② 茅盾:《中国新文学大系·小说一集·导言》,上海良友图书印刷公司,1935年,第1页。

创作方面,《新青年》杂志的作用,都在新文学自身的谱系脉络中凸现出来,这一历史逻辑在之后的大部分文学史叙述中也被采纳和继承。与各卷导言相比,《新文学大系》的作品选择似乎并不那么受到人们的重视,而实质上,作品应该是整个《新文学大系》建构出新文学谱系脉络的主体。用胡适自己的话便是:"理论的发生,宣传,争执,固然是史料,这七大册的小说、散文、诗、戏剧,也是同样重要的史料。……新文学的创作有了一分的成功,即是文学革命有了一分的成功。'人们要用你结的果子来评判你'。"[①]作为中国现代文学最早的一部选集,《中国新文学大系(1917~1927)》与其他文学史最大的区别就在于,它不但有理论上的介绍和历史的描述,更重要的是它有大量新文学的作品创作作为支撑,用具体生动的文学作品描述了"五四"以来十年内中国新文学的创作景象。小说、散文、诗歌、戏剧四种文体的划分形式,对晚清以来逐渐兴起的小说、戏剧给予了及时的肯定和认同,打破了古代文学传统里偏重诗、文的倾向,使得四种文体趋于平衡。尤其是小说一共三卷本,分别由茅盾、鲁迅、郑伯奇三人编撰,所选篇目基本涵盖了文学研究会、《新青年》、浅草—沉钟社、新潮社、"乡土文学"、创造社的创作,较为完整地展现了新文学第一个十年小说创作的情况和谱系特征。

二是各卷作品的选编最能体现新文学运动以来所坚持的文学理念和主张,例如与新文学"文学的国语,国语的文学"白话文创作理念相违背的旧体诗词、骈赋,被排除在入选之列,而即使是已经属于白话文创作的通俗小说,例如鸳鸯蝴蝶派的创作,也没有出现在大系编选的行列。《中国新文学大系(1917~1927)》从理论思想的梳理,到历史脉络的叙述,再到四种文体划分和具体作品的编选,都体现了新文学自身谱系的特征,也体现了新文学的创造者和参与者,他们自己对于新文学的体悟和认知,以及对于新文学自身脉络

---

① 胡适:《中国新文学大系·建设理论集·导言》,上海良友图书印刷公司,1935年,第1页。

谱系的梳理和选择,这对之后文学史的叙述和总结,同样有着深刻的影响。正如黄子平指出的:"'大系'所确立'文学史'叙事原则,却深刻而久远地延续下来了:文学的进化史观及以'十年'作为分期单元,文学史内容的'理论、运动、作品'三大版块,小说、诗歌、散文、戏剧的'四大文类',等等。"①中国新文学谱系的基本系统和特征在《中国新文学大系(1917~1927)》的编撰时就初具了雏形。

(三)《中国新文学大系(1917~1927)》的独特价值

自从20世纪30年代上海良友图书印刷公司出版《中国新文学大系(1917~1927)》,对新文学第一个十年的谱系有较好的建构以来,之后又有诸多文学大系被编选出版,但是对比第一个十年的新文学大系,这些文学大系的建构都是不成功的,未能较好勾勒出中国文学的整体格局和框架,反而显出凌乱、冗杂的缺点,或是材料齐备但是缺乏特点和清晰的脉络梳理,无论在成就还是在影响上都无法与第一个十年大系相提并论。

以周扬、夏衍、巴金等人在20世纪80年代所编写的《中国新文学大系(1927~1937)》为例。《中国新文学大系(1927~1937)》继承了第一辑的编写体例,并且在以前的基础上扩展到了文学理论、小说、诗歌、散文、杂文、报告文学、诗歌、戏剧、电影、史料等九个部分二十卷内容,较之第一个十年的编选规模更加宏大,列入的作家作品数量更多,范围更广。如果仅仅是从收录作品、资料的完备情况来说,第二个十年的《中国新文学大系》要远胜于第一个十年。鲁迅在《中国新文学大系·小说二集·导言》中就说:"十年中所出的各种期刊,真不知有多少,小说集当然也不少,但见闻有限,自不免有遗珠之憾。"②周作人编选《散文二集》,在导言中也这样说自己的编

---

① 黄子平:《"新文学大系"与文学史》,载《上海文化》,2010年第2期。
② 鲁迅:《中国新文学大系·小说二集·导言》,上海良友图书印刷公司,第17页。

排:"只凭主观偏见而编的……许多人大都是由我胡抓瞎扯的。"①《中国新文学大系(1917～1927)》的编选中,更多体现的,是许多编选者个人的个性选择。朱自清主编的诗集当中,郭沫若的诗歌编入了二十五首,但是《凤凰涅槃》这样之后文学史叙述里都要强调的名篇,却因为不合他对于新诗的审美认知,而没有入选;胡适的《一念》,本来已经删去,朱自清却认为"虽然浅显,但是清新可爱,旧诗里没有这种"②,又选了进来。郁达夫所选编的《散文二集》当中,一共挑选了散文一百三十一篇,周师兄弟的散文就选了八十一篇,占了全部入选篇目的一半还多,而在所选周氏兄弟的文章中,周作人的散文又占了五十七篇之多,而这还是他自己"忍心割爱,痛加删削"的③,这些充分反映了编选者个人的旨趣和眼光。

然而,从《中国新文学大系(1917～1927)》的影响和效果来看,第一个十年大系的编选并非如鲁迅、周作人自谦的那样是"见闻有限"或"胡抓瞎扯"的,恰恰相反,《中国新文学大系(1917～1927)》对于新文学谱系的建构,特别是对于中国新文学经典作品的形成,所起到的影响和作用,是之后几个十年的大系远远不能比拟的。应该看到的是,文学谱系不等于家谱,虽然要追溯源流、力求全面完整,但是不一定越宏阔就越好,就如同文学史不一定要越写越厚。没有选择,就没有所谓谱系建构,很有可能流于资料的整理收集。《中国新文学大系(1917～1927)》的成功在于,从胡适到鲁迅,从郁达夫到周作人,编撰的过程里存在着关于新文学相近的文学观念和价值追求,这其中又都有许多自己不同的见解和喜好。这些喜好和个性的背后,渗透着胡适、鲁迅、郁达夫等人对于新文学历史价值、地位的

---

① 周作人:《中国新文学大系·散文二集·导言》,上海良友图书印刷公司,第12页。

② 朱自清:《中国新文学大系·诗集·选诗杂记》,上海良友图书印刷公司,第19页。

③ 郁达夫:《中国新文学大系·散文二集·导言》,上海良友图书印刷公司,第15页。

理解和看法。这样一种不求全责备，但是去粗取精的方法和态度，与中国古代文学诸多经典选本有异曲同工之处。《中国新文学大系（1917～1927）》所选篇目与其自身的经典意义的形成，也使得中国的新文学能够在刚刚发展萌芽的初期，能够在绵延复杂的中国文学史中找准自己的坐标和定位，树立起清晰的脉络和框架。可以说从主编到各卷编选者共有的谱系学意识，是《中国新文学大系（1917～1927）》具有独特价值的重要原因。

三、中国现代文学谱系研究的价值取向

以往我们对于文学谱系知识的获取与认知，主要来源于各种文学史的叙述。而当下的文学史建构，可以说已经到了一个相对饱和、重复的阶段，虽然在重写文学史浪潮下诞生了一批新的文学史著作，对于文学史的分期、文学史写作的内容提出了一些新的见解，并且已经在文学史写作的过程中有过具体的实践。但是，文学史承担的功能和特征决定了，文学史只能越写越薄，而不是越写越厚。无论是从学术研究还是从知识普及来看，文学史更多的提炼最重要、最具影响力的经典作品和作家，并用专门的章节加以介绍，有些文学史也会侧重于流派社团，然而编写体例大体与作家作品相当。受到文学史写作这种特定的体例和范式所限，文学史已经形成了一套较为固定、程式化的文学谱系，很难再有突破。而从目前的谱系建构来看，特别是20世纪中国文学谱系的建构和研究情况来看，文学史所呈现的文学谱系，无论是就西方福柯所强调的复杂性、差异性而论，还是就中国传统谱系观念中秩序性和关联性而言，都是有欠缺和距离的。

实质上，如果我们回溯20世纪30年代现代文学第一个十年的大系，也就是《中国新文学大系（1917～1927）》，可以看出，20世纪中国文学史写作的三大板块（文学理论、文学运动、文学作品）、四大

文体(小说、诗歌、散文、戏剧),包括许多文学史观念、历史分期问题的处理方法,都来自于《中国新文学大系(1917~1927)》。正如有学者指出的:"其后的文学史自觉或不自觉地从中汲取了许多具体的观点,更主要的是,它奠定了现代文学史写作的基本构架和组成部分,对文学史写作的宏观影响不容忽视。"① 也就是说,关于新文学乃至20世纪中国文学谱系建构的意识和框架,是在这样一种大系的编选中才形成的。在这之前,也有过诸多的关于新文学的文学史出现。例如谭正璧的《中国文学进化史》、朱自清的《中国新文学研究纲要》、王哲甫的《中国新文学运动史》等等,然而并未形成真正成熟的文学史范例和体式,更不要说对于新文学谱系整体的概观、研究以及建构。恰恰是在《中国新文学大系(1917~1927)》出现之后,一套完整的、成熟的谱系被展现出来,并且影响了后来文学史的写作。在新文学第一个十年大系所奠定体例和观念的基础上,王瑶先生的《中国新文学史稿》、唐弢先生的《中国现代文学史》、钱理群、温儒敏、吴福辉的《中国现代文学三十年》等不同时代的文学史著作相继产生,新文学史的写作不断走向成熟。

相反,倒是效仿《中国新文学大系(1917~1927)》编写体例进行编选的几部文学总集和丛书,从上海文艺出版社接着第一个十年大系陆续出版的《中国新文学大系(1927~1937)》、《中国新文学大系(1937~1949)》、《中国新文学大系(1949~1976)》,到各种根据地域、流派出版的文学总集、丛书和大系,例如重庆出版社出版的《中国解放区文学书系》、广西教育出版社出版的《中国沦陷区文学大系》等等,在资料的收集、汇编,研究的更新和细化方面,都做出了自己的贡献。但是相较于文学史写作的不断自我完善、不断成熟发展而言,这些作品选总集、丛书以及大系的编撰,却没有超越新文学第一个十年的大系即《中国新文学大系(1917~1927)》的成就,缺少了

---

① 徐鹏绪、李广著:《〈中国新文学大系〉研究》,北京:社会科学文献出版社,2007年,第339页。

高屋建瓴、涵括历史的谱系意识,以及独特的个性特征和学术眼光,不仅在文学史建构的谱系方面显出了自身的局限,而且造成了20世纪中国文学谱系研究与建构的失位。

《中国新文学大系(1917~1927)》之所以成功,首先在于它是在现代文学研究起步的时候,真实地表现了文学的历史发展过程,带有特定历史时期的现场感,这也体现出"五四"一代学者在这个问题上表现出来的高度自觉。《中国新文学大系(1917~1927)》本身的文学谱系建构形式,在当时文学史研究刚刚起步的阶段就属于一种创见。其次,直接让当时的作家依据自己的个性和认识来描述文学史的发展过程。没有程式化的框架,完全是由文学史的亲历者从自身体验和对文学理解的角度出发,对于新文学做出估价。尽管在这个建构过程中,诸如郁达夫这样的编撰者表现出了较强的个人倾向,但是也充分体现了文学和作家本身的个性观点和独立价值,能够真实反映出当时的历史状况和文学取向。再次,《中国新文学大系(1917~1927)》为什么叫"大系",不叫"作品选",究竟何谓"大系"?何谓"谱系"?笔者的理解,不在于求大求全、面面俱到,而在于从作品编选到导言,从史料、索引到论争,第一个十年大系的编撰者们,拥有一种系统的建构思路、谱系的学术眼光。

而在此之后的几次大系编纂,不但在编撰者的选取上不再具备与时代同步的优势,而且这些大系的编撰者独立真实的个人体验和个性见解也在日益规范化、程式化的架构中逐步丧失,包括王瑶、唐弢等人的文学史在内。这些文学大系和文学史因为时代、政治的规约和限制,难免有一些偏见和局限。设想如果当年赵家璧以一个统一的框架,来限制大系各卷主编的编选,那么即使能够展现各类作家作品、文学现象的鲜活面貌,也难以有清晰的文学史发展脉络和丰富的史料被全景式地展现出来,因而,也就不成为"大系"了。

在这之后,中国文学又走过了将近一个世纪的历程,整个20世纪的中国文学已经成为历史。这是中国社会由传统走向现代的转型时期,是文学自身从思想到形式不断调整、变化的时期,应该有一个谱系式的描绘,应该有一个类似《中国新文学大系(1917~1927)》那样对于文学史、文学观念、文学作品的整合和细分。特别是像大系中的几篇导言那样,对于一个世纪以来的文学进行的高度凝练、提纲挈领的描述与概括。不是重复性的盘点,而是如数家珍的叙述,是作品论、作家论、资料论与史论等融为一体的谱系性建构。当然,好的作品选是对于文学史叙述的一种有效补充,《中国新文学大系(1917~1927)》的成功正在于,它是用作品本身的编选来确立新文学本身的谱系脉络和编写体例。从这之后各种文学大系、作品选的编选情况来看,一部完善、成熟的作品总集和大系编撰,应该具有文学谱系研究所具有的价值取向。文学谱系研究应该具有的价值取向的核心,是要以文学自身发展为主要脉络,同时确定几个研究的维度:

第一,从作品评价来看,应该从作品的艺术价值和思想价值、代表性和个性四个方面出发,来综合确定作品本身的地位。任何一个谱系研究,都是以其构成谱系的本体为研究基础,从中国古代的诗文选到《中国新文学大系(1917~1927)》,它们共同的成功经验,都是先从作品自身出发,在重视其艺术个性的前提下,同时注重对其思想性与代表价值的研究。

第二,要兼顾对于文学发展流变脉络的梳理,这是谱系研究呈现出来的基本特征。20世纪中国文学百年大系的建构,也要有整体性的概括和轮廓。具体的文学作品不是完全割裂、孤立、无联系的,尤其是对于中国文学的发展历程而言,文学作品往往形成一些有传承的社团流派,无论是20世纪中国文学史上的文学研究会、创造社,还是京派、海派,作品与作品之间都有着丰富的关联,它们之间构成一个完整、深厚、开阔的脉络联系。以《中国新文学大系(1917~1927)》各卷导言为代表的谱系建构,就是要把这些作品在一个发展的脉络中统摄起来,在点面结合中得出史的评价和文学谱系的架构。

第三,应该是注重对史料的把握,对于材料的处理要准确和细化,第一个十年的新文学大系之所以成功,是因为许多编选者本身就是新文学的直接参与者和建设者,他们在具体的历史情境中体会的一些历史细节和细微感受,能够直接体现在导言和编选当中。之后的研究者,在这一点上,只能靠在材料的处理上多下工夫,如同西方谱系学所强调的那样,注重历史本身的复杂性。

第四,提炼出来的文学理论、思潮特别是文学作品,虽然应该注重资料的完整和全面,但编选者更应该树立经典意识和眼光,去粗取精,在漫长的百年中国文学发展历程中,整理出最能代表文学发展历程和成就的经典作品。说到底,文学谱系不是历史谱系,要树立的是一种艺术标准、文学经典的标准。

总之,是四个价值取向、四个基本维度,共同关注的、互动推进的,才是文学的谱系学研究。事实上,从新时期以来,对于中国现代文学史的研究和建构逐步进入正轨和成熟阶段,正是从以上四个方面的价值取向出发的,对于20世纪中国文学作品的编选以及文学谱系的研究建构,也亟待贯穿始终的谱系意识和这种价值取向的指导。这样,在文学史建构进入较为成熟、稳定的状况以及各种文学作品选的编选梳理还稍显滞后的双重背景下,更加有助于推动我们对于文学本体和其发展脉络的认知与研究。

后 记

　　首先我要由衷感谢安徽大学出版社给我这次宝贵的机会,使我能够出版一本具有自选性质的集子,我认为这对于我本人在学术上是一种莫大的荣誉。安徽大学出版社常务副总编赵月华博士及编辑卢坡对于本书的出版提出了许多建设性的意见,并付出了辛苦的劳动,贡献出了卓越的智慧,在这里特向他们表示诚挚的谢意!

　　这本自选集的编写,使我能够有意识地对于自己的治学路程做一个较为系统的回顾,这自然是一次非常愉快的经历。但是这一过程也更让我清醒地感受到学术道路的坎坷与艰辛,无论是无数个日日夜夜中耕耘求索的辛苦,还是每每有所领悟收获的欣喜,这些让我记忆深刻的点点滴滴,将长久地伴随着我,激励着我继续不停地向前探索。同时,在这样的回顾过程中,我真切地感受到自己在学术上还存在许多不足之处,可以说,编撰这本自选集,不仅是一个回顾自己过去所走过学术道路的过程,更是一个自我反省的过程,是过去教学与研究工作的一个小结,也是新的长途跋涉的开始。

　　还要感谢我的几位研究生:张弛和韩冬梅对我的访谈,不仅为本书在形式上增添了创意和光彩,而且在内容上也将促进我对一些问题更深刻、更长久的思考;尚烨、杨莎和姚舒扬在这本自选集的编选过程中,认真校对,付出了辛劳。

　　最后需要说明的是,本自选集中有几篇文章是我与其他学者合著的,经征得他们的同意,收入到我的这本学术自选集中,在此也向他们表示感谢。

刘　勇

2012 年 12 月 28 日于北京师范大学塔四楼